Wolfgang Hohlbein

präsentiert

Fantastische Weihnachten

12 Storys

UEBERREUTER

ISBN 3-8000-5227-X
ISBN 978-3-8000-5227-1

Herausgegeben von Wolfgang Hohlbein und Susanne Evans
Umschlaggestaltung von Nele Schütz Design, München, unter Verwendung
einer Illustration von Steve Stone / Artistpartners
Gestaltung: Maria Schuster

Printed in Austria
7 6 5 4 3 2 1

Ueberreuter im Internet: www.ueberreuter.at

INHALT

CHRISTOPH MARZI

Der Krähenengel

KEINE STUNDE, NACHDEM DER ALTE SCROOGE ihn vor die Tür gesetzt hatte, entdeckte der Junge, dass die meisten Menschen, denen er in der Stadt an diesem Nachmittag begegnete, keine Augen mehr hatten. Kurz darauf lernte er das Mädchen und die Zirkusleute kennen.

Nach der unheimlichen Begegnung in der Straßenbahn war er in stiller Verzweiflung durch die schneeverwehten Gassen, in denen sich schmale Schatten herumdrückten, und eisüberzogenen Straßen, in denen weihnachtliches Gedränge herrschte, geirrt. Schließlich war er vor dem riesigen Weihnachtsbaum in der Mitte der Stadt gestrandet, der mit seinen Lichterketten und dem silbrig und rot glänzenden Lametta bis hinauf in den Himmel zu reichen schien. Der Junge mochte die gigantische Tanne, die wohl schon vor Jahren an eben dieser Stelle gepflanzt worden war und die während der Festzeit in feierlichem Glanz erstrahlte. Oft hatte er während seiner Botengänge für den alten Scrooge eine kurze Pause auf der Bank am Fuße des Baumes eingelegt, um die Flugkünstler zu sehen. Denn wenn die Lichter eingeschaltet wurden, dann erklang aus dem dunklen Inneren ein keifendes Gekreisch und Hunderte von Fledermäusen verließen das dichte grüne Geäst, um in die angebrochene Nacht zu flattern.

»Du siehst sie also auch.«

Der Junge erschrak.

Das Mädchen, das neben ihm stand, war in einen alten, mit bunten Flicken übersäten Militärmantel gehüllt, der ihr bis zu den Knien reichte, und trug Stiefel, die ihr zwei Nummern zu groß waren. Das struppige Haar stand ihr wie zu hohes Gras vom Kopf ab und schien zu leuchten wie reines Licht. Ganz blass war ihre Haut und ganz hell ihre Augen.

»Was meinst du?«

»Die toten Augen.«

Der Junge schluckte, schaute sich um.

Die Menschen mit den steinschwarzen Augen waren überall. Auch hier, am Brunnen.

»Du kannst sie also auch sehen?« Fast wünschte er sich, dass es eine Einbildung sei.

»Lange schon«, antwortete das Mädchen.

»Warum bemerkt sie sonst niemand?«

»Die Menschen schauen sich normalerweise nicht in die Augen. Es fällt einfach niemandem auf.« Sie setzte sich neben ihn auf die Bank.

»Wer bist du?«, fragte der Junge zögerlich.

»Das Mädchen. So nennen mich die anderen. Meistens. Einfach nur das Mädchen.«

»Das ist kein richtiger Name.«

Sie schien ihm die Bemerkung nicht übel zu nehmen. »Welchen Namen würdest du mir denn geben?«

Es überraschte den Jungen, wie schnell ihm der Name über die Lippen kam. »Stella.«

Sie lachte ein helles, wunderbares Lachen. »Gefällt mir.« Sie reichte ihm die Hand, die ganz kalt war. »Hallo, ich bin Stella.« Dann musterte sie den Jungen neugierig. »Deinen Namen kenne ich«, flüsterte sie und ihre Worte schwebten mit den Schneeflocken durch die Luft. »Juli, ja, das ist dein Name.«

Der Junge wirkte verwirrt.

»Wieso Juli?«

»Das ist der Monat, in dem du geboren wurdest.«

»Ich bin ein Waisenkind. Ich habe keine Ahnung, wann ich geboren wurde.«

»Du bist ein Krebs. Das ist ein Sternzeichen, weißt du?! Und Krebse sind im Juli geboren. Na ja, auf jeden Fall bist du im Juli geboren. Du könntest natürlich auch ein Löwe sein, aber sind wir doch ehrlich, das passt nicht zu dir. Deswegen: Juli. Ich spüre so was, das kannst du mir glauben. Ja, Juli, das bist du.«

»Findest du?«

»Ja, das passt.«

»Besser als Michka?«

»Viel besser.«

Und wieder lächelte sie, und fast war dem Jungen Juli, als würden die Lichterketten an der großen Tanne heller scheinen.

»Also?« Sie sah ihn fragend an und streckte ihm erwartungsvoll die Hand entgegen.

Der Junge ergriff die Hand erneut. »Hallo, ich bin Juli«, stellte sich der Junge, der von nun an Juli war, vor.

Stella wirkte mit einem Mal besorgt. »Du bist dünn«, stellte sie fest.

»Ich habe seit Tagen nichts Richtiges gegessen.« Juli wusste, dass er in seiner lumpigen Jacke aussah, als habe ihn jemand mit einem spitzen Bleistift schwarzweiß auf graues Papier gekritzelt. »Nur Kohlsuppe, sonst gab's nichts bei Scrooge.«

»Scrooge? Wie in der Geschichte?«

»Wir nannten ihn so. Er hat uns Arbeiten aufgetragen. Wir durften im Treppenhaus schlafen und bekamen einmal am Tag eine warme Mahlzeit.«

»Kohlsuppe.« Sie verzog das Gesicht.

»Wenn wir Glück hatten.«

»Du solltest mit mir kommen«, schlug sie vor. »Drüben im Park hat sich der Zirkus niedergelassen. Dort lebe ich. Seit einigen Wochen schon.« Sie stupste ihn sanft an. »Jedenfalls gibt es da keine Kohlsuppe.« Und ohne eine Antwort abzuwarten, nahm sie ihn bei der Hand und zog ihn mit sich in die Winternacht hinaus.

Sie gingen durch die verschneite Winterstadt, die eine wirklich große Stadt war, düster und wild und voll verschlungener Pfade, mit Häusern voller Balkone und hoher Fenster und einst schmucken Wänden, an denen sich gefrorener Efeu festgekrallt hatte. Man munkelte, dass es nur wenige Menschen gab, die jemals die Stadt verlassen hatten. Von einem Horizont zum anderen reichten die Dächer und Firste, die sich manchmal sogar zu berühren schienen, hoch oben über den Straßen. Es gab einen großen Park und ein Schloss und einen Fluss, der sich mitten durch die Stadt schlängelte. Schwarzer Rauch stieg aus den Schornsteinen auf und wurde von den Wolken verschluckt, die seit Wochen schon fette Schneeflocken über der Stadt ausschüttelten. Eis versteckte sich unter der Schneedecke, die alle Wege zugedeckt hatte und die knirschte, wenn man darauf lief.

Dies war Julis Welt, schon immer gewesen.

»Ich bin im Waisenhaus am Stadtrand aufgewachsen, und als ich zehn war, da haben sie mich in die Obhut von Scrooge gegeben.« Er nannte dem Mädchen dessen richtigen Namen und sie verzog das Gesicht.

Sechs Jahre war es nun her, als er zum ersten Mal dem alten Mann begegnet war. Es war nicht ungewöhnlich, dass reiche Geschäftsleute dem Waisenhaus Kinder abnahmen, damit sie für sie die niederen Arbeiten erledigten. Sogar in Schornsteine hatte Juli schon kriechen müssen, denn Scrooge hatte es sich zu einem lukrativen Geschäft gemacht, die Jungen weiterzuvermitteln. So kam es, dass einige von ihnen auch zum Betteln in die Oberstadt geschickt oder gar unter der Hand an Diebesbanden vermietet wurden, um diesen bei ihren krummen Geschäften zu assistieren. Dies alles taten die Jungen für den dürftigen Lohn einer mit Stroh gefüllten Kiste im Treppenhaus des knarrenden Hauses, in dem sich Scrooges Geschäft befand, und einer warmen Mahlzeit am Tag, wobei diese selten aus mehr als den Resten der Vortage bestand.

Es war kein angenehmes Leben gewesen, aber immerhin eines, das besser war als jedes andere Leben auf der Straße.

Doch waren im Laufe der Jahre viele der Jungen kränklich geworden. Immer öfter hatte Juli wach und zusammengerollt wie eine Katze in seiner Kiste gelegen und dem rasselnden Husten seiner Mitbewohner gelauscht. Und nun hatte sich Scrooge mit jüngeren Gehilfen und Handlangern eingedeckt und alle anderen vor die Tür gesetzt. Jetzt, wo die Stadt zu einer klirrenden Winterwelt geworden war und nicht einmal die Gaslaternen es schafften, ein angenehmes Licht zu zaubern.

»Das ist eine traurige Geschichte«, stellte Stella fest. Doch dann strahlte sie wieder. »Aber jetzt hast du ja mich gefunden.«

Juli ging neben ihr her und spürte dort, wo sich langsam die Sohle von dem Schuhwerk löste, die Kälte an seinen Zehen nagen. Stella schwieg einige Straßen und Gassen lang und Juli beobachtete die Wölkchen, die ihr Atem in die Luft zauberte.

»Wann sind dir die Menschen mit den toten Augen zum ersten Mal aufgefallen?«, wollte Stella schließlich wissen.

»Vor etwa einer Stunde.«

»Willst du davon erzählen?«

Eigentlich wollte er das nicht. Am liebsten hätte er dies alles ganz schnell wieder vergessen. Doch die Menschen mit den toten Augen waren überall. Selbst jetzt, als sie durch die Stadt in Richtung des Parks gingen, begegneten ihnen die Menschen mit den toten Augen, und Juli fragte sich, warum sie ihm nicht schon früher aufgefallen waren.

»Als der alte Scrooge mich vor die Tür gesetzt hatte«, begann Juli, »da wusste ich nicht, wohin.« Und er erzählte Stella davon, wie er sich in die Straßenbahn geschlichen hatte, weil er wusste, dass man die Nächte allein in den Straßen kaum überleben konnte. Warm war es dort drinnen und mit etwas Geschick hätte er sich so einige Stunden von einem Teil der Stadt zum nächsten schaukeln lassen können. »Zu viele Straßenkinder und Gassenstreicher erfrieren in diesen Tagen«, sagte er und dachte an die Schicksale, von denen er gehört hatte.

So hatte Juli inmitten der drängelnden Menschenmenge in der roten Linie gestanden und ängstlich nach Kontrolleuren Ausschau gehalten. Viele der Menschen trugen Einkaufstüten aus braunem Papier, aus denen Geschenke herauslugten. Buntes Papier und Zuckerstangen und gewundene Lakritze, Spielsachen, die in der Verpackung klingelten und rasselten, wenn die Straßenbahn schaukelte. Dinge für glückliche Kinder, die ein Zuhause und Eltern und einen Platz im Leben hatten. Juli hatte sich dabei ertappt, wie er wieder einmal Tagträumen nachgehangen hatte. Weihnachtsbäume kamen darin vor und Gabentische voll warmem Essen. Es gab Menschen, von denen er wusste, dass sie seine Eltern waren, und die ihn herzlich umarmten.

Dann schaukelte die Bahn unsanft und er war wieder inmitten der Mäntel und Tüten und holzig schneeschmelzfeuchten Gerüche. Er hob den Blick und sah in das mürrische Gesicht eines Mannes, der einen guten Mantel mit Pelzkragen trug. Beinahe hätte Juli aufgeschrien in diesem Moment. Denn schwarze Steine, rund und glatt geschliffen, waren dort, wo die Augen des Mannes hätten sein müssen. Der Mann blinzelte nicht und in dem starren Blick erkannte Juli, dass es doch keine Steine waren, sondern ganz schwarz glänzende Augen, in denen sich nicht einmal das Licht zu spiegeln vermochte, so tot wirkten sie. Es war eine Schwärze, die kalt und durchdringend war und die hintersten Winkel eines Kindertraums erreichen konnte.

Erschrocken trat Juli einen Schritt zur Seite.

Die Frau, gegen die er stieß, rügte ihn ungehalten. Auch sie hatte tote schwarze Augen. Juli sah sich um und stellte fest, dass die meisten Erwachsenen die schwarzen Augen hatten, und sogar viele der Kinder blinzelten nicht mehr und stierten schwarz glänzend ins Leere.

»Wenn einen diese Augen ansehen, dann wird einem ganz kalt«, sagte Juli.

Stella nickte. »Man hat keine schöne Gedanken mehr.«

»Sie sind überall«, sagte Juli.

»Ist dir jemals aufgefallen«, fragte das Mädchen, »wie selten man anderen Menschen in die Augen sieht?«

Juli sah Stella in die Augen, ganz kurz nur und doch so lange, dass er die Röte in seinem Gesicht spürte.

»Ich bin einfach abgehauen«, sagte er schnell.

Als sich die Türen der Straßenbahn öffneten, sprang Juli nach draußen in die Kälte hinaus und rannte los, so schnell ihn seine Füße zu tragen vermochten. Wohin er lief, wusste er selbst nicht. Dumpfe Menschenmassen schoben sich durch die Straßen und an jeder Ecke wurde er der toten Augen gewahr. Wenn sie Juli ansahen, dann war es, als würden sich Eiszapfen in sein Herz bohren.

Gerannt war er, so ziellos, wie er es niemals zuvor getan hatte. Der Atem hatte ihm heiß in der Brust gebrannt und die Kälte eisig im Gesicht. Bis er in der Straße vor sich eine dunkle Wolke aus Fledermäusen erblickt und gewusst hatte, dass man gerade die Lichterkette an der großen Tanne eingeschaltet hatte.

So war er schließlich Stella begegnet.

»Hast du eine Ahnung, was hier passiert?«

Stella wirkte traurig, mit einem Mal. »Deswegen, Juli, habe ich dich gesucht. Ich musste dich finden, bevor es der andere tat.«

»Welcher andere?«

»Komm«, wich sie ihm aus, »da vorne ist es schon.«

Der Zirkus stand mitten im Park, wo Bäume, die dürre dunkle Gerippe waren, sich aus dem Schnee reckten. Es war ein rundes Zelt, rot-weiß gestreift und mit einer spitzen Spitze, an der eine bunte Fahne im Winterwind wehte. Mit Gesichtern und Tierfratzen bemalte Wohnwagen umringten das Zelt. In den Käfigen fauchten eine alte Tigerin und ein Löwe. Irgendwo kreischten zwei

Affen. Pinguine watschelten durch den Schnee, einige von ihnen mit lustigen Feuerwerkskörpern auf dem Rücken.

»Die treten im Finale auf«, sagte Stella nur.

Aus dem Inneren des Zeltes erklang Marschmusik. Es gab einen Riesen, der nicht sehr groß war, und einen Zwerg, der nicht sehr klein war, einen alten Feuerschlucker und einen jungen Feuerspeier, die sich so ähnlich sahen, dass man sie für Vater und Sohn hätte halten können. Ein blinder Eisbär mit einer Schraube aus Pappmaché auf dem Rücken, die ihn wie ein riesengroßes Stofftier aussehen ließ, trottete neben seinem Pfleger aus dem Zelt heraus und grunzte, als er den Jungen roch. Trapezkünstler, die in ihren hautengen Kostümen froren, huschten aus ihren Wohnwagen hinüber zum Zelt.

Stella führte Juli zu einem Wohnwagen, an dessen Seite ein krummer Schornstein herauswuchs.

»Das ist mein Zuhause«, erklärte sie, und als beide in die wohlige Wärme des Wagens eintraten, fand sich der Junge in einem Raum wieder, der einer behaglichen orientalischen Höhle glich. Der Boden war übersät mit alten Teppichen und großen runden Kissen, dazwischen standen kleine Kisten voller Bücher und Zeitschriften sowie ein silbernes Tablett mit Teetassen und einer Karaffe. An den Wänden lagen zwei Matratzen auf dem Boden, gleich neben dem gusseisernen Ofen und dem Schminktisch mit dem Spiegel.

»Hallo, Mädchen.« Ein alter Mann saß vor dem Spiegel und verwischte sich das Clownsgesicht, daneben, auf dem Tisch, hockte ein kleines Äffchen mit dünnen hellbraunen Armen und einem sich unentwegt ringelnden Schwanz. Der runde Kopf mit den schwarzumrandeten Kulleraugen und den spitzen rosa Ohren drehte sich schnell zur Tür, als das Mädchen und der Junge eintraten.

»Das ist Chico Saimiri«, stellte der alte Mann das Äffchen vor, »und ich bin Schiavelli der Clown.«

»Hallo«, sagte Juli und stellte sich höflich vor.

Das Äffchen hüpfte von seinem Platz und auf Julis Schulter.

»Du hast einen lustigen Namen«, stellte Juli fest und kraulte dem Tier den Rücken, was dem Äffchen sichtlich gefiel.

»Saimiri Oerstedi ist sein biologischer Name«, erklärte Schiavelli. »Er ist ein gelbes Totenköpfchen. Und Chico habe ich ihn genannt wegen des großen Komikers, falls du dich noch an den erinnerst.«

Juli schüttelte den Kopf.

»Er mag dich«, sagte Stella, die ihren Mantel in die Ecke warf, wo alle Kleidungsstücke lagen. Über dem regenbogenbunten Pullover trug sie einen hellen Stein, der an einem Lederbändchen um ihren Hals gebunden war. »Das ist ein Mondstein«, erklärte sie, als sie den neugierigen Blick des Jungen bemerkte. Und dem Clown zugewandt sagte sie: »Juli ist der Junge, der mir meinen Namen gegeben hat.«

»Ah, also heißt du nun nicht mehr nur Mädchen?«

»Nein.«

»Und? Willst du mir deinen Namen mitteilen?« Der alte Clown hatte das hässlichste Gesicht, das Juli jemals erblickt hatte, doch mitten in dem Gesicht braune Augen, die einen augenblicklich wieder an das Gute in der Welt denken ließen.

»Nein.« Sie knuffte Juli. »Er hat ihn gewusst, er soll mich vorstellen.«

»Dies«, sagte der Junge, »ist Stella.«

Der alte Mann lächelte gütig. »Als hätte ich es geahnt«, murmelte er, streckte die Hand aus. »Schön, dich kennenzulernen, Stella, einst Mädchen genannt.«

Chico quietschte vergnügt.

»Wir werden es all den anderen erzählen«, versprach Schiavelli. »Denn Stella ist ein schöner Name. Der, will ich meinen, zu dir passt.« Er wendete sich dem Jungen zu. »Aber das hast du wohl auch gedacht, nicht wahr?!«

»Ja.«

Der alte Clown ging hinüber zu dem Öfchen. »Du musst hungrig sein.«

»Er ist so dünn«, erklärte Stella, »weil er ein Waisenjunge ist, den man nicht gefüttert hat. Außerdem musste er in einer Kiste schlafen.«

Juli sagte nichts.

»Wir hatten einmal einen Zauberer, der hat jede Kiste, die er finden konnte, mit allem darin in zwei Stücke zersägt und sie danach wieder zusammengesetzt.«

»Auch die Dinge, die sich in der Kiste befanden?«

Der Clown zwinkerte dem Jungen zu. »Es ist ihm nicht immer gelungen.«

»Er scherzt«, gab Stella zu bedenken.

»Natürlich scherze ich, ich bin ein Clown.« Schiavelli stellte eine zerbeulte

Pfanne auf das Öfchen und die Kartoffeln mit dem Gemüse darin begannen zu brutzeln. Er legte ein halbes Stück Kohle in den Ofen. »Sag mir, gefällt dir der Zirkus, mein Junge?« Juli wollte gerade den Mund aufmachen, doch wartete der Clown gar nicht erst auf eine Antwort: »Natürlich tut er das. Ich sehe es deinen Augen an.« Er lachte herzlich. »Wenn sich jemand, der zum Zirkus gehört, in den Zirkus verirrt, dann sehen Zirkusleute das sofort.« Er tätschelte Stella großväterlich das struppige Haar. »Wie Stella, das Mädchen, das vom Himmel gefallen ist.«

»Im übertragenen Sinne«, fügte sie lächelnd hinzu.

Schiavelli schwieg einen Moment lang, ließ seinen Blick vom Jungen zum Mädchen und dann wieder vom Mädchen zum Jungen wandern. »Eines Morgens, als es zu schneien begonnen hatte, stand sie einfach im tiefen Schnee vor dem Zelt und unterhielt sich mit den Pinguinen.«

»Es war Schiavelli, der mich gefunden hat.«

»Nur ein Nachthemd hat sie getragen und mir bis heute nicht gesagt, woher sie kam.«

»Das ist ein Geheimnis«, lachte sie. »Wenn ich es dir sagen würde, dann wäre es keins mehr.«

»Hör sie dir an, Juli.« Schiavelli stocherte mit einem Holzlöffel in der Pfanne herum. »Stella gehört zum Zirkus. Soviel ist sicher. Sie ist für unsere alte Wahrsagerin eingesprungen. Du musst wissen, dass die alte Vettel einmal in eine Kiste geklettert und darin eingeschlafen ist.« Er machte eine wegwerfende Handbewegung. »Ach, das Ende der Geschichte willst du gar nicht hören.« Er zog ein Gesicht. »Sie hätte es jedenfalls voraussehen können, wenn sie wirklich eine Wahrsagerin gewesen wäre.«

Stella grinste. »Von dem Zauberer hat er dir ja eben erzählt.«

»Der mit den Kisten.«

Sie nickte.

»Du bist eine bessere Wahrsagerin?«

»Sie ist klasse.«

»Ich lese aus allem«, bekannte das Mädchen. »Aus Knochen, Karten, Kaffeesatz und Zauberkristall.«

»Und jetzt hat sie dich gefunden.« Der alte Clown reichte dem hungrigen Jungen Juli die heiße Pfanne. »Weißt du, wenn man sich solche Geschichten erzählt, dann hat man fast schon seinen Platz gefunden. Du weißt schon, den Platz, wo man hingehört.« Juli sah den alten Mann an und gabelte in der Pfanne herum. »Willkommen im Zirkus«, sagte der Clown und das Äffchen quietschte fröhlich. »Willkommen daheim.«

Und in den Tagen, die kamen, lernte Juli den Zirkus, der nur »Der Zirkus« hieß, und die Zirkusleute, die natürlich alle richtige Namen hatten, kennen. Eine verschworene Gemeinschaft waren sie, hilfsbereit und fürsorglich, wie eine Familie es nur sein konnte.

Juli begann als »Junge«. Denn der »Junge« war derjenige, der alle Arbeiten erledigte, die anfielen. Er baute Kulissen auf, fütterte die Tiere, band den Pinguinen vor der Vorstellung die Feuerwerkskörper auf den Rücken und schmierte ihnen nach dem Finale fettige Salbe ins versengte Gefieder. Er schaute dem alten Feuerschlucker beim Feuerschlucken und dem jungen Feuerspeier beim Feuerspeien zu. Während der Vorstellung, die zweimal täglich stattfand, trug er einen roten Pagenanzug, der nach Mottenkugeln und Stroh roch, und assistierte den Künstlern in der Manege. Er lernte, wie man eine Tigerin mit Ohrenschmerzen und einen Löwen, der unausgeschlafen war, beruhigte. Er durfte dem Eisbären die Zähne putzen und mit Chico Kunststücke trainieren. Er lernte, mit welchen Tricks man Münzen verschwinden und Blumen hervorzaubern und Menschen zum Lachen bringen konnte.

»Magie«, erklärte ihm Schiavelli eines Nachmittags, »ist wahrlich eine schwierige Kunst. Vor langer Zeit besaß ich einen Flohzirkus. Es gab kleine Kutschen und winzige Karussells, filigrane Schaukeln und klitzekleinste Wippen. Alles bewegte sich, weil es winzige Motoren gab, die wie ein Uhrwerk arbeiteten. Ein Betrug, ja. Aber die Menschen haben die Flöhe wirklich gesehen.« Ganz verzückt hatte er bei dieser Erinnerung gelächelt. »Die Kinder hatten ihre Freude daran und die Eltern hatten Freude an der Fröhlichkeit ihrer Kinder.« Er seufzte. »Magie, damals funktionierte sie noch.«

Juli mochte Schiavelli.

In der Manege sprang er wie wild umher, jonglierte mit Götterspeisen und Bällen, trat in Wassereimer und stolperte über seine eigenen großen Füße. Dann sang er Lieder zur leiernden Melodie seines Drehorgelwagens, auf dem

Chico hockte und Beifall klatschte, noch bevor die Kinder im Publikum es taten.

Die Menschen mochten Schiavelli auch und Juli war froh darüber.

Wenn aber Stella in der Manege auftrat, dann wurde es ganz still.

Sie tanzte durch die Reihen und sagte den Menschen ihre Zukunft voraus. Und immer war es eine Zukunft, die schön und vielversprechend war.

»Ich muss das Licht kommender Tage in ihre Augen zaubern«, erklärte sie Juli. »Denn das ist es, was die Augen leuchten lässt.«

Und Juli, der sich immer mehr im Zirkus zu Hause fühlte, schloss Stella in sein junges Herz, und schon bald konnte er sich gar nicht mehr daran erinnern, wie sein Herz überhaupt jemals hatte schlagen können ohne Stella darin.

Sie sprachen über die Menschen mit den toten Augen erst später wieder. »Du musst erst den Zirkus kennenlernen«, meinte Stella. »Dann reden wir über die toten Augen.«

»Wann wird das sein?«

»Bald schon, bald.«

Als es dann so weit war, verstand Juli, was sie gemeint hatte und ihm nicht hatte sagen können.

Nach der letzten Vorstellung saßen die beiden eines Tages am Rande der Manege und Stella sprach endlich über das, was in ihrer beider Köpfen seit Wochen schon herumspukte.

»Als ich ganz klein war«, begann Stella, »da erzählten mir meine Eltern eine Geschichte. Damals erfuhr ich zum ersten Mal davon, dass die Menschen in der Winterzeit dieses Fest feiern. Ich kannte die Bilder und hatte schon der Musik gelauscht und fand dies alles so wunderschön.« Verträumt fügte sie hinzu: »Die bunten Kugeln und das funkelnde Lametta und die flackernden Kerzen an den Tannen.« Dann seufzte sie. »Doch erfuhr ich auch, was es mit dieser Zeit auf sich hat.«

Juli hatte die Weihnachtszeit nie gemocht, weil die Welt dann kälter war als sonst.

»Es war einmal«, erzählte Stella mit leiser Stimme, »eine uralte Göttin. Die Sterne und das Firmament und alles Lebendige hatte sie erschaffen, und eines

Tages, als sie das Durcheinander und die Boshaftigkeit in der Welt bemerkte, da schickte sie ihren Sohn zu den Menschen, damit er sie zur Besinnung bringen sollte. Aber nicht alle Menschen hörten dem Sohn zu und schließlich wurde er gefangen genommen und getötet. Er wehrte sich nicht einmal gegen sein Schicksal und opferte sich dafür, dass die Menschen das Licht kommender Tage sehen konnten.«

»Warum sprichst du von einer Göttin?«

Sie musste schmunzeln. »Ihr Menschen glaubt noch immer, dass es ein Mann ist. Das ist lustig.«

Juli wirkte verwirrt.

»An Weihnachten feiert ihr Menschen die Geburt des Sohnes. Denn in Bethlehem hat alles begonnen.«

Das war die Geschichte, die in den Kirchen erzählt wurde seit alter Zeit.

»Doch geschah noch etwas anderes. Es gab Wesen, die der Göttin immer treu gedient hatten. Engel, so nennt ihr sie. Doch als die Engel sahen, dass die Göttin die Menschen so sehr liebte, dass sie sogar ihren Sohn für deren Glück opferte, da wurden sie eifersüchtig. Niederträchtige Gedanken wurden in den Herzen der Engel geboren und ließen diese zu Stein werden. Immer dann, wenn sich der Geburtstag des Sohnes jährt, kommen die Engel auf die Erde und säen Misstrauen und Gier. Sie vergiften die Herzen der Menschen. Kaum einer denkt mehr an das glückliche Ereignis von Bethlehem, das die Welt verändert hat.«

»Deswegen sind die Menschen so unglücklich in der Weihnachtszeit.«

»Ja.«

»Warum tun die Engel das?«

»Sie wollen der Göttin zeigen, wie unvollkommen die Menschen sind. Dass die Menschen es nicht wert sind, dass man sich so um sie kümmert.«

Juli dachte daran, wie sich die meisten Menschen in der Weihnachtszeit veränderten. Ungeduldig und streitsüchtig waren sie, belauerten sich argwöhnisch und gaben ihr Geld für Dinge aus, die kaum von Nutzen waren.

»In der Weihnachtszeit werden die Menschen den Engeln sehr ähnlich.«

»Wie sind denn Engel so?«

»Sie haben pechschwarze Augen, ganz kalt und leer. Deswegen ist es so schwierig, sie von den Menschen zu unterscheiden, wenn sie auf der Erde wandeln.«

»Du suchst einen Engel?«

Sie ergriff seine Hand. »Siehst du die Sterne dort oben am Firmament?«

Juli hob den Blick. »Da ist nur das Zeltdach.«

»Stell dir den Himmel vor.«

»Da sind Wolken und Schneeflocken.«

»Und über den Wolken?«

»Sind irgendwo die Sterne.«

»Kannst du sie sehen?«

Für einen Moment nur schloss Juli die Augen. »Ja, jetzt sehe ich sie.«

»Nicht alle Sterne leuchten in diesem Augenblick dort oben. Einige von uns sind auf die Erde gekommen, um die Engel zu finden und Unglück zu verhindern.«

Er öffnete die Augen.

»Ja, Juli. Das ist unsere Aufgabe.«

»Du meinst ...«

Sie nickte und ergriff seine Hand.

»Es gibt Sternbilder, von denen ihr Menschen noch nie gehört habt. Eines davon ist mein Zuhause.«

Juli fühlte, dass es die Wahrheit war. Ganz tief in seinem Herzen, wo Stella nun wohnte, wusste er, dass es genau so war, wie sie sagte.

»Deswegen hast du mich Stella genannt.«

»Ja«, flüsterte der Junge und nach einem Moment des Schweigens fügte er hinzu: »Stella Schneestern.«

Sie berührte seine Nasenspitze mit dem Finger, ganz sacht. »Nie zuvor hat jemand meinen Namen erraten.« In den hellen Augen glitzerten winzige Kristalle, filigran wie Schneeflocken. »Weißt du, auch darüber gibt es Geschichten.« Sie senkte den Blick. »Märchen.«

Der Gedanke, dass Sterne sich Märchen erzählten, gefiel Juli.

»Willst du mir davon erzählen?«

»Nicht jetzt.« Zum ersten Mal, seitdem er sie kannte, wirkte Stella verlegen.

Die Stille im Zelt griff nach den beiden.

»Darf ich dir eine Frage stellen?«

Juli nickte stumm.

»Kannst du tanzen?«

»Ich habe es noch nie versucht. Warum fragst du?«

»Es gibt da ein Märchen, das ich dir irgendwann erzählen werde, aber nicht heute.« Sie schüttelte den Kopf, als sei sie sich gerade einer Dummheit bewusst geworden.

Und wieder griff die Stille nach ihnen.

Dann war es an Juli, eine Frage zu stellen. »Warum hast du mich gesucht?« Unsicher fügte er hinzu: »Du hast mich doch gesucht?«

Sie seufzte und sagte es ihm. »In jeder Stadt erscheint zur Weihnachtszeit nur ein einziger Engel. Du musst wissen, dass die niederen Gefühle der Menschen für einen Engel höchst schmackhaft sind. Das, was Engel in diesen Tagen an Nahrung zu sich nehmen, macht sie satt für fast ein Jahr. Doch das, was jeder Engel sucht, ist das vollkommene Leid. Manchmal gibt es Menschen, die keine Hoffnung mehr haben. Wenn solche Menschen ihr Glück finden und ihre Herzen erblühen, dann trachten die Engel danach, eben jenes Glück zu zerstören. Dies, Juli, nennen sie das vollkommene Leid.«

Juli ahnte, worauf sie hinauswollte. Er dachte an den Abend, als Scrooge ihn davongejagt hatte. Den bitteren Hunger- und Kältetod würde er sterben müssen, hatte Juli befürchtet.

»Sag mir, Juli, magst du den Zirkus?«

Der Junge schluckte. »Nirgends habe ich mich mehr zu Hause gefühlt.«

»Und wenn dem Zirkus etwas zustoßen würde?«

Dem Jungen schwindelte.

Was würde dann aus seinem Leben werden? Die Zirkusleute hatten ihn in ihrer Mitte aufgenommen und er würde ihnen auf ihren Reisen folgen dürfen, denn dies war der Ort, an dem er bleiben wollte. Die Kunststücke mit den Münzen gingen ihm immer besser von der Hand und in seinen Träumen war er bereits ein berühmter Zauberkünstler, der Tigerinnen und Eisbären verschwinden lassen konnte wie schlechtere seiner Zunft nur Taschentücher.

Stella sagte: »Ein Engel wird den Zirkus aufsuchen, in bitterböser Absicht.«

Und Juli verstand mit einem Mal, worum es hier ging.

Er war der Köder gewesen. Ein Junge, der unglücklich war und sein Glück gefunden hatte. Der Engel würde nach ihm suchen und Stella würde warten, bis der Engel sich zu erkennen gäbe.

»Was können wir dagegen tun?«

Sie wirkte zuversichtlich. »Das, was wir die ganze Zeit über tun. Wir machen die Menschen glücklich mit dem, was wir tun.« Sie berührte den Mondstein, den sie an dem Lederband um den Hals trug. »Was die Menschen im Zirkus spüren, das ist alles hier drinnen. Der lebendige Zauber, die zauberhaften Träume, das traumhafte Leben.« Sie betrachtete den Mondstein. »Das, was das Leben ausmacht. Wenn der Engel kommt, dann wird er den Mondstein annehmen, wenn das Leben darin stärker ist als das Leid, das er zu ernten gekommen ist. So einfach ist es.« Sie seufzte. »Die grundlegenden Dinge sind eben immer ganz einfach, musst du wissen.«

»Darf ich ihn anfassen?«

Stella ergriff des Jungen Hand und legte den Mondstein hinein. »Und?«

»Er fühlt sich warm an. Lebendig.«

Sie lächelte ihr zauberhaftes Lächeln. »Wenn du es sagst, dann wird es wohl so sein.«

Juli gab ihr den Stein zurück.

»Warum kann ich die toten Augen sehen und andere nicht?«

»Nur jene, die nicht fortwährend an sich selbst denken, erblicken die anderen so, wie sie wirklich sind.«

Nachdenklich nickte Juli. Die grundlegenden Dinge, dachte er, sind wirklich immer sehr einfach.

Die Tage vergingen und es schneite immerzu, tagsüber wie nachts, sodass man keine Sterne am Himmel sehen konnte, auch wenn man nach draußen ging. Und während der Vorstellung am Vorabend des Festes bemerkte Stella, die ihre Nummer bereits hinter sich hatte, den merkwürdigen Besucher, der in der Hülle eines alten Mannes in den hinteren Reihen hockte und mit schwarzen Augen der Vorstellung folgte.

Er hatte den Zirkus und Juli also gefunden.

»Das ist Ereshkigal«, flüsterte Stella. »Der Krähenengel.«

Die Vorstellung ging weiter. Lily hatte gerade die Manege betreten und Kitty, die Tigerin, sprang artig durch einen brennenden Reifen, während Trommelwirbel die Luft zerschnitt.

»Wie lange ist er schon dort?«

Stella zuckte die Achseln. »Als ich wahrgesagt habe, ist er noch nicht da gewesen.«

Der Engel breitete seine schwarzen Flügel aus und das Gesicht, das wie das eines Menschen aussah und doch an eine hungrige Krähe erinnerte, wandte sich dem Jungen und dem Mädchen zu, die am Zeltausgang standen und erstarrten.

»Die anderen Menschen sehen ihn nicht.«

Pechschwarze Augen musterten den Jungen und das Mädchen.

»Ich habe, wonach es Euch verlangt«, formte Stella die Worte lautlos mit den Lippen.

»Ich nehme mir, was mein ist«, fauchte der Engel mit den schwarzen Augen. Er erhob sich und stand mit einem Mal vor den Kindern. Juli hatte keine Ahnung, wie er das gemacht hatte.

»Bitte, tut das nicht, Krähenfürst«, bat Stella.

Die schwarzen Lippen verzogen sie zu einem spöttischen Lächeln. Er schnippte mit den Fingern, die gebogene Krallen waren.

Lily, die mit der Tigerin spielte, stolperte über eine kleine Grube im Sand, die vorher nicht da gewesen war. Die Peitsche entglitt ihr und schlug der Tigerin versehentlich gegen den Kopf. Das große Tier fauchte vor Pein erschrocken auf und schnappte nach der blonden Frau im Lederkostüm.

»Das«, grinste der Engel, »ist erst der Anfang.«

Er schnippte erneut mit dem Finger und einige der hölzernen Verstrebungen hoch oben in der Kuppel des Zeltes begannen bedrohlich zu knacken. Wind rüttelte von draußen an der Zeltplane und einige der Fackeln züngelten unruhig. »Wie gefällt dir das, mein junger Juli?«

»Nehmt dieses Herz!« Stella trat vor und hielt dem Engel den Mondstein hin. »Es ist ein Herz, das lebt und voller Freude ist. Das Euch das Licht kommender Tage zeigen wird.«

Nur kurz betrachtete der Engel den Stein, der sanft zu leuchten begonnen hatte und leise summte.

»Nein«, grollte er, »dieses Herz ist nicht stark genug für mich.«

»Ihr dürft dem Zirkus nichts antun«, flehte Juli, der nie gedacht hatte, wie schrecklich ein Engel aussehen konnte.

»Der Zirkus? Ach, junger Juli, du hast keine Ahnung, nicht wahr? Das Leid wird oftmals genau dort geboren, wo man es am wenigsten vermutet. Du liebst den Zirkus, aber diesen Verlust wirst du verkraften. Du wirst leiden, ja. Aber es gibt da noch etwas.« Die toten Augen zwinkerten Stella zu.

Ganz bleich wurde das Mädchen mit einem Mal.

»Nun? Erkennst du, wie sehr du dich geirrt hast?«

Juli bemerkte die Tränen in des Mädchens Augen. Wie Schneeflocken, so hell und weiß. »Was meint er?«

»Stella Schneestern wird dich verlassen.« Langsam und genüsslich sprach der Engel Ereshkigal die Worte aus. »Das hat sie dir nicht gesagt, oder etwa doch?! Hat sie dich etwa belogen? Nur benutzt?« Ein krahendes Geräusch, das ein Lachen sein mochte, drang aus der Kehle des Engels. »Sterne, mein junger Juli, sind verlogene kleine Blitze in der Schwärze des Firmaments. Was wird in deinem Herzen sein, wenn sie fort ist, junger Juli? Ein leere Fleck, wo Nacht und Schatten gedeihen?«

Plötzlich traten auch in Julis Augen Tränen, denn er erkannte die Wahrheit in des Engels bösen Worten.

»Noch in dieser Nacht wird sie dich verlassen. Wenn dies alles vorbei ist, dann wird sie von den Schneeflocken davongetragen werden. Sie wird dich vergessen, wie sie alle Menschen vergisst, denen sie jemals begegnet ist. Sie wird ihren Platz am Himmel einnehmen und du wirst ihr bis ans Ende deiner Tage nachtrauern.«

Juli spürte, wie die Nacht und die Schatten, von denen der Engel gesprochen hatte, nach seinem Herzen griffen.

»Du wirst sie vermissen.«

Juli schmeckte die Eiseskälte, die bitterste Hoffnungslosigkeit und Verzweiflung begleiten.

»Was, junger Juli, könnte wohl schlimmer sein?«

Stella würde ihn verlassen, und wenn sie fort wäre, dann würde er niemals mehr ein Zuhause finden.

»Und ich bin nicht einmal derjenige, der dein Zuhause zerstört.« Des Engels Klauen deuteten auf Stella. »Das tut sie an meiner statt. Nun, junger Juli, was ist das für ein Gefühl?« Mit einer gespaltenen Zunge leckte er sich über die schwarzen Lippen.

»Nein!«

Schnell ergriff das Mädchen Julis Hand und hielt sie ganz fest.

»Nein?« Ereshkigal wirkte amüsiert und doch ein wenig verwirrt.

»Nein! Ihr habt Unrecht.«

»Ihr könnt nicht hierbleiben, Sternenkind.«

»Doch, ich kann!«, warf sie ihm trotzig entgegen.

Juli wirkte ebenso verwirrt.

»Dann seid Ihr aber kein Stern mehr und nimmer werdet Ihr einer werden.«

»Mein Stern wird sie auf immer sein«, hörte Juli sich sagen.

Und der Mondstein begann zu strahlen, ganz gleißend weiß und wunderbar, dass sich selbst der Engel fassungslos in Schweigen hüllte. Stella streckte die Hand aus und Juli sah, wie sehr sie zitterte.

»Fürwahr«, sagte Ereshkigal, »dies ist jetzt ein starkes Herz.« Er griff nach dem Mondstein, legte ihn sich auf die Zunge, deren Enden sich darum wickelten, und verschlang ihn mit der ruckartigen Bewegung eines fressenden Raubvogels. Die pechschwarzen Augen wurden heller und mit einem Lächeln auf den Lippen, das nicht mehr ganz so grausam anmutete, schnippte er mit den Fingern und dort, wo er gestanden hatte, rieselten zögerlich Schneeflocken ins Zelt hinein.

»Er ist fort«, sagte Stella.

Kein Winterwind rüttelte mehr am Zelt und Lily und Kitty beendeten ihre Nummer, wie sie es immer taten. Die Zuschauer applaudierten und dann betraten Schiavelli und Chico die Manege. Nichts deutete darauf hin, was dem Zirkus hätte widerfahren können in jener Nacht.

»Dies hier ist jetzt meine Welt.« Stella sah dem Clown bei seinen Kunststücken zu.

Und Juli sah Stella zu.

Sah sie einfach nur an und dachte an den Engel und den Mondstein und das, was gerade geschehen war.

Nach der Vorstellung verließen die Zuschauer das Zirkuszelt und Juli half den anderen beim Aufräumen, wie er es immer tat, wenn die Vorstellung vorbei war. Als er fertig war, kam Stella zu ihm. Sie hatte ihren Mantel mit den bunten Flicken übergezogen und hielt Julis alte Jacke in den Händen.

»Erinnerst du dich an das Märchen, das ich dir erzählen wollte?« Der Wind wehte ins Zelt und die wenigen Fackeln, die noch loderten, tauchten das Gesicht des Mädchens in ein flackerndes Licht. »Am Ende tanzen sie in dem Märchen und die Schneeflocken passen auf sie auf.«

»Auf wen?«

»Auf die beiden, von denen das Märchen handelt.«

Juli wusste nicht recht, was er sagen sollte. »Ich kann aber nicht tanzen.«

»Jeder kann tanzen.«

Er schüttelte den Kopf. »Ich nicht.«

Sie reichte ihm die Jacke. »Komm!«

Juli folgte Stella nach draußen.

Wirklich dicke Schneeflocken wirbelten durch die Luft und tanzten bereits ihre wilden Tänze in der Nacht.

Der Junge und das Mädchen gingen durch die Straßen. Hinter den Fenstern waren die Menschen beisammen und hin und wieder trug der eisige Winterwind sogar Gesang in die Nacht hinaus.

Am Tannenbaum mit der leuchtenden Lichterkette in der Mitte der Stadt blieb Stella stehen und sah zum Himmel hinauf, wo die Wolken sich einen Spalt breit geöffnet hatten und wo am nächtlichen Firmament ein heller Punkt verschwunden war auf alle Zeit.

»Lass uns tanzen im Winterwind«, flüsterte sie Juli ins Ohr. »Sogar der Schnee kann es.« Sie zwinkerte ihm zu. »Wenn der es kann, können wir es auch.«

Und während sie tanzten, sah Juli durch die stöbernden Schneeflocken in das strahlende Gesicht seines Sterns, und als Stella lächelte, da wusste der Junge, wie warm und wunderschön das Licht kommender Tage sein konnte.

BRIGITTE MELZER

Der Turm der Zauberer

MEINE OMA SAGTE immer, man solle nie alles auf eine einzige Wunschkarte setzen. Das war eine der unzähligen Weisheiten, die sie aus irgendeinem Buch hatte. Okay, es heißt Bücher lügen nicht und Omas schon überhaupt nicht! Dennoch gab ich nie etwas darauf. Immerhin war das dieselbe Frau, die behauptete, es sei besser, seine Nase nicht in fremde Angelegenheiten zu stecken.

Gut, ich räume ein, dass mich das Labor der Zauberer vielleicht wirklich nichts anging. Aber ich war neugierig. Ist das denn so schlimm?

Es war ausgerechnet Meister Borgan, der Oberste ihrer Zunft, der mir das Tor zum Allerheiligsten der Rauschebärte – ihrem Turmlabor – öffnete. Dazu muss man wissen, dass der Turm keine Tür hat (steht in jedem Touristenführer, aber vielleicht habt ihr gerade keinen zur Hand, drum sag ich es euch). Ich habe mich immer gefragt, wie die Kerle rein und raus kommen – bis ich gesehen habe, wie sie es anstellen. Mit Zauberei nämlich! Hätte ich eigentlich selbst draufkommen können.

Jedenfalls hatte ich eines Morgens Meister Borgan gesehen, als dieser mit erhobenen Armen vor dem Turm stand und wirres Zeug murmelte. Im ersten Moment dachte ich, er wäre betrunken. Bis mir die Routine auffiel, mit der er jede seiner Bewegungen ausführte. Ich schätze, er hatte verpennt – zumindest sah seine Robe reichlich zerknittert aus. Deshalb war er wohl etwas spät dran und vergaß einfach, mal zu gucken, ob ihn jemand beobachtete.

Da stand er also und brabbelte vor sich hin. Ich hatte schon immer ein gutes Gehör und irgendwie konnte ich mir auch von jeher Dinge, die mich nichts angehen, hervorragend merken. Zum Beispiel magische Worte, die einem den Zugang zum Turm der Zauberer öffnen.

Ich habe sie natürlich nicht angewendet. Jedenfalls nicht gleich … Der bloße Gedanke, jemand könnte beobachten, wie ich mich mit diesem verkalkten

Gebrabbel zum Affen mache, hielt mich davon ab. Am Ende jemand, der mich kennt! Mein guter Ruf wäre für alle Ewigkeit im Eimer!

Mit schier unmenschlicher Anstrengung hielt ich meine Neugierde in Zaum. Zwei Tage lang! Schließlich habe ich es nicht länger ausgehalten. Ich wollte mich nur ein wenig umsehen und dann unbemerkt wieder verschwinden. Also legte ich mich, hinter der Gartenmauer einer angrenzenden Villa, auf die Lauer und wartete, bis die Zauberer am späten Vormittag ihren Turm verließen. Vermutlich waren sie auf dem Weg zu einem Kundenbesuch. Vielleicht bei einem alten König, dessen Tochter aus den Klauen eines Feuer speienden Drachen befreit werden sollte. Oder bei einem Stadthalter, dessen Heim von einer Horde Orks bedroht wurde. Wie auch immer: Job ist Job. Hauptsache, sie waren weg und ich konnte mich in Ruhe umschauen.

Ich wartete, bis sie nicht mehr zu sehen waren, ehe ich mich aus meinem Versteck wagte. Wurde auch Zeit, mir war schon der Arm eingeschlafen und recht viel länger hätte ich den Kampfpudel der Villenbesitzer nicht mehr am Bauch kraulen können, um ihn ruhig zu halten. Das undankbare Vieh schnappte nach mir, als ich meine Hand zurückzog und mich daran machte, über die Mauer zu klettern!

Da stand ich nun vor dem Turm. Niemand zu sehen. Gut. Bemüht, Meister Borgan genau zu imitieren, reckte ich die Arme in die Luft. Schon da kam ich mir reichlich bescheuert vor. Richtig bekloppt begann ich mich allerdings zu fühlen, als ich die Worte des Zauberers wiederholte. Was für ein seniles Gefasel! Immer wieder blickte ich mich nach allen Seiten um. Allein die Vorstellung, das coole Fräulein Schrägelheim, meine Lehrerin für sozial verträgliche Punkmusik, käme jetzt um die Ecke … Gruselig! Zum Glück kam niemand.

Allerdings begann sich die Umgebung zu verändern. Der Boden wurde irgendwie matschig. Meine Schuhe versanken und bald stand ich bis zu den Knöcheln in einem graubraunen Morast, der mich fatal an Tante Dörthes Weihnachtspudding erinnerte. Da schloss ich dann doch die Augen. Umgebung hin oder her, es gibt einfach Dinge, die ich nicht sehen will!

Ich fuhr damit fort, die beschwörenden Formeln zu murmeln, denn noch immer wollte ich in den Turm. Jetzt erst recht! Allein schon, um dieser erschütternden Manifestation von Tante Dörthes Pudding zu entgehen. Ein penetranter Gestank stieg mir in die Nase, der so gar nichts mit Süßspeisen zu tun hatte. Es roch nach Veilchen, und zwar so heftig, dass mir übel wurde! Zu dem Gestank mischte sich nun zu allem Überfluss noch Lärm. Das Glockenläuten vor der Sonntagsmesse war gar nichts dagegen. Nicht einmal, wenn man direkt neben der Glocke gestanden hätte, wäre es mit dem Geräuschpegel zu vergleichen gewesen, der jetzt meine Ohren zum Klingen brachte.

Ich wollte sie zuhalten, doch es gelang mir nicht, die Arme zu heben, da etwas an meinen Hemdsärmeln riss. Ich weigerte mich, die Augen zu öffnen. Vermutlich würde ich doch nur eine Horde Kinder erblicken, die an meinen Klamotten zupfte, weil sie Süßigkeiten wollten. Mit einem heftigen Schütteln versuchte ich, die Rotznasen loszuwerden. Doch die verdammten Blagen ließen sich nicht abschutteln. Das Ziehen wurde starker, breitete sich immer weiter aus, bis es meinen gesamten Körper erfasst hatte. Bereit, den Gören den Hintern zu versohlen, öffnete ich nun doch die Augen. Und erschrak.

Da waren keine Kinder. Das Klingen in meinen Ohren war verstummt. Der Turm war auch nicht mehr da. Zumindest nicht von außen. Ich war drin! Doch was war »drin«? Meine Augen mussten sich noch an das Halbdunkel gewöhnen, während sie bereits gespannt durch das Labor wanderten. Noch nie hatte ich so viel Plunder auf einem Haufen gesehen.

Meine Augen blieben an einem Kreis hängen, der mit gelber Farbe auf den Boden gepinselt war. Der Anblick der hübsch verschlungenen Linien machte mich neugierig und ließ mich näher treten. Wirklich nur ein paar Schritte, um die Muster auf dem Steinboden genauer zu inspizieren. Irgendwie wirkte das Ganze … unsymmetrisch. Ich kniff die Augen zusammen und legte den Kopf schief, um einen besseren Eindruck zu bekommen. Ja, definitiv. Links oben (soweit man bei einem Kreis sagen kann, wo oben und unten oder rechts und links ist) schien mir ein Stück Muster zu fehlen.

Die Herren Zauberer hatten geschlampt! Entweder waren sie in Eile oder aber mal wieder so schlechter Laune gewesen, dass sie schlicht keine Lust hatten, ihr Werk zu vollenden.

Zauberer sind ja nun an sich schon ein seltsames Volk, aber in der Weihnachtszeit werden die Kerle jedes Mal unausstehlich. Mag ja sein, dass es enttäuschend ist, ständig Zettel zugesteckt zu bekommen und dann festzustellen, dass es sich nicht um Liebesbriefe handelt. Aber mal ehrlich, was erwarten die? Mit weißen Rauschebärten rumlaufen, den dicken Wanst in rote Roben gezwängt, und sich dann beklagen, wenn ihnen die Leute ihre Wunschzettel an die Kutschenfenster pappen.

Ehe ich michs versah, griff ich nach dem Farbtiegel und vollendete das kleine Kunstwerk mit ein paar raschen Pinselstrichen. Das sah doch gleich viel besser aus! Sehr modern. Wenn ich zu diesem Zeitpunkt geahnt hätte, dass die Zauberer angesichts meiner Hilfsbereitschaft derart ausrasten würden, hätte ich allerdings die Finger von der Farbe gelassen.

Dabei habe ich doch nichts weiter getan, als mich für ihre Arbeit zu interessieren. Nennt mir eine beliebige Berufsgruppe. Egal welche! Ich bin sicher, sie alle hätten sich erfreut gezeigt, dass sich jemand für ihr Handwerk interessiert. Woher hätte ich denn wissen sollen, dass die Linien dieses magischen Kreises keinesfalls verändert werden durften …

Himmel! Auf jeder Baustelle stehen Schilder, die vor Gefahren warnen. Haben diese Zauberer noch nie davon gehört? Eine einfache Zeile hätte genügt. Etwa: Vorsicht! Bissiger Dämon!

Darunter hätte ich mir etwas vorstellen können. Dann wäre ich auch nicht in die Verlegenheit geraten, mich jetzt einer drei Meter großen, geflügelten Kreatur gegenüberzusehen, in deren Augen die Feuer der Neunten Hölle lodern. Halt, Moment – ist nur der Fackelschein, der sich darin widerspiegelt. Da fällt mir aber ein Stein vom Herzen. Und ich dachte schon …

Hey, warte! Dieser Klops ist noch da! Geradewegs vor mir! Was glaubt ihr, wie ich mich jetzt fühle? Den gespaltenen Huf und den stachelbewehrten Schwanz muss ich wohl nicht extra erwähnen, um meinem Unbehagen angesichts seiner Erscheinung Ausdruck zu verleihen …

Da steht er nun also vor mir, dieser Drei-Meter-Klops, frisch eingetroffen aus den finstersten Abgründen aller albtraumhaften Fantasien. Mich wirft ja so schnell nichts aus der Bahn, aber schlucken muss ich dann doch ein wenig, als sich die Klops-Augen auf mich richten. (Ich erwähnte die Feuer, die darin lodern?)

Vielleicht sollte ich ihn ansprechen. Eine freundliche Begrüßung hat schon für eine Menge harmonischer Beziehungen den Grundstein gelegt. Jedenfalls hat ein wenig Freundlichkeit noch niemandem geschadet – vor allem dann nicht, wenn sie das Monster davon abhält, mich mit einem Happs zu verschlingen.

Ich könnte ihn fragen, wo er seine Schuppen pflegen lässt, damit sie so einen herrlich matten Überzug bekommen. Als wäre er eine Moorleiche, deren Verfallsdatum schon eine Weile überschritten ist. Na ja, vielleicht lasse ich das lieber. Wer wird schon gern an seine Herkunft erinnert. Am Ende hatte der Klops eine schlimme Kindheit oder etwas in der Art, und lässt seine Wut darüber dann an mir aus. Womöglich steht ihm auch einfach nicht der Sinn nach einer gepflegten Unterhaltung.

Wenn ich ihn so betrachte, erscheint mir der Klops tatsächlich ein wenig unausgeglichen. Ach was rede ich hier um den heißen Brei herum: Er sieht verdammt übellaunig aus!

Warum beschleicht mich plötzlich das Gefühl, dass ihn ein wenig höfliche Konversation nicht davon abhalten wird, seine Laune an mir auszulassen?

Es ist wohl an der Zeit, meine Augen mal vorsichtig, auf der Suche nach Hilfe, im Turmzimmer umherschweifen zu lassen. Und was sich da alles findet! Schwere, dunkelrote Samtvorhänge sperren zwar den größten Teil des Tageslichts aus, aber durch einen schmalen Spalt zwängt sich noch ein wenig Helligkeit herein. Genug jedenfalls, um die herumstehenden Abscheulichkeiten – und damit meine ich wahrlich nicht nur den Klops – ins rechte Licht zu rücken.

Diese Zauberer sind wirklich ein widerliches Pack. Dreckiges Geschirr, auf dem sich vertrocknete Essensreste langsam in biologischen Dünger verwandeln, stapelt sich neben Kelchen und vergilbten Zeitschriften. Schmutzige Roben liegen auf dem Boden verstreut, als käme Mutti zweimal die Woche, um die Wäsche ihrer greisen Söhne einzusammeln und die Motten aus dem löchrigen Stoff zu klopfen. Ach Mutti: Wenn du kommst, vergiss nicht Staub zu wischen. Das ist hier mal dringend nötig. Lüften wäre auch nicht schlecht. Ich glaube, sogar der Klops rümpft schon die Nase angesichts der abgestandenen Luft.

Während meine Augen weiterwandern, frage ich mich, ob es helfen würde, wenn ich die Anwesenheit des Klops einfach vergesse. So wie man die Augen schließt, wenn der Schwarze Mann kommt, und sich dann einredet, dass er einen nicht sehen kann, weil man ihn ja auch nicht sieht. Ich finde, es ist zumindest einen Versuch wert, und wende ihm den Rücken zu. Vielleicht kann ich den Klops nicht wegignorieren, aber zumindest lenkt mich der Anblick des Plunders, der hier herumliegt, für eine Weile von ihm ab. Das meiste davon bekommt man schließlich auch nicht jeden Tag zu sehen: eingelegte Kröten, karamellblaue und blutgrüne Pulver und Gläser, deren Inhalt ich wirklich nicht definieren *will* (allerdings läuft an einigen seltsamer grün-brauner Schleim herunter und ich glaube, er gibt schmatzende Laute von sich).

Vor mir steht ein Tisch, der nur noch drei Beine hat. Dort, wo sich der vierte Fuß befinden sollte, wird das Möbel stattdessen von einem … einem … was ist das? … tatsächlich! … von einem schrumpligen Kobold gestützt, der die Arme über den Kopf hält und damit die Tischplatte stemmt. Dem kleinen grünen Kerlchen stehen Schweißperlen im runzligen Gesicht. Er schnauft wie ein Walross, aber der Tisch wackelt kein bisschen. Obendrauf liegen Zauberstäbe aller Längen und Variationen und allerlei verschrobener Tand, von dem ich lieber nicht wissen möchte, was es ist. Manches davon scheint mich zu beobachten!

Das Einzige, was ich im Raum nicht finde, ist ein Zauberer. Weit und breit keiner in Sicht. Klar, ich hab sie ja vorher alle aus dem Turm marschieren sehen. Sonst wäre ich jetzt nicht hier. Den Klops noch immer tapfer ignorierend – was wirklich schwer ist, wenn einem sein heißer Atem ins Genick fährt –, fällt mein Blick auf die große Standuhr neben dem Kamin. Jetzt wird mir klar, wo die Weißbärte hin sind: Kein Kundentermin. Mittagspause! Noch eine halbe Stunde!

Der Klops hinter mir erweckt nicht den Eindruck, als wolle er so lange warten. Schnaubend rückt er näher. Ich bin kein Experte auf dem Gebiet. Tatsächlich ist das der erste Dämon, den ich je freigelassen habe. Aber ich werte seine Haltung als kein gutes Zeichen. Sein fauliger Atem streicht mir über den Hals und lässt mich nun doch herumfahren.

Himmel! Der Kerl ist jetzt wirklich nah! Geifer trieft von seinen Fängen und sammelt sich in kleinen Pfützen auf meinen Schuhen – sauteure Designerstücke übrigens. Unheimlich schwer zu bekommen. Ich habe mir buchstäblich die Hacken nach diesen Dingern abgelaufen. Weiß der Klops überhaupt, was er mir antut, wenn er sie versaut? Aber egal. Wo war ich? Ah ja, der Geifer. Überhaupt, dieses Gebiss! Gibt es denn in der Neunten Hölle keinen vernünftigen Zahnarzt?

Ich denke gerade darüber nach, ob ich ihn auf sein dentales Problem aufmerksam machen soll, als er das lauteste Gebrüll ausstößt, das ich je gehört habe. Schlimmer noch als der Lärm, der meine Ohren beim Betreten des Turms klingeln ließ. Die Löwen im Zoo wären vor Neid tot umgefallen. Mein Gehör übrigens auch. Nicht vor Neid, aber jetzt habe ich so ein Pfeifen im linken Ohr, das … doch ich schweife ab.

Der Klops brüllt also. Sein Rachen ist so weit aufgerissen, dass es nur eine Richtung gibt, in die er sich noch bewegen kann: Zuklappen. Dafür ist mein Kopf nun aber entschieden zu nah!

Ich strecke die Hand nach dem Tisch hinter mir aus und packe das Erstbeste, was ich finde. Gerade rechtzeitig ziehe ich meinen Kopf zurück und stecke dem Klops den gläsernen Zauberstab der Länge nach ins Maul. Mächtige Kiefer schieben sich aufeinander zu. Ein Knirschen ist zu hören. Glassplitter rieseln zu Boden. Ein Anblick, der mich ein wenig an Eisregen erinnert.

Ich frage mich, ob es helfen würde, den Kobold zur Seite zu schubsen und seinen Platz unter dem Tisch einzunehmen. Würde der Klops von mir ablassen, wenn ich Teil eines Möbelstücks wäre und sich stattdessen dem grünen Kerlchen zuwenden? Während ich noch versuche, mit Hilfe einer hoch mathematischen Gleichung meine Chancen auszuloten (für die Mathematiker, die es genauer wissen wollen: Noch ein Opfer ist doppelt so viel wie zuvor und könnte den Dämon X von seinem ursprünglichen Ziel Y – das bin ich – ablenken, wenn … ja, wenn ich nur Professor Herpens Ausführungen zur Wahrscheinlichkeitsrechnung aufmerksamer gelauscht hätte), gibt es einen gewaltigen Knall. Rauch wallt auf. Riesige dunkelgraue Wolken, die erst nur langsam auseinanderdriften und dann plötzlich, wie von einem Staubsauger angezogen, mit einem vernehmbaren »Schlurp« in den Bodenritzen verschwinden. Und dann sind sie da. Auf der anderen Seite des Raums stehen sie, die Typen in ihren roten Roben und mit den abgefahrensten Hüten, die ich je gesehen habe. Jeder von ihnen eine Altkleidersammlung auf zwei Beinen. Die bodenlangen Bärte eine Fauna und Flora für sich. Ich schwöre, es war das Knirschen des Zauberstabs, das sie vorzeitig aus ihrer gewerkschaftlich verordneten Pause zurückgeholt hat.

So wie die dreinblicken, schmeckt ihnen die Unterbrechung ihrer Vesper (Teile davon haben sie in ihren Bärten mitgebracht) nicht sonderlich. Ich weiß auch gar nicht, warum die mich jetzt so grimmig anglotzen. Hinter mir steht der Dämon! Stürzt euch auf ihn! Holt ihn euch! Na los!

Doch nichts passiert. Es ist, als hätte die Ankunft der Zauberer die Welt angehalten. Batterie leer. Tilt. Nichts geht mehr. Ich wage nicht zu atmen. Die Zauberer sagen kein Wort, stehen einfach nur da, die Stirn zornig gefurcht. Selbst der Klops versucht nicht mehr, mir den Kopf abzubeißen. Im Augenblick wirkt er eher ein wenig irritiert. Verdenken kann ich es ihm nicht.

Im Turmzimmer ist es totenstill – von einem leisen Wimmern abgesehen. Aus dem Augenwinkel sehe ich, wie der Tisch schwankt. Die Arme des Kobolds zittern. Seine Lippen beben. Ich glaube, er weint. Mir ist nicht danach, ihn zu trösten. Eher denke ich noch immer darüber nach, ob es nicht besser wäre, wenn ich an seiner Stelle unter diesem Tisch säße …

Jetzt kommt Bewegung in die Zauberer. Sie stellen sich zu einem Halbkreis auf. Was soll das werden? Sieht aus wie eine Art Mannschaftsbesprechung, allerdings ohne Worte. Alles läuft nur mit Blicken ab. Die Jungs sind alt, aber Profis – das stelle ich sehr schnell fest.

Als die Lumpentüten ihre Arme heben, tut sich vor mir ein Loch von der Größe eines Kleinwagens im Boden auf. Wirbelnde Flammen zucken daraus empor. Von plötzlichem Forscherdrang gepackt, nehme ich ein Glas mit eingelegten Kröten und werfe es hinein. Auf diese Weise erhoffe ich mir, herauszufinden, wie tief es ist. Die Kröten fallen … und fallen … und fallen. Ich höre keinen Aufprall. Kein Wunder bei dem Radau, den der Klops jetzt veranstaltet. Er hat sich wohl endlich seines dämonischen Erbes erinnert und benimmt sich nun wieder, wie es einer Kreatur wie ihm gebührt. Doch alles Brüllen und Fauchen hilft ihm nichts. Es ist, als würde er von einer unsichtbaren Hand am Kragen gepackt und in jenen Schlund gezogen, der ihn wohl in die Abgründe der Neunten Hölle zurückführen wird. Ein letzter Schritt, dann ist er fort. Machs gut, Klops! Vergiss nicht, dass dich die Zauberer vertrieben haben, also komm lieber nicht auf den Gedanken, noch einmal einen Abstecher hierher zu machen!

Wenn ich mir die Zauberer so ansehe, frage ich mich allerdings, ob er nicht vielleicht freiwillig gesprungen ist. Ich meine, mal ehrlich: So ein Zauberer ist nun nicht gerade der appetitlichste Anblick – nicht mal für einen Dämon.

Der Klops ist also fort. Das Loch hat sich bereits wieder geschlossen. Sogar der Dreck liegt nun wieder da – einschließlich des Geschirrs und der schimmelnden Essensreste. Die Kerle haben wirklich ein Auge fürs Detail.

Die Zauberer wenden sich jetzt mir zu. Und etwas in ihrem Blick sagt mir, dass das gar nicht gut ist. Wer schon einmal in der Schule an der Tafel gestanden hat, um eine Aufgabe zu lösen, von der er keinen blassen Schimmer hatte, kann vielleicht nachvollziehen, wie ich mich gerade fühle. Fast sehne ich den Klops zurück.

Naiv, wie ich nun einmal bin, erwarte ich, trotz ihrer zugegebenermaßen etwas griesgrämigen Gesichter, eine Frage nach meinem Befinden. Sie werden doch bestimmt wissen wollen, ob ich verletzt bin. Allein schon wegen der Versicherung!

Aber Fehlanzeige. Stattdessen höre ich jemanden murmeln, dass Meister Borgans gläserner Zauberstab ein unwiederbringliches Einzelstück war. Woher sollte ich das denn wissen! Hing ja kein Zettel dran. Ebenso schlampig wie die Haushaltsführung der Zauberer ist auch die Etikettierung ihrer magischen Gegenstände. Mitleid fällt also aus. Dabei wünsche ich mir doch nur ein wenig Anteilnahme. Doch das scheint zu viel verlangt. Alles, was ich jetzt bekomme, sind die unflätigsten Beschimpfungen, die ich je gehört habe – und das will was heißen! Einige haben mit der Erwerbstätigkeit meiner Mutter zu tun, andere beschäftigen sich mit der Frage, ob meine Eltern Geschwister waren. Muss ich noch mehr sagen? Malt es euch selbst aus.

Irgendwann gehen ihnen jedenfalls die Beschimpfungen aus. Aber dann werden sie wirklich gemein.

Zuckende Blitze und Feuerbälle sind nicht leicht zu verdauen. Vor allem dann nicht, wenn man gerade erst eine Begegnung mit einem Dämon hinter sich hat und eigentlich ein wenig Zuspruch brauchen würde …

Mir steht so gar nicht der Sinn danach, mich grillen zu lassen. Der Kobold quiekt empört und ergreift die Flucht, als ich seinen Tisch umstoße und dahinter in Deckung hechte. Auf der Suche nach Hilfe fliegen meine Augen über all den magischen Tand, der vom Tisch gefallen ist. Ich beginne, die Zauberer mit allem zu bewerfen, was ich in die Finger bekomme. Darunter Spinnenbeine und Schlangenzungen – ausnehmend unspektakulär im Vergleich zu den lodernden Feuerbällen, die mir noch immer um die Ohren fliegen.

Wo ist die gute Fee, die einem drei Wünsche gewährt, wenn man sie braucht? Auch gegen einen dienstbaren Flaschengeist hätte ich jetzt nichts einzuwenden. Aber alles, was ich in dem Durcheinander finde, ist eine Wunschkarte. Mein Rettungsanker! Ich schnappe sie mir und störe mich auch kein bisschen an den Eselsohren oder der Tatsache, dass Kaffeeflecken die Oberfläche so sehr verunzieren, dass man das Motiv darauf kaum noch erkennen kann. Hastig breche ich sie entzwei. Jetzt mein Wunsch! Ich wünsche mich an einen Ort, an dem mir die Zauberer nicht gefährlich werden können. Weit weg vom Turm.

Es gibt keine Fanfaren und auch kein Feuerwerk. Nur das trockene Knirschen der Wunschkarte, als ich sie zerbreche. Ich schließe die Augen. Und als ich sie wieder öffne, sind die Zauberer verschwunden. Ebenso ihr Labor.

Endlich kann ich aufatmen.

Ich schwitze. Eigentlich kein Wunder nach allem, was ich hinter mir habe. Aber warum wird mir immer wärmer? Sollte ich mich nicht langsam wieder beruhigen? Vorsichtig riskiere ich einen Blick auf meine Umgebung.

Ich stehe in einem Kreis aus meterhohen Flammenlohen – etwa eine Armeslänge von einem alten Bekannten entfernt.

Fluchend greife ich in meine Hosentasche, suche nach einer zweiten Wunschkarte. Ich weiß, dass es keine gibt. Aber ist es so falsch, in einem derartigen Moment auf eines der viel gepriesenen Weihnachtswunder zu hoffen? Der für Wunder zuständige Weihnachtsmann hat sichtlich schon Feierabend – oder er ist ein kompletter Stümper.

So oder so: Das Wunder bleibt aus.

Während der Klops näher rückt, erinnere ich mich wieder an die Worte meiner Oma: »Und schließlich wird viel darauf ankommen, dass du nie alles auf eine einzige Wunschkarte setzt!«

Kluge Frau.

SABINE STREUFERT

Moorwinter

ALS LENA AUF DEN HOF hinaustrat, wurde ihr zum ersten Mal in diesem Jahr richtig weihnachtlich zumute.

Den ganzen Morgen hatte es geschneit. Die hohen Tannen nahe des kleinen Heidebauernhofs sahen aus, als wären sie aus Watte. Die Autos, die auf dem Hof parkten, trugen dicke Schneemützen.

Wie oft hatte sich Lena in den vergangenen Jahren gewünscht, dass an Weihnachten einmal richtig viel Schnee liegen würde, damit sie einen langen Ausritt durch die verschneite Heide machen konnte. Doch an den letzten beiden Weihnachtsfesten, die sie bei ihren Großeltern verbracht hatte, waren die heiß ersehnten Ausritte auf Nico einem fiesen Dauerregen zum Opfer gefallen.

Diesmal würde es anders sein!

Das werden herrliche Weihnachtstage!, dachte Lena, schlug den Kragen ihrer Reitjacke höher und machte sich auf den Weg zu den Stallungen.

Obwohl ihr Großvater schon seit Jahren keine Landwirtschaft mehr betrieb, hielt er in den Ställen neben dem Haus noch immer einige Hühner und Gänse, ein paar Schafe und zwei Haflinger-Ponys.

Der Gedanke an Nico und Benny ließ Lenas Herz höher schlagen. Allein die Aussicht auf eine Woche mit den beiden Ponys hatte genügt, um ohne Groll die Einladung ihrer Freundin Susan zu einer megacoolen Silvesterparty auszuschlagen.

»Piep, piep, lülü, piep, lülü.«

Lena blieb mitten auf dem Hof stehen, zog ihr Handy aus der Gürteltasche und schaute auf das Display.

Eine MMS von Susan! Lena grinste und drückte die »Ansehen«-Taste. Schon hüpfte ein kleines Schaf mit Weihnachtsmütze über den Bildschirm und aus dem Lautsprecher piepste in höchsten Tönen die Melodie »Jingle Bells«.

»Wie niedlich.« Lena war so entzückt, dass sie das Schaf gleich noch einmal über das Display tanzen ließ.

»Wer verschickt denn so was?«

Erschrocken fuhr Lena herum. Sie hatte gar nicht bemerkt, dass ihr Vater mit einem Schneeschieber bewaffnet neben sie getreten war und neugierig auf ihr Handy schielte.

»Schon mal was von Briefgeheimnis gehört?«, fragte sie schnippisch.

»Noch nie!« Ihr Vater machte ein todernstes Gesicht und schüttelte den Kopf.

»Schwindler!« Lena warf ihrem Vater einen finsteren Blick zu, dann grinste sie und fragte: »Ist der Schnee nicht herrlich? Genau richtig für einen langen Ausritt durch die Heide.«

»Du willst ausreiten?« Ihr Vater runzelte die Stirn und hielt den Schneeschieber in die Höhe. »Und ich dachte, du willst Großvater und mir beim Schneeschippen helfen. Wir können jede Hilfe gebrauchen.«

»Schneeschippen?« Lena starrte entsetzt auf den Schneeschieber. »Und mein Ausritt?«

»Schon gut!« Ihr Vater lachte. »Wir werden auch ohne dich zurechtkommen! Na dann: Viel Spaß beim Reiten.« Er schulterte den Schneeschieber, stapfte kopfschüttelnd davon und murmelte: »Von wegen Briefgeheimnis! Tzz, tzz, tzz, das wird ja immer schö…« Weiter kam er nicht, denn in diesem Moment flog ihm ein dicker Schneeball um die Ohren.

»Viel Spaß beim Schippen«, rief Lena ihm neckend zu, während sie beobachtete, wie er sich bückte, um einen Schneeball zu machen. Wie der Blitz sauste sie zum Ponystall, zog die schwere Holztür auf und schlüpfte hinein. Keine Sekunde zu früh …

Zisch! Ein Schneeball segelte dicht an ihr vorbei und landete im Stroh.

Lena schob die Tür zu und lehnte sich keuchend dagegen. Ein zweiter Schneeball klatschte wirkungslos gegen das Tor, dann war es still.

Sie schloss die Augen, atmete tief ein und genoss den vertrauten Geruch nach Stroh, Leder und Pferden. Ein Pferdestall ist einfach der schönste Ort auf der ganzen Welt, dachte sie glücklich und ging zu den Ponys, die sie schon ungeduldig erwarteten. Benny klopfte mit dem Huf gegen die Boxentür, während Nico vor Aufregung an seinem Futtertrog herumkaute.

»Hallo, ihr zwei.« Lena griff in ihre Jackentasche und gab jedem Pony eine große Portion Pferdeleckerlis. Dann schlang sie die Arme um Nicos Hals, schmiegte sich dicht an ihn und kraulte sanft seine Mähne. »Es ist so schön, wieder hier zu sein!«

Eine halbe Stunde später führte Lena den Haflinger fertig geputzt und gesattelt aus dem Stall. Die Sonne schien von einem strahlend blauen Himmel. Der Schnee glitzerte und funkelte in der frostigen Luft.

Sie wollte sich gerade in den Sattel schwingen, als sie sah, wie ihr Großvater mit einem Rucksack in der Hand aus dem Haus kam und über den Hof auf sie zueilte. »Lena, warte!«, rief er. »Hier, das soll ich dir von Großmutter geben.« Er reichte Lena den Rucksack. »Ein bisschen Proviant, damit du unterwegs nicht verhungerst.«

»Dem Gewicht nach zu urteilen ist es genug, um eine ganze Armee zu versorgen.« Lena lachte und schulterte den Rucksack. »Sag Oma vielen Dank!«

»Mach ich!« Großvater drehte sich um und wollte zum Haus zurückgehen, als ihm noch etwas einfiel: »Ach ja, der Wetterdienst hat für heute Abend wieder starke Schneefälle angesagt. Also bleib bitte nicht so lange fort.« Er zwinkerte ihr zu und sagte: »Und denk an die Irrlichter und Moorgeister.«

»Keine Sorge, die kriegen mich nicht!« Lena wendete Nico zum Tor, winkte ihrem Großvater noch einmal zu und ritt langsam in Richtung Heide davon.

Der Schnee lag weich und unberührt auf der schnurgeraden Heidestraße. Der Wind schien ebenso zu schlafen wie der kleine Bach am Straßenrand, der jetzt unter einer dicken Eisschicht verborgen war. Außer einem Bussard, der auf der Jagd nach Beute am Himmel seine Kreise zog, war weit und breit niemand zu sehen. Die Felder lagen weiß und still im Sonnenschein und die wenigen Bäume, die den Heideweg säumten, wirkten unter der dicken Schneelast wie verzaubert.

Lena war glücklich. Genau so hatte sie sich einen winterlichen Ausritt immer vorgestellt.

Nach einer guten Stunde ließ sie Nico an einer Weggabelung anhalten.

»Na, wo wollen wir jetzt hinreiten?«, fragte sie das Pony. »Feddergrund, Erkenwich oder lieber über Halba-Moor zurück zum Birkenhof?«

Nico schnaubte und schüttelte die Mähne.

»Nun sag schon: links, rechts oder geradeaus?«, drängte Lena. Aber Nico schien es nicht eilig zu haben. Er stand nur da und rührte sich nicht. Schließlich wandte er träge den Kopf und machte zwei kleine Schritte nach links.

»Also Richtung Feddergrund«, stellte Lena erfreut fest. »Prima! Das war ich noch nie.«

Sie ritt ein kleines Stück den Weg entlang. Dann hielt sie an, zog den Rucksack vom Rücken und meinte: »Jetzt machen wir erst mal eine Pause.« Lena schmunzelte, als sie den Rucksack öffnete. Der Inhalt glich wirklich einem Survival-Pack für Nordpolreisende. Punsch, Lebkuchen, Äpfel ...! »Typisch Oma!«, murmelte sie und fischte zwei Äpfel heraus. Den einen gab sie Nico, den anderen aß sie selbst, während sie langsam in Richtung Feddergrund ritten. Hier wurden die Felder und Wiesen immer wieder von kleinen Wäldchen unterbrochen, sodass der Weg sich häufig verzweigte. Im Sommer war die Umgebung von Feddergrund eine beliebte Walkingstrecke. Aber an kalten Wintertagen wie diesem blieben die Leute wohl lieber zu Hause und setzten sich gemütlich vor den Kamin. Der Einzige, dem Lena begegnete, war ein einsamer Jogger, der sie freundich grüßte, als er an ihr vorüberlief.

Nach einer Weile erreichten sie einen kleinen Wald aus hohen Tannen. Hier war es schattig und merklich kühler als auf dem Heideweg.

Lena fröstelte.

Umständlich versuchte sie, sich während des Ritts eine Tasse Punsch einzuschenken, hatte damit aber wenig Erfolg. Als ihr zum zweiten Mal der heiße Fliederbeersaft auf die Hand spritzte, zügelte sie das Pony und stieg ab.

Mit dem Punsch in der einen und Nicos Zügel in der anderen Hand stapfte sie weiter.

Plötzlich blieb Nico stehen. Er schnaubte unwillig und tänzelte einige Schritte rückwärts, während er mit aufmerksam gespitzten Ohren den Weg entlangstarrte.

»Was ist denn los?« Verwundert blickte Lena auf – und erschrak.

Weiter vorn, dort wo der Wald endete und die freien Felder anfingen, schien es, als hinge dichter Nebel über der Straße.

»Nebel? Bei diesem Wetter?« Lena runzelte die Stirn. Dann fiel ihr ein, was Opa vorhin zu ihr gesagt hatte, und ihr wurde ganz mulmig zu Mute. »O nein! Das ist bestimmt gar kein Nebel! Das ist Schnee! Aber der sollte doch erst heute Abend kommen!« Wie spät es wohl sein mochte? Lena ärgerte sich, dass sie es versäumt hatte, eine Uhr mitzunehmen. Ein kurzer Blick zum Himmel sagte ihr, dass der Nachmittag schon weit vorangeschritten war.

»So ein Mist!« Lena schüttete den Rest des Glühpunsches in den Schnee, stopfte die Tasse wieder in den Rucksack und schwang sich in den Sattel.

So schnell sie konnte, ritt sie den Weg zurück. Aber schon an der ersten Weggabelung erwartete sie eine Überraschung.

Der Wegweiser war umgestürzt.

»Seltsam!« Lena war ganz sicher, dass er eben noch aufrecht gestanden hatte. Offensichtlich hatte der morsche Pfahl der dicken Schneelast nicht mehr standhalten können.

Was nun?

Unschlüssig schaute sie sich um.

»Kann ich dir behilflich sein?«

Erschrocken fuhr Lena herum. Hinter ihr, mitten auf dem Weg, stand wie aus dem Nichts eine alte Frau. Sie stützte sich auf einen grob geschnitzten Stock und trug Kleidung, die auch schon bessere Zeiten gesehen hatte. Ihre Hände steckten in löchrigen Handschuhen. Das graue Haar war zum Teil von einem verfilzten Kopftuch verdeckt. Auf dem krummen Rücken trug sie einen Weidenkorb, der bis oben hin mit trockenem Reisig gefüllt war. Lena staunte. So etwas hatte sie bisher nur ein einziges Mal gesehen – auf einem uralten Foto in einem Freilichtmuseum.

»Nun?«, schnarrte die Alte mit brüchiger Stimme und schlurfte ein paar Schritte auf Lena zu. »Hast du dich verlaufen?«

»Nein … ähm … ja …!«, stammelte Lena erschrocken und verwirrt zugleich. »Ich … ich suche den Weg zum Birkenhof.«

»Zum Birkenhof. Soso.« Die Alte rieb sich grübelnd die runzelige Nase. »Da musst du dich aber beeilen. Es zieht ein Sturm auf.«

»Ich weiß!« Lena seufzte hörbar. »Aber welcher Weg ist der richtige.« Sie deutete auf den umgestürzten Wegweiser. »Kennen Sie sich hier aus?«

»Hmm, jaaa! Auskennen! Fein, fein …« Die Alte zog geräuschvoll die Nase hoch. »Wege gibt es viele im Moor.« Sie deutete mit ihrem Stock im Kreis herum. »Doch wohin führen sie? Manche sind kurz, ja, ja und manche …« Sie brach ab und hustete geräuschvoll.

»Das Moor ist gefährlich, sagt mein Großvater«, antwortete Lena zögernd. Die Alte wurde ihr langsam unheimlich.

»Gefährlich, ja, gefährlich!« Die Alte kicherte schnarrend. »Doch nur für jene, die furchtsam sind. Furcht ist ein schlechter Begleiter durch das Moor. Wer sich fürchtet, der ist verloren.«

Die Alte kam noch etwas näher an das Pony heran. Ein strenger Geruch nach Moder und Fäulnis schlug Lena entgegen und sie rümpfte angewidert die Nase. Eine leise Stimme flüsterte ihr zu, dass sie besser weiterreiten solle, aber sie wusste nicht, wohin.

Die zudringliche Alte machte auch das Pony unruhig. Ängstlich wich es ein paar Schritte zurück.

»Reite durch das Moor und du wirst den Birkenhof vor dem Sturm erreichen«, hörte Lena die Alte sagen. »Folge dem Weg, nur dem Weg, es ist ganz einfach …« Mit einer Gewandtheit, die Lena ihr nicht zugetraut hätte, hob sie ihren Stock, holte aus und gab Nico einen kräftigen Klaps auf den Schweifansatz. Das Pony zuckte zusammen, machte einen Bocksprung und preschte davon. Lena gelang es gerade noch, sich am Sattelknauf festzuhalten.

Der Haflinger rannte, als ginge es um sein Leben. Blindlings galoppierte er den Weg entlang. Er wurde erst langsamer, als er sich in Sicherheit fühlte.

Um Atem ringend blickte Lena sich um. Um sie herum erstreckte sich eine endlose, kahle Landschaft aus Gräben und Feldern. Ab und zu wurde die Einöde von ein paar Büschen und Sträuchern unterbrochen. Etwas weiter entfernt entdeckte Lena eine Gruppe hoher Tannen, die wie einsame Wächter in den Himmel ragten. Bei dem Anblick beschlich sie eine unheimliche Beklemmung. Niemals zuvor hatte sie das Moor betreten, hatte immer eine großen Bogen darum gemacht und jetzt stand sie plötzlich mittendrin.

Fast hätte sie mit Nico geschimpft, aber ein Blick auf ihr Pony sagte ihr, dass ihr das auch nicht weiterhelfen würde. Der Haflinger sah so elend aus, dass er ihr leidtat.

»Du Armer!«

Lena griff in ihren Rucksack, holte noch einen Apfel heraus und gab ihn

Nico. »Ein Glück, dass Großmutter so viel eingepackt hat«, sagte sie und klopfte Nico den Hals.

In der Hoffnung, irgendeinen Anhaltspunkt zu entdecken, nach dem sie sich richten könnte, ließ sie den Blick noch einmal über das Moor schweifen – vergebens! Weder der Walldorfer Kirchturm noch der hohe Funkmast, den man im letzten Sommer in der Nähe des Birkenhofs aufgestellt hatte, waren zu sehen.

»Ach, Nico! Wie sollen wir denn jetzt nach Haus kommen?«, murmelte sie niedergeschlagen. Da hatte sie eine Idee: das Handy!

Natürlich! Warum war sie denn nicht schon früher darauf gekommen?

Mit klammen Fingern zog sie das Handy aus der Tasche und schaltete es ein. Nichts geschah. Das Display blieb schwarz.

»O nein! Ich hab vergessen, es auszuschalten!« Lena war so ärgerlich, dass sie am liebsten geschrien hätte.

»Dann eben nicht!« Wütend steckte sie das Handy wieder ein. »Lass uns zurückreiten, alter Junge!«, sagte sie zu Nico. »Wenn wir deinen Hufspuren folgen, finden wir bestimmt schnell wieder aus dem Moor heraus.«

Sie wendete Nico auf dem Weg – und blieb wie angewurzelt stehen.

Keine hundert Meter hinter ihr erhob sich eine graue Wand aus Schnee. Der Wind frischte auf und wirbelte ihr die ersten dicken Flocken entgegen – das Schneetreiben hatte sie fast eingeholt.

Hektisch sah Lena sich um. Weit und breit gab es nichts, was Nico und ihr Schutz bieten könnte. Nichts – außer den Tannen!

Ohne lange zu überlegen, riss Lena die Zügel herum und ritt los.

Wenig später holte der Sturm sie ein. Innerhalb von Sekunden versank die Landschaft rings umher hinter einem dichten Vorhang aus wirbelnden Schneeflocken, und der eisige Wind machte ein Vorankommen fast unmöglich.

Frierend trieb Lena den Haflinger an. Ihre Hände waren trotz der Handschuhe eiskalt und ihre Füße spürte sie kaum noch. Sie hatte jedes Zeitgefühl verloren. Es kam ihr vor, als reite sie schon eine halbe Ewigkeit durch den tosenden Sturm, aber sie gab nicht auf. Irgendwann mussten sie doch die schützenden Tannen erreichen.

Sie hatte große Angst, aber sie war auch wütend. Auf den Schnee, auf den Wind, auf die alte Frau, vor allem aber auf sich selbst.

Wieso hatte sie überhaupt mit dieser merkwürdigen Alten gesprochen?

Opa hatte sie doch gewarnt. Das Moor war unheilvoll. Es hieß, dass hier schon viele verschwunden seien. Erwachsene und Kinder, ja sogar Reisende mitsamt ihren Pferdekarren verschlang das Moor und gab sie nie wieder frei. Die unheimlichen Geschichten von den Moorgeistern und den Irrlichtern kamen Lena wieder in den Sinn, die Großvater ihr früher immer erzählt hatte.

Irrlichter, so behauptete er, wären die ruhelosen Seelen derer, die im Moor verschollen blieben. Hungrig nach Leben klammerten sie sich an all jene, die sich des Nachts ins Moor wagten, um sich an ihren Seelen zu wärmen!

Etwas streifte ihr Gesicht.

Lena zuckte erschrocken zusammen und spähte ängstlich voraus. Hinter den wirbelnden Flocken erhoben sich dunkle Umrisse wie finstere Riesen. Die Tannen! Erleichtert ließ sich Lena aus dem Sattel gleiten und führte Nico in den Schutz der Bäume. Hier war es nicht mehr so windig und die tief hängenden Zweige schützten sie vor dem Schneefall. Sie nahm ihren Rucksack ab, klopfte sich den Schnee von der Reitjacke, lehnte sich an Nicos Flanke und schloss erschöpft die Augen. Der Rücken des Haflingers war warm und der vertraute Geruch des Fells tröstete sie ein wenig.

Es war die Stille, die sie schließlich aufhorchen ließ.

Verwundert öffnete sie die Augen. Der Wind blies noch immer und der Schnee fiel unvermindert dicht, aber das Rauschen in den Ästen der Tannen war verstummt. Und noch mehr: Nicht das kleinste Geräusch war zu hören. Die Stille war vollkommen. Nico stand mit aufmerksam gespitzten Ohren da und starrte gebannt auf zwei Lichtpunkte, die auf der anderen Seite des Weges in der Dunkelheit zwischen den Tannen glühten.

Da ist jemand, schoss es Lena durch den Kopf. Doch noch während sie das dachte, bemerkte sie ihren Irrtum. Neben den Lichtern erschienen rasch weitere Punkte. Vier, sechs, acht …! Ein eisiger Schauer lief Lena über den Rücken. Zögernd blickte sie sich um – auf den Ästen und Zweigen saßen, winzigen Weihnachtsbaumkerzen gleich, Hunderte der wundersamen Lichter. Es wurden immer mehr! Bald war der ganze Weg erhellt von ihrem warmen Schein.

Der Anblick vermittelte Lena ein fast heimeliges Gefühl. Sie glaubte sogar, die Wärme der Lichter auf ihren Wangen zu spüren …

»Komm!«

Leise und verlockend strich eine Stimme durch ihre Gedanken.

»Wir helfen.«

Lena hatte keine Furcht. Die Lichter waren ihre Freunde.

»Folge uns!«

Die Lichter begannen zu tanzen. Erst langsam, dann immer schneller bewegten sie sich im Kreis um Lena herum, die den Tanz gebannt beobachtete. Es war wunderschön. Sie lächelte versonnen. Der Sturm, der Schnee, die Kälte …! Nichts schien mehr wichtig. Es gab nur noch die Lichter und die wohltuende Wärme. Lena zog die Handschuhe aus und ließ sie achtlos in den Schnee fallen. Sie brauchte sie nicht mehr. Die Lichter bewegten sich immer schneller und umfingen sie wie ein leuchtender Strudel.

»Folge uns! Folge uns!«, wisperten sie verführerisch, während sie den Kreis langsam immer enger zogen.

Lena fühlte sich seltsam leicht und sorglos. Sie hörte nichts, außer den Stimmen. Sie war frei. Und plötzlich hatte sie das Gefühl, zu schweben.

In der Ferne wieherte ein Pferd.

Trommelnder Hufschlag setzte dem Tanz der Lichter ein jähes Ende. Aufgeschreckt sausten sie kreuz und quer durcheinander. Wo sie zusammenprallten, blitzte es grell. Es blitzte und funkte, funkte und blitzte. Lena schloss geblendet die Augen.

Als sie sie wieder öffnete, war es dunkel. Die Lichter waren fort! Im gleichen Augenblick brach der Schneesturm mit seiner ganzen Kraft wieder über Lena herein. Die hohen Tannen rauschten, als der Sturm Böe um Böe durch die Zweige fegte. Er zerrte an ihrer Kleidung und trieb ihr die dicken Flocken mitten ins Gesicht.

»Kommt zurück!«, schrie Lena ihre Verzweiflung in den Sturm hinaus. »Kommt zurück! Bitte! Lasst mich nicht allein!« Hilfe suchend streckte sie die Hände aus, aber die Lichter kamen nicht wieder. Sie war allein.

Tränen der Verzweiflung liefen ihr über die Wangen. Schluchzend drückte sie ihr Gesicht an Nicos warmen Hals und weinte. Noch einmal wieherte ein Pferd, diesmal viel leiser.

Überrascht blickte sie auf. Ihr Herz begann wie wild zu pochen. Da vorn ritt jemand durch den Schneesturm. Angestrengt spähte sie in den Flockenwirbel hinein. Auch Nico hatte etwas gehört. Er spitzte die Ohren und schnaubte unruhig.

Der Schnee fiel so dicht, dass sie kaum etwas erkennen konnte. Dann entdeckte sie doch etwas: die schemenhaften Umrisse eines Reiters. Er trug eine kleine Laterne in der Hand und ritt langsam den Weg entlang – von ihr fort, immer tiefer in das Moor hinein.

»Sie suchen uns«, flüsterte Lena Nico zu. »Opa und Papa. Sie suchen uns.«

Sie legte die Hände wie einen Trichter an den Mund und rief, so laut sie konnte: »Haaallooo! Papa, Opa! Ich bin hieeeeär!« Der Wind riss ihr die Worte von den Lippen, aber sie gab nicht auf. Sie rief und rief.

Vergebens. Der Reiter hielt nicht an. Wer auch immer vorbeigeritten sein mochte – er hatte sie nicht gehört.

»Komm, Nico!«

Entschlossen schwang sich Lena in den Sattel und wendete das Pony in Richtung Moor. »Wir reiten ihm nach. Wenn wir ihn einholen wollen, müssen wir uns beeilen.«

Nico gab sein Bestes. Tapfer folgte er dem Reiter ins Moor hinein. Aber er war schon zu erschöpft. Zwei Mal noch sah Lena den Schein der Laterne vor sich aufleuchten – dann war sie nicht mehr zu sehen.

Lena fühlte Panik in sich aufsteigen.

Sie war allein.

Mitten in der Nacht!

Mitten im Moor!

Es dauerte eine ganze Weile, bis sie bemerkte, dass der Schneefall nachließ. Der Wind wurde schwächer und allmählich konnte sie auch wieder etwas erkennen.

In der Ferne stand ein Haus.

Es war sehr nicht groß, aber aus den Fenstern schimmerte einladend ein Licht, und der Rauch, der aus dem Schornstein stieg, verhieß ein wenig Wärme.

Lenas Herz tat vor Freude einen Sprung.

»Wir haben es geschafft«, sagte sie und klopfte Nico den Hals. »Komm, alter Junge! Noch ein kleines Stück, dann sind wir in Sicherheit.«

Das Haus war eine alte, mit Reet gedeckte Kate. Eine altmodische Öllampe hing an einem Haken neben der Haustür und erleuchtete spärlich den Hof. Lena rutschte von Nicos Rücken und führte den erschöpften Haflinger in den Windschatten des Hauses. Alles war ruhig, nur die Öllampe quietschte im Wind. Hoffentlich sind die Leute noch wach, dachte Lena und trat vor die Haustür. Da sie keine Klingel fand, entschied sie sich anzuklopfen. Erst leise, dann etwas lauter pochte sie mit klammen Fingern gegen die hölzerne Tür und wartete.

Knarrend schwang die Haustür auf.

»Guten Abend, mein Kind!« Eine rundliche alte Frau mit wirrem schlohweißem Haar begrüßte sie freundlich. »Komm nur herein. Hier ist es warm.«

Unschlüssig blieb Lena vor der Tür stehen. »Da… Danke!«, stammelte sie und blickte auf Nico, der geduldig, aber mit hängendem Kopf neben der Haustür wartete.

»Ach ja, dein Pony!« Die alte Frau lächelte. »Mach dir keine Sorgen. Ich werde es gleich in den Stall bringen. Aber zuerst habe ich eine Tasse heißen Tee für dich. Du siehst mir recht durchgefroren aus.« Sie winkte einladend und trat einen Schritt zur Seite, damit Lena eintreten konnte.

Im Haus roch es nach Lagerfeuer, altem Holz und Kamillentee.

»So nimm doch Platz. Du musst erschöpft sein von deinem langen Ritt.« Die alte Frau schlurfte zum Tisch und bedeutete Lena, sich zu setzen. Dann schob sie ihr einen Becher mit dampfendem Tee zu. »Trink, das wird dir guttun«, sagte sie und wandte sich zur Tür. »Ich werde derweil dein Pony versorgen.«

Dankbar nahm Lena einen Schluck heißen Tee. Das tat gut. Lena spürte, wie ihre Finger kribbelten. Auch ihre Füße tauten langsam wieder auf.

Das Haus muss schon sehr alt sein, dachte sie und blickte sich aufmerksam um. Der Fußboden und die Wände des Zimmers bestanden aus grob behauenen Feldsteinen. Außer dem großen Tisch, an dem sie saß, entdeckte Lena noch zwei schwere Eichentruhen und zwei hohe Schränke mit schief hängenden Türen. In der Mitte des Raums befand sich ein offener Kamin mit einem prasselnden Feuer. Darüber hing ein verbeulter Topf, in dem eine Suppe vor sich hin kochte. Der Gedanke an Essen erinnerte Lena daran, wie hungrig sie war. Sie holte die Schachtel mit den Lebkuchen aus dem Rucksack hervor und verputzte in rekordverdächtiger Geschwindigkeit die Hälfte des Inhalts.

»Lebkuchen!« Der Ausruf der alten Frau kam so überraschend, dass Lena erschrocken zusammenzuckte. Die Frau trat an den Tisch und betrachtete die Schachtel gedankenverloren. »Wie lange habe ich schon keine Lebkuchen mehr gegessen«, sagte sie und schnupperte hörbar. »Herrlich! Wie der duftet!«

»Sie dürfen sich gern bedienen!« Lena hatte ihren Schreck überwunden und hielt der Frau die Schachtel entgegen.

»Danke!« Die Alte nahm sich einen Lebkuchen und steckte ihn in den Mund. Ein versonnenes Lächeln huschte über ihr Gesicht. »Du kannst deine Reitsachen ruhig ablegen«, sagte sie, während sie zur Feuerstelle ging und den Inhalt des Topfes umrührte. »Das Essen ist gleich fertig.« Lena beschlich mehr und mehr das Gefühl, dass die Frau sie erwartet hatte.

»Wussten Sie, dass ich komme?«, fragte sie zögernd.

»Wissen? Nein! Aber hier kommt oft jemand vorbei – irgendwann.« Die Alte machte eine Pause und schaute nachdenklich aus dem Fenster. »Hast du jemand gesehen im Moor?«

»Gesehen? Nein.« Lena stockte. Ihr Blick wanderte zur Öllampe. »Oder doch. Ja, da waren Lichter im Moor! Hunderte! Sie sahen aus wie Glühwürmchen – und sie haben zu mir gesprochen …« Wahrscheinlich würde die alte Frau sie für verrückt halten, aber das war Lena egal. Froh, endlich mit jemandem darüber sprechen zu können, redete und redete sie. Von dem Sturm und den Lichtern, von dem geheimnisvollen Reiter und der Greisin mit dem Reisigkorb. Als sie geendet hatte, sah die alte Frau sie ernst an. »Du hast großes Glück gehabt, mein Kind! Ein Glück, das nur wenige haben, die die Jenner ins Moor schickt.«

»Die Jenner?«, fragte Lena verwirrt. »Meinen Sie die alte Frau mit dem Reisigkorb?«

»Die Jenner hat viele Gesichter. Dir erschien sie als alte Frau. Andere sehen sie als armes Kind. Manchen erscheint sie als Kutscher auf einem Pferdekarren und junge Männer sehen in ihr eine schöne Maid.« Die Frau flüsterte fast, als sie weitersprach. »Die Jenner ist böse! Sie ist ein Moorgeist!«

Ein eisiger Windhauch strich durch den Raum und brachte die Öllampe zum Flackern. Trotz des warmen Feuers lief Lena ein Schauer über den Rücken.

»Das Moor ist gefährlich«, erzählte die alte Frau weiter. »Sehr gefährlich. Besonders an Tagen wie diesen.« Sie deutete aus dem Fenster. »Wenn es draußen stürmt und schneit, wenn es neblig ist und finster, dann kommen sie hervor – die Moorgeister und die Irrlichter. Sie suchen nach Leben und nach Wärme. Sie suchen nach dem, was sie vor langer Zeit verloren haben, und locken ahnungslose Wanderer ins Verderben. Mein guter Mann reitet in solchen Nächten aus. Er treibt die Geister zurück ins Moor und versucht jenen zu helfen, die den Verlockungen nicht widerstehen konnten.« Sie seufzte und ging zurück zum Feuer. »Nicht immer kommt er zur rechten Zeit.«

»Natürlich!« Plötzlich verstand Lena. »Der Reiter war also Ihr Mann!«

Die Frau nickte: »Ja! Er hat dich gefunden und hierher geführt. Sorge dich nicht. Hier bist du sicher, bis der Morgen graut und du nach Hause reiten kannst.«

»Ich soll bis Morgen warten? So lange?« Am liebsten hätte Lena die alte Frau nach einem Telefon gefragt, aber die altertümliche Einrichtung ließ sie die Antwort schon erahnen. Nachdenklich starrte sie in die Flammen des Kaminfeuers. »Auf dem Birkenhof werden sie sich bestimmt schon große Sorgen machen!«

Draußen ertönte Hufschlag. Die alte Frau blickte aus dem Fenster. »Mein Mann kommt zurück«, sagte sie. »Ich werde ihn bitten, zum Birkenhof zu reiten und dort Bescheid zu sagen, wo du bist.« Sie machte sich auf den Weg zur Haustür.

»Warten Sie! Dann kann ich doch mit ihm reiten!«, rief Lena und sprang auf.

»Das ist viel zu weit für dich. Und auch für dein Pony.« Die alte Frau schüttelte energisch den Kopf. »Es war ein anstrengender Tag. Ihr seid beide erschöpft. Warte bis zum Morgen – dann kannst du das Moor sicher durchqueren.«

Die alte Frau hatte Recht. Auch Lena spürte jetzt, wie müde sie war. Sie wollte schlafen! Nur noch schlafen.

»Ich habe ein Bett für dich vorbereitet.« Die alte Frau nahm Lena bei der Hand und führte sie auf einen der großen Schränke zu. Ein Schatten huschte über ihr Gesicht, als sie ihn öffnete, aber sie sprach unbeirrt weiter: »Das Bett gehörte früher unserem Sohn. Heute Nacht wird es dein Bett sein. Leg dich nieder. Ruh dich aus! Hier bist du sicher!«

Lena nickte dankbar. Während die Frau auf den Hof hinausging, zog Lena Jacke, Schuhe und Reithose aus und kletterte ins Bett. Es war herrlich warm. Der Gedanke, dass sie kein Essen mehr bekommen würde, flackerte kurz in ihren Gedanken auf, dann kuschelte sie sich in die weichen Kissen und war sofort eingeschlafen.

Als Lena erwachte, schien die Sonne. Das goldene Licht flutete durch die altersblinden Fensterscheiben auf das Bett und kitzelte ihre Nase.

Verschlafen rieb sie sich die Augen. Sie fühlte sich ausgeruht, doch ihr Magen gab ihr knurrend zu verstehen, dass sie dringend etwas essen musste. Lena setzte sich auf und schlug die Bettdecke zurück. Im Haus war es kalt. Bitterkalt. Fröstelnd schlüpfte Lena in die Reitsachen und zog sich ihre Schuhe an. Dann ging sie zum Tisch, öffnete ihren Rucksack und goss sich den Rest des Glühpunsches in ihren Becher. Er war fast kalt. Aber das störte Lena nicht. Sie war so durstig, dass sie den Becher in einem Zug austrank. Am liebsten wäre sie sofort nach Hause geritten, aber es erschien ihr unhöflich, sich einfach so davonzuschleichen, ohne sich bei der alten Frau für ihre Gastfreundschaft zu bedanken. So setzte sie sich auf einen niedrigen Schemel und wartete. Bei Tageslicht wirkte das Haus weit weniger gemütlich als am Abend. Die Wände waren verrußt und die Möbel abgenutzt. Vor den Fensterscheiben hingen zerrissene Spinnweben und den Tisch zierte eine dicke Staubschicht. Lena nahm die letzten beiden Lebkuchen aus der Packung, aß sie auf und wartete. Aber die alte Frau kam nicht zurück.

Auf dem Hof wieherte Nico. Lena ging zur Haustür und spähte hinaus. Das Pony stand fertig gesattelt auf dem Hof. Es war an einem hölzernen Pfahl neben der Haustür angebunden und scharrte ungeduldig mit dem Huf im Schnee.

»Guten Morgen, Nico!«, rief Lena ihm zu. »Wir reiten gleich los. Versprochen!« Sie ließ den Blick über den Hof schweifen, konnte die alte Frau aber nirgends entdecken. Lena horchte. Es war still. Unheimlich still. Aus dem Haus und dem Stall drangen keine Geräusche. Die Kate wirkte verlassen.

Komisch, dachte Lena. Wo ist sie wohl hingegangen?

Noch länger zu warten hielt sie nicht aus. Es war wirklich höchste Zeit, nach Hause zu reiten. Die beiden Lebkuchen reichten für ein Frühstück eben doch nicht aus.

Lena beschloss, der alten Frau eine Nachricht zu hinterlassen. Sie ging zurück ins Haus und suchte nach einem Blatt Papier. Weil sie nichts fand, nahm sie einfach den Boden der leeren Lebkuchenschachtel und schrieb kurz ein paar Zeilen auf. Dann packte sie ihren Rucksack und machte sich auf den Weg zum Hof. Die Haustür knarrte gespenstisch, als Lena sie zuzog. Sie musste ihre ganze Kraft aufwenden, dennoch gelang es ihr erst beim dritten Versuch, sie zu schließen. Lena gab Nico die letzten beiden Äpfel aus dem Rucksack, band ihn los und schwang sich in den Sattel. Aufmerksam sah sie sich um. Die Kate lag ziemlich frei mitten im Moor. Dann entdeckte Lena in der Ferne den Walldorfer Kirchturm, und auch die rot-weiße Spitze des Funkmastes nahe des Birkenhofes lugte über die Wipfel eines Tannenwäldchens hinweg. Erleichtert atmete sie auf und wuschelte durch Nicos Mähne.

»Na los, alte Knabe!«, sagte sie gut gelaunt. »Ab nach Hause!«

Sie war noch nicht weit geritten, da hörte sie plötzlich Glockenklang. Überrascht zügelte sie ihr Pony und spähte voraus. Ein Schlitten näherte sich.

Das wird sicher die alte Frau sein, dachte Lena und lenkte Nico an den Wegrand. Doch als der Schlitten näher kam, bemerkte sie ihren Irrtum.

»Hallo, Paps! Hallo, Opa!«, rief sie erleichtert, ließ Nico antraben und ritt den beiden winkend entgegen.

»Lena! Endlich!« Überglücklich schloss ihr Vater sie in die Arme und drückte sie fest an sich. »Wir haben uns schon solche Sorgen gemacht.«

»Hat euch der Mann denn nicht Bescheid gesagt, wo ich bin?« Lena löste sich aus der Umarmung und runzelte verwirrt die Stirn.

»Du meinst Markus Schröder?« Großvater stieg vom Schlitten und trat zu den beiden. »Doch schon, aber er wusste nicht genau, wohin du geritten bist. Wir suchen bereits den ganzen Morgen nach dir. Und als wir dann deine Handschuhe im Schnee gefunden haben … Nun ja, da haben wir schon mit dem Schlimmsten gerechnet.«

»Wegen der Moorgeister und Irrlichter?« Lena lachte. »Ich hab dir doch gesagt, dass die mich nicht kriegen.« Sie deutete mit dem Arm in Richtung der alten Kate. »Ich habe die ganze Nacht in dem Haus dort drüben verbracht. Ich hatte mich verirrt und war völlig erschöpft. Nico auch! Die alte Frau war sehr nett zu mir. Sie sagte, dass sie öfter Leute beherberge, die sich im Moor verlaufen hätten, und versprach mir, dass ihr Mann noch in der Nacht zum Birkenhof reiten werde, um euch zu sagen, wo ich bin. Ob der Mann Markus Schröder hieß, weiß ich nicht.« Erst jetzt fiel Lena ein, dass sie ganz vergessen hatte, die Frau nach ihrem Namen zu fragen.

»Lena.« Die Stimme ihres Großvaters klang ungewöhnlich ernst, als er weitersprach. »Markus Schröder ist der Jogger, dem du im Wald begegnet bist! Jemand anderen haben wir nicht getroffen.« Er machte eine bedeutungsvolle Pause. »Die alte Kate dort hinten ist die Helgerkate.«

»Ja, und?« Der Name sagte Lena nichts.

»Das ist eine traurige Geschichte. Der Sohn der Helgers ist in einer stürmischen Winternacht im Moor umgekommen. Daraufhin machten es sich die alten Helgers zur Aufgabe, Wanderern zu helfen, die sich im Moor verirrt haben, damit ihnen nicht das gleiche Schicksal widerfährt wie ihrem Sohn. Vielen haben sie so geholfen.«

»So wie mir!« Lena fröstelte, als sie an die unheimlichen Lichter dachte. »Wir sollten noch einmal hinüberreiten und uns bei ihnen bedanken, meint ihr nicht?«

»Das wird nicht gehen!« Großvater maß sie mit einem schwer zu deutenden Blick, und als er weitersprach, klang seine Stimme irgendwie fremd: »Was ich dir eben erzählt habe, geschah vor langer Zeit. Die alten Helgers sind schon vor über einhundert Jahren gestorben. Seitdem steht die alte Kate leer.«

KATJA BRANDIS

Bethanior

MARTIN TENZER FUHR GERNE U-BAHN, und er nahm sich dafür nie etwas zu lesen mit. Wozu auch. In der Bahn gab es so viele seltsame Typen, dass man immer etwas zu gucken hatte, und die Gespräche waren oft so durchgeknallt oder dämlich, dass er sich innerlich kugelte. Aber etwas so Seltsames wie diesmal hatte er noch nie belauscht.

»Es kann praktisch nichts mehr schiefgehen bei unserem Plan«, flüsterte ein Mann ganz in der Nähe – er saß mit dem Rücken zu Martin. »Sie sind jetzt überall in der Stadt verteilt, jeden Tag werden Dutzende an neue Orte gebracht.«

Martin zog sich die Wollmütze vom Kopf und spitzte die Ohren.

»Ohne dieses Fest hätten wir es schwerer gehabt«, meinte eine zweite Männerstimme. »Aber diese bunten Kugeln … perfekt. Sie sind groß genug und werden warm und gut belüftet frei schwebend aufgehängt …«

»Ja, das müsste wirklich reichen, damit sie problemlos schlüpfen können.«

Schlüpfen? Martin sträubten sich die Nackenhärchen. Ein Blick in die spiegelnde Scheibe der U-Bahn zeigte ihm, dass die beiden Männer sich sehr ähnlich sahen. Sie trugen beide die gleichen, dunkelgrauen Wintermäntel mit identischen grün-weiß-schwarz gemusterten Schals, hatten sehr kurz geschnittene hellblonde Haare und säuberlich gestutzte Schnurrbärte.

»Und dann ist«, – kurzes Auflachen des erstes Mannes – »jede Menge frische Nahrung in der Nähe, mit der sie sich stärken können.«

Ach du Scheiße, dachte Martin. Der Zug rauschte in die Station Sendlinger Tor ein. Hier musste Martin eigentlich raus, umsteigen. Ein halbes Dutzend Menschen drängte sich schon an den Türen, um möglichst schnell zu den Anschlusszügen zu kommen. Doch die beiden Männer blieben sitzen. Unruhig umklammerte Martin seine Gitarre. Er konnte doch jetzt nicht gehen! Er musste versuchen, mehr über diese eigenartige Verschwörung herauszufinden.

Egal, dann komme ich halt ein bisschen zu spät zur Gitarrenstunde, dachte Martin, während sich die Türen der U-Bahn zischend wieder schlossen. Aber die Männer sagten nicht mehr viel, tauschten nur ein paar Bemerkungen über die volle Bahn und den Weihnachtstrubel in der Stadt aus. Am Odeonsplatz stiegen sie schließlich aus. Martin drängte sich durch die Menge, um ihnen auf den Fersen bleiben zu können. »He, pass doch auf!«, schimpfte jemand, den er mit seiner Gitarrentasche angerempelt hatte. Martin murmelte eine Entschuldigung und hetzte weiter. Zu spät! Die beiden waren um eine Straßenecke gebogen … und einfach weg. Keuchend blickte sich Martin um, aber die Männer waren nirgends mehr zu sehen.

Verwirrt und beunruhigt drehte er um und ging langsam die Stufen der U-Bahn wieder hinunter. Hatte er das eben wirklich gehört? Oder litt er unter Halluzinationen? Vor ein paar Tagen war er auf dem glatten Bürgersteig ausgerutscht und lang hingeknallt, was seinem Hinterkopf nicht besonders gut bekommen war.

Nein, er war nicht verrückt, er konnte sich an jedes Wort erinnern! Nur Zeugen hatte er keine. Neben ihm hatte nur eine Frau um die neunzig gesessen, die wahrscheinlich halb taub war. Und sie war sowieso längst ausgestiegen und unauffindbar verschwunden. Es sah fast so aus, als sei er der Einzige, der ahnte, dass in dieser Stadt – und wer wusste, wo sonst noch! – etwas sehr, sehr Eigenartiges im Gang war.

Martin fröstelte, was nicht nur an den weißen Flocken lag, die sich langsam auf seinem Jackenkragen niederließen. Er konnte nicht zur Polizei. Den *Men in Black* Bescheid zu geben ging leider auch nicht. Aber immerhin konnte er seine Mutter davon abhalten, neue Weihnachtskugeln zu kaufen. Ja, genau das musste er dringend tun! Nicht auszudenken, wenn sich diese außerirdischen Monster, Fabelwesen oder was auch immer aus diesen Kugeln zu schlüpfen drohte, in seine Familie einschlichen!

Während der Gitarrenstunde konnte er sich nicht konzentrieren, aber das machte nichts, weil sowieso nur alle möglichen Weihnachtslieder durchgenommen wurden, die eigentlich verboten gehörten. Nervös hastete Martin nach Hause. Obwohl er es eilig hatte, schlich er auf Zehenspitzen am Nachbarhaus vorbei – dort lebte nämlich Wotan, der fette Rottweiler von Herrn Schmenk. Wotans größtes Vergnügen im Leben war, Passanten zu erschrecken, indem er mit markerschütterndem Gebell neben dem Zaun herlief. Wenn ihm danach zumute war, hüpfte Wotan sogar über den Zaun. Dann war ein Sprint angesagt, falls einem sein Leben lieb war. So auch heute, und da die Gitarre Martin beim Laufen behinderte, konnte er Wotan nur ganz knapp das Gartentor vor der Nase zuknallen.

Dieses Vieh war wirklich gemeingefährlich! Keuchend und mit rasendem Puls schloss Martin die Haustür auf. Beunruhigt sah er, dass seine Mutter einkaufen gewesen war und gerade in der Küche irgendwelche Tüten auspackte. Selbst der Weihnachtsbaum war schon eingetroffen, auf dem Balkon stand eine zimmerhohe Original-Nordmann-Fichte, oder wie das Ding hieß.

Martin stellte seine Gitarre in eine Ecke und stürmte in die Küche. »Mama, du darfst auf keinen Fall …«

O nein. Sie hatte es getan. Drei Schachteln Weihnachtskugeln – lila-gold, grün schillernd und leuchtend orange – standen auf dem Tisch.

»Ach du Scheiße«, sagte Martin zum zweiten Mal an diesem Tag.

»Ja, dir auch ein herzliches grüß Gott«, sagte seine Mutter. »Alles klar?«

»Weiß noch nicht«, sagte Martin und fixierte die Weihnachtskugeln. Welche von ihnen konnten infiziert sein? Er tippte auf die grün schillernden. Die sahen aus, wie er sich die Eier einer gefährlichen außerirdischen Lebensform vorstellte.

»Na, dann viel Spaß beim Nachdenken.« Seine Mutter versuchte fünf Pakete Marzipan, zwanzig Pakete gemahlene Mandeln und Unmengen von Schokostreuseln in die ohnehin schon vollen Schränke zu pressen.

Nachdenklich wog Martin die Schachtel mit den grünen Weihnachtskugeln in der Hand. Hm. Fühlte sich leicht an, ganz normal eigentlich. Sah nach gewöhnlicher Kaufhausware aus. Aber das konnte täuschen. Es gab nur einen sicheren Weg herauszufinden, ob die Dinger gefährlich waren – er musste von jeder Sorte eine zertrümmern, um zu schauen, wie sie von innen aussahen, und im Zweifelsfall alle zerstören. Aber Martin hatte die dumpfe Ahnung, dass seine Mutter etwas gegen diesen Plan einzuwenden haben würde. Selbst wenn er ihr erklärte, warum er es tun musste. Wahrscheinlich hatte sie dann *erst recht* was dagegen und würde außerdem den Arzt rufen. Er musste es heimlich machen.

»Ich bringe die Kugeln schon mal rüber ins Wohnzimmer«, verkündete er. Es würde nicht weiter auffallen, wenn er beim Auspacken ein paar davon –

versehentlich – kaputt machte, er hatte sowieso den Ruf, ein ziemlicher Tollpatsch zu sein. Neulich hatte er es sogar geschafft, mit einer Hand in der Türklinke hängen zu bleiben; das hatte höllisch wehgetan.

»Cool, schmückst du schon den Baum, darf ich helfen?« Wie eine Rakete kam seine kleine Schwester Amanda aus ihrem Zimmer geschossen.

»Nein, nein«, sagte er, begriff aber rechtzeitig, dass sich hier eine wunderbare Gelegenheit zur Erfüllung seiner Mission bot. Scheinheilig fragte er: »Willst du mal die neuen Christbaumkugeln anschauen?«

»O ja! Zeig mal!«

Er holte eine grüne aus der Packung, schwenkte sie ein wenig herum – und als Amanda danach griff, öffnete er schnell die Finger. »Ups. Ich dachte, du hättest sie schon.«

»He, pass doch auf!«, beschwerte sich Amanda, aber Martin hörte ihr nicht mehr zu. Gespannt beugte er sich über die Reste der Kugel. Aber die sahen aus wie jede andere kaputte Christbaumkugel auch. Hauchdünnes verspiegeltes Glas, zackig gesplittert und innen völlig leer.

Seine Mutter stürmte wie eine Rachegöttin ins Wohnzimmer. »Mein Gott, könnt ihr bitte mal die Finger von den Kugeln lassen! Die waren sauteuer und sind empfindlich!«

Martin wurde klar, dass er den häuslichen Frieden und – noch wichtiger – seine Geschenke riskierte, wenn er noch mehr Kugeln untersuchte. Also vertagte er seine Sabotagepläne und verzog sich in sein Zimmer. Sorgfältig verbarrikadierte er die Tür mit einem Stuhl – nicht wegen der Christbaumkugel-Wesen, sondern weil Amanda die Angewohnheit hatte, ohne Anklopfen hereinzuplatzen. Dann zückte er sein Handy. »Hi, Alex«, flüsterte er, als er seinen besten Freund in der Leitung hatte. »Muss dir dringend was sagen. Kauft auf keinen Fall Christbaumkugeln!«

»Hä, wie? Hast du seit neustem 'ne Glitzerkugel-Phobie oder so was?«

Martin verdrehte die Augen. »Ohne Scheiß, ihr werdet es wahrscheinlich bereuen, wenn ihr dieses Jahr Kugeln kauft. Ich hab heute in der U-Bahn so 'n Gespräch belauscht, und das klang ziemlich gruselig …«

Als er Alex von der Unterhaltung erzählt hatte, drangen seltsame Geräusche aus dem Hörer. Es klang so, als würde sich Alex vor Lachen aus dem Boden wälzen.

»Na, dann sieh doch zu, wie du zurechtkommst«, schnauzte Martin. »Frohe Weihnachten auch!« Und so was schimpfte sich bester Freund. Die traurige Wahrheit schien zu sein: Wenn Alex schon so reagiert hatte, machte es wohl keinen Sinn, auch noch seine anderen Freunde zu warnen.

Martin beschloss, wenigstens selbst gewappnet zu sein. Er würde äußerst wachsam sein in den nächsten Tagen! Systematisch durchsuchte er sein Zimmer nach möglichen Waffen, mit denen er sich gegen ausschlüpfende Wesen zur Wehr setzen konnte. Besonders viel fand er nicht. Ein Baseballschläger wäre ideal gewesen, aber woher nehmen? Seine Bastelschere hatte abgerundete Spitzen. Das Lasergewehr, das er vor zwei Jahren geschenkt bekommen hatte, war aus Plastik und sah leider nicht so echt aus, dass es ein Alien oder Fabelwesen beeindruckt hätte. Leicht verbittert listete Martin seine derzeit gefährlichsten Waffen auf:

a) ein spitzer Bleistift, der dem Monster vielleicht im Körper abbrach und ihm das Blut vergiftete,

b) ein faustgroßer Briefbeschwerer aus Glas, der sich zum Schädeleinschlagen eignete, falls das Biest einen Schädel hatte,

c) ein Obst- und Gemüsemesser aus der Küche, das Fehlen größerer Messer würde Mama bemerken.

In dieser Nacht machte Martin kaum ein Auge zu. Er wollte nicht im Schlaf überrascht werden, wenn die Wesen ausschlüpften und gierig auf die Suche nach Frischfleisch – sprich Martin, seiner bestimmt wunderbar zart schmeckenden Schwester und seinen etwas zäheren Eltern – gingen. Mit dem Gefühl, sich auf edle Weise für die Familie aufzuopfern, stellte Martin seinen Wecker und sah alle zwei Stunden gähnend nach den Kugeln. Doch da tat sich nichts, unschuldig schillernd lagen sie in ihren Verpackungen. Vielleicht mussten sie erst an die Luft kommen, um auszubrüten? Hatte einer der Männer nicht so was Ähnliches gesagt? Martin holte ein paar große Plastikschüsseln aus der Küche, stülpte sie über die Kugeln und beschwerte das Ganze mit mehreren Bänden des Brockhaus, geschätztes Nettogewicht pro Stück zweieinhalb Kilo.

Am nächsten Tag war der 24. Dezember. Wie immer war das Warten auf die Bescherung unerträglich. Missmutig und übernächtigt lag Martin auf dem Bett

– das Wohnzimmer inklusive Fernseher war zur Weihnachtsgeheimnis-Zone erklärt worden.

Er hob kaum den Kopf, als Amanda die Tür seines Zimmers aufschubste und hereinmarschierte. Sie schwenkte eine Kopie ihres Wunschzettels. »Ich wette, diesmal bekomme ich endlich das Pony!«

Müde warf Martin einen Blick auf ihre Wunschliste. Ganz oben stand groß PONY und daneben war es mit Buntstiften aufgemalt – schwarz-weiß mit wallender Mähne. An zweiter Stelle stand HUND, daneben war ein Etwas gemalt, das wie eine Kreuzung zwischen einem Dackel und einem Langhaarschaf aussah. An dritter Stelle stand KATZE. Danach kamen die restlichen Wünsche, in absteigender Reihenfolge von Stereoanlage bis zur Shakira-CD.

»Bestimmt bekommst du dein Pony«, seufzte Martin. Er selbst hoffte auf neue Inlineskates in einer halbwegs coolen Farbe.

Nach Amanda kam sein Vater herein und unterzog Martin einem kurzen Kreuzverhör wegen der brockhausbeschwerten Plastikschüsseln über den Christbaumkugeln. Martin murmelte etwas von einem physikalischen Experiment. Allmählich kam er sich albern vor. Wahrscheinlich würde gar nichts passieren. Vielleicht hatte er zwei Irre belauscht. Und wenn nicht – warum sollte gerade seine Mutter einige der gefährlichen Kugeln erwischt haben?

Während der Bescherung schaffte er es, die ganze Sache komplett aus seinem Kopf zu verbannen und sich einfach nur über seine sehr ansehnlichen neuen Skates, einen Schmöker seines Lieblings-Thriller-Autors und einen Gutschein für einen angesagten Klamottenladen zu freuen. Außerdem gab es noch einen hässlichen selbstgestrickten Pullover von Tante Inge, der tief hinten in seinem Schrank bestimmt gut aufgehoben war, fünf paar Socken mit Simpsons-Motiven und einen Stapel Süßkram. Amanda bekam weder Pony, Katze noch Hund, schmollte aber nur kurz, weil dafür eine kleine Stereoanlage und ihre Shakira-CD unter dem Baum lagen.

Mit einem Bauch voll Gänsebraten lag Martin zufrieden rülpsend auf dem Teppich, hörte auf seinem Player die neue CD und betrachtete den Weihnachtsbaum. Hübsch glitzernd und glänzend sah er aus, die neuen Kugeln in Lila, Grün und Orange funkelten im Licht der Kerzen. Das alles sah so absolut unbedrohlich aus, dass Martin in dieser Nacht vergaß, den Wecker zu stellen und die Kugeln zu kontrollieren.

Martin erwachte mit einem Ruck um sechs Uhr morgens. Er hatte von Monstern mit Tentakeln und sabbrigem Reißzahnmaul geträumt. Ihm fiel ein, dass mit etwas Pech etwas Ähnliches im Wohnzimmer lauerte. Ein schöner Wächter war er! Nervös kroch er aus dem Bett, holte nun doch sein Lasergewehr und bei einem Umweg durch die Küche außerdem das große Brotmesser. Das war zwar weder scharf noch spitz, dafür aber eindrucksvoll lang.

Im Flur verharrte er und lauschte misstrauisch. Nein, er irrte sich nicht – aus dem Wohnzimmer drangen seltsame Geräusche! Eine Art Kratzen.

Martin wurde ganz schwummrig zumute. Grimmig packte er das Messer fester und stieß die Tür auf. Drinnen lag das weihnachtlich geschmückte Zimmer dunkel und friedlich vor ihm, ein leichter Geruch nach Gänsebraten, Kerzen und Lebkuchen hing in der Luft.

Mit zittrigen Fingern knipste Martin das Licht an. Er sah sofort, dass von einer der lila-goldenen Kugeln nur noch Scherben übrig waren und der Plätzchenteller bis auf wenige Krümel leer gefressen war. Die seltsamen Geräusche – sie klangen ein bisschen wie Schnarchen – kamen aus der Miniaturkrippe, in der ihre Mutter jedes Jahr mit Plastikfigürchen sorgfältig die Geburt Jesu nachstellte. Vorsichtig spähte Martin hinein – und fuhr mit einem Schrei zurück. Im Stroh rund um die Krippe Jesu lag eine haarige blaugraue Masse!

Der Schrei rief den Rest der Familie herbei. Doch der Schrei, den Amanda beim Anblick der haarigen Masse ausstieß, war Freude pur. »Oh, danke!«, jubelte sie und griff mit beiden Händen in die Hütte. »Ihr habt ja doch meinen Wunschzettel gelesen! Die ist ja süüüß!«

Martin glotzte das an, was Amanda aus der Hütte gezogen hatte und was jetzt auf ihrem Arm lag. Es sah aus wie ein blaugraues Kätzchen. Gerade gähnte es herzhaft, wobei es seine spitzen weißen Reißzähnchen zeigte, und öffnete seine bernsteinfarbenen Augen.

»Wie kommt das hier rein?«, fragte Martins Vater gereizt. »Hat einer von euch ein Fenster gekippt gelassen?«

Jetzt begriff Amanda allmählich, dass das Kätzchen doch kein Geschenk war. Ihre Augen begannen feucht zu glänzen. Sie drückte das kleine Tier fest an sich, und das Kätzchen ächzte leise. »Ihr könnt sie doch nicht einfach wieder weggeben! Wenn ich schon kein Pony und keinen Hund bekomme, dann könnt ihr wenigstens so nett sein und mir die hier gönnen!«

Martin konnte förmlich sehen, wie seine Eltern weich wurden. Sie wollten ja nicht, dass das Nesthäkchen der Familie ein schweres Weihnachtstrauma erlitt – mit entsprechendem Wut-, Trotz- und Heulanfall der Extraklasse.

»Na gut – aber nur, wenn sich der richtige Besitzer nicht meldet«, sagte ihre Mutter und strich vorsichtig über das blaugraue Fell. »Oooh, ist die weich! Weißt du was, wir schauen jetzt mal, ob ihr ein Stück Gänsebraten schmeckt!«

So funktioniert die Invasion perfekt, dachte Martin bitter. Waffen sind unnötig, Hauptsache der Niedlichkeitsfaktor stimmt! »Lass mal sehen«, sagte er und nahm Amanda die Katze aus dem Arm. Ohne sich zu wehren saß das Wesen in seiner Hand und erwiderte seinen Blick auf eine frech-direkte Art. Martin betrachtete es genau, und ihm wurde klar, dass das hier keineswegs eine normale Katze war. Sondern nur eine ziemlich gute Nachahmung. Eins hatten sie vergessen: die Schnurrhaare! Wahrscheinlich wurde das kleine Biest bei der erstbesten Gelegenheit zu einem blutrünstigen Ungeheuer. Seine spitzen Eckzähne gefielen Martin ganz und gar nicht.

Immerhin konnte er verhindern, dass das Kätzchen in dieser Nacht in Amandas Bett schlafen durfte, mit perfektem Zugang zu einer prallen Halsschlagader. Martin täuschte so lange Niesanfälle vor, bis sein Vater schließlich mit erleichterter Stimme sagte: »Ich glaube, du bist allergisch gegen Katzen, Martin. Das heißt, das Tier übernachtet heute erst mal in einem Körbchen in der Garage, bis wir wissen, ob es einen Besitzer hat oder nicht.«

Diesmal nützte Amanda das Geheul nichts, ihr Vater blieb hart. Vielleicht ahnt er auch, dass mit diesem Vieh etwas nicht stimmt, dachte Martin dankbar.

»Das war ein gemeiner Trick, das mit dem Niesen.« Natürlich hockte Amanda wenig später wieder in Martins Zimmer. Uneingeladen, wie immer, und diesmal mit sehr vorwurfsvollem Blick.

»Mir blieb ja leider nichts anders übrig, weil du dich so extrem naiv angestellt hast«, schleuderte Martin zurück. »Hast du dir mal Gedanken darüber gemacht, wie das Vieh ins Haus gekommen ist? Warum es keine Schnurrhaare hat? Oder warum auf dem Boden eine zerbrochene Christbaumkugel lag, die vorher ziemlich weit oben am Baum hing? Tut mir leid, aber mit diesem angeblichen Tier ist etwas nicht in Ordnung!«

»Es gibt sogar Katzen ohne Schwanz, warum sollte es da keine ohne Schnurrhaare geben?« Amanda kreuzte trotzig die Arme.

Martin sah sich gezwungen, ihr von dem Gespräch zu erzählen, das er in der U-Bahn belauscht hatte.

»Pf!«, sagte Amanda. »Das kannst du alles überhaupt nicht beweisen!«

Inzwischen war Martin klar, dass er sie als Verbündete brauchte, wenn er die Katze erfolgreich enttarnen wollte. »Weißt du was, wir machen ein kleines Experiment. Wenn ich Recht habe, dann müssten solche Kätzchen in der ganzen Stadt aus Christbaumkugeln geschlüpft sein.« Er kritzelte schnell ein paar Worte auf ein Blatt Papier und hielt es Amanda hin. *»Entlaufen: blaugraues Kätzchen mit gelben Augen«*, entzifferte seine Schwester. *»Bitte geben Sie es in der Böcksteiner Straße 12 bei Tenzers ab. Finderlohn!«*

»Na gut«, sagte Amanda. »Probieren wir's. Aber wenn du nur rumgesponnen hast, dann sagst du Mama und Papa selbst, dass du keine Katzenallergie hast, bist immer nur noch nett zu Tobi und schenkst mir deine Simpsons-Socken!«

»Okay. Und wenn ich gewinne, kommt das Vieh aus dem Haus und ich bekomme deine neue Shakira-CD. Wer genau ist Tobi?«

»Wer wohl – mein Kätzchen«, sagte Amanda spitz und stolzierte raus.

Martin seufzte, druckte mit dem Computer dreißig Suchzettel aus und zog noch am selben Abend los, um sie in der Stadt an Laternenpfähle zu kleben.

Am nächsten Tag erwachte Martin wieder mit einem Ruck. Seine Füße waren unnatürlich warm. Das lag, wie er schnell feststellte, daran, dass eine kleine blaugraue Katze darauf lag. Schnell zog Martin seine Füße weg, sein Herz raste. Während sich das angebliche Tier gähnend reckte, marschierte Martin, noch in Schlafanzug und Hausschuhen, wütend nach draußen, um die Garage zu überprüfen. Doch die war immer noch zu, sein Vater hatte gestern höchstpersönlich abgeschlossen und – weil er seine Tochter kannte – den Schlüssel in Verwahrung genommen. Anscheinend konnte das Vieh durch Wände gehen. Eigentlich nicht besonders verwunderlich. Jetzt stand es schon wieder neben ihm, obwohl Martin die Haustür hinter sich zugemacht hatte!

In seiner Aufregung hatte Martin Wotan, den Rottweiler, völlig vergessen und war viel zu nah an den Nachbarzaun herangekommen. Schon stürmte Wotan sabbernd und mit gefletschten Zähnen heran. Diesmal hatte er es wohl nicht nur auf Martin, sondern auch auf einen zarten Snack in maulgerechter

Größe abgesehen! Katzen hasste er noch mehr als Menschen, und das wollte etwas heißen.

Hastig wich Martin zurück und klemmte sich das Kätzchen unter den Arm. Doch gerade als Wotan zum Sprung und Martin zum Sprint ansetzte, legte der Rottweiler eine Vollbremsung hin. Sichtlich nervös blickte er Martin an, dann kniff er den Schwanz ein und wich Stück für Stück zurück, bis er in seiner Hütte verschwunden war. Verblüfft blickte Martin ihm nach und dann nach unten auf das Wesen, das er unter dem Arm trug. Anscheinend war Wotan der Einzige, der das gefährliche Alien in dem kleinen Eindringling erkennen konnte!

Kopfschüttelnd kehrte Martin ins Haus zurück und setzte sich an den Computer, um noch ein paar Weihnachts-Mails zu schreiben. Doch dann stutzte er. Der Krempel auf dem Schreibtisch sah ungewohnt aus, irgendwie ordentlicher! Jemand hatte seine Sachen durchsucht – und er wettete, dass Amanda es nicht gewesen war!

Martin fixierte das Kätzchen, das jetzt auf seinem Schreibtisch saß und ziemlich ungeschickt versuchte, sich zu putzen. »Das warst du, stimmt's? Warum spionierst du hinter mir her? Ist das dein Auftrag, uns auszuforschen?«

Das Kätzchen blickte unschuldig drein und konzentrierte sich darauf, eine Vorderpfote zu reinigen. Allerdings schien ihm das Ablecken keinen besonderen Spaß zu machen, denn es verzog hin und wieder das Gesicht dabei.

Martin bemerkte, dass auf dem Rücken des Kätzchens zwei kleine Knubbel entstanden waren. Die waren gestern noch nicht da gewesen. Außerdem wirkte es größer als gestern. Das Vieh veränderte sich, und ein Schauder überlief Martin bei dem Gedanken, was noch daraus werden würde. Schließlich hatte Wotan schon jetzt Angst vor seiner wahren Gestalt!

Es klingelte an die Tür, und mit halbem Ohr hörte Martin, wie seine Mutter öffnete. Dann rief sie mit ungewohnt strenger Stimme »Martin, für dich!«

Martin fielen seine *Kätzchen-entlaufen-Plakate* ein. Er sprang auf und wollte aus dem Zimmer stürmen. Dabei blieb er in einem seiner Computerkabel hängen, und er spürte, wie sein Monitor ins Rutschen geriet. In einem furchtbaren Sekundenbruchteil wurde ihm klar, dass er mal wieder Mist gebaut hatte, gleich sein Bildschirm heruntergerissen werden und am Boden zerschellen würde. Doch wie durch ein Wunder löste sich das Kabel gerade noch rechtzeitig aus der Buchse, sodass der Bildschirm wackelnd vor der Kante des Schreibtischs zum Stehen kam. Glück gehabt!

An der Tür warteten inzwischen seine Mutter und Amanda. Beide starrten auf die Frau mit dem plärrenden Kleinkind an der einen Hand und einem Karton mit Luftlöchern in der anderen. Aus dem Karton spähte der Kopf einer kleinen blaugrauen Katze mit bernsteinfarbenen Augen.

»Äh, es ist nicht unsere, unsere hat sich schon wieder eingefunden«, sagte Martin, bedankte sich und schob die Tür zu. Aber nicht schnell genug. Er hatte schon gesehen, wie die beiden Kätzchen – das fremde und ihres – sich zugeblinzelt hatten. Noch schlimmer aber war, dass hinter der Frau mit dem Karton noch ein halbes Dutzend andere Leute im Anmarsch auf ihr Haus waren. Sie alle trugen Kartons und Taschen, und Martin ahnte, was sie enthielten. O nein, wie sollte er all diese Katzenfinder wieder loswerden? Seine Mutter würde ihn skalpieren dafür, dass ständig jemand bei ihnen klingelte. Und wenn ein paar der Leute einfach die Kartons vor die Tür stellten und abhauten, würde sein Vater die Krise kriegen, weil sich die Zahl der Kätzchen bei den Tenzers immer mehr erhöhte.

»Du hast gewonnen, du kannst meine Shakira-CD haben«, sagte Amanda apathisch. Irgendwie schaffte es Martin, seine Schwester in sein Zimmer zu verfrachten. Das Kätzchen war natürlich mit von der Partie, es ließ sich sowieso nicht mehr abschütteln. Martin packte es und setzte es mitten auf seinen Schreibtisch. Dann verbarrikadierte er die Tür mit einem Stuhl unter der Klinke.

»Ich will jetzt wissen, wer du bist!«, sagte Martin streng zu dem Wesen auf seinem Tisch. Amanda nickte und schaute mit großen Augen zu. Es klingelte schon wieder an der Tür, aber Martin überließ es seiner Mutter, zu öffnen und die anderen Katzenfinder abzuwimmeln. Die Standpauke nachher würde er schon irgendwie überstehen.

Das Kätzchen seufzte. Dann stand es auf, zog mit dem Maul ein leeres Blatt Papier heran, leckte einmal kurz die Unterseite seiner Pfote an und setzte sie auf das Papier. Ungläubig beobachtete Martin, wie eine elegante tintenblaue Schreibschrift auf dem Papier erschien, etwa so schnell, wie man schreiben konnte. Kaum standen drei Sätze da, verblassten die ersten schon wieder und verschwanden langsam, während sich weiter unten auf dem Papier neue formten.

M*ein Name ist Bethanior*, stand auf dem Blatt Papier. *Und dass ich hier bin, war die blöde Idee unseres Chefs Gabriel. Er hat angeordnet, dass junge Abgesandte in Zukunft erst einmal einen Körper bekommen und den Menschen kennenlernen sollen, den sie betreuen werden.*

»Betreuen?«, platzte Amanda heraus. »Bist du ein Schutzengel?«

So nennt ihr uns, ja, war auf dem Blatt Papier zu lesen. *Der Abgesandte, der für Martin zuständig ist, musste wegen Unfähigkeit abgelöst werden. Deshalb bin ich hier. Es ist mein erster Auftrag.*

Kein Monster in der Familie! Martin seufzte erleichtert, entspannte sich endlich. Ihm wurde einiges klar. Zum Beispiel, warum er in den letzten Monaten so viele Unfälle gehabt hatte. Und warum das seit Ankunft des Kätzchens anders geworden war.

»Ich glaube, ich habe es mir noch mal überlegt – wir schicken dich doch nicht weg«, sagte Martin und musste grinsen bei dem Gedanken, was für eine schwere Zeit Wotan bevorstand. »Entschuldige, dass ich erst nicht so richtig nett zu dir war. Jetzt müssen wir nur noch meine Eltern überzeugen, dass du wirklich bleiben darfst.«

Das Kätzchen blinzelte. *Ich werde in dieser Gestalt nur zwei Wochen bei dir bleiben. Dann werde ich ausgewachsen sein und langsam unsichtbar werden. Bis dahin habe ich auch meine Flügel – die übrigens nur der Mensch sehen kann, den ich betreue.* Es krümmte den Rücken, sodass die Knubbel auf seinem Rücken gegen Martins Hand streiften.

»Toll, ich wollte schon immer ein unsichtbares Kätzchen haben«, lachte Martin. »Wir werden einfach behaupten, dass du weggelaufen bist.«

Amanda sah ein bisschen neidisch aus. Aber sie hatte schließlich schon einen Schutzengel.

Nur eine Bitte hätte ich, meldete Bethanior mit bescheidenem Blick. *Das tote Tier, das mir eure Mutter vorgesetzt hat, schmeckt ganz scheußlich. Wäre es irgendwie machbar, dass ich stattdessen ein paar Lebkuchen bekomme?*

Eine Woche später. Zwei unauffällige Herren unterhalten sich leise auf dem Weg zur Theatinerkirche am Odeonsplatz.

»Insgesamt war die Aktion kein Erfolg, ich hätte nie gedacht, dass es so schwer sein würde, unsere Abgesandten unterzubringen. Aktueller Stand ist, dass drei Viertel von ihnen an diesem unerfreulichen Ort mit den vielen haarigen Wesen gelandet sind … wie nennt er sich noch mal?«

»Tierheim, glaube ich.«

»Eine Schande. Wir müssen es noch mal anders probieren. Gabriel besteht darauf, dass das Programm eine zweite Chance bekommt. Ich glaube, ich weiß den perfekten Anlass. Dafür werden eiförmige Behälter verwendet, und es findet im Frühjahr statt, wir hätten also noch genug Zeit für die Vorbereitungen.«

»Aber wir sollten auf andere Körper umsteigen, die Katzengestalt ist nicht so gut angekommen. Am besten, wir nehmen diese flauschigen Nagetiere mit den langen Ohren …«

»Hamster?«

»Ja, ja, genau. Ganz wunderbare Idee, mein Lieber. Lass uns gleich morgen anfangen zu planen.«

ZORAN DRVENKAR

Das Messer

WEISS JEMAND, WOHIN Jesus verschwunden ist? Hat ihn irgendjemand gesehen? Steht er vielleicht allein an einer Bushaltestelle und hat das Gedächtnis verloren? Oder wartet Jesus in einem zugeschneiten Versteck unter der Erde darauf, dass man ihn findet? Lasst uns beten, dass er den Weg zurück nie findet. Lasst uns hoffen, dass er verschwunden bleibt.

Niemand hat jemals behauptet, dass Jesus ein guter Mensch war. Niemand wäre auf die Idee gekommen. Jesus war schon als Kind so unbeliebt, dass sich seine Mutter ernsthaft überlegte, ob sie ihn nicht zur Adoption freigeben sollte. Seine Geschwister mieden ihn, einen Vater gab es nicht. In der Schule wichen die Lehrer seinem Blick aus, niemand legte sich mit Jesus an. Es gab auch keine nette alte Dame, die sich über ihn gebeugt und gesagt hatte: *Ach, wie süß.*

Außer.

Außer sie hatte ihm in die Augen gesehen.

Außer sie hatte ihm in die Augen gesehen und sah ihn lächeln.

Jesus hatte grandiose Augen. Blau und klar, dass man glaubte, man könnte das Meer dahinter sehen. Was auch immer gegen Jesus sprach, sein Aussehen sprach für ihn. Er sah einfach verdammt gut aus. Und was auch immer man über ihn dachte, man dachte anders, wenn er lächelte. Und Jesus lächelte viel. Der Stacheldraht hinter seinen Zähnen war dabei nicht zu sehen, das Minenfeld seiner Gedanken blieb unberührt. Jesus wusste genau, was er tat. Er lächelte und sah gut aus.

- Geh nicht mit ihm weg.
- Wieso nicht? Wenn er will, kann er nett sein.

- Er ist böse.

- Quatsch, Jesus ist nicht böse.

- Ich sage dir, er ist böse.

- Hör mal, Sven, *er ist nicht böse*. Er ist nett, du musst ihn nur kennenlernen, dann siehst du, wie nett er ist. Er ist zwar nicht beliebt, aber er hat Freunde. In meiner Klasse sind zwei Mädchen, die ihn toll finden. Aber was quatsche ich hier, du kannst ihn gleich selbst kennenlernen, er holt mich in ...

Nadja sah auf ihre Uhr.

- ... elf Minuten ab.

Sven sah auf den Boden. Es waren fünf Tage bis Weihnachten. Das alles sollte nicht jetzt geschehen. Im Sommer vielleicht, wenn sie sich mehr eingelebt hatten, aber nicht jetzt.

Sven und Nadja waren mit ihren Eltern vor zwei Monaten in die Stadt gezogen. Sven hatte schon am ersten Tag in der Schule Geschichten über Jesus gehört. Seine Klassenkameraden hatten ihn gewarnt. Jesus holte sich jedes Mädchen. Jesus war gefährlich. Sven wusste, wie seine Schwester tickte. Sie liebte die Gefahr.

Eine Stunde und sechzehn Minuten später tauchte Jesus auf. Als Nadja die Tür öffnete, lehnte Jesus ihm Türrahmen und roch nach Alkohol und sah aus wie zwanzig und war fünf Tage davor, sechzehn zu werden.

- Wer hat nur an der Uhr gedreht?, fragte Jesus und stieß auf.

Nadja war sehr gereizt. Sie hasste es zu warten. Zwei Seiten kämpften in ihr. Die eine Seite wollte Jesus am liebsten um den Hals fallen, die andere Seite wollte ihm sagen, dass er ihr mal gestohlen bleiben konnte.

- Jesus, du kannst mir mal ...

Jesus lächelte und Nadja sah dieses Lächeln und hatte keine Chance. Sie freute sich, ihn zu sehen. Und als sie sprach, war ihre Stimme schwer vor Süße:

- Willst du reinkommen?

- Kann ja nicht schaden, sagte Jesus und kam herein.

Es stellt sich immer wieder die Frage, woher das Böse kommt. Wird es mit den Genen weitergegeben? Wird man böse, wenn einem Böses widerfährt? Wie schützt man sich dagegen? Und macht es Spaß, böse zu sein?

Die letzte Frage hätte Jesus mit einem Ja beantwortet. Er liebte das Böse und die Dunkelheit in seinem Blut und ganz besonders den Schmerz im Gesicht der Menschen. Er verzauberte sie mit seinem Lächeln und dann tat er ihnen weh. Langsam. Mit Genuss. Jesus hatte dieses Spiel bis zur Perfektion verfeinert.

Es gab aber auch Menschen, die immun waren. Sie sahen Jesus lächeln und es geschah nichts. Sie sahen den Stacheldraht hinter seinen Zähnen und spürten Kälte und waren gewappnet. Was aber nicht hieß, dass diese Menschen es deswegen leichter hatten im Leben.

Na, Kleiner, sagte Jesus zu Sven und spuckte auf den Teppich. Er trug schwarze Lederhosen und eine Motorradjacke. Auf seinem Kopf war eine rote Wollmütze, unter der ein blonder Zopf hervorschaute. Seine Stiefel waren offen, als wollte er sie jeden Moment ausziehen. Sven starrte ihn einfach nur an.

- Möchtest du etwas trinken?, fragte Nadja.

- Nee, lass uns losgehen, bevor es zu spät wird, sagte Jesus und griff sich an die Hoden, Aber vorher muss ich pissen. Wo ist denn euer Klo?

Nadja zeigte ihm den Weg, Jesus griff ihr an den Hintern, Nadja wurde rot und kicherte. Als die Badezimmertür hinter Jesus zufiel, sagte Sven:

- Wie kannst du nur so dämlich sein?

- Du verstehst das nicht, sagte Nadja und prüfte ihre Frisur im Spiegel. Als sie sich vorbeugte, sah Sven ein Stück von ihrem nackten Rücken. Nadjas Slip war grün. Sie träumte von einem Tattoo direkt über dem Slip. Sie träumte auch von der großen Liebe.

- Und wenn du es genau wissen willst, sprach sie weiter, Dann könnte es sein, dass ich mich verliebt habe und vielleicht …

- Oh, was haben wir denn hier!, rief Jesus aus dem Badezimmer.

Die Tür flog auf und Jesus stand da. Er hielt Svens Messer in der einen und Svens dreckige Jeans in der anderen Hand.

- Guck mal, was dein kleiner Bruder in der Hose hatte!

Das Messer war uralt und besaß einen geschnitzten Holzgriff. Sven wusste, dass die dunklen Stellen auf dem Griff von Blut und Schweiß kamen. Sein Großvater hatte ein paar Jahre im Wald gelebt und sich nur von der Jagd ernährt. Sven wollte das auch eines Tages machen. Wenn er größer als ein Meter siebzig war und Auto fahren durfte. Also in vier Jahren.

Svens Großvater hatte die Klinge geschmiedet und das Holz selbst bearbeitet. Sven hatte das Messer im letzten Jahr zu Weihnachten bekommen. Er bewahrte es in einem ledernen Halfter auf und hatte vergessen, das Halfter aus der dreckigen Jeans zu nehmen.

- HA, WILL SICH JEMAND MIT MIR ANLEGEN, HA!

Jesus ließ die Jeans auf den Boden fallen und fuchtelte mit dem Messer herum. Nadja kicherte aufgeregt. Jesus rammte das Messer in einen Querbalken, als würde er einen Feind erlegen.

- Das ist meins, sagte Sven und bereute es sofort.

- Nee, nicht mehr, sagte Jesus und zog das Messer wieder aus dem Holz.

- Er leiht es sich doch nur aus, sagte Nadja und hakte sich bei Jesus unter.

- Guckt mal!, sagte Jesus und jonglierte das Messer, ließ es über den Handrücken rollen und fing es wieder auf, dann schob er es hinten in seinen Hosenbund und verließ mit Nadja das Haus.

Es gibt diese silbernen Momente im Leben, wo man etwas tut, von dem man ganz genau weiß, dass man es später bereuen wird. Oder vielleicht auch nicht. Und dieses *oder vielleicht auch nicht* ist in vielen Fällen Schuld daran, dass wir die verrücktesten Dinge anstellen und uns im Nachhinein wundern, warum wir sie getan haben, wie wir nur so dämlich sein konnten. Oder vielleicht auch nicht.

Sven besaß einen klugen Kopf, er besaß ein großes Herz und bis vor fünf Minuten besaß er das Messer von seinem Großvater.

Sven wollte dieses Messer wiederhaben und rannte seiner Schwester und Jesus hinterher.

Regel Nummer eins: Leg dich nicht mit Jesus an.

Es war ein trostloser Abend. Der Wind wehte beißend die Straße herauf, kein Mensch war zu sehen und die Lichter der Laternen flackerten, als würden sie jede Sekunde verlöschen.

- Was?! Was willst du?

- Mein Messer, wiederholte Sven.

Jesus lächelte, das Lächeln prallte an Sven ab, Jesus hörte auf zu lächeln.

- Gib ihm doch sein Messer, sagte Nadja, die sich unwohl fühlte und nicht wusste, wie es dazu kommen konnte, dass sie mit Jesus auf der windigen Straße stand und von ihrem kleinen Bruder daran gehindert wurde, zu einer Party zu gehen.

- Schnauze, fuhr Jesus sie an und ging einen Schritt auf Sven zu, Dein Messer also?

- Mein Messer, sagte Sven ein drittes Mal und hätte noch viel mehr sagen können. Dass er keine Angst vor Jesus hatte. Dass es ihm egal war, was er mit ihm anstellte. All das. Aber all das wäre gelogen gewesen.

- Nimm.

Jesus hielt ihm das Messer entgegen. Die Klinge zeigte auf Sven. *Nimm nie ein Messer an der Klinge*. Jeder wusste das. Svens Hände zitterten.

- Willst du nicht oder was?, fragte Jesus.

Sven streckte die Hand aus. Er schloss sie um die Klinge. Er wusste genau, was gleich geschehen würde. Und dann geschah es.

Das Messer hatte Hasen und Hirsche ausgeweidet. Es hatte Schlangen die Haut vom Körper gezogen und Forellen im Wasser aufgespießt. Es war dabei, als ein tollwütiger Hund in die Hütte des Großvaters einbrach. Es war auch dabei, als ein Kind geboren wurde und durchtrennte die Nabelschnur. Es hatte aber nie in die Handfläche eines dreizehnjährigen Jungen geschnitten. Es war das erste Mal, dass das Messer den Knochen eines Menschen berührte.

Sven schrie. Jesus hielt das Messer noch immer in der Hand und lachte. Nadja rannte zu ihrem Bruder. Sie riss ihren Schal herunter und wickelte ihn um seine blutende Hand. Es ging so schnell, dass nicht ein Tropfen Blut auf dem Asphalt landete.

- Das ist nur ein Kratzer, von einem Kratzer stirbt man nicht, beruhigte sie Jesus und hielt sich das Messer vors Gesicht.

Nadja sah ihn an. In ihren Augen war keine Wut. Und wer das nicht versteht, der war noch nie hilflos verliebt.

- Was tust du nur?, wollte Nadja wissen.

Jesus antwortete nicht. Er hatte eine Menge Horrorfilme gesehen, er wusste genau, was er tat. Er leckte über die Klinge. Es war das erste Mal, dass eine Zunge das Messer berührte. Jesus verdrehte die Augen, wie es ein Verrückter tun würde.

Im selben Moment fing es an zu schneien.

Jesus schaute in den Himmel und lächelte.

Der Himmel schaute herab und war immun.

Nadja war den Tränen nahe.

Jesus sah Sven wieder an.

- Na, willst du das Messer noch immer haben?

Sven besaß zwei Hände und schob seine Schwester beiseite. Er biss die Zähne zusammen und streckte die andere Hand aus. Es kostete ihn viel Überwindung. Er war stur. Und er wollte sein Messer wiederhaben.

Aus der offenen Haustür erklang eine Stimme:

- Nadja? Sven? Alles in Ordnung bei euch?

Sie schauten nach links. Jesus hob die Hand mit dem Messer und winkte der Mutter.

- Alles okay, rief er.

Svens Mutter sah das Lächeln im Licht der Laternen. Sie sah den dichtfallenden Schnee und ging wieder ins Haus. Sie freute sich auf Weihnachten. Sie hatte keine Chance gegen Jesus.

- Sven, zieh die Hand wieder zurück, sagte Nadja zu ihrem Bruder.

Sven zog seine Hand nicht zurück.

- Doch nicht noch mal, sagte Jesus gelangweilt, Hat dir denn keiner erzählt, dass du nie ein Messer an der Klinge anfassen sollst, mh? Kannst dich schneiden, weißt du das nicht?

- Bitte, sagte Sven leise.

Jesus legte den Kopf schräg, als müsste er über dieses *Bitte* nachdenken.

- Nur wenn wir teilen, sagte er schließlich, Teilen wir?

Bevor Sven reagieren konnte, kam ihm seine Schwester zuvor. Sie wollte endlich zu dieser Party. Sie wollte mit Jesus im Dunkeln sitzen und ihn küssen. Sie wollte so vieles, nur nicht in dieser Kälte stehen und zusehen, wie sich zwei Jungs um ein dämliches Messer stritten.

- Teilt es euch doch, sagte sie schnell.

Du kannst kein Messer teilen, wollte Sven sagen, aber es war zu spät.

Regel Nummer zwei: Geh nie auf einen Vorschlag von Jesus ein.

Teilen ist gut, sagte Jesus und trat an ein parkendes Auto heran. Er klemmte die Klinge in einen Türspalt und brach sie mit einem Ruck ab. Er kam wieder zu Sven zurück und hielt ihm die offenen Handflächen entgegen. Die Klinge lag rechts, der Griff links.

- Was willst du haben?, fragte Sven, Klinge oder Griff? Griff oder Klinge?

Sven sah Weiß. Er sah nicht Rot oder Purpurn oder Schwarz. In seinem Kopf explodierte ein weißes Licht. Es erinnerte an den Blitz von Fotografen in alten Filmen. Ein Moment der Überblendung. Ein puffender Laut. Sven griff an.

Später wurde in der Schule viel über diesen Kampf erzählt. Dabei war Nadja die einzige Zeugin und sie hat mit niemanden darüber gesprochen. Später stand ein Nachbar über Sven gebeugt, während ein Krankenwagen durch die Straßen fuhr und seine Lichter wie Schattenspiele an die Hauswände warf. Und außer Sven, Nadja und Jesus wusste niemand, was wirklich in dieser Nacht geschehen war.

Jesus wehrte Svens Angriff ab und schlug zu.
Und schlug zu.
Und schlug zu.

Nadjas Hand klebte an ihrem Mund, kein Schrei entwich ihr. Sie war ein Tier, das von Scheinwerfern geblendet wurde. Nadja sah dieses Lächeln, während Jesus ihren Bruder schlug, und dachte: *So schlimm kann es nicht sein, er lächelt ja*. Und sie hörte Jesus Worte, wie er sie zu beruhigen versuchte, das hier sei gleich vorbei, der Kleine wolle es nicht anders.

Es war nicht gleich vorbei.

Später, dachte Nadja, *werde ich mich bei Sven entschuldigen*.

Es lag in dieser Nacht so viel Gewicht auf diesem kleinen Wort *später*.

Sven kam immer wieder angerannt. Er gab nicht auf. Erst als er sich nicht mehr rühren konnte. Erst als er auf dem Asphalt lag und der Schnee ihn zu bedecken begann und Jesus schwer atmend sagte:

- Weißt du was? Ich glaube, ich will dieses Scheißmesser nicht mit dir teilen.

Kannst es behalten. Bist doch verrückt. Bist doch durchgeknallt. Ist mir doch egal, was du damit machst.

Und damit fand es ein Ende. Stahl und Holz klimperten auf die Straße. Jesus griff sich Nadjas Hand. Nadja ging mit. Vier Häuser entfernt führte ein Mann seinen Hund Gassi. Er entdeckte Sven und rief einen Krankenwagen.

Verzeihen verlangt ein großes Herz. Verzeihen verlangt Verständnis. Sven hatte zwar ein großes Herz, aber ihm fehlte das Verständnis. Trotz allem hatte er Angst um seine Schwester. Also log er. Um sie zu schützen.

Sven sagte, er sei überfallen worden.

Sven sagte, er wisse nicht von wem.

- Wo war denn Nadja?, wollten seine Eltern wissen.

- Sie ist mit Jesus zur Party gegangen, antwortete Sven zwischen geschwollenen Lippen, Mehr weiß ich nicht.

Warum, Sven? Warum hast du nur gelogen?

Weil Schnee fiel, weil Weihnachten vor der Tür stand, weil alles gut war bis zu dem Tag, an dem Jesus in das Leben von Svens Schwester reinplatzte. Und weil Sven seine Schwester liebte und beschützen wollte. Und weil so vieles möglich ist und alles geschehen kann.

Danke, sagte Nadja am nächsten Morgen, als sie Sven in der Küche sah. Sie versuchte ihn zu umarmen. Sie weinte und versprach, sie würde Jesus nie wiedersehen.

- Hast du ihn geküsst?, fragte Sven.

- Ein wenig, sagte Nadja.

Sven wandte angewidert das Gesicht ab.

- Ich werde ihn nie mehr wiedersehen, wiederholte Nadja.

Aber Jesus wollte sie sehen.

Und Jesus sah sie.

Und Jesus lud sich selbst zu Weihnachten ein.

- Er will was?!

Nadja war hilflos. Stricke zogen an ihr und drohten sie in zwei Hälften zu zerreißen. Sie zog die Beine an die Brust und sagte:

- Beruhige dich, er will mich nur abholen. Du verstehst das nicht. Es hat ihm bestimmt leidgetan, was gestern passiert ist, und …

- Nichts tut dem leid, unterbrach Sven seine Schwester.

- Weißt du, was Vorurteile sind?, schoss Nadja zurück.

- Weißt du, was eine verliebte Kuh für einen Scheiß reden kann?, wollte Sven wissen.

Sie schwiegen. Sie waren so wütend aufeinander, dass sie nur schweigen konnten.

- Es tut *mir* leid, sagte Nadja schließlich und schob dann nach einer Pause hinterher, Und vergiss mal nicht, dass es sein Geburtstag ist.

- Ich verstehe das nicht, sagte Sven, Wie kann ein Arsch wie Jesus an Weihnachten Geburtstag haben? Das passt einfach nicht.

- Mensch, das hat er sich doch nicht ausgesucht, sagte Nadja, Außerdem ist er Halbwaise, sei nicht so grausam.

Sven glaubte nicht, was er hörte. Es waren noch drei Tage bis Weihnachten und Nadja hielt ihn für grausam, weil er nichts mit einem verrückten Jungen zu tun haben wollte, der das Herz seiner Schwester erobert hatte. Sven hatte sich sehr auf den Weihnachtsabend gefreut. Nach dem Essen und den Geschenken wollte er den Abend bei einem Freund verbringen, während Nadja mal wieder zu einer ihrer vielen Partys ging und die Eltern bei Verwandten zu Besuch waren.

- Ich dachte, du wolltest ihn nie mehr wiedersehen?, sagte Sven.

- Ich hab's probiert, Sven, ich habe es wirklich probiert.

Regel Nummer drei: Niemand sagt Nein zu Jesus.

Einen Tag später wurde Nadja das Herz gebrochen. Jesus tat es in aller Öffentlichkeit. Sie kamen aus dem Kino und liefen die Straße hinunter. Nadja hatte ihre Hand in seiner. Ihre Furcht vor Jesus war so groß, dass sie es nicht wagte, seine Hand loszulassen. Ihre Liebe war noch größer, sonst wäre sie davongerannt. Jesus genoss dieses Gefühl. Er hätte jedes Mädchen haben können. Er wollte aber Nadja – wie sie zerbrach, wie sie litt.

- Warte mal, sagte Jesus und überquerte die Straße, um ein älteres Mädchen anzusprechen. Sie war siebzehn, sie sah seine Augen, sie sah sein Lächeln.

Manchmal war es so leicht.

Nadja schaute den beiden hinterher. Sie rührte sich nicht und stand eine Stunde in der Kälte und rührte sich nicht. Als sie nach Hause kam, hatte sie Fieber. Als sie nach Hause kam, war ihr Herz gebrochen.

Warum macht Liebe blind? Warum sehen wir die Welt verschleiert und unklar und sind für jede Illusion offen? Nur weil unser Herz anders schlägt? Ist es das? Nur weil wir etwas entdeckt haben, das wir nicht verstehen? Ist es das wirklich?

Sven brachte Nadja zum Frühstück Tee und Taschentücher ans Bett. Sie sagte, sie würde nie wieder aus dem Haus gehen. Sie fragte Sven, wie sie nur so blind sein konnte. Sven hatte keine Antwort. Er hielt seine Schwester für dumm. Man konnte es ihm verzeihen, er war noch nie verliebt gewesen.

Nadja sagte auch, sie wisse nicht, wie sie Jesus aus dem Weg gehen konnte.

- Ich brauche einen Zauber, Sven, besorg mir einen Zauber.

- Ich weiß nicht wie, sagte Sven.

- Tu's, Sven, bitte, tu's für mich.

Sven steckte ihr das Thermometer in den Mund, um sie zum Schweigen zu bringen.

Wo willst du nach einem Zauber suchen? Würdest du in den Wald gehen und Rinde von uralten Bäumen kratzen? Würdest du dich auf einen Friedhof schleichen und Federn von Eulen aufsammeln? Was würdest du alles tun, um das Leben deiner Schwester zu retten? Was würdest du alles tun, um in Ruhe Weihnachten zu feiern?

Der einzige Zauber, den Sven je hatte, lag in einer Schublade und war zerbrochen. Natürlich hatte Sven versucht, die Klinge zu kleben. Kein Sekundenkleber half. Svens Vater hatte sich das Messer angesehen und gesagt:

- Ein Messer ist ein Messer, solange es heil ist. Wenn es einmal zerbricht, kannst du es vergessen. Wir können dir ein neues Messer kaufen, was meinst du?

Sven schüttelte den Kopf, er glaubte nicht, dass das Messer seines Großvaters nach all den Jahren und langen Reisen einfach so vergessen werden konnte. *So schnell darf das nicht gehen*, dachte Sven, als er das zerbrochene Messer in den Händen hielt, *Das ist nicht fair*.

Regel Nummer vier: Niemand hat gesagt, dass das Leben fair ist.

- … und dann ist es zerbrochen.

- Das ist ja die dämlichste Geschichte, die ich je gehört habe, sagte Svens Großvater und hustete. Die Ärzte sagten, er könne jeden Tag sterben. Sie sagten es seit vier Jahren.

- Aber …

Sven verstummte, seine Hand um den Telefonhörer war schweißnass. Sven war ein schlechter Lügner. Der raue Atem seines Großvaters füllte sein Ohr. Er klang wie ein Zug, der müde ist und auf den Gleisen stehen bleiben will.

- Niemand kann dieses Messer in einen Baumstamm rammen *und* dabei bricht die Klinge ab, stellte sein Großvater fest, Also probier es mal mit einer anderen Geschichte.

Der Großvater hustete, Sven räusperte sich und erzählte ihm die Wahrheit.

Du weißt doch, was dieses Messer alles gesehen hat?, sagte sein Großvater danach, Dieses Messer hat seine ganz eigene Seele, so wie du und ich. Jedes Jagdmesser besitzt eine ganz eigene Seele, verstehst du? Dein Vater hat Unrecht, du kannst das Messer nicht einfach so vergessen. Du kannst dem Messer nicht die Seele nehmen, außer du bist der Teufel höchstpersönlich. Du kannst die Seele verletzen. O ja. Aber das solltest du nicht tun. Ein Messer verzeiht nicht, merk dir das. Du willst also einen Zauber? Wir sind hier in keinem Märchen, Junge. Du willst dein Messer zurück? Heil und ganz? Das ist was anderes. Leg es unter dein Kopfkissen. Schlaf darauf. Teile die Träume des Messers. Und wenn es will, wird es von selbst heilen. Und wenn nicht, dann hast du Pech gehabt.

- Wie lange muss ich darauf schlafen?, fragte Sven.

- Ein paar Jahre mindestens, sagte sein Großvater.

- Was?!

- Das war ein Witz, sagte sein Großvater und lachte und hustete und konnte einfach nicht aufhören zu lachen.

In dieser Nacht teilte Sven das erste Mal seine Träume mit dem Messer. Am Weihnachtsmorgen tupfte der Schnee sanft an sein Fenster. Alles war still und unauffällig. Das Licht blau, die Luft hatte den Geschmack von Minze.

Sven erwachte und hatte seinen Zauber gefunden.

Die Eltern verließen das Haus nach der Bescherung. Nadja erwartete Jesus um acht. Sie hatte probiert, ihm für den Abend am Telefon abzusagen, dann verließ sie aber der Mut. Sven hatte gesagt, das sei nicht schlimm, und dann erzählte er Nadja von seinem Zauber.

- Mach dir keine Sorgen, hatte Sven gesagt und sich vor den Fernseher gesetzt. Er war still und ruhig. Unter seiner Oberfläche aber knisterte es. Sven wollte, dass es acht wurde und Jesus endlich kam.

Um halb zehn zerbrach eines des Wohnzimmerfenster. Der Stein rollte über den Teppich und schlug gegen die Wand. Nadja schaute kurz raus. Jesus stand im Schneetreiben auf der Straße und drehte sich im Kreis. Auf dem Kopf trug er eine Weihnachtsmannmütze und in der rechten Hand hielt er eine Flasche Rotwein.

- ICH WAR DAS NICHT!, rief er lachend, ICH WAR DAS WIRKLICH NICHT!

Nadja duckte sich. Sie wollte sein Lächeln nicht sehen. Sie hatte einen Zettel an die Tür geheftet. Für mehr hatte es nicht gereicht.

Als Jesus an die Tür trat und den Zettel sah, riss er ihn ab und klingelte Sturm.

- Ich kann nicht, sagte Nadja und hielt sich die Ohren zu, Sven, hilf mir.

Sven nahm seine Schwester an den Schultern und schob sie in die Küche. Er sagte ihr, dass der Zauber wirken würde. Er *wusste* es. Nadja musste nur daran glauben.

- Glaubst du daran?

- Was bleibt mir übrig?

- Nadja, glaubst du daran?

Sie sah an die Küchendecke, sie sah ihren Bruder an und hatte Tränen in den Augen. Aber sie nickte. Zweimal.

- Gut, dann bleib hier und rühr dich nicht.

Sven ließ seine Schwester in der Küche stehen und ging zur Haustür.

- Wo ist sie?, wollte Jesus wissen.

- Sie schläft.

- Sie schläft?

- Ja, sie schläft.

- Und das hier?

Er hielt den Zettel hoch. In Großbuchstaben stand darauf:

BIN SCHON VORGEGANGEN.
WIR SEHEN UNS AUF DER PARTY.
NADJA

- Ich habe sie doch eben am Fenster gesehen, oder?, sagte Jesus, Und wenn ich sie gleich finde, weißt du, was ich mit ihr mache?

Jesus erwartete keine Antwort. Er stopfte sich den Zettel in den Mund, kaute kurz auf ihm herum und schluckte ihn hinunter.

- Ich fress sie. Na, was hältst du davon?

Sven zuckte mit den Schultern, was sollte er schon von solch einem Blödsinn halten. Er trat zur Seite und sagte:

- Ihr Zimmer ist das zweite oben rechts.

- Braver Junge, sagte Jesus und trat ein.

Die Falle schnappte mit einem Seufzer zu.

Jesus ging die Treppe hoch. Er blieb auf dem obersten Treppenabsatz stehen und nahm einen Schluck aus der Weinflasche. Es war die zweite Flasche, die er leerte. Jesus war schlecht vom Wein. Er lehnte sich gegen eine Wand und spürte, dass er sich jeden Moment erbrechen musste. Also steckte er sich den Finger in den Hals und kotzte. Das Erbrochene lief an der Wand herab, Jesus fühlte sich besser. Er wischte sich über den Mund und holte tief Luft, bevor er weiterging.

- Zweite oben rechts, aha ...

Das Zimmer war dunkel. Jesus trat ein und schloss die Tür hinter sich. Er kniff die Augen ein wenig zusammen und sagte:

- Ich bin da, Süße, hörst du?

Keine Antwort.

Jesus trat ans Bett und zog die Decke weg.

Das Bett war leer.

- Sehr witzig, sagte er und wollte eben wieder runtergehen, um diesem kleinen Penner von einem Bruder eine zu verpassen, als er die Klinge an seinem Hals spürte. Fest.

- He, okay, okay, hab's kapiert, nur vorsichtig mit dem Ding.

Jesus hob die Hände, als würde er aufgeben, dann versuchte er einen Schritt nach rechts zu machen, das Messer zog ihn auf die Zehenspitzen, drückte gegen seinen Kehlkopf, ließ nicht mit sich verhandeln.

Die Flasche fiel aus Jesus' Hand, der Wein ergoss sich auf den Boden.

- Verdammt, du kleiner Arsch, was tust ...

Bevor er seinen Satz beendet hatte, schlug Jesus mit dem Ellenbogen nach hinten. Er traf nur Luft. Das Messer reagierte, indem es sofort anruckte und in das weiche Fleisch unter seinem Kehlkopf schnitt.

Jesus keuchte.

Jesus stand still.

- He, jetzt reicht's aber, ich blute, Mann, ich ...

Jesus verstummte.

Der Druck an seinem Hals ließ ein wenig nach.

Jesus atmete nervös ein und aus.

- Und jetzt?, fragte er, Was willst du machen? Willst du mich hier solange festhalten, bis ich verblutet bin, Mann? Das ist nur ein Kratzer, weißt du, davon verblutet keiner. Und wenn ich mich umdrehe, dann mache ich Schaschlik aus dir, alles klar?

Keine Antwort.

- Ich hab doch Geburtstag, Mann, hast du das vergessen?, sagte Jesus plötzlich weinerlich.

Auch das zog nicht.

Jesus bekam keine Antwort.

Eine Minute verging, dann gab es wieder einen Ruck und Jesus folgte der Bewegung und wich zwei Schritte zur Seite.

- Na, prima, jetzt genießen wir die Aussicht oder was?, fragte Jesus.

Er stand vor dem Fenster. Es war Weihnachten und ein dreizehnjähriger Junge bedrohte ihn mit einem Messer. Jesus hatte schon vieles erlebt, aber das hier war neu. Er lachte etwa zehn Sekunden, dann war der Druck an seinem Hals so heftig, dass ihm die Luft wegblieb.

- Okay, ich lach nicht, hörst du, ich lach nicht ...

Es war so weit. Vielleicht war es das Schweigen in seinem Rücken. Vielleicht die Hilflosigkeit. Jesus verspürte plötzlich Angst. Die Angst war nicht groß. Ein Sandkorn, das durch die Luft fliegt und im Auge landet.

Jesus reagierte auf die Angst, wie er auf alles reagierte, was er nicht verstand.

- Sven, du Penner, keuchte Jesus.

Sven reagierte nicht, das Messer drückte weiter ins Fleisch.

- Wieso redest du nicht mit mir, du verdammte Lusche? Kannst mir nicht mal in die Augen sehen, was?!

Keine Antwort.

- Was sagt denn deine Schwester dazu? Hä? Das findet sie bestimmt nicht gut, oder denkst du, sie findet das gut?

Jesus verstummte und starrte aus dem Fenster und überlegte sich, ob es was bringen würde, wenn er die Scheibe eintrat. Er bereute es sehr, heute Abend gekommen zu sein. Er hatte die Wahl gehabt. Zwei andere Mädchen warteten in dieser Minute auf ihn und wollten den Geburtstag mit ihm feiern. Und er hatte sich für Nadja entschieden. Warum? Wegen dem Genuss. Weil er ihr Leid aufrühren wollte. Dumm, sehr dumm. Und wie Jesus da stand und das Messer an der Kehle spürte und darüber nachdachte, was er heute alles falsch gemacht hatte, sah er Nadja und Sven von der Veranda treten und durch den Schnee laufen. Sie überquerten die Straße und verschwanden um die Ecke.

- So eine Scheiße, zischte Jesus und verdrehte die Augen, Wer ... wer bist du?

Das Messer blieb still, Jesus blieb still, eine lange Nacht erwartete ihn.

Sven verbrachte die Nacht bei einem guten Freund. Sie redeten bis ins Morgengrauen hinein, es war das beste Weihnachtsfest, das Sven jemals hatte. Nadja verbrachte die Nacht auf der Party und trank Punsch, aß drei Stück Apfelstrudel mit Vanillesoße und traf durch Zufall ihre Kindergartenfreundin Malina wieder. Da Malina jeden auf der Party kannte, kannten bald alle Nadja und besonders einer der Jungen freute sich, dass sie da war. Sein Name ist egal für diese Geschichte. Wichtig ist nur, dass dieser Junge zum Schluss der Party mit Nadja durch die Kälte spazierenging. Sie liefen am Ufer des Lietzensees entlang und frühstückten bei den XII Aposteln.

Es war im Groben und Ganzen gesehen eine gute Art und Weise, sich von einem weiteren Weihnachtsfest zu verabschieden.

Regel Nummer fünf: Verlass dich nie auf dein Aussehen.

Jesus sah nicht gut aus. Sein Mund war verzerrt, sein Pullover hatte sich auf der Vorderseite mit Blut vollgesogen, sein linkes Auge zuckte.

- Mann, jetzt ist es so weit. Ich muss pissen, hörst du? Ich hab's doch kapiert, ich hab verloren, okay? Lass mich gehen und ich komm nie wieder.

Schweigen.

- EY, DAS IST MEIN GEBURTSTAG, VERDAMMTE SCHEISSE!

Keine Reaktion.

Und da tickte Jesus aus. Er warf alle Vorsicht über Bord und griff zu einem alten Trick. Wenn dich dein Gegner in der Mangel hat, dann musst du fies werden. Jesus war nicht nur fies, er war verzweifelt, und er hatte genug davon, in Angst dazustehen. Er rammte seinen Hacken nach hinten. Da war kein Fuß. Jesus' Stiefel traf den Boden, das Messer ruckte hoch und schnitt tiefer in seinen Hals.

Jesus pinkelte sich ein.

Weihnachten ist die Zeit der Nähe. Jesus hatte mehr Nähe, als er vertragen konnte. So zehn Kilometer Abstand wären ihm recht gewesen.

Die Schnitte waren oberflächlich. Hätte Jesus sie gesehen, hätte er gelacht. So aber stand er da und starrte aus dem Fenster und fragte sich, was wohl passieren würde, wenn er in Ohnmacht fiel. Er wälzte diesen Gedanken. Er wälzte eine Menge Gedanken. Alle waren von Wut geprägt.

Jesus' Hände wurden in dieser Nacht so oft zu Fäusten geballt, dass sich die Abdrücke seiner Fingernägel in den Handballen verewigten und nie wieder verschwinden sollten. Kleine halbmondförmige Narben als Geschenk zum sechzehnten Geburtstag.

Der Himmel begann heller zu werden. Ein Mann führte zwei Hunde durch den Schnee. Eine alte Frau schlich über die Straße und schleifte einen Tannenzweig hinter sich her. Die Heizung im Haus sprang an. Es wurde Tag.

Jesus dachte an seine Mutter und wollte ausspucken. Er dachte an alle, die er kannte, und wollte ausspucken. Er dachte über sich nach und spuckte aus.

- Bitte, sagte er leise.

Das Messer verschwand von seiner Kehle. Einen Moment war es noch da, im nächsten Moment atmete Jesus ohne Probleme. Er traute dem Frieden nicht. Er blieb an Ort und Stelle stehen. Mit nassen Hosen und zittrigen Knien. Er wusste es nicht, aber er hatte genau neun Stunden auf den Beinen verbracht. Jesus zählte von 100 runter, dann schnellte er herum.

Da war niemand.

Die Tür war geschlossen.

Niemand.

Das Zimmer war verlassen.

- Ich finde dich, sagte Jesus, Und wenn ich dich gefunden habe, dann mache ich dich fertig.

Jesus begann das Zimmer auseinanderzunehmen.

Vielleicht waren es diese wenigen Minuten, die Jesus aus der Stadt vertrieben. Nicht das Messer und nicht die Angst. Minuten, in denen er Schränke ausräumte, den Schreibtisch umwarf, die Vorhänge von den Wänden riss. Er verwüstete das Zimmer so sehr, dass nichts mehr an seinem Platz blieb und Sven später nicht mehr wusste, ob es wirklich sein Zimmer war.

Als Jesus die Matratze aus dem Gestell heben wollte, verrutschte das Kissen und das Messer tauchte darunter auf.

Die Klinge war heil. Die Bruchstelle war nicht zu sehen. Das Messer sah so aus wie vor vier Tagen, als Jesus die Klinge abgeleckt hatte. Kein Tropfen Blut klebte an ihr.

Jesus wich zurück.

Er verließ das Zimmer und verschwand.

Weiß jemand, wohin Jesus verschwunden ist? Hat ihn irgendjemand gesehen? Steht er vielleicht allein an einer Bushaltestelle und hat das Gedächtnis verloren? Oder wartet Jesus in einem zugeschneiten Versteck unter der Erde darauf, dass man ihn findet? Lasst uns beten, dass er den Weg zurück nie findet. Lasst uns hoffen, dass er für immer verschwunden bleibt.

MONIKA FELTEN

Trollnächte

DIE NACHT WAR FROSTIG und sternklar. Eine stille, wundersame Nacht, wie es sie in den nordischen Gefilden nur selten gibt. Der Himmel war übersät mit Abermillionen funkelnder Sterne und über dem nördlichen Horizont wölbte sich ein beeindruckendes Polarlicht in eisblauen und leuchtend grünen Farben.

Eis und Schnee hatten den Wald fest im Griff, denn der gefürchtete Nachtwolf würde die Sonne noch lange in seinem unterirdischen Verlies hinter dem Horizont gefangen halten.

Es war die Zeit, da die Türen der Hütten fest verschlossen blieben und die Mütter sorgsam darauf achteten, dass die Vorhänge vor den Fenstern zugezogen und die Kinder wohlbehütet in ihren Betten blieben. Es war die Zeit des Mittwinters – die Zeit, da die Trolle umgingen in den Wäldern des Nordlandes.

Die Rentiere haben keine Milch gegeben.« Ein Schwall eisiger Luft strömte in den behaglich warmen Raum und ließ die Flammen der Kerzen tanzen, als die alte Frigga die Tür öffnete und mit schneeverkrusteten Schuhen hereinschlurfte. »Und die Hühner haben keine Eier gelegt.« Sie klopfte den Schnee ab, stellte den leeren Weidenkorb und die verbeulte Milchkanne neben dem gusseisernen Ofen ab, zog die Handschuhe aus und rieb die Hände kräftig aneinander. »Keine Milch, keine Eier«, murmelte sie vor sich hin. »Böse, böse.«

»Glaubst du, es sind Trolle draußen?« Ole, der neben seinem Bruder Iwar auf dem Boden hockte und schnitzte, blickte auf. Der Sechsjährige kannte die Geschichten, die sich die Menschen des Nordlandes von den Trollen erzählten, und fürchtete sich vor den dunklen Dämonen, die der Überlieferung nach gern Menschen erschreckten oder ihnen auf einer Wanderung hinterrücks in den Nacken bissen. Sicherheitshalber rutschte er noch ein wenig dichter an Iwar heran, der älter und viel größer war als er. »Ich habe Angst.«

»Du musst dich nicht fürchten«, beeilte sich Iwar zu erklären. »Du weißt doch, was Onkel Sanja immer sagt: Trolle sind dumm wie Stroh. Was sich die Leute erzählen, sind doch nichts als Ammenmärchen, um kleine Kinder während des Mittwinters im Haus zu halten.« Er grinste. Die Schauergeschichten jagten ihm schon lange keine Angst mehr ein – sie machten ihn höchstens neugierig. Seit Jahren wartete er begierig darauf, einmal einen Troll mit eigenen Augen zu sehen.

So wie Onkel Sanja. Der fürchtete sich auch nicht, obwohl er auf seinen ausgedehnten Mittwinter-Schlittenfahrten immer Dutzenden von Trollen begegnete. Aber er war noch nie von einem gebissen worden und hatte sich auch noch nie zu Tode erschreckt. Im Gegenteil. Er machte keinen Hehl daraus, dass er Trolle für überaus einfältig hielt, und erzählte gern von lustigen Begebenheiten, die er mit Trollen erlebt hatte.

Frigga, die sich wie die meisten Menschen des Nordlandes vor den Trollen fürchtete, wurde immer sehr wütend, wenn Sanja den Jungen mal wieder eine seiner Trollgeschichten erzählte. Trolle waren für sie Dämonen, die Kinder raubten und den Menschen großen Schaden zufügten.

Immer wenn der Nachtwolf die Sonne im Herbst in sein unterirdisches Verließ zerrte, um sie dort bis zum Frühling gefangen zu halten, versah sie das Haus und die Ställe vorsorglich mit allerlei seltsamen Dingen, die zur Trollabwehr dienen sollten, und tatsächlich hatte sich bisher noch nie ein Troll in die Nähe des Hauses gewagt.

Bis jetzt.

Iwar war sehr aufgeregt. Wenn die alte Frigga recht hatte und wirklich einer oder gar mehrere Trolle in der Nähe waren, war das endlich mal eine willkommene Abwechslung in der eintönigen Mittwinternacht.

»Ich kann hinausgehen und sie verscheuchen!«, schlug er vor. Mit seinen dreizehn Jahren fühlte er sich schon sehr erwachsen und glaubte die anderen beschützen zu müssen, wenn Sanja nicht im Haus war. »Sanja hat mir genau gesagt, was ich tun muss, wenn ein Troll hier auftaucht. Ich muss nur …«

»Nein, nein, nein! Du gehst mir nicht aus dem Haus!«, bestimmte Frigga streng. »Nicht einen Schritt! Hörst du! Ich sehe dir doch an der Nasenspitze an, was du vorhast. Es mag ja sein, dass euer Onkel die Trolle nicht fürchtet und sie für hirnlose Kreaturen hält. Aber er ist nicht da, und solange ich hier etwas zu sagen habe, bleibt ihr im Haus. Der Troll wird schon irgendwann von alleine weiterziehen.« Sie seufzte und murmelte mehr zu sich selbst: »Ich hoffe nur, dass wir bis dahin nicht verhungert sind – ohne Milch und Eier.«

»Ich will nicht verhungern.« Ole klammerte sich an Iwars Arm und blickte seinen Bruder aus großen Augen an. »Der Troll bleibt doch nicht lange – oder?«

»Ach was.« Iwar versuchte zuversichtlich zu klingen, obwohl er wusste, dass manche Trolle den ganzen Winter über in den Ställen der Höfe hausten, wenn sie niemand vertrieb. Aber das sagte er jetzt lieber nicht. »Der haut bald wieder ab«, behauptete er. »Schneller ginge es natürlich, wenn wir ihn verscheuchen«, fügte er mit einem bittenden Seitenblick auf Frigga hinzu. »Bitte, lass es mich doch wenigstens …«

»Nix da.« Frigga blieb hart. »Das ist viel, viel zu gefährlich. Der alte Bent vom Tinnhof hat mir erst vor ein paar Tagen erzählt, dass hier in der Nähe Törgettrolle gesehen worden sind. Törgettrolle vertreiben … tzzz … Ihr bleibt mir schön im Haus. Törgettrolle kann man nicht vertreiben. Sie sind größer und bösartiger als Waldtrolle, heimtückischer als Moortrolle und vor allem sehr gefährlich.« Sie schlurfte auf die beiden Jungen zu und beugte sich zu ihnen herunter. »Törgettrolle sind Teufel«, zischte sie ihnen mit altersbrüchiger Stimme zu und schaute zum Fenster, als fürchtete sie hinter der frostigen Scheibe jeden Augenblick das Gesicht eines Trolls zu erkennen, der ins Haus spähte. »Böse sind sie und voller Hass auf die Menschen. Sie spielen uns schlimme Streiche, verhexen die Tiere im Stall und richten großen Schaden an.« Kaum hatte sie das gesagt, sprang die Katze auf, die auf der Fensterbank geschlafen hatte, und verkroch sich unter Sanjas mit bunten Flicken besetztem Lieblingslehnstuhl.

»Wehe dem, der einen Troll auf dem Hof hat. Und wehe denen, die einem Törgettroll begegnen«, jammerte Frigga mit einem wehmütigen Blick auf den verwaisten Lehnstuhl. »Ich wünschte, Sanja wäre hier. Er ist der Einzige, der uns jetzt helfen kann. Ich kann nur hoffen, dass er keinem Törgettroll begegnet und bald heimkommt.«

Sanja oder Onkel, wie die Jungen ihn nannten, war zur Mittwinterzeit immer sehr beschäftigt und nur selten im Haus. Seit Tagen schon war er mit dem Rentierschlitten draußen im Nordland unterwegs, um, wie er sagte, wichtigen Geschäften nachzugehen.

Weder Iwar noch Ole wussten, was für Geschäfte das waren, und Frigga tat zumindest so, als wisse sie es nicht. Sanja sprach so gut wie nie darüber. Manchmal aber, wenn er während der Arbeit kurz bei ihnen vorbeischaute, war sein Schlitten übervoll mit großen Paketen, die er dringend verteilen musste.

Iwar und Ole waren schon oft um den Schlitten herumgeschlichen und hatten versucht, etwas über den Inhalt der Pakete herauszufinden. Doch die waren so sorgfältig verschnürt, dass sie nichts erkennen konnten.

Von Onkel Sanja konnten sie schon gar nichts erfahren. Geschäftsgeheimnis, pflegte er augenzwinkernd zu antworten, wenn sie ihn nach den Paketen fragten. Alles, was er ihnen verraten hatte, war, dass die Pakete bei ihm bestellt worden waren und er sie rechtzeitig abliefern musste.

Tatsächlich brachte der Briefträger vor allem in den Herbst- und Wintermonaten allerlei Briefe für Onkel Sanja, die er dann in seinem kleinen Arbeitszimmer öffnete und sorgfältig abheftete. Niemals verlor er auch nur ein Wort über ihren Inhalt und niemals schrieb er eine Antwort.

Iwar und Ole hatten sich längst an Sanjas merkwürdige Arbeit gewöhnt, die nie im Sommer stattfand, dafür aber im Mittwinter viele Wochen andauerte. Die beiden Waisenjungen liebten den freundlichen dicken Mann mit den schneeweißen Haaren und dem langen weißen Bart, der sie vor ein paar Jahren auf einer seiner Schlittenfahrten auf dem Eis des Fjords aufgelesen und vor dem Erfrieren gerettet hatte.

Seitdem lebten sie bei ihm.

Im Sommer führten die drei ein beschauliches Leben. Sanja hatte viel Zeit, angelte mit ihnen im Fjord, schlug Holz für den Winter und erzählte ihnen in den langen Sommernächten Trollgeschichten am Lagerfeuer. Etwas Geld verdiente er sich damit, Souvenirs an Touristen zu verkaufen, die hier oben am Polarkreis die Mittsommernacht erleben wollten.

Im Winter kam dann die alte Frigga ins Haus, um auf die Jungen achtzugeben und die Rentiere zu versorgen, denn Sanja war ständig unterwegs. Iwar und Ole fanden das sehr mutig von Sanja und bewunderten ihn sehr. Immerhin war der Winter die Zeit der Dunkelheit, der Schneestürme und der gefürchteten …

Draußen polterte etwas.

»… Trolle!« Iwar und Ole schauten sich an. Oles Wangen glühten vor Furcht, Iwars vor Aufregung. Wie gern wäre er ans Fenster gelaufen, um nach den Törgettrollen Ausschau zu halten. Aber Frigga kam ihm zuvor. Mit einer Gewandtheit, die Iwar ihr nicht zugetraut hätte, hastete sie ans Fenster und zog die Vorhänge zu. Dann eilte sie zur Tür und verriegelte sie. »Ihr geht nicht ans Fenster und setzt mir keinen Fuß vor die Tür«, sagte sie streng. »Verstanden?«

»J… ja.« Ole zitterte vor Angst.

»Aber ich kann wirklich Trolle vertreiben!« Mit finsterer Miene schaute Iwar zur Tür und dann zu Frigga, die zum Herd gegangen war und die Suppe für das Abendessen wärmte. »Ich weiß, was Sanja machen würde. Er hat es mir schon oft erzählt.«

»Sanja kennt sich mit Trollen aus«, erwiderte Frigga, ohne im Umrühren innezuhalten. »Er ist schon Hunderten von Trollen begegnet und immer noch am Leben.« Sie wandte den Kopf und musterte Iwar mit einem scharfen Blick aus ihren kleinen Augen. »Und du? Wie vielen Trollen bist du schon begegnet?«

Keinem! Iwar biss sich auf die Unterlippe. Er musste nichts sagen. Frigga kannte die Antwort so gut wie er selbst. Er sah Frigga bedächtig nicken, ganz so, als hätte sie nichts anderes erwartet, und ärgerte sich, weil sie ihn wie einen kleinen Jungen behandelte, aber er wusste auch, dass sie sich nicht umstimmen lassen würde

»Du kannst ihn vertreiben«, flüsterte Ole ihm zu. »Ich weiß es.«

»Ich weiß es auch«, erwiderte Iwar leise. Dass sein Bruder so fest an ihn glaubte, machte ihm Mut und bestärkte ihn in seinem Entschluss. Er fühlte sich groß und stark. Sie mussten nicht warten, bis Sanja zurückkam und den Troll vertrieb. Das konnte er genauso gut.

»Keine Sorge, ich verscheuche den Troll!«, versprach er seinem Bruder, der immer wieder ängstlich zum Fenster schaute. »Aber du musst mir helfen. Ja?«

Ole zögerte. Dann nickte er.

»Gut. Wir warten, bis Frigga schläft.« Iwar war in Gedanken schon dabei, einen Plan zu schmieden. »Morgen haben wir wieder Eier und Milch – versprochen!«

Zwei Stunden später schlief Frigga tief und fest. Ihr Schnarchen drang durch die Ritzen der Blockhauswände bis in die Kammer der Brüder. Es schien, als hätte sie die Trolle bereits vergessen.

»Ole! Steh auf und komm mit!« Iwar schlüpfte aus dem Bett und zog sich an. In der Kammer war es bitterkalt und dunkel. Er fröstelte. Die heiße Wärmflasche, die Frigga ihm und Ole jeden Abend unter die dicke Daunendecke legte, war angenehm warm und machte das Aufstehen doppelt schwer. »Komm schon!«, sagte er ungeduldig, beugte sich hinab und zog seinem Bruder die Decke fort.

Ole schlief so fest, dass er nicht einmal die Kälte zu spüren schien. Erst nachdem Iwar ihn ein paarmal gerüttelt und geknufft hatte, schlug er die Augen auf.

»Was … was ist denn?«, murmelte er verschlafen.

»Die Trolle!«, flüsterte Iwar. »Los komm, wir wollen sie doch vertreiben. Steh auf. Wir müssen in den Stall gehen.« Ole murmelte etwas Unverständliches, schlüpfte dann aber aus dem Bett und zog sich an.

Fünf Minuten später standen sie vor der Tür – und erlebten eine Enttäuschung. Frigga hatte den Schlüssel aus dem Schloss gezogen. Vermutlich hatte sie ihn sogar mit ins Bett genommen. Das hatte sie schon einmal getan, um Iwar und Ole am Verlassen des Hauses zu hindern.

»So eine Rentiersch…!« Iwar biss sich hastig auf die Lippen. Sanja mochte es gar nicht, wenn er das Wort benutzte. »Brave Jungen sagen so etwas nicht«, pflegte er immer zu sagen.

»Und was machen wir jetzt?«, fragte Ole mit dünner Stimme.

»Lass mich kurz überlegen.« Iwar ärgerte sich. Nachdenklich legte er die Stirn in Falten und stützte die Hand auf das Kinn, wie Sanja es immer tat, wenn er nachdachte. Endlose Herzschläge verstrichen. Es war ganz still. »Dann machen wir eben das Fenster auf«, sagte Iwar schließlich. »Und setzen uns auf die Fensterbank.«

»Meinst du, das genügt?« Ole blickte seinen Bruder fragend an.

»Klar. Trolle haben sehr gute Ohren. Wir müssen nicht mal laut reden, damit sie uns hören. Wenn sie erst neugierig sind, kommen sie auch ans Fenster.« Iwar grinste. »Da können wir sogar im Haus bleiben und du musst keine Angst haben.«

»Und dann?« Ole schien immer noch nicht ganz begriffen zu haben, was Iwar vorhatte. »Wie wollen wir sie denn vertreiben, wenn wir nicht hinausgehen?«

»Ganz einfach!« Iwar beugte sich etwas hinunter und sagte flüsternd: »Sanja hat uns doch erzählt, dass Trolle ganz wild auf Geschenke sind. Sie lieben es, Geschenke zu bekommen. Weil sie den Kalender aber nicht lesen können, halten sie den ganzen Winter über Ausschau nach dem Weihnachtsmann. Wenn man also von Trollen bedroht wird oder, wie jetzt, der Hof von Trollen besetzt ist, muss man ihnen nur erzählen, dass am nächsten Tag Weihnachten ist und es dann Geschenke gibt.«

»Und dann laufen sie davon?« Es war deutlich zu spüren, dass Ole das nicht glauben konnte. »Warum?«

»So einfach ist das natürlich nicht.« Iwar seufzte. »Pass auf: Wir setzen uns jetzt ans geöffnete Fenster und sprechen über Weihnachten. Klar?«

»Klar!«

»Aber nicht vergessen: Weihnachten ist morgen!«

»Morgen?«, fragte Ole verwirrt. »Aber Weihnachten ist doch …«

»Natürlich tun wir nur so, als ob morgen schon Weihnachten wäre.« Langsam wurde Iwar ungeduldig.

»Ach so.« Ole grinste verlegen. »Ist klar.«

»Gut! Dann sprechen wir darüber, dass der Weihnachtsmann morgen die Geschenke verteilt.«

»Klar!«

»Und wir erzählen uns, dass man nur dann Geschenke bekommt, wenn man einen Wunschzettel geschrieben hat. – Das ist alles.«

»Aha!« Ole nickte. Dann stutzte er. »Und was dann?«

»Du kannst Fragen stellen.« Iwar seufzte. »Dann laufen die Trolle nach Hause und schreiben ganz schnell ihre Wunschzettel. Ist doch klar. Und wir sind sie los.«

»Und das klappt?«, fragte Ole, der immer noch nicht überzeugt schien.

»Klar klappt das. Sanja muss es schließlich am besten wissen«, erklärte Iwar. Mit wenigen Schritten war er am Fenster, zog die Vorhänge zurück, öffnete es einen Spalt und zündete eine Kerze an …

In dem kleinen dunklen Haus wurde es hell. Nicht richtig hell, aber immerhin war Licht in einem Fenster zu sehen.

Im Holzschuppen nahe des Rentierstalls regte sich etwas.

»Hell!«, sagte eine dunkle, schnarrende Stimme. Holz polterte, dann löste sich ein Schatten aus dem Dunkel des Holzschuppens. »Hell!« Ein dürrer Arm, der fast wie ein Ast aussah, fuhr langsam in die Höhe und ein knorpeliger Finger deutete zum Haus hinüber. »Gomm!«

»Jög!« Im Stroh des Hühnerstalls raschelte es. Die Hühner gackerten kreischend und flatterten wild durcheinander. Inmitten des Gackerns und Kreischens ertönte das Geräusch splitternden Holzes und ein zweiter Schatten gesellte sich zu dem ersten. In den haarigen Pranken hielt er zwei flatternde Hühner, denen er aber keine Beachtung schenkte. Wie der erste Troll starrte er gebannt zum erleuchteten Fenster hinüber. »Oh, Mensssen!«, sagte er mit heller, nicht weniger schnarrender Stimme und deutete mit dem Huhn auf das Blockhaus. »Orch! Mensssen reden!«

Seine Worte gingen in dem panischen Gegacker der beiden Hühner unter, die sich immer noch zu befreien versuchten.

»Still!«, befahl er den Hühnern, die natürlich nicht gehorchten, obwohl er sie kräftig durchschüttelte. Der Troll gab einen ärgerlichen Laut von sich, hob erst eines und dann das andere Huhn in die Höhe und brach ihnen durch einen kräftigen Biss mit seinen gelben, lückenhaften Zähnen kurzerhand das Genick.

Das Gackern erstarb.

Der Troll grinste. »Still!«, erklärte er zufrieden, hob die leblosen Hühner in die Höhe und schnupperte mit seiner dicken Knollnase an dem noch warmen Gefieder. »Hunsssupppe«, schwärmte er. »Mjam!«

»Nö, Hunsssupppe.« Der Troll mit der dunklen Stimme schlug ihm mit seiner Keule unsanft auf den Rücken. »Horch, Mensssen!«, befahl er und stapfte auf das Haus zu.

Die toten Hühner achtlos hinter sich herschleifend, machten sich die beiden Trolle auf den Weg zum Blockhaus. Ihre übergroßen, stark behaarten Füße versanken tief im Pulverschnee, aber sie schienen die Kälte nicht zu spüren.

Zehn Schritte vom Fenster entfernt hielten sie inne, schauten zu den beiden Jungen hinüber, die drinnen auf der Fensterbank saßen, und lauschten.

»Weihnachten«, sagte der ältere Junge gerade mit einem sehnsüchtigen Unterton in der Stimme. »Morgen ist Weihnachten. Da werden alle Wünsche wahr.«

»Das hast du nun schon viermal gesagt«, entgegnete der andere.

»Na und?«, zischte der ältere ungehalten und fügte leise hinzu: »Nun sag schon das Richtige.«

»Tschuldigung.« Der jüngere der beiden schwieg beschämt. Dann holte er tief Luft und sagte: »Wirklich?«, wobei er seiner Stimme einen übertrieben fragenden Klang gab.

»Ja! Der Weihnachtsmann, du weißt schon, der dicke Mann mit dem Rentierschlitten und dem feuerroten Mantel, der liest dann unsere Wunschzettel und erfüllt alle Wünsche.«

»Egal was man sich wünscht?«, fragte der andere Junge wieder.

»Ganz egal!«, beteuerte der erste. »An Weihnachten werden alle Wünsche erfüllt, die du aufgeschrieben hast.«

Orch! Weihnamann«, rief der Troll mit der dunklen Stimme begeistert aus. »Jög, Jög!«

»Morrrgen Wünssse war«, schnarrte der Troll mit der hellen Stimme.

»Warm«, seufzte der erste Troll.

»Mjam, mjam«, flötete der Troll mit der hellen Stimme und wedelte mit den toten Hühnern in der Luft herum.

»Ssspiele«, zischte der erste.

»Sssnaps«, schwärmte der zweite.

»Keksss!«

»Kette.«

»Kololade.«

Was für eine Neuigkeit! Die beiden Trolle waren völlig aus dem Häuschen. Sie hatten so viele Wünsche, dass sie gar nicht aufhören konnten, sie aufzuzählen.

Plötzlich presste der erste Troll seinem munter plappernden Gegenüber die große Pranke auf den Mund: »Still!«, befahl er streng. »Orch!«

Mit angehaltenem Atem lauschten sie dem älteren Jungen, der gerade sagte: »Aber du weißt ja, dass es die Geschenke nur gibt, wenn du sie vorher auf einen Wunschzettel geschrieben hast.«

»Wunsssettel!«, sagte der Troll mit der tiefen Stimme und schlug sich mit der flachen Pranke so heftig gegen die Stirn, dass es klatschte. »Wunsssettel!«

»Jög«, stimmte der Troll mit der hohen Stimme zu. »Wunsssettel snell!«
Sie nickten sich zu und rannten eilig davon.

Die polternden Schritte der Trolle verhallten in der Nacht.
»Sie sind weg.« Ole schaute aus dem Fenster. »Zu dumm, ich hab sie nicht mal richtig gesehen. Nur große Schatten mit Zottelhaaren.« Er verstummte und blickte seinen Bruder an. »Ich glaube, sie haben zwei von unseren Hühnern gestohlen.«

»Stimmt.« Auch Iwar war ein wenig enttäuscht, dass die Trolle nicht näher ans Haus gekommen waren, versuchte aber, es sich nicht anmerken zu lassen. »Macht nichts, wir haben genug Hühner im Stall. Hauptsache, sie sind fort. Frigga wird sich trotzdem freuen, wenn die Hühner morgen wieder Eier legen und die Rentiere wieder Milch geben.«

Die beiden Trolle waren lange gelaufen. Atemlos gelangten sie zu ihrer Höhle, wo sie von der Sippe schon am wärmenden Feuer erwartet wurden.

»Wunsssettel!«, keuchte der Troll mit der dunklen Stimme und stolperte so unbeholfen in die Höhle hinein, dass der Schnee von seinen großen Füßen zischend ins Feuer flog. »Snell! Morgen Weihnamann gomm und brigt Sssenke tu Trolle – viiiele Sssenke!« Und dann erzählte er den anderen in der gutturalen Trollsprache, was die Jungen am Fenster gesagt hatten.

Die Trolle waren begeistert. Sie hatten das felsige Ödland des Polarkreises erst vor Kurzem verlassen, weil sie dort keine Nahrung mehr fanden, und waren wie schon so oft hinunter in das Nordland gezogen. Die Bräuche der Menschen hier kannten sie nicht, denn die wenigen Jäger, Hirten und Fallensteller, die sie auf ihren Wanderungen trafen, ergriffen stets sofort die Flucht und nahmen sich nicht die Zeit, ihnen davon zu berichten.

Der Weihnachtsmann war für Trolle trotzdem ein Begriff. Zwar war ihm noch kein Troll begegnet, aber der Gedanke, dass es jemanden gab, der all ihre Wünsche erfüllen konnte, genügte, dass sie völlig aus dem Häuschen gerieten.

So wie jetzt.

Die Trolle in der Höhle riefen wild durcheinander, bis der Troll mit der dunklen Stimme sie daran erinnerte, dass sie ja alle noch einen Wunschzettel schreiben mussten.

Kein Troll konnte richtig schreiben, aber das hinderte sie nicht daran, ihre Wunschzettel zu malen. Einer von ihnen kramte eine vergilbte Zeitung hervor, die er im zurückgelassenen Gepäck eines Fallenstellers gefunden hatte, riss sie in große Fetzen und verteilte diese an die anderen, die sofort begannen, mit Holzkohlestücken ihre Wünsche in sehr abstrakten Bildern daraufzukritzeln.

Alle waren so beschäftigt, dass es in der Höhle ganz leise wurde.

»Wasss hier los?«, krächzte eine brüchige Stimme in die Stille hinein. Im Höhleneingang stand die älteste Trollfrau und Anführerin der zehnköpfigen Sippe. Ihre weißen, schütteren Haare standen wirr vom Kopf ab. Ihr Bauch war so dick, dass er fast bis zum Boden herabhing und die krummen Beine bis zu den krummen Knien verdeckte. Sie hatte die größte Knollnase der Sippe, die plattesten Füße und zählte stolze 838 Winter. In der Hand hielt sie eine wuchtige Keule.

»Weihnamann!«, riefen alle wie aus einem Mund und hielten stolz ihre Wunschzettel in die Höhe.

»Weihnamann, pah!« Die Alte spuckte verächtlich auf den Boden. »Nö Weihnamann for Trolle!«

»Nö Weihnamann?« Fassungslos starrten die Trolle die Alte an. Konnte es sein, dass der Weihnachtsmann nur Menschen und keine Trolle beschenkte? Erregtes Gemurmel wurde laut und bald schon stritten die Trolle erbittert darum, wer nun recht hatte. Sie hatten sich so sehr darauf gefreut, endlich alle Wünsche erfüllt zu bekommen, dass sie am Ende richtig zornig wurden und sich in ihrer Wut zu prügeln begannen.

»Röööhrrr!« Der Troll, der die Jungen belauscht hatte, verschaffte sich mit einem gewaltigen Rülpser Gehör. Alle hielten im Prügeln inne und starrten ihn an.

»Jög Weihnamann for Trolle!«, verkündete er entschlossen und klopfte sich mit der Faust auf die haarige Brust. »Ik sssorgen for Weihnamann …« Was er danach sagte, ging in einem wahren Jubelsturm unter. Er war so mutig. Er war ein Held! Er würde den Weihnachtsmann zu den Trollen bringen!

»Kinder, ein Wunder!« Frigga schleppte die volle Milchkanne ins Haus. »Die Rentiere haben wieder Milch gegeben.«

Sie hob zuerst die gefüllte Milchkanne in die Höhe und dann den Weidenkorb, den sie in der anderen Hand trug. »Und Eier haben wir auch. Wie es scheint, sind die Trolle in der Nacht fortgezogen.« Sie lächelte glücklich. »Ich fürchtete schon, wir müssten wochenlang ohne Eier und Milch auskommen.« Sie senkte die Stimme und fügte hinzu: »Allerdings haben sie zwei von unseren Hühnern gestohlen. Na ja. Der Schaden könnte schlimmer sein – viel schlimmer.«

Iwar und Ole blickten sich vielsagend an und grinsten.

Frigga schloss die Tür hinter sich und ging zum Herd. Doch auf halber Strecke sauste ihr die Katze ganz unvermittelt zwischen den Beinen hindurch. Frigga erschrak, stieß einen spitzen Schrei aus und verlor das Gleichgewicht. Die Milchkanne und der Eierkorb rutschten ihr aus den Händen und fielen polternd zu Boden. Frigga stürzte hinterher.

»Au weh, au weh!« Wimmernd rieb sie sich das Handgelenk. »So ein Unglück! So ein Unglück«, jammerte sie.

»Es ist nicht viel Milch ausgelaufen«, verkündete Ole, der blitzschnell aufgesprungen war, um die Milchkanne aufzuheben. »Aber die Eier sind alle kaputt!«

»So ein Unglück, so ein Unglück.« Frigga schien ihn gar nicht zu hören. Den rechten Arm fest an den Körper gepresst, saß sie einfach nur da und weinte.

»Hast du dich verletzt?«, wollte Iwar wissen. Frigga war trotz ihres hohen Alters ziemlich hart im Nehmen, aber die Art, wie sie sich bewegte, machte ihm Sorgen.

»Ich glaube, mein Arm ist gebrochen«, stieß die alte Frau hervor. »Er tut furchtbar weh. Du bist schon groß«, sagte sie, und an der Art, wie sie es sagte, spürte er, dass sie es diesmal wirklich ernst meinte. »Kannst du die Rentiere alleine vor den Schlitten spannen? Es ist wohl besser, du bringst mich ins Krankenhaus nach Nisteborg.«

Iwar zögerte nicht einen Augenblick. Mit seinen dreizehn Jahren war er schon kräftig genug, um die Rentiere vor Sanjas großen roten Ersatzschlitten zu spannen. Eigentlich war es gar kein Ersatzschlitten, sondern das genaue Ebenbild des Schlittens, mit dem Sanja gerade unterwegs war. Iwar hatte seinem Onkel schon so oft beim Anspannen der Rentiere geholfen, dass es ihm keine Mühe bereitete, den sechs Rentieren das Geschirr anzulegen. Kaum eine halbe Stunde später stand der Schlitten abfahrbereit vor dem Haus.

Frigga und Ole kamen heraus und wickelten sich auf der hinteren Sitzbank in Sanjas riesigen roten Mantel, während Iwar vorn auf dem Kutschbock Platz nahm und die Rentiere mit einem lauten »Ho, ho« in Onkel Sanjas tiefer Tonlage anfeuerte.

Wie der Wind preschten die braven Tiere los. Der Schlitten glitt sanft durch die schneebedeckte Landschaft. Die Wälder mit ihren verschneiten Tannen wirkten unter dem glänzenden Sternenhimmel wie aus einem Wintertraum entsprungen und der Atem der Rentiere stieg in weißen Wölkchen in die mondbeschienene Nacht auf, die eigentlich ein Tag war.

»Ho, ho, ho!« Iwars Stimme hallte durch die Stille. Die Fahrt machte ihm großen Spaß. Das Wetter war gut und die Rentiere liefen schnell und ausdauernd.

Nur Frigga stöhnte leise vor Schmerz. Der Weg nach Nisteborg war lang. Im Sommer war man dorthin fast einen ganzen Tag unterwegs. Doch jetzt, mitten im Winter, war der Fjord, der Sanjas Hütte von der kleinen Stadt trennte, fast einen Meter dick zugefroren und so konnten sie die Abkürzung über das Wasser wagen.

Nur drei Stunden nach Friggas Unfall brachte Iwar den großen roten Schlitten vor dem hell erleuchteten Portal des Nisteborger Krankenhauses zum Stehen. Eine freundliche Ärztin nahm Frigga in Empfang und bat die Kinder zu warten, bis man den Arm untersucht hatte.

Im Krankenhaus war es herrlich warm, aber Ole wurde es dort schnell langweilig.

»Wann fahren wir nach Hause?«, fragte er immer wieder.

Und Iwar antwortete immer wieder. »Bald.«

Schließlich öffnete sich die Tür, hinter der Frigga verschwunden war, und die Ärztin kam zurück.

»Eure Tante muss leider ein paar Tage hierbleiben«, sagte sie bedauernd. »Wir müssen den Arm operieren.«

»Oh«, sagte Iwar.

Ole sagte nichts.

»Sie bittet mich, euch auszurichten, dass ihr euch gleich auf den Heimweg machen sollt, damit sich euer Onkel keine Sorgen macht, wenn er das Haus verlassen vorfindet.«

»Wir kommen sie bald besuchen«, sagte Iwar. »Vielen Dank, Frau Doktor.«

»Kommt gut nach Hause!« Die Ärztin winkte ihnen nach, als sie das Krankenhaus verließen.

Draußen schien es noch kälter geworden zu sein. Wolken verdeckten die Sterne. Der Wind blies schneidend von Norden und wirbelte kleine Schneegestöber vom Boden auf.

»Ich will nicht ganz alleine da hinten sitzen«, maulte Ole zähneklappernd, als sie zum Schlitten kamen.

»Dann komm mit nach vorn.« Iwar griff nach Onkel Sanjas Mantel. »Der ist groß genug und wird uns beide wärmen.«

Dicht beieinander sitzend, machten sich die beiden Jungen auf den Heimweg. Ole legte den Kopf an Iwars Schulter und kuschelte sich tief in den Umhang. Dann schlief er ein.

Die Fahrt über den Fjord war schnell und leise. In Onkel Sanjas warmem Mantel war selbst der eisige Nordwind gut auszuhalten.

Oles Kopf ruhte inzwischen unter dem Mantel auf Iwars Knien. Er war tief und fest eingeschlafen.

Iwar hielt die Zügel fest in der Hand. Er hatte den Schlitten schon ein paarmal gefahren, aber noch nie so weit und noch nie so schnell. Er wusste, dass Onkel Sanja noch viel schneller fuhr, aber das wagte er nicht.

Als sie den schützenden Wald erreichten, ließ der Wind etwas nach. Iwar atmete auf. Er ließ die Rentiere langsamer gehen und gönnte ihnen eine kleine Verschnaufpause. Auch er wurde langsam müde und seine Finger waren trotz der dicken Handschuhe eiskalt.

Wenn wir nur schon zu Hause wären, dachte er und gähnte, als plötzlich …

»Weihnamann!« Wie ein Dröhnen hallte das Wort durch den Wald.

Iwar fuhr erschrocken zusammen. Schlagartig war er hellwach.

Die Rentiere kamen abrupt zum Stehen.

»Weihnamann!« Unmittelbar vor dem Schlitten stand eine Gruppe von fünf großen Trollen. Sie hatten Keulen in den Händen und blickten so grimmig drein, dass Iwar angst und bange wurde.

»Was … was wollt ihr von mir?«, stammelte er.

»Weihnamann!«, sagte der größte Troll und fuchtelte drohend mit seiner Keule. »Gomm! Habe Wunsssettel. Trolle og Sssenke haben wollen.«

Obwohl der Troll sehr undeutlich sprach, verstand Iwar: der rote Mantel, der Rentierschlitten … Offenbar hielten die Trolle ihn für den Weihnachtsmann. Vermutlich gehörten sie zu der Sippe, die in der Nacht seiner Weihnachtsgeschichte gelauscht hatte und nun wollten sie Geschenke – von ihm!

Was nun? Iwar war ängstlich und verwirrt und konnte kaum einen klaren Gedanken fassen.

Ole schlief zum Glück immer noch. Tief im Mantel verborgen, hatten die Trolle ihn noch gar nicht bemerkt.

Der größte Troll ergriff die Zügel der Rentiere und zerrte sie grob hinter sich her durch den verschneiten Wald. Nach eine Weile entdeckte Iwar eine dunkle Höhle in einer Felswand. Davor warteten noch einmal fünf Trolle.

Als sie den Schlitten kommen sahen, brachen sie in Jubel aus und riefen immer wieder: »Weihnamann for Trolle! Jög! Jög!«

Iwar wurde abwechselnd heiß und kalt. Noch nie in seinem Leben hatte er sich so sehr gefürchtet.

Die Trolle waren mindestens einen halben Kopf größer als er, und nach allem, was Frigga ihm erzählt hatte, auch sehr gefährlich. Mehr als die Hälfte der grimmig dreinblickenden Gesellen trugen riesige Keulen, und er zweifelte nicht daran, dass sie diese auch einsetzen würden.

Was nun? Verzweifelt blickte Iwar sich um, aber eine Flucht schien ausgeschlossen.

Die Trolle hatten die Rentiere und den Schlitten bis vor den Höhleneingang gezerrt. Die hungrigen Blicke, mit denen sie die Rentiere musterten, machten Iwar Angst, doch die Trolle hatten etwas anderes im Sinn.

»Weihnamann brigt Sssenke for Trolle!«, riefen sie und winkten mit vergilbten Papierfetzen, auf denen schwarze Striche und verschmierte Flecken zu sehen waren.

»Hiää Wunsssettel!« Der Troll, der die Rentiere geführt hatte, trat neben den Schlitten und hielt Iwar einen der Fetzen hin. »Jessst Sssenke! Sssofort«, grollte er mit tiefer Stimme, und Iwar spürte die Drohung, die darin mitschwang.

»D… danke«, stammelte er. Seine Hand zitterte, als er das Stück Papier entgegennahm und tat, als würde er es aufmerksam lesen. Er musste Zeit gewinnen – irgendwie.

Die Trolle wurden schon ungeduldig.

»Losss Sssenke! Jög!«, forderte der Troll und klopfte ungeduldig mit seiner Keule auf den Schnee.

»Sssenke! Ha, ha, ha!«, krächzte in diesem Augenblick eine spöttische Trollstimme hinter dem Schlitten auf. »Sssenke wo? Hääh?«

Iwar drehte sich um und sah eine buckelige alte Trollfrau mit schlohweißen Haaren hinter dem Schlitten stehen. Mit ihrer knochigen Hand deutete sie auf die leere Ladefläche und lachte gackernd.

»Nö Sssenke for Trolle!«, rief sie triumphierend. »Nö Sssenke!«

Der Troll neben dem Schlitten stieß einen zornigen Laut aus und stapfte zu der Alten. »Nö Sssenke?«, knurrte er und schaute in den leeren Schlitten. »Bebrüger.« Wutschnaubend und geifernd kam er auf Iwar zu, packte ihn am Kragen und zerrte ihn vom Kutschbock. »Nö Weihnamann! Wie? Hää?«, brüllte er mit vor Zorn gerötetem Gesicht. »I wedde dir ssseigen, wa …« Er stutzte. Der rote Mantel war vom Kutschbock gerutscht und gab den Blick auf Ole frei, der aufgewacht war und sich verschlafen die Augen rieb.

»Kidder!«, kreischte die Alte und ließ wieder ihr gackerndes Lachen hören. »Mensssenkidder! Nö Weihnamann! Dumm Trolle! He, he, he.« Sie konnte gar nicht aufhören zu lachen.

»Nö Weihnamann, aber gudd Mjammjam!« Ein anderer Troll war auf den Schlitten gesprungen und hielt den völlig verängstigten Ole fest. »Rendiere und Mensssenkinder nug Mjammjam for laaaange!« Er fuhr sich mit der langen braunen Zunge genüsslich über die Lippen und zerrte Ole vom Schlitten.

»Iwar, hilf mir!« Oles Schreie gellten durch den Wald, als der Troll ihn zur Höhle zerrte. Er strampelte wie wild, doch er war zu schwach und hatte den ungeheuren Kräften des Trolls nichts entgegenzusetzen.

»Iwar!«, brüllte er verzweifelt. »Iwaaaaar!«

Aber Iwar konnte seinem Bruder nicht helfen. Der große Troll hielt ihn unnachgiebig fest. Nun wurden auch die anderen Trolle munter. Mit gierigen Blicken machten sie sich am Geschirr der Rentiere zu schaffen, um diese vom Schlitten zu lösen.

»Nö Weihnamann«, murrten sie. »Nö Sssenke.«

Ein Troll kam so dicht an Iwar heran, dass er seinen fauligen Atem riechen konnte. »Aber gudd Fleisss!«, sagte er mit einem zahnlosen Grinsen. Dann hob er die Keule, um das erste Rentier zu erschlagen.

»Ho, ho, ho!«, tönte es in diesem Augenblick durch den Wald und die Luft war erfüllt von dem Klang unzähliger Schlittenglocken. »Ho, ho, ho!«

Iwars Herz machte vor Freude einen Sprung. Er wandte sich um und erkannte einen roten Schlitten, der, von sechs Rentieren gezogen, in voller Fahrt auf die Trollhöhle zuhielt.

Auf dem Kutschbock saß ein rundlicher Mann mit weißem Rauschebart und rotem Mantel.

Onkel Sanja!

»Hooooo!« Die Rentiere hielten schnaubend an. Das Bimmeln der Glöckchen verstummte. »Ho, ho«, rief Onkel Sanja gerade so, als kenne er Iwar und Ole nicht. »Gibt es hier etwa Trolle, die auf ihre Geschenke warten?«

»Jög!«

»Jög!«

»Weihnamann!«

»Sssenke!« Die Trolle waren so aufgeregt, dass sie ohne zu überlegen von den Kindern und den Rentieren abließen, um ihre Wunschzettel vom Boden aufzuheben. »Sssenke! Sssenke!« rufend stürmten sie mit den Zetteln in der Hand auf den echten Weihnachtsmann zu, der sie lachend in der Trollsprache begrüßte und alle Wunschzettel an sich nahm.

Iwar nutzte die Gelegenheit, um zu Ole zu laufen. Der Sechsjährige war völlig verängstigt und kauerte weinend an der Höhlenwand. »Wir müssen hier weg«, flüsterte Iwar ihm zu und deutete auf den Waldrand. »Los, komm, wir laufen da rüber, ehe sie sich wieder an uns erinnern.«

Ole nickte, wischte sich schniefend die Tränen fort und stand auf. Dann rannten sie los. Hinter einer tief verschneiten Tanne fanden sie eine erste Deckung und beobachteten von dort aufmerksam, was an Onkel Sanjas Schlitten vor sich ging.

Der alte Herr saß auf dem Kutschbock und schien ganz in die Wunschzettel der Trolle vertieft. Dabei strich er sich immer wieder nachdenklich über den Bart, während die Trolle ihn umringten und mit großen Augen erwartungsvoll anstarrten.

»Nö, nö!«, hörte Iwar Sanja schließlich sagen und sah, wie dieser nachdrücklich den Kopf schüttelte. »So geht das nicht!«

»Nö?« Der Troll, der auch Iwar bedroht hatte, verzog das Gesicht und hob die Keule. »Wie nö? Nö Sssenke?«, fragte er wütend.

»Jög, Sssenke!«, erwiderte Sanja so ruhig, dass Iwar ihn für seinen Mut nur bewundern konnte. Er hatte sich nie viele Gedanken über Sanjas merkwürdige Arbeit gemacht, doch hier und jetzt wurde ihm einiges klar!

Der weiße Bart und die weißen Haare, der rote Schlitten und die vielen Pakete, der rote Mantel und die geheimnisvollen Briefe – Onkel Sanja war der Weihnachtsmann!

»Auf den Wunschzetteln fehlen eure Namen!«, hörte Iwar Sanja in einem Tonfall sagen, als spräche er bei der Bescherung zu einem unartigen Kind. »So kann ich keine Geschenke verteilen. Ich muss doch wissen, für wen die Pakete sind. Sonst kommen die Geschenke ganz durcheinander.«

»Naaamen?« Für den Bruchteil eines Augenblicks glaubte Iwar echte Verwirrung im Gesicht des Trolls zu erkennen, dann aber hellte sich seine Miene auf.

»Jög, Naaamen!«, rief er, nickte und kletterte zu Sanja auf den Kutschbock. »I sssage Naaamen to Weihnamann!«, bot er Onkel Sanja seine Hilfe an.

Iwar sah, wie der Troll der Reihe nach auf jeden seiner Sippe zeigte und Sanja etwas zuflüsterte. Der machte sich eifrig Notizen. Als er alle zehn Namen notiert hatte und der Troll wieder vom Schlitten gestiegen war, hob Onkel Sanja die Hände und rief den Trollen zu: »Und jetzt stellt ihr euch alle in der Reihenfolge auf, in der ich euch aufrufe!«

Ein Troll drehte sich zu Iwar um und er duckte sich hastig.

Hoffentlich hat er mich nicht entdeckt, schoss es ihm durch den Kopf. Da hörte er, wie Onkel Sanja die Namen verlas: »Gülkz, Gonzt, Aght, Brezt …«

Er las so schnell, dass Iwar in seinem Versteck gar nicht alle Namen mitbekam. Seltsame Geräusche drangen von der Lichtung zu ihm herüber: Kurze Schreie, wütendes Brüllen und ein warnendes Knurren begleiteten die aufgerufenen Namen.

Dann war es still.

Iwar hatte Angst. Furchtbare Angst. Er wusste nicht, was geschehen war, und wagte nicht, den Kopf zu heben. Zitternd kauerte er im kniehohen Schnee und klammerte sich so fest an Ole, wie dieser sich an ihn klammerte. Wie zwei junge Vögel im Nest hockten sie hinter der kleinen Tanne und warteten.

Da näherten sich schwere Schritte.

Das ist das Ende! Iwar schluckte.

Ole wimmerte leise.

»Ho, ho! Ihr könnt rauskommen«, ertönte Onkels Sanjas vertraute Stimme über ihren Köpfen. »Es ist alles in Ordnung.«

»Onkel Sanja!«, riefen die beiden Jungen wie aus einem Mund. Fast gleichzeitig sprangen sie auf, und selbst Iwar fühlte sich in diesem Augenblick nicht zu groß dafür, dem geliebten Onkel um den Hals zu fallen. Eine Weile standen die drei schweigend da und hielten sich fest, dann löste sich Iwar aus der Umarmung und fragte: »Wie hast du uns eigentlich so schnell gefunden, hier mitten im Wald?«

»Och, das war nicht schwer«, erwiderte Onkel Sanja. »Ich war vorhin auf dem Weg zum Blockhaus, um euch zu besuchen, habe dort aber niemanden angetroffen. Als ich die Fußabdrücke der Trolle und die Schlittenspuren im Schnee sah, befürchtete ich das Schlimmste.« Er nickte, um seine Worte zu unterstreichen. »Ja, ja. Ich habe mir wirklich große Sorgen um euch gemacht. Zum Glück hatte es noch nicht viel geschneit und ich konnte den Spuren der Trolle bis hierher folgen.«

»Danke«, murmelte Ole mit erstickter Stimme. »Danke, dass du gekommen bist und uns gerettet hast.«

»Ho, ho, junger Mann, eigentlich müsste ich mich bei euch bedanken.« Onkel Sanja schmunzelte. »Ihr habt mir nämlich eine Menge Arbeit erspart.« Er deutete auf die Trolle, die noch immer ganz eng beieinander standen und sich nicht rührten. »Ich suche diese Sippe schon zwei Wochen lang, aber sie haben sich immer gut versteckt.«

»Du suchst Trolle?«, fragte Iwar ungläubig.

»Nicht nur das. Ich fange sie auch!« Onkel Sanja nahm die Jungen an die Hand und führte sie auf die Trolle zu, die so reglos dastanden, als wären sie mitten in der Bewegung zu Eis erstarrt.

»Was … was ist mit ihnen?« Vorsichtig streckte Ole die Hand aus und berührte einen der Trolle am Arm. »Kalt!«, stellte er verwundert fest.

»Sind sie tot?«, wollte Iwar wissen.

»Tot?« Sanja lachte. »O nein, wo denkt ihr hin? Trolle sind auf ihre Weise überaus nützliche Wesen und stehen unter Naturschutz. Die hier sind nur erstarrt.«

»Erstarrt? Aber was …? Warum …?« Iwar verstand nun gar nichts mehr.

»Was ich mit ihnen mache?« Sanja hob die Jungen auf den Kutschbock und gesellte sich zu ihnen. »Na, das habe ich doch schon gesagt: Ich fange sie ein. Und dann bringe ich sie wieder dahin, wo sie hingehören«, erklärte er ruhig. »Ihr müsst wissen, dass die Trolle bei uns im Winter immer wieder ihr Unwesen treiben. In ihrer Heimat oben am Polarkreis ist die Welt karg und öde und in harten Wintern finden sie dort oft nicht genug zu essen. Wenn es sehr schlimm wird, ziehen die Sippen geschlossen nach Süden, weil sie wissen, dass die Menschen auf den Höfen des Nordlandes viele Vorräte angelegt haben. Die Trolle stehlen ihnen das Vieh und richten großen Schaden an. Eine Weile hat man sie gewähren lassen, doch die Trolle wurden immer dreister, und so hat man sich entschlossen, sie einzufangen und wieder nach Norden zu bringen.«

»Aber der Schlitten und der rote Mantel …?«, fragte Iwar verwirrt. »Was soll die Verkleidung?«

»Das ist keine Verkleidung.« Sanja grinste schelmisch. »Das ist meine Uniform. Ich habe dir im Sommer doch erzählt, wie wild Trolle auf Geschenke sind. Dies ist die einzige Verkleidung, in der ich sie dazu bekomme, mir ihre Namen zu nennen.«

»Die Wunschzettel!«, rief Ole aus. »Sie halten dich für den Weihnachtsmann.«

»So ist es!« Sanja nickte bedächtig. »Ein Glück, dass sie so einfältig sind und ein sehr kurzes Gedächtnis haben, sonst hätte sich der Trick mit der Verkleidung sicher längst bei ihnen herumgesprochen. So aber gibt es Trolle, die ich schon sechsmal gefangen habe und die auch beim siebenten Mal noch auf denselben Trick hereinfallen.« Er machte eine Pause, um Atem zu schöpfen, dann sagte er: »Trolle fängt man am besten, indem man sie beim Namen nennt. Das ist eine bewährte und sehr sanfte Methode, um sie loszuwerden. Ihr wisst doch: Wenn man einen Troll beim Namen nennt, erstarrt er augenblicklich zu Stein. Meine Helfer müssen sie dann nur noch vorsichtig verpacken und ich kann sie mit dem Schlitten wieder nach Norden bringen, wo sie beim Licht des ersten Frühlingvollmonds wieder zum Leben erwachen.«

»Dann sind also Trolle in den großen Paketen, die du manchmal auf dem Schlitten hast!«, folgerte Iwar.

»Das stimmt!« Sanja lächelte, wurde dann aber ernst und senkte die Stimme. »Wisst ihr was, Jungs«, sagte er verschwörerisch. »Ich habe euch gerade ein großes Geheimnis verraten. Meine Arbeit ist nämlich eigentlich streng geheim. Ihr dürft niemandem, wirklich niemandem etwas davon erzählen.« Er blickte die beiden nacheinander an. »Versprochen?«

»Versprochen!«, antwortete Ole.

»Kein Problem.« Iwar nickte und zwinkerte Sanja zu. »Wenn mich jemand fragt, sage ich einfach, du bist der Weihnachtsmann.«

NINA BLAZON

Das Fest

28. NEWAMBAR

VATER HAT WIEDER die Höllenpferde geschlagen. Ich habe das Donnern marmorharter, gespaltener Hufe gehört, die gegen Steinwände traten. Wenn ich die Augen schließe, sehe ich ihn: in der Hand die Peitsche, die so viele Riemen hat wie mein Vater Pferde. Sein breites Gesicht ist schweißüberströmt. Nun stehen sie in ihrem Stall, der einer kleinen Festung in unserem Hinterhof gleicht, und starren auf das Verwalterhaus. Ich kann sie nicht sehen, aber das Funkeln der Augen hinter den Gittern erkenne ich. Sie starren einfach nur, und das ist das Unheimlichste daran. Es sind sechs – nicht schwarz, wie die Pferde des Südlands. Diese hier sind dreifarbig, rot und weiß und schwarz gefleckt wie Glückskatzen. Sie haben riesige Köpfe mit hervorstehenden Knochen um die Augen und an den Nüstern, die ihnen fast das Aussehen von Drachenköpfen geben. Mein Vater gibt ihnen keine Namen, doch ich kann sie unterscheiden. »Far« nenne ich das größte Pferd im Stillen. Es hat ein rotes Maul, als wäre es in Lava getaucht, ohne zu verbrennen.

Mein Vater ist Verwalter, er kam mit uns in dem von sechs Höllenpferden gezogenen Schlitten hierher und hinterließ eine Spur aus geschmolzenem Schnee. Viele wären glücklich darüber, Verwalter in den Diensten der Lady zu werden, aber mein Vater hasst diese entfernteste aller Provinzen, ganz im Norden nahe der Grenze. Heute gibt es hier nur noch einige halb verfallene Adelshäuser, die leeren Käfige einer Menagerie und den alten Palast, den Lady Mary liebt, weil er sie an die Sommer ihrer Kindheit erinnert, den sie jedoch seit ihrer Krönung nicht mehr besucht hat. Reisende erzählen, dass man des Nachts hier die Schreie ihrer toten Brüder hört. Mein Vater fürchtet sich nicht vor Gespenstern, aber er misstraut den Nomaden aus dem Norden, die gestern in der Nähe ihr Winterlager aufgeschlagen haben. Mein Vater nennt sie Tiergläubige und Wilde. Am lächerlichsten findet er ihre rohen Holzschlitten, die von Rentieren und großen Wesen, halb Hund, halb Ziege, gezogen werden. Dafür, dass es Wilde sind, geht es bei ihnen allerdings erstaunlich gesittet zu. Sie sind freundlich und handeln mit unseren Gehilfen. Sie können sogar unsere Schrift lesen. Bis jetzt habe ich bei ihnen noch keine einzige Peitsche oder Gerte gesehen. Meine Schwester Nida findet Rentiere langweilig. Mir gefällt es hier.

6. DEKAMBAR

Jemand hat Stiefel vor die Türen der Adelshäuser gestellt. Ich habe es bemerkt, als wir so früh am Morgen in die zerfallene Stadt schlichen, eingemummt in die Pelzjacken, die unsere Mutter vor der Reise genäht hat. Meine Mutter ist eine ausgezeichnete Jägerin. Wo wir auch sind – innerhalb weniger Tage ist die Speisekammer voll und in den Gerbrahmen hängen Felle von Kaninchen, Luchsen und Hirschen. Manchmal erlegt sie sogar einen dunkel gestreiften Waldtiger. Aus der blauen Tigerzunge macht sie Handschuhe, so robust und dick, dass der heiße Atem der Pferde ihnen nichts anhaben kann. Vater traut sich nur mit diesen Handschuhen in den Stall – auch wenn er natürlich etwas anderes behauptet und unsere Gehilfen nicken, als würden sie ihm glauben.

Pelz streicht über meine Wange, als ich den Kopf senke, um mir die Stiefel anzusehen. Sie bestehen aus Filz – vielleicht aus Ziegenhaaren.

»Fass das nicht an!«, flüstert Nida.

»Warum nicht? Sind doch nur Schuhe.«

»Das gehört den Wilden. Aber was wollen sie hier?« Besorgt blickt sie zu den Fenstern des Adelssitzes hoch. Die Scheiben fehlen, der Winterwind bewegt Papierbögen, mit denen die Fenster verhängt sind. Und wie sie so im Schnee steht mit dem Mantel aus weißem Nerz und dem schwarzen Haar, sieht meine Schwester aus wie eine Schneeprinzessin. Nur dass ich kein Prinz bin. Eher ein Troll.

»Offenbar haben sie in den Häusern Zuflucht gesucht«, sage ich und schiebe die Hand in den Schaft. Der Filz ist warm, als hätte jemand den Stiefel eben erst ausgezogen. Und dann – berühren meine Finger etwas! Im ersten Augenblick denke ich, ein Eichschläfer hätte sich im Stiefel verkrochen, aber dann höre ich meine Mutter im Geiste lachen:

»Eichschläfer im Winter, Mats!«

»Leg das wieder rein und lass uns gehen!«, sagt Nida und jetzt zittert ihre Stimme nicht nur vor Kälte.

Aber ich bin viel zu fasziniert von dem Geschenk, das ich in der Hand halte. Ja, ich bin sicher, dass es ein Geschenk ist. Ein Mäuseschädel und haarfeine Knochen, umgeben von weichem Haar – Gewöll, wie eine Eule es auswürgt. Ich greife in den nächsten Stiefel. Nida fängt an zu schimpfen. Sie droht mir, sie befiehlt, sie bittet sogar, aber schließlich stapft sie durch den Schnee davon, heiße Tränen der Wut in den Augen, die an den Wimpern zu Eisperlen gefrieren. Ich greife in den zweiten Stiefel – und ziehe ein Stück grau geflecktes Fell heraus.

»Das gehört mir!«

Die Stimme scheint direkt aus dem Gemäuer zu kommen. Im ersten Augenblick denke ich, Nida sei zurückgekommen, aber das Mädchen hier hat eine tiefere Stimme, auch wenn sie gerade ebenso bebt wie die meiner Schwester. Sie reißt die Augen auf, als ich mich aufrichte und auf sie herunterschaue. Noch nie habe ich ein solches Mädchen gesehen. Sie trägt graue Wollsachen und einen Schal, in ihren hellen Locken fängt sich der Schnee, den der Wind gegen die zerbrochene Haustür weht.

»Das gehört mir!«, wiederholt sie und streckt die Hand aus. Ich reiche ihr das Fell – hätte sie mich gebeten, ihr mein Messer zu geben, ich hätte es ebenfalls getan.

»Wie heißt du?«, fragt sie.

»Mats«, murmle ich. »Ich bin … der Sohn von Matthias – er ist Lady Marys Verwalter.«

»Lady Mary?« Sie spricht den Namen aus, als sei er eine fremde Speise, die sie zum ersten Mal kostet. Ihre Augen nehmen mich gefangen. Sie leuchten orange, wie die Augen einer Katze.

»Sie kommt bald hierher«, stottere ich. »Wir … bereiten alles vor, es gibt viel zu tun, denn Lady Mary war seit ihrer Jugend nicht mehr im Palast.« Warum rede ich so viel? Plötzlich lächelt sie. Und ich weiß, dass das Lächeln nicht der Lady gilt, sondern nur mir. Mir allein.

9. DEKAMBAR

Marisa. Marisa. Immer wieder sage ich diesen Namen. Es ist nur wenige Minuten her, seit wir uns verabschiedet haben – Stunde um Stunde sind wir durch die verwitterten, schneebedeckten Straßen gelaufen. Sie zeigte mir den Abladeplatz für das Holz, die alten Stallungen, die ihrem Volk nun als Schlittenschuppen dienen. Zwei Nomadenkinder folgten uns, aber bald verloren sie die Lust daran und trollten sich.

»Meine Brüder«, sagte sie und lachte. »Die zwei Eulen!« Ein seltsamer Scherz, aber ich lachte auch, weil Marisa lachte.

»Kommt ihr jeden Winter hierher?«, fragte ich. Sie schüttelte den Kopf und ihre hellen Locken schimmerten im Eislicht.

»Wir waren noch nie hier. Für das Fest suchen wir immer einen neuen Ort auf. Einen Ort … ohne Gräber.« Ich nickte.

»Gräber gibt es hier nicht.« In der Sommerresidenz wurde niemand begraben – die Leute, die bei den Turnieren starben, wurden einbalsamiert und in die Hauptstadt gebracht. Das steht in den Chroniken, die ich jeden Tag lese.

»Nach dem Fest wandern wir wieder, bis zum nächsten Winter. Das ist Tradition.«

»Und die Tradition sagt, ihr müsst Stiefel vor die Tür stellen und jeden Winter ein Fest feiern?«

»Ja.«

»Was bedeutet das Fell im Stiefel?«, versuchte ich es weiter.

»Ein Geschenk«, sagte sie leise. »Zum Fest. Ein Zeichen, dass wir alle zu den Wesen gehören – den lebenden Wesen. Eine Einladung, es nicht zu vergessen.«

»Was feiert ihr bei diesem Fest?«

»Das Leben«, antwortete sie. »Ein Werden, eine Geburt.«

»Wer wird denn geboren?« Sie wurde ernst und sah mich so erstaunt an, als könnte sie nicht fassen, dass jemand ihren Aberglauben nicht kennt.

»Wir! In dieser magischen Nacht werden wir zu dem, was wir im Herzen sind. Für die Dauer dieser Nacht, bis zum nächsten Fest oder … für ein Leben.« Das klang verrückt, aber mir lief ein seltsamer kleiner Schauer über den Rücken. Der werden, der ich wirklich bin – aber wer bin ich?

»Und weshalb wollt ihr keine Gräber in der Nähe haben?«

»Weil Tote Diebe sind«, sagte sie nur.

Ich musste lächeln und ich lächle auch jetzt wieder. Manchmal denke ich, wir sind zwei Hälften einer Herzmuschel – und dann wieder klingt sie doch wieder wie eine Wilde. Marisa.

Nida blickt von ihrer Arbeit am Kamin auf und sieht mich ärgerlich an. Ich weiß, wie ich ihr vorkomme – Mats, der Troll, verkrochen in einem Nest aus Papier. Dabei ist es wichtig, die alten Bücher zu studieren, die Lady Marys Sekretär uns anvertraut hat. Die Zeichnungen darin zeigen, wie der Palast einst ausgesehen hat. Angaben zu den Kaminen und Öfen, Skizzen der Kammern und Standorte der Brunnen. Und natürlich die Chroniken, die so verstaubt sind, dass ich glaube, der erste Mensch zu sein, der sie liest, seit der Schreiber den letzten Punkt gesetzt hat. Von einem Winterfest steht nichts darin. Draußen spielen die Pferde wieder völlig verrückt. Mein Vater sitzt neben Nida am Kamin und sieht erschöpft aus.

»Ich weiß nicht, was mit ihnen los ist«, murmelt er. »Seit wir hier sind, haben sie Mordlust in den Augen.« Er blickt auf seine großen Hände und ich sehe, dass sie zittern. Er ist so stark, wie er schwach ist, mein Vater. Ich mag es nicht, wenn er die Peitsche in der Hand hat. Er weiß nicht, dass dann in seinen Augen die Angst steht. Meine Mutter ist anders. Vom nachtdunklen Hof dringt nun ihre herrische Stimme herein. Kurze Zeit später verstummen die Hufschläge und Mutter kommt in das Kaminzimmer. Mit blauen Lippen von der Kälte und mit triumphierend blitzenden Augen.

»Sie werden noch jemanden umbringen!«, sagt sie. »Was ist nur in sie gefahren?« Ihr Ärmel ist versengt, und als sie sich neben mich setzt und mir durch das Haar fährt, riecht sie nicht nur nach Raubtierfell und Schnee, sondern auch nach dem Höllenatem der Pferde. »Na, Mats?«, sagt sie. »Was macht mein Wechselbalg, das Papier fressende Eichhörnchen?« Ihre Augen strahlen, und ich denke, dass sie hier glücklich ist – genug Wald und genug Wild. Sie liebt den Geruch von Blut und gebratenem Fleisch. Und ich liebe sie, obwohl sie mich verspottet.

»Um die Menagerie soll er sich kümmern«, knurrt mein Vater. »Der Junge liest nur und streunt herum.«

17. DEKAMBAR

Meine Mutter fängt mit meiner Schwester bereits die ersten Kreaturen für die Menagerie. Begleitet von einer Schar Treiber und Gehilfen reiten sie durch die Wälder. Die kleineren Holzkäfige im verwilderten Palastgarten füllen sich. Rotvögel und Springziegen, seltene gehörnte Hasen – sogar ein junger Bär ist dabei, den meine Mutter aus seiner Winterhöhle gejagt hat. Er wird in einen der großen, gemauerten Käfige mit Eisenstangen gesperrt. Es ist meine Aufgabe, die Tiere zu füttern, damit sie wohlgenährt sind, wenn Lady Mary hierherkommt. Ich mag diese Arbeit nicht, aber dennoch habe ich Ehrfurcht, wenn ich in die Menagerie gehe. Zum ersten Mal seit der Krönung wird es hier wieder Feste geben, Musikabende und politische Ränkespiele zwischen Jagden und Banketten. Sobald die Tiere ihr Futter haben und die Gehilfen den Garten wieder von altem Holz befreien, führe ich Marisa heimlich in den Sommerpalast. Hand in Hand laufen wir durch endlose Korridore und küssen uns in Prunkräumen, in denen nur noch Krähen schlafen und Mäuse tanzen. Marisas Kuss schmeckt nach Begehren und nach warmer, wilder Süße. In diesen Augenblicken vergesse ich, dass sich unsere Wege bald trennen werden.

»Was geschieht beim Fest?«, frage ich sie immer wieder. »Darf ich mitfeiern?« Und sie lacht jedes Mal verlegen und schüttelt den Kopf.

18. DEKAMBAR

Heute schreckten uns im Palast die Schritte der Gehilfen auf. Wir sprangen von dem alten Bett, das mit vertrocknetem Moos bedeckt ist, und liefen die Korridore entlang. Marisa zog mich in eine Kammer. Durch das Fenster, das einer Schießscharte glich, fiel das Licht in einem Winkel, der mir zeigte, dass wir uns auf der Südseite des Palasts befanden. Die Kammer war leer, alles, was wir hier sahen, waren verrostete Ringe, die in die Wände eingelassen waren. Zwölf Ringe zählte ich, dann rief Marisa mich ans Fenster.

»Ist das dein Vater?«, flüsterte sie. Von oben erkannten wir die steinernen Kuppeln der Käfighäuser – und davor den Schlitten. Die sechs Pferde waren angeschirrt und rissen mit ihren scharrenden Hufen tiefe, schwarze Wunden in den weißen Boden.

»Was sind das für Tiere?«, fragt Marisa.

»Höllenpferde«

»Warum nennt ihr sie so?«

»Aberglaube. Früher glaubten die Menschen an eine göttliche Folterkammer namens Hölle. Die Feuer dort, so sagte man, brennen heiß wie der Atem der Pferde.« Das habe ich aus dem Buch. Marisa sieht mich seltsam an.

»Sie sehen aus wie sechs wütende Brüder.«

»Ich habe sie tatsächlich nach Brüdern benannt«, antworte ich überrascht. »Die von Lady Mary.« Ich muss lachen, doch gleichzeitig schaudert es mich. Ich lege die Arme um Marisa und spüre ihr Haar an meinem Kinn. »Far war der älteste von ihnen«, flüstere ich. »Die anderen hießen Ales, Tulir, Ban, Georg und Kem. Ich nenne die Pferde nur heimlich so, denn es sind verbotene Namen.«

»Was ist aus ihnen geworden?«

»Lady Mary richtete sie hin.«

»Ihre Brüder?«, haucht Marisa. »Sie tötete ihre Brüder?«

»Natürlich. Damit sie keinen Anspruch auf den Thron erheben konnten.« Jetzt macht sie sich heftig los und wirbelt herum.

»Würdest du deine Schwester töten?«

Der Gedanke erschreckt mich so sehr, dass ich nicht antworten kann. Ich weine nie, nicht einmal, wenn Vater mich schlägt, aber nun steigen mir plötzlich Tränen in die Augen. Was ist nur los mit mir?

»Verzeih mir«, sagt Marisa leise. »Du bist … nicht so.«

In diesem Augenblick kommen meine Mutter und meine Schwester von der Jagd zurück. Sie galoppieren auf ihren Jagdpferden in die Menagerie und stoßen johlende Triumphschreie aus. Hinter ihnen poltert der Käfigwagen heran. Im Käfig schimmert dunkles Fell. Stricke schneiden tief in den Winterpelz ein. Ein Waldtiger! Wir schweigen und sehen zu, wie die Helfer das gefesselte Raubtier mit Seilen aus dem Wagen zerren. Sein Gebrüll macht die Treiber nervös. Mein Vater steht nur da. Die Peitsche hängt schlaff in seiner Hand.

»Irgendetwas ist seltsam an den Käfigen«, sagt Marisa, während der Tiger in das größte Käfighaus geschleppt wird. Kaum ist die Gittertür hinter ihm geschlossen und die Seile herausgezogen, kommt Far in Bewegung. Mit einem schrillen Wiehern steigt er auf die Hinterhufe und schnappt nach Kem. Im nächsten Moment schreien im Hof alle durcheinander. Die Höllenpferde beißen sich gegenseitig, aber als ich näher hinschaue, erkenne ich, dass sie sich nicht verletzen, sondern nur die Lederriemen durchbeißen: den Zaum, die Gurte …

»Vater!«, flüstere ich. Er weicht einem gespaltenen Huf aus. Sein Gehilfe ist nicht so schnell. Als Kem nach ihm schnappt, um seine heißen Zähne in seine Kehle zu versenken, stolpert er und fällt. Die Zähne graben sich in seine Schulter. Vaters Peitsche klatscht über das Pferdemaul, aber nun ist Far frei. Er tritt den Gehilfen, bis dessen Blut von seinem Huf tropft – und nimmt Reißaus, galoppiert im Rund der Menagerie, blutige Hufspuren im Schnee hinterlassend. Kem befreit sich vom letzten Gurt und treibt meinen Vater, treibt ihn zurück! – und fällt. Eine Wolke von Dampf entweicht aus seinen Nüstern, dann liegt er still. Im selben Moment bricht auch Far zusammen. Aus seinem Auge ragt ein Pfeil. Meine Schwester und meine Mutter senken gleichzeitig ihre Bögen. Marisa hält mich so fest wie noch nie.

»Blut«, murmelt sie. »Blut vor der Tür.«

21. DEKAMBAR

Mein Vater zittert wieder. »Sie waren ein Geschenk der Lady«, murmelt er vor dem Kamin. »Und wir haben zwei getötet.«

»Besser wir sie als sie uns«, sagt meine Mutter, aber auch ihre Stimme klingt nicht so zuversichtlich wie sonst.

Der Gehilfe fiebert noch. Wir wissen nicht, ob er überleben wird. Ich denke über das Töten nach. Ich würde Nida nicht töten. Aber ich bin nur der menschliche Sohn eines Verwalters. Wer weiß, was ich als Lord tun würde. Bei den Lords heiraten Brüder ihre Schwestern, wenn es um die Dynastie geht. Oder sie töten sie, so ist es und so wird es immer sein. Auch andere Regeln gibt es: Der Adel darf alles, Sklaven sollen dienen, Verwalter müssen dafür sorgen, dass der Sommerpalast bereit ist, und dürfen ihre Kinder töten, wenn diese sie in Schande stürzen. Und wenn jemand ein Geschenk von Lady Mary missachtet, kann er bestraft werden. Ist das falsch? Ich weiß es nicht. Seit ich Marisa kenne, bin ich mir nicht mehr sicher. Tag für Tag füttere ich nun auch die vier Höllenpferde. Peitschenstriemen leuchten auf ihren Rücken. Sie stehen in den Käfigen der Menagerie, bis meine Mutter entschieden hat, was wir tun. Ihre Blicke sind voller Hass, während sie mich beobachten. Nie hat ein Tier mich so angesehen. Auch der Bär und der Waldtiger sind ruhig geworden und fangen an, mich durch die Gitterstäbe hindurch anzustarren. Das Blut unseres Gehilfen ist immer noch da – gefrorene rote Hufspuren vor jeder Käfigtür.

23. DEKAMBAR

Die Jagdgehilfen erzählen, dass die Nomaden kleine Bäume fällen und sie in die Häuser bringen. Marisa schweigt dazu, und so wie ich sie bedränge, mir mehr über das Fest zu erzählen, so will sie von mir die Geschichte der Brüder hören. Zu der Menagerie kommt sie nicht mehr, seit die Pferde dort sind. Wir treffen uns nun in einem der alten Häuser, unsere Begegnungen sind flüchtig und bedrückt. Sie werden wenige Tage nach dem Fest weiterwandern – über die Grenzberge ins nächste Land. Ich ertappe mich oft bei dem Gedanken, was geschehen würde, ginge ich einfach mit. In unseren gemeinsamen Stunden klammern wir uns aneinander, während der Wind Liedfetzen aus den anderen Adelshäusern zu uns herüberträgt. Ein uralter Gesang von einer stillen Nacht. Ein heidnisches Lied, fast wie Wolfsgeheul – oder wie eine Beschwörung.

Ich suche in allen Büchern, doch über das Fest finde ich immer noch nichts. Missmutig greife ich wieder nach der Chronik und suche ohne viel Hoffnung nach den Brüdern. Und schließlich finde ich etwas. Im letzten Buch, zwischen den staubigsten Seiten, die Spuren von Mäusezähnen tragen. Es ist ein alter Stich der Familie der Lady. Sie selbst ist darauf zu sehen, jung und lächelnd – wie viele Jahrzehnte ist das her? Und neben ihr die Brüder. Far ist der älteste, er und Lady Mary haben große Ähnlichkeit, obwohl sein Haar dunkel ist. Daneben ist noch ein Bild. Es zeigt sechs junge Männer, in sechs Gefängnissen, die nur zu einem Zweck gebaut wurden: sie darin verhungern zu lassen, blutend und entstellt von Folter, während die Hofgesellschaft nur wenige Schritte entfernt unter freiem Himmel sechzig Tage lang die Krönung feierte. Jetzt verstehe ich, wofür die Menagerie gebaut wurde: sechs Brüder, sechs Käfige.

Nida schreckt mich auf. In ihrem Mantel hängt Schnee. Er fällt in meinen Kragen, ihr warmer Atem schlägt an mein Ohr.

»Jetzt weiß ich endlich, was mit dir los ist«, flüstert sie. »Mein verrückter Bruder liebt eine Wilde! Ein Gehilfe hat euch gesehen.« Sie küsst mich auf den Mund und legt warnend die Finger auf die Lippen. »Lass dich nicht von Vater erwischen!«

Mein Blut rauscht in den Ohren, meine Hände zittern. Wenn es der Gehilfe weiß, wissen es bald alle. Plötzlich schmerzen die gerade erst verheilten Striemen auf meinem Rücken wieder. Ungeachtet dessen, dass all die Bücher, all die Tinte und sogar die Luft, die ich atme, Lady Marys Eigentum sind, reiße ich das Blatt aus dem Buch. In dieser Nacht friere ich wie nie zuvor. Ich sehne mich nach Marisas Haut und umarme das Kissen.

24. DEKAMBAR

Ich sage ihnen, dass ich die Kamine im Palast reinigen will. Mein Vater starrt ins Feuer, meine Mutter hat ihr Haar gelöst. Lang und glänzend fällt es über ihre Schultern. Nur von Rentieren beobachtet, gehe ich zu Marisas Haus. Ich wage nicht zu klopfen, sondern schiebe das Blatt unter der Tür hindurch. Unter die Chronikinschrift habe ich eine Notiz geschrieben. Ich warte auf Marisa, in dem Adelshaus am Ende der Straße. Doch natürlich kommt sie nicht. Heute ist der Tag des Festes. Es wird früh dunkel hier. Ich hinterlasse eine Nachricht auf dem Fußboden und breche auf. Inzwischen ist es in den Straßen still, kein Lied erklingt. Vor Marisas Haus bleibe ich stehen. Doch ich wage nicht, das Fest zu stören. Wir werden uns morgen sehen. Morgen. Meine Brust fühlt sich an wie eine große Wunde.

In der Menagerie sind die Fackeln noch nicht heruntergebrannt. Da ich weiß, dass die Tiere wach sind, schleiche ich im Schatten zum Dienstboteneingang. Schwer liegt der Schlüssel in meiner Hand. Eine Stunde später höre ich schnelle Schritte und blicke von meinem Notizbuch auf. Marisa! Sie ist so außer Atem, dass sie kein Wort herausbringt, aber sie springt zu mir und küsst mich so heftig, dass ihr Eckzahn meine Lippe ritzt.

»Mats!«, sagt sie und küsst mich wieder. »Ich dachte es mir doch, dass du dich hierher verkrochen hast. Ausgerechnet hierher!« Sie zieht mich vom Bett zu den Türen, die zu einem alten Balkon führen. Durch die steinernen Streben des Balkons deutet sie auf die Menagerie. In ihrer Hand knistert die papierene Geschichte der Brüder. »Es sind Grabhäuser!«, flüstert sie. »Sie haben die Leichen in den Käfigen gelassen. Die Tiere haben sich die Knochen geholt.« Ihre Zähne klappern nicht nur vor Kälte.

»Aber sie wurden nicht bestattet«, sage ich lahm. »Also sind die Käfige auch keine Gräber.«

Sie schlägt die Hände vors Gesicht und schüttelt heftig den Kopf. Langsam bekomme ich Angst. »Die Toten sind voller Neid. Sie folgen uns, manchmal über Tage hinweg. Sie leihen sich die Körper von Tieren und suchen menschliches Blut, um … sie missbrauchen unser Fest!« Jetzt glaube ich, sie ist völlig verrückt geworden. Ihre Augen scheinen zu glühen. »Die Lebenden sind vernünftig. Sie geben eine Leihgabe zurück – nach einer Nacht, nach einem Jahr, aber die Toten, die ihre Körper verloren haben – oh!« Und plötzlich weiß ich, warum ich in der Straße keine Lieder mehr hörte.

»Du hast dein Volk vor den Gräbern gewarnt? Haben sie … die Stadt verlassen? Warum bist du nicht mit ihnen gegangen?«

Marisa schnieft und holt ein Stück Fell aus der Tasche. »Dich bekommen sie nicht. Dich nicht!« Ein Wind streicht über unsere Gesichter, es ist, als würde der Schnee seufzen.

»Es beginnt«, flüstert Marisa.

Für diesen Moment verschwimmt alles – und ich bin außerhalb. Außerhalb von allem. Neben mir sehe ich Marisa und sehe sie nicht mehr. Wie Mondschein umgibt sie das Bild eines Tiers, einer Katze womöglich. Ein Luchs! Sie umfängt mich mit unglaublicher Kraft, drückt mich auf den Boden.

»Sieh nicht hin!«, haucht der Luchsmund.

Natürlich sehe ich hin. Aus den Augenwinkeln erkenne ich den Tiger. Er richtet sich auf. Im Fackelschein wird er größer und größer, bis er schwankend auf den Hinterbeinen steht. Er greift mit der Pfote nach hinten – eine seltsam verrenkte, falsche Bewegung –, zieht sich das Fell über den Kopf und lässt es fallen. Haut glänzt im Mondlicht – und statt der Krallen sehe ich das Blitzen einer Klinge. Ganz abgelegt hat der Mann seine Tigernatur jedoch nicht – ich sehe Raubtierzähne in einem Gesicht, das ich jetzt erst erkenne. Lady Marys Züge – aber dunkles Haar. Ihr ältester Bruder ist dort. Far, der vor so vielen Jahren im Käfig starb, dessen Gitterstäbe er nun mühelos verbiegt. Dann tritt Lady Marys Bruder geschmeidig zwischen den Stäben hindurch, ein Klacken ertönt, als die Waffe auf Eisen trifft. Ich will schreien, aber Marisa drückt mir die Hand auf den Mund und lässt mich nicht los. Luchskrallen hinterlassen Einstiche um meinen Mund.

»Sie dürfen dich nicht finden«, wispert das Luchsmädchen.

Erst jetzt begreife ich. Ich kneife vor Schmerz die Augen zusammen und sehe dennoch alles vor mir, als wären meine Lider aus Glas: sechs zornige Brüder, fleischgewordene Gespenster, die ihre gestohlenen Tiergestalten ablegen. Statt Hufeisen tragen sie nun Sicheln, statt Bärenpranken und Tigerkrallen Messer. Ihre Schritte knirschen auf dem Schnee.

Lady Mary weiß es noch nicht, aber die Luft, die wir atmen, gehört nicht länger ihr. Die Zeit ihrer Herrschaft hat ihr Ende gefunden – heute, beim Fest, an der Stelle, an der sie vor so vielen Jahren mit ihrer Krönung begonnen hat. Die Schreie aus dem Verwalterhaus klingen noch in meinen Ohren, vor Tränen blind stolpere ich durch den Schnee, immer in der Angst, Schritte hinter mir zu hören und das Geräusch von Sicheln, die aneinanderreiben. Sie suchen mich. Ich habe die kehligen Rufe gehört, nachdem es auch im Gehilfenhaus totenstill geworden war. Vom Himmel aus weisen uns die zwei Eulen den Weg. Der Luchs blickt immer wieder zurück und prüft, ob ich ihm noch folge. Gerne würde ich Marisa fragen, wohin wir gehen, aber ein Luchs spricht nicht – und zumindest auf eine meiner tausend Fragen habe ich mir die Antwort schon längst selbst gegeben: Ich bin Mats. Mats, der Fliehende. Mats, der Nomade.

SUSANNE RAUCHHAUS

Verfluchter Schnee

DER SCHNEEBALL TRAF MICH mit voller Wucht am Ohr. Als ich mich wegdrehte, spürte ich einen kräftigen Arm, der mich festhielt und meinen Kopf einklemmte. Ich wollte schreien, konnte aber kaum atmen, und plötzlich war überall nur noch Schnee. Eisige Kälte rieselte in meinen Nacken und den Rücken hinunter.

»Einseifen ist unfair!«, keuchte ich. »Das traust du dich doch nur bei Mädchen!«

Schlagartig ließ Ralf mich los und ich sprang ein paar Schritte rückwärts.

Mein Bruder war siebzehn, zwei Jahre älter als ich. Und seit ein paar Mädchen für ihn schwärmten, war er in der Schule schwer damit beschäftigt, cool zu sein. Wenn er dann nach Hause kam, brauchte er jemanden, um sich abzureagieren. Und außer mir war selten jemand zu Hause. Warum hatte ich mich heute Morgen nicht gleich verdrückt, als er mir vorschlug, im Garten ein Iglu zu bauen? Warum fiel ich immer wieder auf dieses pseudo-brüderliche Getue herein? Das nächste Mal würde ich ihn zum Teufel jagen! Blinzelnd erwartete ich den nächsten Angriff, als mich plötzlich das Quietschen des Gartentors aus meinen Gedanken riss.

Vanessa!«

Noch nie hatte ich mich so gefreut, diese blondmähnige Nervensäge zu sehen. Sie war in meiner Klasse und wohnte in der Nähe – das war eigentlich alles, was uns verband. Aber seit sie mir vor ein paar Monaten Backstage-Karten für eine ihrer durchgeknallten Lieblingsbands besorgt hatte, glaubte sie, meine Freundin zu sein. Und da ich vermutlich ihre einzige war, brachte ich es nicht fertig, sie wegzuschicken. Damals kam sie oft ungefragt zu uns herüber. Dass ich nie zu ihr nach Hause wollte, wunderte sie jedoch nie.

»Hey, eine Schneeballschlacht!«

Wie immer, wenn mein Bruder dabei war, benahm sie sich höchst peinlich. Wäre sie nicht so heftig geschminkt gewesen, hätte man sehen können, dass sie rot wurde, als sie ihm ein zuckersüßes Lächeln schenkte. Nur jemand, der so geschmacksgestört war wie sie, konnte auf meinen Bruder stehen! Aber ich glaube nicht, dass Ralf das je bemerkt hat. Er verzog das Gesicht, als er sie sah.

»Hey, in einen Farbtopf gefallen?«, grinste er und deutete auf den auffallenden rosa Schneeanzug und die pinkfarbenen Stiefel. Seine Geste bezog ihr Gesicht allerdings deutlich mit ein. Im ersten Moment hätte ich beinahe gelacht, dieses Outfit war wirklich schrill! Dann aber sah ich, dass Vanessas Augen verdächtig glänzten, als sie sich von ihm abwandte.

»Ich muss los!«, gab Ralf äußerst cool von sich. Lässig steckte er die Hände in die Taschen und stapfte durchs Gartentor auf die Straße. Ich war froh, ihn los zu sein. Hoffentlich kam er nie mehr wieder!

»Nanu, bist du an Heiligabend auch allein?«, wollte ich wissen.

Vanessa zuckte mit den Schultern.

»Nee, ich wollte nur ein bisschen raus. Geschenke gibt's ja erst heute Abend!«

Weihnachten war für Ralf und mich immer schon eine seltsam einsame Zeit gewesen. Alle feierten mit ihren Familien, nur unsere Eltern waren nie da. Sie hatten einen Catering-Service, und an Feiertagen »brummte« das Geschäft, wie sie sagten.

»Letzte Nacht hat es ja wie irre geschneit! Hast du Lust, einen Schneemann zu bauen?«, rief ich Vanessa zu. Vermutlich hätte ich an jedem anderen Tag gesagt, dass ich zu alt für so einen Quatsch sei, aber plötzlich hatte ich Sehnsucht nach einem Stückchen heile Welt. Vanessa nickte. Offensichtlich ging es ihr genauso.

»Du rollst den Bauch und ich den Kopf!«, kommandierte ich. »Ich geh nur schnell ins Haus und hol eine Karotte und einen Hut!«

»Hol lieber eine Sonnenbrille und ein Tuch«, grinste sie. »Dann zeig ich dir, wie ein megasteiler Rap-Schneemann aussieht!«

Ich wandte mich ab und verdrehte die Augen. Trotzdem war ich froh, dass sie hier war. Solange sie ein bisschen plapperte und die Hauptarbeit machte, war sie ja ganz brauchbar.

Beim Schneerollen erzählten wir uns, was wir uns zu Weihnachten gewünscht hatten. Sie natürlich Klamotten und Schminke! Was sonst?

»Du musst unbedingt mal diesen scharfen Rock sehen! Wenn ich den kriege, sehe ich genauso aus wie Shovana von den *Rocking Ants!*«

Da ich keine Idee hatte, wie diese Shovana aussah, nickte ich nur schweigend. Ich hatte mir, wie jedes Jahr, Bücher gewünscht. Seit ich lesen konnte, verschlang ich alles, was mir in die Hände geriet. Zur Zeit alles über Hexen.

»Warum Hexen?«, fragte Vanessa skeptisch.

»Hast du dir nie gewünscht, besondere Fähigkeiten zu haben? Zaubern oder Gedanken lesen zu können? Die Welt nach deinen Vorstellungen zu verändern?«

Sie zuckte mit den Schultern.

»Wozu?«

Hatte ich ernsthaft so viel Fantasie von ihr erwartet?

»Um anders zu sein als andere! Komm, setz den Schneemann zusammen!«

»Anders sein? Wenn du das willst, warum ziehst du dich dann immer so durchschnittlich an?«

»Wie meinst du das?«, fragte ich nach einem kurzen Zögern.

»Ein flippigeres Outfit würde dir ganz gut tun. Auch wegen der Jungs!«, meinte sie, während sie dem Schneemann die Sonnenbrille aufsetzte und das Tuch schwungvoll zu einer perfekten Rapper-Kopfbedeckung faltete. Ihre Worte sackten in meinen Magen wie Steine. Ja, ja, ich wusste schon, dass kein Junge in der Schule mich ansah – wenn er nicht gerade die Hausaufgaben von mir abschreiben wollte. Aber glaubte sie vielleicht, die Typen würden bei *ihr* Schlange stehen? Abgesehen von Luca vielleicht, und der guckte ihr bestimmt nie ins Gesicht …

»Hey, sieht der nicht cool aus?«, strahlte sie mich an. Inzwischen bedauerte ich, dass ich sie je in unseren Garten gelassen hatte. Schweigend sammelte ich eine Handvoll Kiesel, die ich als Mund und Knöpfe in den Schneemann drückte.

»Steine, Steine, gebt ihm Leben!«, murmelte ich. Dann steckte ich die Karotte würdevoll in das Schneegesicht.

»Dem kalten Mann ein warmer Atem!«

Vanessa schüttelte den Kopf.

»Ach, komm, lass uns aufhören. Wir könnten zu mir gehen und mal ein paar Outfits ausprobieren, die zu dir passen. Irgendwas, das die Hüften kaschiert …«

Mit einem Ruck riss ich das Tuch vom Kopf des Schneemanns und setzte ihm stattdessen den Hut auf, den ich mitgebracht hatte.

»Behütet, behüte!« Auf diese Worte war ich besonders stolz.

»Hey«, protestierte Vanessa und hob das Tuch mit säuerlicher Miene auf. Ohne sie zu beachten, malte ich mit einem Zweig mystische Schriftzeichen um den Schneemann herum.

»Hexen tun das, um Dinge zum Leben zu erwecken. Er wird meinen Befehlen gehorchen und mich beschützen!«

Vanessa seufzte gequält.

»Du spinnst! Hör auf!«

»Warum? Hast du etwa Angst vor Hexenzauber?«

»Nein, ich find's kindisch und langweilig!«

»Langweilig? Ich sage dir, wer langweilig ist: *Du!*«

Ich spürte, dass ich zu weit ging, aber mir war jetzt alles egal. »Allein schon deine nuttigen Klamotten und deine hirnverbrannten Bands! Meinst du, wenn du dich anziehst wie diese Shovana, dann bemerkt Ralf dich endlich? Wach auf! Nicht mal die Mädchen können dich leiden! Nicht mal ich!«

Vanessa sah mich lange an, als könne sie nicht glauben, was ich gesagt hatte.

»Dann geh ich jetzt wohl besser …!«, murmelte sie leise.

»Geh zur Hölle!«, erwiderte ich, unzufrieden mit mir selbst und der ganzen Welt.

Ralf kam früher zurück, als ich gehofft hatte.

»Diese Weicheier müssen alle vorm Weihnachtsbaum hocken und mit Mama und Papa Liedchen trällern!«, schimpfte er frustriert. »Was soll 'n *das* sein?«

Er deutete auf den Schneemann.

»Das ist Hexenwerk! Das verstehst du nicht!«, erwiderte ich trotzig.

Ein Grinsen schlich über sein Gesicht.

»Ach ja? Und warum wehrt sich der Kerl dann nicht?«

Er schlug dem Schneemann die Karotte aus dem Gesicht. Meine Wut schoss mir heiß in den Kopf. Ich wollte ihn windelweich prügeln, aber ich wusste, dass ich gegen ihn keine Chance hatte. Dieser hilflose Hass war es, der mir Worte in den Mund legte, auf die ich sonst nie gekommen wäre. Bis heute weiß ich nicht, woher sie kamen: »Ich verfluche dich, Ralf Fehner! Das Schicksal des Schneemanns sei deins! Wenn *er* schmilzt, soll auch *deine* Haut verdorren!«

Ralf lachte.

»Du bist also der neue Freund meiner Schwester? Armer Kerl!«

Theatralisch legte er seine Hand auf die Wange des Schneemanns – und zuckte sofort zurück. Ohne ein weiteres Wort drehte er sich weg und ging auf das Haus zu. Verwirrt blieb ich stehen und fragte mich, warum er mich so schnell in Ruhe ließ.

Der nächste Morgen war wolkenverhangen und düster. Unsere Eltern waren wieder sehr früh aufgestanden und in ihre Großküche gefahren. Im Kühlschrank lagen gewaltige Mengen von delikaten Resten, aber zum Frühstück ertrug ich den Geruch von kaltem Gänsebraten nicht, und so nahm ich mein Müsli mit nach oben. Laute Musik dröhnte aus Ralfs Zimmer. Ich fühlte mich einsam, aber keine zehn Pferde hätten mich da reingebracht. Lieber allein als in einem Raum mit dieser Hormonbestie!

Nichts hatte mich auf den Anblick vorbereitet, der sich mir in meinem Zimmer bot: Alle meine Hexenbücher waren aus dem Regal gerissen worden und lagen auf dem Boden verstreut. Und mitten in diesem Bücherchaos kauerte eine Gestalt, die sich seltsam rhythmisch hin- und herbewegte. Sie war ganz in Schwarz gekleidet und trug eine Kapuze, die sie weit ins Gesicht gezogen hatte. Als ich die Hände sah, die in einem der Bücher blätterten, fingen meine Knie unkontrolliert an zu zittern. Es waren die grauen, runzligen Hände einer Mumie!

Ich wollte nicht schreien, aber ich tat es doch. Sehr langsam drehte die Gestalt sich um. Das schwache Tageslicht erreichte das Gesicht unter der Kapuze nicht, doch die Stimme erkannte ich sofort.

»Bleib!«, sagte sie leise. »Du musst mir helfen!«

Es war eindeutig seine Stimme, aber der Tonfall war ganz und gar nicht Ralf.

Wann hätte er mich je um Hilfe gebeten? Wann je eine Niederlage eingestanden? Als er die Kapuze vorsichtig abnahm, wurde mir die Wahrheit mit einem Schlag klar.

Zögernd kam ich näher, um mir sein Gesicht anzusehen. Es schreckte mich ab und zog mich gleichzeitig beinahe magisch an. Schließlich hockte ich mich dicht vor ihn und streckte die Hand aus. Sein Handabdruck war größer als meiner. Er musste sich in die Haut gebrannt haben, als Ralf gestern den Schneemann an der Wange berührt hatte. Inzwischen sah der Abdruck aus wie grauer Staub, mitten in einem durchaus attraktiven Jungengesicht.

»Du kannst es anfassen, es tut nicht weh!« Seine tonlosen Worte ließen mich zurückschrecken, und ich setzte mich auf mein Bett, vergrub das Gesicht in den Händen. Die Gedanken wirbelten durch meinen Kopf und begannen übereinanderzustolpern. Der Fluch hatte funktioniert! Aber wie konnte er das? Ich war keine Hexe! Oder doch? Konnte man das sein, ohne es zu wissen? Als ich aufsah, begegnete ich seinem Hilfe suchenden Blick. Er versuchte nicht, mich zu schlagen, schrie mich nicht an. Ich werde nie vergessen, wie sehr mich in diesem Moment sein Zustand erschreckte. Nicht die verbrannte Haut, sondern dass mein großer, starker Bruder völlig kraftlos auf dem Boden vor mir saß und nicht mehr weiterwusste.

»Kannst du mir helfen?«, flüsterte er. Wie hätte ich diese Frage beantworten können?

»Hol den großen Gartenschirm. Du musst den Schneemann vor der Sonne schützen, während ich versuche herauszufinden, was passiert ist …«

Ein Fluch musste doch zurückgenommen werden können! Ich blätterte mit den Fingern einer Besessenen in allen Büchern, die ich über Hexen und Zauberei finden konnte. Und bei jedem Sonnenstrahl, der durch das Fenster fiel, hielt ich den Atem an. Nur einmal stand ich auf und sah in den Garten hinunter. Und entdeckte Ralf, eingemummelt in eine Wolldecke, in einem Liegestuhl neben dem beschirmten Schneemann. Sein Anblick versetzte mir einen Stich, und zum ersten Mal seit langem hätte ich ihn gern umarmt, so wie früher, als wir noch zusammen gespielt hatten.

In der Nacht auf den zweiten Weihnachtstag fand ich kaum Schlaf. Als ich endlich die Augen schloss, sah ich, wie meine Zimmertür sich langsam öffnete und eine Mumie mit leeren Augen hereinkam. Sie hockte sich auf den Boden vor meinem Bett und blieb eine ganze Weile dort sitzen. Ich wagte kaum zu atmen, denn ich war mir nicht sicher, ob es ein Traum war. Um sechs Uhr morgens wurde ich wach – und die Mumie war verschwunden. Gleich darauf las ich wieder in meinen Hexenbüchern. Den ersten Schock des Tages bekam ich, als sich zur Frühstückszeit die Tür öffnete und meine Mutter ins Zimmer kam. Ihre heutige Veranstaltung sei kurzfristig abgesagt. Frühstück mit der ganzen Familie! Der zweite Schock ließ nicht lange auf sich warten. Mein Bruder kam mit gesenktem Blick, Baseballkappe und Handschuhen ins Esszimmer, die Hand lässig über der Wange. Kaum hatte er sich gesetzt, erstrahlte der Raum in grellem Sonnenlicht. Offensichtlich war die Wolkendecke draußen aufgerissen. Ralf zuckte zusammen und griff sich in den Nacken. Es begann auf seinem Rücken! Er hatte mir erzählt, dass es jetzt immer schneller ging, als hätte der Fluch an Kraft gewonnen. Jetzt konnte ich es selbst sehen: Die Haut meines Bruders wurde für einen Augenblick feuerrot, dann auf einmal grau – farblos wie Asche! Mama, die mit frischen Brötchen aus der Küche gekommen war, stieß einen Schrei aus und ließ den Korb fallen. Papa sprang auf und sah so hilflos aus, wie ich ihn noch nie gesehen hatte. Schließlich kräuselte sich Ralfs Haar und wurde dünner, als würde es versengt. Seine Hand tastete irritiert nach seinem Hinterkopf – doch alles, was er noch fühlen konnte, war verdorrte Haut.

Natürlich glaubten uns meine Eltern kein Wort und beschlossen, Ralf sofort ins Krankenhaus zu bringen. Verzweifelt rannte ich durch den Garten hinter ihnen her.

»Hört mir doch zu!«, brüllte ich und stellte mich neben den schmelzenden Schneemann.

»Wenn wir alles erfunden haben, warum kann ich dann das hier machen?«

Ich legte meinen Daumen ganz leicht auf die Stirn des Schneemanns. Im gleichen Moment leuchtete auf Ralfs Stirn ein feuerrotes Mal auf. Den Daumenabdruck sah man noch sehr lange, aber er hatte ein Gutes: Meine Eltern brachten den Schneemann sofort mit ihrem Lieferwagen in die Kühlkammer ihrer Großküche. Es sollte eine Übergangslösung sein, bis einer der Ärzte ein Heilmittel gefunden hatte, doch kein Medikament zeigte irgendeine Wirkung. Bald verloren selbst die Spezialisten die Hoffnung – und Ralf sehr viel Zeit.

Zwei Jahre vergingen, in denen der Schneemann blieb, wo er war. Tag für Tag las ich Bücher, recherchierte im Internet und bemühte mich um Kontakte zu offensichtlich nicht existierenden echten Hexen. Ralf verließ das Haus nicht mehr und wollte niemanden sehen. Von der Schule war er wegen seiner »Krankheit« befreit, seine Klassenkameraden hatten inzwischen das Abitur gemacht. Ralfs einzige Beschäftigung waren Computerspiele und das Fernsehen. Jedes Mal wenn ich sein Zimmer betrat, flackerte etwas in seinem Blick auf, als würde ich die Lösung bringen. Lange habe ich mir gewünscht, dass er eines Tages seiner Verzweiflung Luft machen, mich anschreien und krankenhausreif schlagen würde. Alles wäre besser gewesen als sein unendliches Vertrauen in mich. Eine echte Hexe zu finden schien mir inzwischen fast unmöglich, bis eines Tages die Mutter einer Freundin eine Wahrsagerin zu Besuch hatte. Nachdem sie einer ganzen Kaffeetafel von Frauen die Zukunft vorausgesagt hatte, nutzte ich die Gelegenheit und bat sie flüsternd um Hilfe. Zögernd gab sie mir eine Adresse, sogar in unserer Stadt.

»Eine sehr mächtige Hexe, aber sie hilft nicht jedem!«, waren ihre Worte. Als ich die krakelige Handschrift mühsam entziffert hatte, erschrak ich: Die Hexe war Vanessas Mutter!

Ralf sagte ich kein Wort, obwohl ich Angst hatte, allein zu gehen. Entgegen jeder Vernunft stellte ich mir ein buckliges, altes Weib mit einer krummen Nase vor, das das Blut von Jungfrauen sammelte, um daraus Zaubertränke zu brauen. Weitaus realer fand ich allerdings meine Angst, dass sie mir die Tür vor der Nase zuschlagen würde. Ich hatte Vanessa zwar schon eine Ewigkeit nicht mehr gesehen, aber dennoch beschloss ich, sie um Hilfe zu bitten. Seit unserem Streit hatte sie nicht mehr mit mir gesprochen, und inzwischen ging sie auf eine andere Schule. Hoffentlich ließ sie sich noch immer so leicht beschwatzen wie früher!

Nervosität kribbelte in meinem Nacken, als ich an der Rückseite des Hauses entlangschlich und durch die Fenster spähte. Eines der Zimmer war mit Postern von düster aussehenden Bands tapeziert. Auf den meisten war eine schlanke Frau mit grünen Haaren in einem spinnenartigen Kostüm zu sehen. Das musste ihr Zimmer sein! Als sie kurz darauf den Raum betrat, hätte ich sie beinahe nicht wiedererkannt. Ein enger schwarzer Rock und Schaftstiefel, dazu eine grüne Lederjacke und meergrüne Haare ließen sie weit älter aussehen als siebzehn. Zaghaft klopfte ich und setzte mein strahlendstes Lächeln auf. Vanessa zuckte kurz zusammen. Dann öffnete sie betont langsam das Fenster.

»Was willst *du* denn hier?«

»Erklär ich dir, wenn du mich reinlässt! Ein Geheimnis!«

»Wir wissen beide, dass du mich nicht riechen kannst, also tu nicht so! Erklär's mir von dort unten. Ich finde, du stehst da ganz gut!«

Meine Karten waren also schlechter, als ich dachte.

»Bitte, ich brauche deine Hilfe! Eigentlich die deiner Mutter. Ich weiß, *was* sie ist.«

Vanessa zuckte mit den Schultern.

»Und?«

»Es geht um einen Fluch. Es ist schon zwei Jahre her …«

Vanessa lachte jetzt ganz offen.

»Ach *der!* Und da kommst du erst jetzt? Und ausgerechnet zu *mir?*«

Verwirrt starrte ich sie an.

»Hast du's immer noch nicht gerafft? Glaubst du denn wirklich, du hättest magische Fähigkeiten? Mann, du bist so unmagisch wie eine Kartoffel!«

»Was willst du damit sagen?«, fragte ich tonlos.

»Der Tag mit dem Schneemann … falls du dich erinnerst. Damals hast du mich eiskalt abserviert. Genau wie dein arroganter Bruder! Der hat mich an dem Tag angesehen, als wäre ich etwas Ekliges, das am Straßenrand liegt! Eine tote Ratte oder so. Frag mich nicht, was ich an dem mal gefunden habe … Ihr seid beide selbst schuld!«

Eine Ahnung kroch mit spitzen Krallen durch meine Brust.

»Wie meinst du das?«

»Ich bin zurückgeschlichen und hab dich beobachtet. Hab fest damit gerechnet, dass du deinen Schneemann-Zauber noch mal bringst, dann hätte ich ihn wirklich zum Leben erweckt. Dein Gesicht hätte ich gern gesehen, wenn dieses Schneemonster auf dich losgeht!«

Bei der Vorstellung verzog sie den Mund zu einem diabolischen Grinsen.

»Aber dann hast du mir *die* Gelegenheit gegeben! Verfluchst deinen eigenen Bruder! Ich brauchte deinen Fluch nur nachzusprechen, und ich hatte meine Rache an euch beiden! Und heute bittest du mich um Hilfe? Du kannst ewig darauf warten, dass ich diesen Fluch zurücknehme!«

Mit einem triumphierenden Blick, den sie wohl zwei Jahre lang in einem Winkel ihres schwarzen Herzens für mich aufgehoben hatte, schloss sie genussvoll das Fenster.

»Warte!«, brüllte ich. »Weißt du eigentlich, wie das für Ralf ist?«

Das Fenster öffnete sich einen Spaltbreit.

»Dann schick mir deinen Bruder. Aber er müsste schon etwas mehr tun, als sich zu entschuldigen!«

Sie zwinkerte boshaft und schloss das Fenster endgültig.

Nicht meine Schuld! Das war das Erste, was mir durch den Kopf ging. Nein, ich wusste, dass es nicht so einfach war. Dennoch fühlte ich mich leichter. Vanessa war das Ungeheuer – nicht ich! Und sie hatte genau gewusst, was sie tat. Es war Zeit, Ralf alles zu erzählen und mit ihm zu Vanessas Mutter zu gehen. Vermummt wie er war – mit Winterjacke, Kapuze und Sonnenbrille –, beachtete ihn unterwegs niemand. Die Hexe öffnete selbst die Tür. Sie sah nett aus, jedenfalls nicht nach Jungfrauenblut. Freundlich bat sie uns ins Wohnzimmer. Ich weiß nicht, ob sie mir sofort glaubte, was ich ihr erzählte, denn als Ralf die Kapuze abnahm, zuckte sie sichtlich zusammen. Ich war seinen Anblick inzwischen gewöhnt, aber für einen Moment sah ich ihn so, wie andere ihn sehen mussten: ein vertrocknetes, kaum noch menschenähnliches Wesen in Jeans und einer dicken roten Jacke. Aus dem hohen Kragen sah ein kleiner grauer Kopf ohne Haare hervor, das Gesicht faltig, die Augen sehr groß und hell.

»Wer hat euch das nur angetan? Es kann doch keine Hexen mehr geben, die solche Flüche aussprechen! Das verstößt gegen die Berufsehre!«

Ihre Augen funkelten vor Wut.

»Ich kann den Fluch natürlich rückgängig machen. Ihr müsst allerdings wissen, dass das nur am Jahrestag des Fluches möglich ist.«

»Das wäre ja schon in vier Tagen – an Heiligabend!«

Ralfs kindliche Freude machte mir erst richtig bewusst, dass nichts und niemand ihm seine verlorene Zeit zurückgeben konnte. Und dass jemand dafür bezahlen sollte.

»Gut, dann kommt ihr also an Heiligabend zu mir!«, nickte die Hexe, aber ich schüttelte den Kopf.

»Den Fluch rückgängig zu machen reicht mir nicht! Seit zwei Jahren lebt Ralf mit dem Bewusstsein, dass er als Monster alt werden muss!«

Vanessas Mutter sah mir in die Augen.

»Du willst Rache?«

»Nennen wir es einen Ausgleich … Können Sie den Fluch auf die Hexe übertragen, die ihn ausgesprochen hat?«

Sie zögerte.

»Das kann ich. Aber auch sie wird meinen Fluch rückgängig machen können. Nach genau einem Jahr! Strafe genug?«

»Nicht annähernd«, meinte ich leise. »Aber dreihundertfünfundsechzig Tage lang wird ihr Spiegel ihr sagen, was Ralf empfunden hat.«

Vier Tage später standen Ralf und ich wieder in ihrem Wohnzimmer. Während die Hexe leise ihren Gegenfluch murmelte, sah ich aus dem Fenster in ihren Garten. Lächelnd beobachtete ich den Lieferwagen, der in diesem Moment vor dem Haus hielt. Der Fahrer musste beim Ausladen sehr vorsichtig sein, denn sicherlich war es der erste Schneemann, den er auslieferte. Und noch dazu an einem so erstaunlich sonnigen Wintertag!

REINHOLD ZIEGLER

Verzauberte Zeit

KEINER IN UNSERER FAMILIE liebte Weihnachten, und hätte ich vor dem Heiligabend des Jahres 2000 gewusst, was ich heute weiß, hätte ich dieses Fest jeden Tag meines Leben gefürchtet, ganz so, wie es meine Mutter tat. Mein Vater und ich aber, wir amüsierten uns damals lediglich Jahr für Jahr über die Anhäufung unglücklicher Zufälle an diesem Tag, an einen Fluch mochten wir beide nicht glauben.

1997, ich war gerade zwölf geworden, deckte der große Sturm am Heiligabend Teile unseres Daches ab, sodass es durch die Wohnzimmerdecke regnete und wir die Feier mitsamt Baum in die Küche verlegen mussten.

1998 brannte wieder einmal der Baum ab. Wieder einmal, weil das laut meiner Mutter in den vierzig Jahren ihres Lebens wohl schon drei- bis viermal passiert war. Das Sonderbare daran: Wir hatten in jenem Jahr gar keine echten Kerzen am Baum, sondern wegen schlechter Erfahrungen erstmals elektrische Birnchen. Hat man schon einmal gehört, dass ein Weihnachtsbaum wegen eines Kurzschlusses Feuer fing? Bei uns klappte das!

Weihnachten vor der Jahrtausendwende, 1999, wir waren wieder auf echte Kerzen umgestiegen – Originalton meines Vaters: »Wenn es sowieso brennt, dann wenigstens romantisch« –, ließ er zur Sicherheit die Wanne voll Wasser laufen, um notfalls schnell mit einem Eimer Löschwasser schöpfen zu können: Wir hätten also eine gute Chance gehabt, ohne Katastrophe davonzukommen, hätte mein Vater auch den Wasserhahn wieder zugedreht …

Wir wohnen auf dem alten Anwesen der Familie meiner Mutter. Die Familie Johann Pfleiderer war um die Jahrhundertwende durch die Fabrikation von Nähmaschinen zu ordentlich Geld gekommen und hatte sich hier, am Rande der Stadt, auf einem Hügel mit lauter alten Eichen ein großes Haus mit einigen Nebengebäuden errichtet.

Aber wie es manchmal so kommt: Die Nähmaschinenproduktion ging in den 20er-Jahren während der großen Weltwirtschaftskrise in Konkurs, im Zweiten Weltkrieg traf eine verirrte Bombe das Haupthaus und in den 60er-Jahren wurden die meisten Eichen gefällt, das große Grundstück in kleine Parzellen aufgeteilt und Reihenhäuser darauf gebaut. Von der ganzen einstigen Pracht, die wir in vergilbten Alben meiner Mutter gelegentlich bewundern dürfen, steht nur noch ein einziges Gebäude, das ehemalige Gesindehaus. Hier waren die Zimmer der Gärtner, des Kutschers, der Mägde und Knechte. Und ausgerechnet in diesem Haus wohnen jetzt wir. Meine Eltern haben es umgebaut, sodass man zum Waschen nicht mehr an den Brunnen muss und Strom aus den Steckdosen kommt, aber es ist und bleibt ein altes Haus. Es ist zugig, die Decken sind niedrig, die Mauern dick. Es knistert und knackt aus den alten Holzbalken und gelegentlich hört man das Schnarchen von Siebenschläfern oder das Trippeln von Mäusen in den Decken. Bei aller Romantik und Tradition, die meine Mutter gerne heraufbeschwört, aber meistens beneide ich meine Freunde in den hellen, modernen Reihenhäusern. Mir war dieser verwunschene Schuppen mit all seinen Geräuschen, Gerüchen und Schattenspielen immer ein wenig unheimlich.

Ich muss von der Uhr erzählen: Zu diesem alten Haus mit den zugigen Fenstern, den ausgetretenen alten Steintreppen und den knarzenden Balken gehört eine große offene Feuerstelle. Und auf dem Sims darüber steht die Weihnachtsuhr, eines der letzten Andenken aus der Zeit, die meine Mutter für die gute alte Zeit hält. Ihr Zifferblatt ist mit Weihnachtsmotiven verziert, die Zeiger schimmern golden und es gibt ein paar porzellanene Weihnachtsfigürchen zu sehen. Über die Uhr gestülpt ist ein zylindrischer Glaskolben mit einem halbkugelförmigen Abschluss. Es ist eine sogenannte Kaminuhr mit einem Drehpendel, das sich langsam tickend jahraus, jahrein links und rechts herumdreht. Solche Uhren kennt man, man sieht sie manchmal in Schaufenstern alter Uhrmacher stehen und mit gemächlichem Schwung links und rechts und links und rechts die Zeit zählen. Das Besondere an unserer aber ist: Am Heiligen Abend, und nur an diesem speziellen Tag, um Punkt sechs Uhr abends, geht über dem Zifferblatt ein kleines Türchen auf. Ein verstimmtes Glockenwerk spielt *Stille Nacht* und hinter der Klappe erscheint die

Jahreszahl. Für meine Mutter ist die Uhr nicht nur ein Familienerbstück, sie ist ein Heiligtum.

Alle vierzehn Tage am Sonnabend hebt sie vorsichtig den Glaskolben der Uhr ab, um sie aufzuziehen. Ich habe ihr oft dabei zugesehen. Ihre Hände scheinen dabei zu zittern und in ihren Gesichtszügen glaube ich dann, wie in einem Spiegel, eine harte, fremde Person zu sehen, die so gar nichts mit gut und alt zu tun hat. Solange der Glaskolben geöffnet ist, scheint es im alten Haus noch mehr zu ziehen als sonst. Vielleicht ist es auch das, was meine Mutter spürt und weswegen ihr Gesicht in diesen Momenten so versteinert wirkt.

Jedes Jahr an Heiligabend aber wird der Kamin geschürt, der Baum geschmückt, die Gans gebraten und kurz vor sechs besteht meine Mutter darauf, dass wir uns vor der Uhr versammeln. Punkt sechs beginnt es in dem alten Uhrwerk zu rumoren und zu klappern, dann öffnet sich das Türchen, meine Mutter lauscht versteinert der Melodie und erst dann ist Bescherung und wirklich Weihnachten – und kurz darauf passiert sicher auch mal wieder die neueste Katastrophe.

Wegen dieser Uhr wäre Weihnachten im Jahr 2000 fast ausgefallen. Kamin, Christbaum, Gans, alles war wie immer. Wir versammelt vor der Uhr, um sechs das bekannte Rumpeln und Klappern – und dann Stille. Wir drei starrten auf die Uhr, dann auf uns, Papa klopfte sanft an das Glas, dann stärker, dann schüttelte er sie – nichts; kein *Stille Nacht*, kein Ticken, kein Rumpeln. Zum ersten Mal, seit ich denken konnte, war das Pendel stehen geblieben. Die heilige Weihnachtsuhr war hinüber.

Vater kommentierte schulterzuckend: »Na ja, einmal musste das alte Stück ja …« Mutter begann erst zu fluchen und auf Vater zu schimpfen, sie ist manchmal etwas unbeherrscht, aber nur ganz selten. Schließlich fing sie leise an zu schluchzen. Wir feierten Weihnachten schließlich ohne Uhr – und erstaunlicherweise ganz ohne Katastrophen.

In der folgenden Nacht begann ich mir zum ersten Mal Gedanken über gewisse Zusammenhänge zu machen. Mutter behauptete immer, die Uhr sei hundert Jahre alt. Wir schrieben das Jahr 2000? Wie konnte die Uhr über alle Schaltjahre hinweg das Datum des Weihnachtsfestes immer genau herausfinden? Und lag mit dem Jahr 2000 vielleicht ein Millenniumproblem vor, so wie bei vielen Computern, die nicht über 1999 hinaus gezählt hatten? Stammten der Fluch des Heiligen Abends und die Uhr aus demselben Jahr? Wer überhaupt hatte die Uhr gebaut und wer hatte den Heiligen Abend in diesem Haus verflucht? Fragen über Fragen stürmten plötzlich in dieser Nacht auf mich ein. Ich lag im Bett, lauschte dem Knistern und Knacken, dem Schnarchen, Trippeln, Rauschen und Stöhnen und schlief nicht viel. Ich würde nie mehr ruhig schlafen können, da war ich mir sicher, wenn ich diesen Fragen nicht nachginge.

Seit mein Opa mütterlicherseits tot war, fuhr die Familie traditionell am ersten Feiertag zur Oma, um sie in ihrer Seniorenwohnung abzuholen und dann zusammen mit ihr zum Weihnachtsessen in ein Restaurant zu gehen.

Ich ging nie gerne mit. Ich mochte diese Oma nicht. Sie war laut und unfreundlich, ständig wollte sie irgendwas oder meckerte an mir oder meinen Eltern herum. Da der Rest der Familie das ähnlich sah, selbst meine Mutter kam mit ihr nicht klar, blieb das Weihnachtsessen einer der wenigen Berührungspunkte über das Jahr. Den Rest der Zeit waren wir in unserer Bruchbude und Oma in ihrem Seniorenheim, und das war auch gut so.

Ich ging also nie gerne mit zu Oma, aber normalerweise zwangen sie mich mehr oder minder deutlich. Diesmal aber blieb ich standhaft. Ich kam morgens erst gar nicht aus dem Bett und erklärte – bleich und schlecht aussehend von der durchgrübelten Nacht –, mir sei übel, sie sollten ruhig ohne mich fahren, ich bliebe zu Hause und würde mich auskurieren. Schließlich stimmten sie zu und machten sich davon.

Obwohl ich inzwischen schon fünfzehn war, machte mir das Haus noch immer ein wenig Angst, wenn ich allein war. Aber ich würde mich davon nicht einschüchtern lassen. Ich hatte fest vor, die alte Uhr zu öffnen und nach ihrem Mechanismus zu sehen, und das konnte ich nur tun, solange Mutter aus dem Haus war.

Als ich das gute Stück vorsichtig vom Sims hob, knackte mit einem Mal ein Balken über mir. Ich erschrak so, dass ich die Uhr fast fallen gelassen hätte. Ruhig, sagte ich mir, ganz ruhig. Bloß jetzt keine Katastrophen. Vorsichtig trug ich sie zum alten Eichentisch im Esszimmer, stellte sie dort ab und hob langsam den Glaskolben. Ein seltsamer Lufthauch streifte mein Gesicht. Ich hatte das Gefühl, als sei es mit einem Mal noch etwas düsterer und kälter in dem alten Haus geworden. Nein, ich würde mich nicht einschüchtern lassen. Es war eine Uhr, sonst nichts! Ich musste das Ganze sachlich und ruhig angehen, auch wenn meine Finger vor Aufregung ein wenig zitterten.

Warum drehte sich das Pendel nicht mehr? Vorsichtig stupste ich mit dem Finger dagegen, aber es schwang nur, ohne zu ticken, ein paarmal lustlos hin und her und blieb dann wieder stehen. Irgendetwas blockierte das Uhrwerk. Ich bin kein Uhrmacher und will auch nie einer werden, selbst wenn das gut in die Familientradition passen würde. Also, wo sollte ich anfangen? Mir kam das Türchen in den Sinn. Es ließ sich ohne Probleme aufklappen. Die Jahreszahl 1999 schien zusammen mit allen anderen auf einer beschrifteten Scheibe zu stehen, die sich jedes Jahr ein Stückchen weiterdrehte. Gab es das Jahr 2000 überhaupt? Vorsichtig versuchte ich die Scheibe mit der Fingerkuppe zu drehen, aber auch sie war blockiert. Bei weiterem Drücken und Rütteln entdeckte ich, dass sie sich zumindest rückwärtsdrehen ließ. Plötzlich stand wieder 1998 in dem Fensterchen – und da begann sich auch das Pendel unten wieder zu drehen.

Na, nun war die Sache klar. Die Jahreszahlen endeten bei 1999, wer hatte hundert Jahre zuvor schon an das Jahr 2000 geglaubt? Und als am Vorabend um sechs der Mechanismus von 1999 noch ein Jahr hätte weiterdrehen sollen, hatte sich die Uhr selbst blockiert. Wir würden gewiss einen Uhrmacher finden, der uns eine neue Scheibe von 2000 bis 2100 beschriftete und einsetzte – und schon stünde hundert Jahren neuer Weihnachtstradition nichts mehr im Weg.

Ich nahm das Glas und stülpte es wieder über die Uhr, das drehende Pendel würde Mutter überzeugen, dass ihr pfiffiger Sohn tatsächlich den Fehler gefunden hatte. Doch kaum war das Glas wieder an seinem Platz, hörte ich hinter mir Stimmen.

Erschrocken drehte ich mich um und sah – mich.

Kein Zweifel, da, mitten im Wohnzimmer, stand ich mit strahlenden Augen zwischen meinen Eltern und bewunderte den Weihnachtsbaum. Unter dem Baum lag ein großes Paket, und als ich dieses Paket sah, ahnte ich, was passiert war.

In diesem Paket war nämlich eine Autorennbahn, ich erkannte es sofort an der Form und Größe. Ich hatte sie mir gewünscht und bekommen – nur war das schon zwei Jahre her.

Und jetzt, wo ich genauer hinsah, bemerkte ich auch den Unterschied. Meine Haare waren kürzer, ich trug die blaue Cordhose, aus der ich inzwischen längst rausgewachsen war und die ich heute auch nie und nimmermehr anziehen würde.

Auch meine Eltern sahen anders aus, die Frisuren, die Kleidung.

Ich stand, ob ich das wollte oder nicht, mit unserer Familie in unserem Wohnzimmer und es war Weihnachten 1998.

»Hallo!«, sagte ich vorsichtig. Und dann noch einmal lauter: »Hallo!« Aber niemand reagierte. Ich wollte einen Schritt auf mich oder das, was ich vor zwei Jahren war, zumachen, da bemerkte ich, dass ich keinen Körper hatte. Ich konnte mich bewegen, hin und her und seltsamerweise auch hinauf und hinunter, aber ich konnte mich nicht sehen. Ich war Luft, unsichtbar, unfühlbar, unhörbar.

Ich trat ganz nahe an diesen Menschen, der ich war, heran und rief mir laut ins Ohr: »Hörst du mich nicht?« Da sah ich, dass ich ein wenig zuckte, mir mit der Hand nach dem Ohr griff und darüberwischte, gerade so, als würde ich eine Fliege verscheuchen.

»Heee!«, schrie ich jetzt. Aber niemand in dem Raum reagierte. Meine Eltern unterhielten sich, ich konnte sie hören, konnte sie sehen, konnte mich sehen, wie ich jetzt begann, das Geschenkpapier des großen Pakets aufzureißen und mich wahnsinnig über diese Autorennbahn zu freuen, nur ich war für die anderen offensichtlich unsichtbar und unhörbar.

Irgendwie war ich als eine Art Geist in die Vergangenheit geraten und ich hatte keine Ahnung, wie ich da wieder rauskommen sollte. Alle meine fieberhaften Überlegungen, was zu tun wäre, endeten nur in einer völligen Verknotung meines Gehirns. Der da, das war doch ich. Aber ich war doch hier ich, ich konnte doch nicht zugleich dort ich sein. Und war ich hier überhaupt noch ich? Ich hatte ja keinen Körper mehr. Doch, natürlich hatte ich einen Körper, aber der war schon zwei Jahre alt und wo war überhaupt mein Weihnachten-2000-Körper? Vielleicht war es ein Traum. So musste es sein. Aber sieht man sich selbst in einem Traum? Und warum konnte ich mich so deutlich daran erinnern, dass ich genau in dem Augenblick, als ich das Uhrglas aufsetzte, in diesen Zustand verfallen war? Träume haben manchmal ein Ende, aber doch nie einen Anfang!

Ich gab es auf, darüber nachzudenken. Wenn es ein Traum war, so versuchte ich mich selbst zu beruhigen, würde ich irgendwann wieder daraus erwachen. Und wenn es kein Traum war – dann wusste ich auch nicht.

Allein durch die Kraft meines Willens schwebte ich durch den Raum zwischen meiner Familie hin und her, sah uns beim Geschenkeauspacken zu, dann meiner Mutter beim Kochen, bis wir uns schließlich um die Ecke an den Esstisch zurückzogen.

Dann bemerkte ich die Funken am Weihnachtsbaum. Eine Kerze der Lichterkette hatte offensichtlich einen Kurzschluss, es glühte und funkte. Ich versuchte den Stecker herauszuziehen, aber das mach mal ohne Körper! Ich schwebte um die Ecke zum Tisch, doch alles, was ich mit lautem Schreien und durch die Luft Wedeln erreichte, war, dass die Kerzen auf dem Tisch ein wenig flackerten – nichts Neues in einem Haus, in dem es ständig zieht.

Ich wusste, was kommen würde. Ich würde sagen: »Es riecht hier so komisch!«

Mutter würde sagen: »Mecker nicht immer über das Essen!«

Ich würde sagen: »Irgendwie verbrannt!«

Mutter: »Also hör mal!«

Vater würde schnuppern und sagen: »Ich riech auch was!«

Und dann würden der Baum, das Geschenkpapier und meine nagelneue Autorennbahn schon in hellen Flammen stehen.

Als ich den Feuerschein aus dem Wohnzimmer sah, fiel mein Blick auf den Kamin und auf die Uhr. Die Uhr! Natürlich! Ich hastete so gut, wie man körperlos hasten kann, hinüber und legte die Hände um den Glaskolben. Merkwürdig, ihn konnte ich spüren, konnte ihn greifen, konnte ihn nach oben ziehen.

Und in dem Augenblick, in dem ich ihn anhob, war mit einem Mal die Welt um mich wieder in der Gegenwart angekommen. Ich war wieder ich, hatte wieder Arme und Beine, und wenn ich mit der Faust auf den Esstisch schlug, wackelte das Haus. Die Uhr stand nicht mehr auf dem Kaminsims, sondern wieder vor mir auf dem Tisch, das Pendel drehte sich gemächlich hin und her und die Jahreszahl stand auf 1998.

So funktionierte das also. Versuchsweise setzte ich den Kolben noch einmal auf, wieder verschwand die Gegenwart, der Baum brannte inzwischen lichterloh, Papa suchte nach einem Eimer, Mama nach einer Decke zum Löschen und ich schrie und heulte um meine schöne, neue Autorennbahn.

Glaskolben hoch, schwups, schon gab es die Gegenwart wieder.

Ich wäre kein neugieriger Fünfzehnjähriger gewesen, wenn ich nicht probiert hätte, was noch geht. Letztes Jahr, die Sache mit der übergelaufenen Badewanne. Das wollte ich mir noch mal ansehen. Ich versuchte die Scheibe auf 1999 zu stellen, aber sie ließ sich nur rückwärtsdrehen. Ich langte ein wenig zu fest hin, da stand schon die Zahl 1987 im Türchen, das war dreizehn Jahre her!

Also gut, dachte ich, probieren wir eben das. Vorsichtig senkte ich den Glaskolben hinab und wieder stand ich mitten in einer Weihnachtsfeier und die Uhr friedlich tickend auf dem Kaminsims.

Meine Eltern waren jung, sehr jung, und mich hätte ich fast nicht gesehen. Der da, der kleine Hosenscheißer, der da mühsam auf die glitzernde Christbaumkugel zustolperte, das musste ich sein. Eh ich michs versah, hatte mein Baby-Ich die Kugel in der Hand und wollte sie zu sich ziehen … Kann denn niemand den Baum festhalten! Heee Eltern! Aufsichtspflicht! Hilfe! Die waren inzwischen irgendwo in der Küche beschäftigt, der Baum neigte sich, noch weiter, noch weiter. Ich musste schon damals recht kräftig und stur gewesen sein. Jedenfalls ließ ich nicht locker, bis der ganze Baum mitsamt brennenden Kerzen auf mich fiel. Noch immer hatten meine Eltern nichts bemerkt. Zum Glück waren die meisten Kerzen durch den Sturz ausgegangen. Baby-Ich lag schreckensstarr unter den Zweigen – schrei doch! Nun schrei doch! –, während die Flamme der letzten, nicht verloschenen Kerze sich gerade aufmachte den Baum zu entzünden. Hatte ich nicht, körperlos hin oder her, im Jahre 1998 Flammen zum Flackern bringen können? Ich schwebte direkt auf die Kerze zu und pustete, so fest ich konnte. Tatsächlich, ein kleines Flackern – pust fester! Fester! –, noch ein Zucken und schon war sie aus. Ah, so einfach war es also, mir meine eigene Haut zu retten. Da endlich begann Baby-Ich zu schreien. Brüllte wie am Spieß, meine Eltern kamen aus der Küche geschossen, mein Vater richtete den Baum wieder auf, Mutter nahm mich tröstend auf den Arm. »Zum Glück sind die Kerzen alle von selbst ausgegangen!«, stellte Vater fest. Und ich kam mir ein klein wenig vor wie meine eigene Lebensversicherung.

Meine nächste Zeitreise führte mich ins Jahr 1975. Erstaunt sah ich mich in dem Haus um. Plötzlich gab es eine Wand zwischen Esszimmer und Wohnzimmer. Die Fenster waren kleiner und an den Scheiben wuchsen Eisblumen. Der Boden bestand aus ausgetretenen Holzdielen und an den Wänden klebte eine unsägliche bunt gemusterte Tapete. Auf einer Bank neben dem Kamin saß ein hübsches junges Mädchen in einem lustigen bunten Kleid, welches eher nach Fasching als nach Weihnachten aussah, und schmollte. In der hinteren Ecke des Wohnzimmers, dort, wo jetzt unser Fernseher zu Hause ist, stand ein Christbaum mit echten, brennenden Kerzen. Sofort schwebte ich näher und kontrollierte Kerze für Kerze. Wenn ich schon nichts anderes tun konnte als pusten, dann wenigstens das. Aber alle Kerzen waren in Ordnung, fand ich, also versuchte ich mich auf das Geschehen rundherum zu konzentrieren. Es ist, das muss ich erklären, als Zeitreisegeist nicht angenehm, in der Welt herumzuspuken. Die Körperlosigkeit schien auch einige Nachteile mit sich zu bringen. Immer wenn ich versuchte, mich mit der Kraft meines Willens woanders hinzubewegen, schien das meine gesamte Konzentration zu verbrauchen. Ich kam mir nach jeder Ortsveränderung ausgelaugt und müde vor. Die Uhr, die dort friedlich auf dem Kaminsims tickte, wirkte wie ein Sog auf mich, als wollte sie mich zurückholen und als könnte ich ohne ihre Anwesenheit nicht sein. Mich von ihr wegzubewegen erforderte größte Anstrengung und ich vermute, ich hätte den Raum, in dem sie stand, nicht verlassen können.

Ich schwebte also zurück in Richtung Kamin, platzierte mich direkt neben dem jungen Mädchen in den Hippie-Klamotten und gab mir nun Mühe zuzuhören.

Aus der Küche quer durch das Esszimmer drang eine scharfe weibliche Stimme:

»… heute überhaupt nirgendwo hingehen. Nicht heute und nicht morgen und nicht übermorgen. Es ist Weihnachten, falls dir das entgangen ist. Und dein Günther wird, wenn er schon nicht mit seinen eigenen Eltern feiern will, sich jemand anderen suchen müssen. Wäre sowieso die beste Lösung! Du bleibst jedenfalls hier, das ist mein letztes Wort und damit basta!«

Die nächsten Sätze konnte ich nicht verfolgen, weil ich nachdenken musste. Mein Vater heißt Günther. Und wenn dieses Mädchen hier mit einem Günther ausgehen wollte … Ich sah sie mir noch einmal genauer an. Natürlich, dieses Mädchen musste meine Mutter sein. Sie war jung und hübsch und nicht viel älter als ich heute. Und sie war furchtbar unglücklich an diesem Heiligabend. Ich lauschte weiter ihrem Streit mit der Großmutter.

Wie gesagt: Oma ist auch heutzutage eine etwas nervige alte Dame, aber damals war sie ein richtiger Drachen. Sie stand nun im Durchgang zum Wohnzimmer und schimpfte auf meine Mutter ein. Wie das weitergehen solle und was sie sich eigentlich denke bei so einem Benehmen, und das würde alles noch schlimm enden und in dem Alter nichts als Jungs im Kopf und so weiter und so weiter.

Meine junge Mutter fing vor Wut und Verzweiflung jetzt sogar an zu weinen. Ich hätte sie gerne getröstet, aber wie tröstet man ohne Körper, ohne Stimme, ohne Hände, wenn Pusten das Einzige ist, was man fertigbringt?

Schließlich schwebte ich ganz nah an ihren Kopf und flüsterte: »Alles wird gut, Mama. Du wirst deinen Günther heiraten und du wirst einen wunderbaren Sohn bekommen und das Haus hier wird umgebaut und Oma rausgeschmissen. Nicht weinen, alles wird gut!« Sie hörte auf zu schniefen und sah auf, als hätte sie gerade einen schönen Traum gehabt.

»Was grinst du jetzt?«, keifte Oma. »Mir ist überhaupt nicht zum Grinsen. Macht dir das wohl noch Spaß? Du bringst mich noch ins Grab, wenn das so weitergeht! Da hat man euch aufgezogen, ernährt, geliebt, und jetzt das …«

Mir reichte es. Ich schwebte zu dem Drachen hinüber und blies ihm, so fest ich konnte, ins Ohr.

Sie heulte auf: »Oh! Mein Ohrenpfeifen, da ist es wieder! Da hast du es, ich soll mich nicht aufregen, sagt der Doktor! Mein ganzer Kopf pfeift! Oh, oh!« Sie ließ sich auf einen der alten, hässlichen Esszimmerstühle fallen und jammerte. Ich flog hinterher und pustete ihr noch mal ins selbe Ohr und dann noch mal ordentlich ins andere. Sie schrie und hielt sich mit beiden Händen die Ohren zu.

Sie würde es überleben, wenigstens dessen war ich mir ganz sicher. Ich sah zu Mama hinüber, die aufgehört hatte zu weinen und jetzt tatsächlich grinste. Und dann roch ich es. Aus der Küche drang nun nicht mehr der Geruch nach knusprig gebratener Gans, nein, allmählich mischte sich der Geruch von verkohltem Gänsefleisch darunter.

Ich hatte nie davon gehört, dass man als Zeitreisender besonders gemein und hinterhältig ist, aber es ist tatsächlich so. Man weiß ja, wie für alle Anwesenden die Geschichte letztendlich ausgehen wird – also, warum nicht ein wenig Spaß haben und Oma eine Lehre erteilen? Um noch ein wenig Zeit für die Gans zu gewinnen, blies ich ihr weiter abwechselnd in die Ohren, die Augen, auf die Finger, bis sie sich schließlich zitternd aufs Wohnzimmersofa legte und sich von Mama eine Decke bringen ließ. Als sie dann schließlich doch die Rauchschwaden aus der Küche bemerkte, war es natürlich längst zu spät.

Aber ich konnte nicht ewig bei den beiden bleiben, und wenn ich es recht überlegte, brauchte ich meine Mama auch nicht zu beschützen – irgendwie hatte sie es ja alleine bis in die Gegenwart geschafft. Ich schwebte also zurück zur Uhr, hob das Glas an und schon war ich wieder am Esstisch im Jahr 2000. Die Uhr stand vor mir, ihr Pendel drehte leise vor und zurück, noch immer stand die Jahreszahl 1975 im Fenster. Sollte ich noch weiter zurück? Ich wusste nicht, ob es nicht vielleicht gefährlich war. Ob man sich nicht in der Vergangenheit verlieren könnte. Aber meine Neugier war erwacht und siegte schließlich über alle Bedenken. Ich drehte die Scheibe zurück auf 1944, das letzte Jahr des Krieges. Und ehe ich michs versah, geriet ich in ein furchtbares Durcheinander. Das Einzige, was ich kannte, war die Uhr, die friedlich tickend auf einem Kaminsims stand. Aber der Kamin selbst, der Raum, die Menschen, sie alle hatte ich noch nie zuvor gesehen.

Gerade noch hatte eine Familie in dem großen, hohen Raum um einen Tisch gesessen, auf dem eine einzelne Kerze neben zwei Paar Wollsocken und einem winzigen Teller mit vier oder fünf Plätzchen brannte, da hörte ich von draußen Sirenen. Die Familie – jetzt, wo ich genau hinsah, bemerkte ich, dass es nur zwei Frauen und ansonsten lauter Kinder waren –, sprang erschrocken auf und rannte eine Treppe hinunter. Ich sah ihnen nach.

»Nur das Nötigste! Nur das Nötigste!«, schrie die Ältere der beiden. Am unteren Ende der Treppe standen zwei große und einige kleine Koffer. Die griffen sie sich jetzt und verschwanden durch die Tür nach draußen. Ich blieb allein mit der Kerze und der Weihnachtsuhr auf dem Kaminsims zurück. Da erst hatte ich Gelegenheit, mich umzusehen. Das war nicht unser Haus. Das hier war ein großes, nobles Gebäude mit verzierten Stuckdecken und gewachsten, dunklen Holzböden. Außer der Kerze gab es kein Licht, und als ich zum Fenster schwebte, um in die Nacht hinauszusehen, stelle ich fest, dass sie mit dickem schwarzem Papier verdunkelt waren.

Dann hörte ich das Dröhnen. Es schien von überall her zu kommen und ließ das alte Gebäude erzittern. Ich überlegte schon, mich lieber wieder ins Jahr 2000 davonzumachen, als ich die ersten Detonationen spürte. Bomben! Ich konnte das Pfeifen hören und die Einschläge, und es hatte so gar nichts zu tun mit den Bombereien der Playstation, die ich kannte. Das hier war beängstigend und ekelhaft, und ich wollte nur, dass es aufhörte, sofort wieder aufhörte. Das Haus ächzte und schüttelte sich, Gips rieselte auf mich herunter. Die Uhr! Plötzlich wurde mir klar, dass ich die Uhr retten musste. Selbst wenn mir die Bomben vielleicht nichts anhaben konnten, die Uhr würden sie sicherlich zerstören können! Und dann? Wie sollte ich jemals wieder zurückkommen? Ich eilte hinüber, aber anstatt nur das Glas anzuheben, hob ich die ganze Uhr empor. Das ging also! Konnte ich auch sonst nichts heben, halten und bewegen, die Uhr konnte ich mit Leichtigkeit emporheben. Und mit ihr in den Händen – welche Hände, ich sah nur eine Uhr durch den Raum schweben – war ich frei mich zu bewegen, wohin ich wollte. Ich schwebte die Treppe hinunter und den anderen hinterher ins Freie. Ich hätte getippt, dass man als Zeitreisegeist keine Angst haben könne, vielleicht weil ich mir einbildete, Angst hinge irgendwie mit dem Körper zusammen. Weit gefehlt. Angst ist etwas in deiner Seele, in deinen Gedanken und sie schüttelt und rüttelt und lähmt dich wie ein Albtraum, auch wenn du keinen Körper hast und eigentlich gar nicht dazugehörst. Und wenn dir etwas wirklich Angst macht, dann ist das der Krieg. Wenn der Tod vom Himmel fällt wie Hagel, wenn die Zerstörung über das Land fegt wie ein Sturm, dem du nichts, aber auch gar nichts entgegenzusetzen hast.

Der Luft hier draußen war erfüllt von Motorenlärm und Bombendetonationen. Von der nahen Stadt im Tal aus irrten Lichtfinger suchend am Himmel entlang. Und dort oben schwebten Lichter wie Christbäume. Dann sah ich die Flugzeuge. Wie ein Schwarm Krähen zogen sie zwischen den Sternen und den dunklen Ästen der alten Eichen hindurch. In der Stadt flammten die ersten Explosionen auf, dann flogen Häuser durch die Luft. Die Einschläge waren schließlich nur noch ein paar hundert Meter entfernt, Gebäude platzten in großen Feuerbällen auseinander wie Silvesterkracher. Ich wusste nicht, wo die anderen waren, es gab noch einige Gebäude auf dem Grundstück, aber es war kein Mensch mehr zu entdecken, nur noch Donner und Feuer und Rauch überall. Was, wenn die Uhr zerstört würde? Ich glitt, so schnell ich konnte, vom großen Haus weg, da kam mir endlich der Gedanke, die ganze Szene auf meine Weise zu verlassen, indem ich einfach den Glaskolben abzog. Vorsichtig wollte ich die Uhr auf den Boden stellen, da sah ich die Bombe kommen. Wie ein schwarzer Schatten fiel sie aus dem Himmel schräg auf mich zu und schlug dann pfeifend und krachend genau in das Dach des großen Hauses ein, aus dem ich gerade gekommen war.

Die Detonation war gewaltig. Scherben und Steine und Balken flogen an mir vorbei, ich klammerte mich an die Uhr und gemeinsam wurden wir über den ganzen Hof bis an die Mauer des nächsten Gebäudes gedrückt.

Als ich wieder einigermaßen bei mir war, galt meine erste Sorge der Uhr. Aber das Glas war heil, das Pendel drehte sich langsam tickend links und rechts herum. Ein Gedanke beruhigte mich ein wenig: Im Jahre 2000 war diese Uhr immer noch heil, also konnte sie nicht im Bombenangriff des Jahres 1944 zerstört worden sein. Nur, vielleicht war ich dazu auserkoren, sie zu beschützen. Ich hatte sie aus dem Haus getragen, sonst wäre sie jetzt schon atomisiert. Mein Eingreifen hatte also die Zukunft erst möglich gemacht. Wäre ich hier nicht als Zeitreisender, wäre ab jetzt also alles anders gelaufen. Bloß wie?

Während ich noch um die tickende Uhr schwebte und mir mit Gedanken um das Paradoxe einer Zeitreise meinen nicht vorhandenen Kopf zermarterte, ging neben mir, im nur durch den Feuerschein der brennenden Hausreste beleuchteten kleinen Gebäude, eine Tür einen Spaltbreit auf.

»Das Haus ist weg!«, schrie eine Kinderstimme.

»Dank Gott, wir leben!«, sagte eine andere.

Und dann rief eine Frauenstimme: »Nehmt euch zusammen! Im Moment scheint Ruhe, aber wir bleiben besser die ganze Nacht hier drin! Kinder, geht zurück, geht zurück!«

Ich nutzte den Tumult und die Dunkelheit und schlüpfte mit der Uhr durch die Tür. Niemand sah die Uhr durch die Luft schweben und ich selbst war ja ohnehin unsichtbar. Im Gedränge der teils vor Schreck verstummten und fast unbeweglichen, teils schreienden und weinenden Kinder wurde ich in das kleine Haus und dann eine Treppe hinab in einen Kohlenkeller geschoben. Ich stellte die Uhr dort vorsichtig in eine Ecke und ruhte mich ein wenig aus. Dann kam die zweite Angriffswelle. Wieder das Brummen der Bomber, das Pfeifen der Bomben, die Detonationen unten in der Stadt. Die Menschen saßen mit gefalteten Händen und murmelten Gebete oder sie starrten gelähmt vor Angst an die gegenüberliegende Wand.

Nach eine halben Stunde wurde es draußen wieder ruhig.

Eines der kleinen Mädchen zeigte plötzlich auf die Uhr. »Mama, Mama, schau mal, unsere Weihnachtsuhr!« Plötzlich sahen alle zu uns herüber.

»Wer hat die denn mitgenommen?«, fragte die jüngere der Frauen streng, ich vermute, es war meine Urgroßmutter. Alle schüttelten die Köpfe. »Es ist der Fluch!«, sagte die ältere der Frauen und schlug dreimal das Kreuz über sich.

»Hör mit dem Unsinn auf, Mutter! Die Kinder fürchten sich wohl noch nicht genug!«

Aber keiner hatte in dieser Weihnachtsnacht in diesem schwarzen Kohlenloch mehr die Kraft, über so etwas wie die Uhr nachzudenken. Wo sie gerade waren, lehnten sie sich zurück, zogen Decken über sich und zitterten oder starrten an die Wand, vielleicht schliefen sie auch.

Und ich sah zu, dass ich zurückkam in meinen Körper und in unser Jahr 2000.

Wieder saß ich im richtigen Leben mit richtigem Körper am Esstisch, vor mir die Uhr, das Glas abgenommen. Was sollte ich tun? Ich sah auf die Uhr und bemerkte, dass kaum Zeit verstrichen war, meine Reisen in die Vergangenheit liefen also nicht nur körperlos, sondern auch ohne Zeitverbrauch ab. Wie Träume, dachte ich. Vielleicht waren es doch Träume? Aber es war alles so real gewesen, noch immer meinte ich das Pfeifen und Krachen der Bomben zu hören, noch immer spürte ich das Zittern in mir und sah die Hoffnungslosigkeit in dem Blick der Menschen im Kohlenkeller, hörte den Schrei der Kinder: »Das Haus ist weg!« Also kein Traum?

Ich könnte noch weiter mit der Zeitscheibe zurückgehen, aber was würde dabei herauskommen? Ich hatte Angst, wieder in irgendein Chaos zu geraten. Was, wenn die Uhr bei so einer Reise zerstört würde? Dann hätte es die Uhr ab dann nicht mehr gegeben, dann wären viele Dinge danach vielleicht anders passiert. Der Flügelschlag eines Schmetterlings in Europa, sagt man, kann ein Erdbeben in China auslösen. Vielleicht würde manches anders kommen und vielleicht – wäre doch möglich – gäbe es mich am Ende gar nicht. Aber ich wollte nicht als Zeitreisegeist in der Vergangenheit stecken bleiben, ich lebte ganz gerne dort, wo ich gerade war. Es kam mir in den Sinn, die Uhr zu zerstören. Es hätte einige laute Probleme mit meiner Mutter gegeben, die manchmal etwas zum Jähzorn neigt, aber das wäre mir meine Existenz wert gewesen.

Ich musste ein wenig an die frische Luft, mir den kalten Weihnachtswind durchs Gehirn blasen lassen und versuchen den Krieg zu vergessen. Ich lief an den Reihenhäusern vorbei bis zur Straße, die den Hügel hinab in die nahe Stadt führt.

Da sah ich sie wieder, die Bomber. Dort hinten über der Stadt waren sie aufgetaucht, dort unten hatten sie ihre Feuerbälle platzen lassen. Ich drehte mich um, natürlich, alles war genau hier geschehen, nur das alte Haus war weg, die Eichen gefällt. Aber es war dieser Hügel, hier, direkt vor mir war die Bombe durch den Dachstuhl gekracht. Ich lief zurück. Nun erkannte ich auch die Mauer wieder. Hier hatte ich die Uhr abgesetzt, und die Tür, durch die ich in den Keller geflohen war, war jetzt unsere Haustür, in dem dunklen Kohlenkeller stand jetzt unsere Gasheizung, hing die saubere Wäsche zum Trocknen. Es war alles hier gewesen, alles wirklich und gerade mal gut fünfzig Jahre her. War auch dafür der Weihnachtsfluch verantwortlich, dass ausgerechnet am Heiligabend das große Herrschaftshaus der Familie in die Luft geflogen war? Ich durfte diese Uhr nicht zerstören, bevor ich nicht wusste, was es mit dem Fluch auf sich hatte. Die kalte Luft gab mir genügend Denkvermögen zurück, um zu erkennen: Der Anfang der Uhr und der Anfang des Fluches gehörten zusammen, darüber war ich mir nun klar. Ich brauchte also nur zu sehen, wie weit sich die Datumsscheibe zurückdrehen ließ, und in dieses Jahr musste ich reisen – sofern ich den Mut dazu hatte. Ich lief weiter ein wenig in der kühlen Luft umher und versuchte nachzudenken.

Aber Neugier ist der beste Mutmacher. Also ging ich zurück ins Haus, meine Eltern waren noch immer unterwegs, die Uhr stand noch immer auf dem Esstisch, der Glaskolben lag daneben. Mit klopfendem Herzen drehte ich die Scheibe zurück: 1933, die Machtergreifung der Nazis, weiter zurück, 1914, der Beginn des Ersten Weltkrieges, aber ich hatte für diesen Tag genug Krieg erlebt 1903, 1902 – beim Jahr 1900 war Schluss, weiter ließ sich die Scheibe nicht drehen.

Was wusste ich von 1900 – wenn ich ehrlich war, überhaupt nichts. Gab es da schon elektrischen Strom? Gab es schon Flugzeuge, gab es schon Bomben? Ich war froh, nicht mit meinem verletzlichen Körper reisen zu müssen. Trotzdem waren meine Finger so angstverschwitzt, dass mir der Glaskolben, als ich ihn aufsetzen und damit meine Reise ins Jahr 1900 beginnen wollte, fast aus der Hand geglitten wäre.

Wieder hörte ich als Erstes Stimmen, bevor mein Blick klar genug wurde, um zu erkennen, wo ich war. Ich stand in einem kleinen Raum mit niedriger Decke und grob verputzten Wänden, erleuchtet nur durch drei Kerzen in einem Leuchter auf einem groben Tisch mit einer Eckbank und drei Stühlen. Dann sah ich Menschen. Zwei Männer saßen dort, beide etwa fünfunddreißig, der eine in feinem Zwirn, der andere in Arbeitskittel und Lederschürze, dazu eine junge Frau. Sie war klein und zierlich und wunderschön. Ihre dunklen Haare fielen in einer weichen Welle bis weit über ihre Schultern. Noch bevor ich mich auf irgendetwas anderes konzentrieren konnte, bemerkte ich ihre Augen. Sie waren groß und lebendig und von einem dunklen Braun, und in diesem Braun der Pupillen glitzerten im flackernden Schein der drei Kerzen winzige Pünktchen von schierem Gold. Und während ich noch wie verzaubert zu ihr hinsah, drehte sie plötzlich sanft den Kopf zu mir, ganz so, als könnte sie mich sehen, und ein Lächeln, wie ein Windhauch, huschte über ihr Gesicht.

Im nächsten Augenblick aber trat wieder unendliche Müdigkeit und Trauer in diese Augen. Erschrocken sah sie zwischen den beiden Männern hin und her. Die beiden stritten:

»Er ist gesehen worden, Hans, gesehen und erkannt. Streitet es nicht ab, es war euer Bub!« Der Mann im feinen Anzug hatte zornesrote Wangen, er hieb mit der Faust auf den Tisch.

»Aber …«, sagte die Frau leise.

»Kein Aber! Er war es, und er wird dafür einstehen müssen!« Erschrocken schwieg die Frau.

»Johann!«, sagte der andere Mann in bittendem Ton. »Unter alten Freunden. Er hat es für uns getan, er wollte uns eine Freude machen, mehr nicht. Wir werden für den Baum aufkommen, Johann.«

»Und dann gilt kein Gesetz mehr? Dann kann man mit der Axt in fremden

Wäldern wildern? Ihr hättet mich fragen können, ich hätte euch den Baum geschenkt – vielleicht.«

»Lassen Sie doch Gnade vor Recht ergehen, Herr Pfleiderer«, bat jetzt die Frau. »Er ist doch noch ein Kind. Holen Sie nicht die Gendarmen. Sie werden ihn mitnehmen, sie wissen doch, lieber Herr Pfleiderer, wie es ist, heutzutage!«

»Papperlapapp! Was Recht ist, muss Recht bleiben. Er wird seine Strafe bekommen, das wird ihn lehren anderer Leute Bäume zu schlagen!« Der Frau traten die Tränen in die Augen. Verschämt stand sie auf und ging zur Tür.

In diesem Augenblick hörte ich ein vertrautes Rumpeln und Klappern. Ich hatte die Weihnachtsuhr ganz aus den Augen verloren, aber dort stand sie im Halbdunkel auf der Anrichte. Sie blinkte und glänzte nagelneu und im Kerzenlicht leuchteten ihre Zeiger wie pures Gold. Dann öffnete sich die Klappe und die Jahreszahl 1900 kam zum Vorschein. Augenblicklich waren alle im Raum verstummt. Die Männer am Tisch und die Frau in der Tür drehten die Köpfe. Fasziniert sahen sie nun zu der Uhr, die mit wunderschönem Glockenklang begann *Stille Nacht* zu spielen.

Als das Lied zu Ende war, bemerkte ich, dass die Frau nun wirklich weinte. Der Mann im Anzug, Johann Pfleiderer, war aufgestanden, hatte den Leuchter in die Hand genommen und trat nun näher an die Uhr heran.

»Von dir, Hans?«

Der andere nickte.

»Wunderschön – du bist und bleibst ein Zauberer, du mit deinen Uhren, das weißt du!«

»Dank dir, Johann!«

»Aber wo ist dein Signum? Wo finde ich dein *Uhrmachermeister Hans Obert*, wie viele hast du gemacht, was sollen sie kosten?«

Der Mann im Arbeitskittel senkte schuldbewusst das Haupt.

»Ja, sag nichts. Es gibt nur diese eine, stimmt's? Und du willst sie nicht signieren, vor lauter Bescheidenheit. Und sie ist unverkäuflich, nicht wahr! Hans, das ist nicht mehr unsere Zeit. Wach auf. Das neue Wort heißt Kommerz! Sieh mich an, mit meinen Nähmaschinen. Du weißt es, wir beide, vor zwanzig Jahren waren wir gleich, zwei armselige Uhrmacherlehrlinge. Du geschickter und begabter als ich, unbenommen! Und heute? Du mit deinem jämmerlichen Lädchen, in das kaum die Sonne kommt, fummelst unter Kerzenlicht deine Wunderwerke zusammen. Schau mich an. Meine Villa oben auf dem Berg, meine Fabrikationshalle mit elektrischem Licht. Ein eigenes Automobil! Ich hab die Zeichen der Zeit erkannt, Hans!«

»Ich wollte …!«

»Was wolltest du? Arm bleiben wie eine Kirchenmaus? Vor zehn Jahren, ich habe dir die Hand gereicht, Hans. Meister hättest du werden können bei mir. Aber nein …« Er sah zur Tür, wo gerade die junge Frau verschwunden war, und senkte die Stimme ein wenig. »… es musste ja ausgerechnet das Mädchen sein, auf das ich schon ein Auge geworfen hatte. Gerade die und keine andere! Du hast den Krieg begonnen, Hans. Denke daran! Und nun sieh, wie du zurechtkommst!«

Der Angesprochene senkte den Kopf und nickte.

Johann betrachtete nun wieder interessiert die Uhr. »Sie schlägt nur Weihnachten?«

»Heiligabend um sechs, pünktlich jedes Jahr! Und zeigt die Jahreszahl!«

»Und wie hast du's gemacht, das Zeigen vom Jahr?«

Aber Hans Obert, der Uhrmachermeister, antwortete nicht, sondern lächelte nur geheimnisvoll.

»Also, wie viel, Hans?«

Der Gefragte schüttelte den Kopf.

»Ich hab sie ihr geschenkt, Johann. Sie ist nicht zu verkaufen!«

»Unsinn. Alles hat seinen Preis. Dann machst du ihr eben einfach eine zweite!«

Aber wieder schüttelte der Uhrmacher den Kopf.

Da nahm Johann Pfleiderer die Uhr von der Anrichte.

»Ich nehm sie mit, Hans, ganz einfach. Und die Geschicht mit eurem Buben ist dafür vergessen.«

In diesem Augenblick kam die Frau zurück in den Raum. Sie hatte die Augen getrocknet und ihre Schürze abgelegt und versuchte so etwas wie ein Lächeln in die Richtung des Fabrikanten.

»Er will sie mitnehmen, dafür lässt er die Sache mit dem Baum ruhen, Anna. Wärst du einverstanden?«, fragte ihr Mann leise.

»Ach was, einverstanden! Papperlapapp! So machen wir es und damit basta! Frohe Weihnacht!«, beendete Johann Pfleiderer barsch die Unterhaltung, schob die Uhr unter seinen Mantel und öffnete die Tür nach draußen.

Ich wurde mitgesogen, musste hinterher, und das Letzte, was ich noch sah, war das Gesicht der jungen Frau. Plötzlich verengten sich diese schönen Augen zu dünnen Schlitzen, aus denen Blitze hervorzuschießen schienen. Sie ballte die Faust.

»Das soll dir wohl bekommen, Johann Pfleiderer!«, rief sie wütend. »Jedes Jahr soll sie dir dein Fest verschönen in deinem Palast auf dem Berg!«

Als ich wieder zurück war in meiner Welt, in meiner Zeit, in meinem Körper, fühlte ich mich erschöpft und glücklich zugleich. Anna Obert, die Frau des Uhrmachers, die anscheinend fast meine Ururgroßmutter geworden wäre, hatte den Fluch also ausgestoßen. Und er hatte gewirkt, bis heute. Hatte die alte Villa auf dem Berg in Stücke gesprengt, hatte Weihnachtsbäume entzündet und Badewannen überlaufen lassen.

Ich überlegte, was zu tun war. Konnte ich den Fluch zerstören, indem ich die Uhr zerstörte, oder machte ich damit alles noch viel schlimmer? Durfte ich ein solches Meisterstück zerstören, das noch dazu nicht einmal rechtmäßig erworben war, also genau genommen unserer Familie gar nicht gehörte? Ich entschloss mich für den schwierigsten Weg, und der war, meiner Mutter alles zu erzählen. Und ich würde bis dahin und nie mehr den Glaskolben zurück auf die Uhr setzen.

Sie kamen am Abend. Meine Mutter sah sofort, dass ich die Uhr auf den Tisch gestellt und das Glas abgezogen hatte.

»Bist du noch zu retten! Du weißt, dass das ein wertvolles Familienerbstück ist, von dem du die Finger zu lassen hast!«

Bevor ich noch etwas erklären konnte, lief sie mit ein paar Schritten zum Tisch, nahm das Glas in die Hand und wollte es wieder über die Uhr stülpen. Ich sprang hinterher, versuchte ihr den Arm festzuhalten, doch dabei verlor sie den Kolben aus der Hand. Er fiel auf den Tisch, blieb heil, aber rollte nun los, quer über die Tischplatte. Wir beide hasteten um den großen Tisch, jeder auf seiner Seite, aber es war zu spät. Das Glas kullerte vom Tisch, fiel vor unseren Augen auf den Boden und zersprang in tausend winzige Scherben.

Erschrocken wartete ich, was passieren würde, ich war auf alles gefasst. Aber weder stürzte das Haus ein noch kamen Blitze vom Himmel oder ein Donnergrollen ertönte, wenn man mal vom Gebrüll meiner Mutter absah.

Angelockt durch das Scheppern und Klirren und das Geschrei meiner Mutter war auch mein Vater in den Raum getreten. Gemeinsam wartete ich mit ihm in sicherer Entfernung, bis sie sich wieder ein wenig beruhigt hatte.

»Setzt euch!«, sagte ich schließlich zu den beiden. Und dann erzählte ich ihnen die unglaubliche Geschichte meiner Zeitreisen bis zurück zu dem Weihnachtsabend vor hundert Jahren drunten in der Stadt.

Papa glaubte mir nicht, das konnte ich spüren. Er lachte manchmal dazwischen und am Ende bemerkte er nur: »Du hast geträumt, mein Junge, vielleicht hattest du ein wenig Fieber!«

Aber Mama schüttelte den Kopf. »Es würde alles erklären. Die Bomben, das Unheil, die Brände, alles. Und weißt du was? Es gibt unten in der Stadt einen Optiker, *Dockmann & Söhne*. Und bis in die sechziger Jahre war das für uns der *Uhren-Obert*. Und das, mein Sohn, konntest du nicht wissen! Dafür bist du zu jung.« Gott sei Dank, sie glaubte mir, so unwahrscheinlich die ganze Sache auch klingen mochte.

Als nach Weihnachten die Geschäfte wieder öffneten, packten meine Mutter und ich unsere Weihnachtsuhr in einen Karton und fuhren hinunter in die Stadt. Wir brauchten eine Weile, bis wir das Geschäft Dockmann & Söhne fanden, Mutter konnte sich nur ungenau erinnern, wo es war. Fast ängstlich schoben wir die Tür auf und traten in den modernen Laden, der inzwischen nicht nur Uhren, sondern auch Brillen und Ferngläser anbot. Mutter stellte den Karton auf die Verkaufstheke.

Eine Verkäuferin kam hinzu.

»Früher hieß das hier der *Uhren-Obert*, nicht wahr?«, fragte meine Mutter. »Was ist mit den Oberts geschehen?« Die Verkäuferin zuckte irritiert mit den Schultern und zog ihren Chef hinzu. Der stellte sich als Jochen Dockmann vor, er war nicht viel älter als Mutter.

»Sie suchen den *Uhren-Obert?* Das ist aber lange her.«

»Das Geschäft gehörte einer Familie Obert, stimmt das?«

Jochen Dockmann nickte. »Richtig. Mein Schwiegervater war der letzte Obert. Er hat mir das Geschäft 1971 überschrieben.«

»Also ist Ihre Frau eine Obert?«

»Richtig – wollen Sie mit ihr sprechen?« Mutter nickte aufgeregt. Wir warteten.

»Ja?!«, sagte eine Frau in einem Ton zwischen Freundlichkeit und Misstrauen, als sie durch den Vorhang trat, der das Geschäft von den privaten Räumen abtrennte.

»Sie sind Frau Obert?«

»Ich war Frau Obert. Jetzt bin ich Frau Dockmann!«

Ich sah sie mir an. Sie war schön und hatte große braune Augen und nach der Frage meiner Mutter lief ein Windhauch von einem Lächeln über ihr Gesicht. Ich sah ihr tief in die Augen, aber da war kein Sprenkel von Gold, das nicht.

Meine Mutter räusperte sich, noch nie hatte ich sie so unruhig erlebt. Dann hob sie den Deckel von der Schachtel.

»Also, Frau Ob… Dockmann. Wir haben hier eine Uhr, deren Glas uns vorgestern leider zerbrochen ist.«

»Wir können das ersetzen, kein Problem«, sagte die Frau.

»Nein, nein, darum geht es nicht.«

»Sondern?«

»Wir …«, weiter kam meine Mutter nicht. Tränen stiegen ihr in die Augen, sie schluckte.

»Wir vermuten«, sagte ich deswegen an ihrer statt, »wir vermuten, dass vor hundert Jahren diese Uhr von einem Mitglied unserer Familie der Ihren gestohlen wurde – wir wollen sie Ihnen zurückgeben!«

Die Frau sah mich ungläubig an. »Vor hundert Jahren? Mein Gott, das ist doch …« Vorsichtig nahm sie die Uhr aus der Schachtel. Dann wurde sie bleich. »Mein Gott!«, sagte sie noch einmal leise. »Es ist die Weihnachtsuhr! Es gibt …«, sie stotterte jetzt vor lauter Aufregung, drehte die Uhr in ihren Händen hin und her, »… es gibt Legenden um diese Uhr. Mein Ururgroßvater soll sie gebaut haben. Sie war verschollen, wissen Sie … Jennifer! Jennifer!«, rief sie nach hinten durch den Vorhang. Nach einer Weile tauchte dort ein Mädchen in meinem Alter auf. Und es war die schönste Erscheinung, die ich jemals in meinem Leben gesehen hatte.

Sie war klein und zierlich und ihre dunklen Haare fielen in einer weichen Welle bis fast auf ihre Schultern. »Schau hier, die Weihnachtsuhr!«, rief ihr die

Frau aufgeregt zu. »Du weißt doch, was Oma immer erzählt hat, weißt du nicht mehr? Diese Herrschaften haben sie uns gebracht. Es ist die Weihnachtsuhr, ich bin mir ganz sicher!«

Jennifer sah zu mir auf. Sie hatte große braune Augen, und im Braun der Pupillen glitzerten winzige Pünktchen von schierem Gold.

Viel später, als wir den Laden verließen – Mutter und ich hatten viel erzählt, aber nicht alles –, nahm ich meinen ganzen Mut zusammen: »Sehen wir uns noch mal?«, fragte ich Jennifer.

»Klar!«, sagte sie fröhlich. »Ruf mich einfach mal an!« Und sie schrieb mir ihre Telefonnummer auf ein Kärtchen.

Wir saßen im Auto, meine Mutter und ich, und fuhren hoch auf unseren Hügel. »Ich bin so froh!«, sagte Mutter. »Irgendwie richtig glücklich und froh – wie schon lange nicht mehr! Und das an Weihnachten!«

»Es ist noch nicht zu Ende!«, erwiderte ich und wedelte übermütig mit dem Kärtchen.

»Ja!«, sagte Mutter. »Den Eindruck hatte ich allerdings auch!«

FLORIAN WENDLAND

Chrissa

RASMUS WAR ANDERS.

Ob es daran lag, dass er als Vierjähriger seine Eltern bei einem schrecklichen Autounfall verloren und daraufhin für volle dreieinhalb Jahre kein Wort mehr gesprochen hatte, oder ob es mit der Tatsache zusammenhing, dass er ein Genie mit Hammer und Meißel war, das vermochte niemand genau zu sagen. Rasmus am allerwenigsten. Fakt aber war: Rasmus war anders!

»Das sind deine neuen Eltern«, hatte ihm die Dame mit dem ekligen, nach Rauch und Kaffee stinkenden Mundgeruch erklärt, so als ob es das Natürlichste auf der Welt sei, neue Eltern zu bekommen. Dabei hatte sie versucht ein verständnisvolles und fürsorgliches Lächeln zu mimen, indem sie die mit den Jahren entstandenen Zweifelsfalten in ihren Mundwinkeln, die sich bis hinunter zum Kinn furchten, auf merkwürdige Weise in die Höhe zog. An einem anderen *früheren* Tag in seinem Leben hätte Rasmus dieses Lächeln vielleicht erwidert, ja gar darüber gelacht, jetzt aber stieß es ihn nur ab.

Das sind deine neuen Eltern.

Rasmus saß stumm und verschüchtert auf dem unbequemen, schlecht gebundenen Rattanstuhl und verfolgte mit geistesabwesendem Gesichtsausdruck, aus dem die Gleichgültigkeit laut schrie, wie seine *Mutter* ihr Kürzel auf irgendein gelbes Papier setzte, auf dem jede Menge langweiliger Erwachsenenkram bestätigte, dass Herr und Frau Abraham die gesetzlichen *neuen* Eltern des verwaisten vierjährigen Rasmus Eisterlehner waren. Dass er hatte mit ansehen müssen, wie seine Mutter sich verzweifelt aus dem brennenden Wrack zu befreien versuchte, ehe die gnadenlosen, gierig-gelben Flammen sich über ihren Körper hermachten, während ihre gellenden Schreie durch seinen Verstand schnitten und dort für immer hallten – das alles stand in diesem Dokument sicher nicht. Schlussendlich lief es immer auf eines hinaus: Niemanden kümmerte es, wie es Rasmus wirklich ging.

So stapfte er willenlos und unfähig zu widersprechen aus dem verqualmten Büro. Er blickte nicht zurück.

Seine *Eltern* hatten es beileibe nicht leicht mit dem Jungen, der für viele Jahre kein Wort sprach. Manchmal, wenn er apathisch vor sich hin starrte, glaubten die Abrahams ein feuriges Flackern in seinen Augen zu erkennen. Ganz sicher waren sie jedoch nicht. Dennoch, in ihrer fürsorglichen Obhut lernte Rasmus zu vergessen. Die lodernden Feuer seiner Erinnerungen brannten Tag für Tag spärlicher, bis bald nur noch ein schwelendes Flämmchen einen flüchtigen, sich um die eigene Achse windenden schwarzen Faden in den Himmel rußte. Er machte zwar mit acht Jahren noch gelegentlich ins Bett, aber wenigstens begann er zu reden. Er hatte es den Abrahams niemals gesagt, aber für diese Chance, zu vergessen, war er ihnen von Herzen dankbar. Zugleich weckte das Ende seiner Albträume etwas ganz anderes: die Begabung, etwas zu erschaffen!

Angefangen hatte es in der 3. Klasse, als er im Kunstunterricht mit Ton werkelte. Seine Klassenkameraden, die ihn mieden und aufgrund seiner Wortkargheit und seines streberhaften Gehabes böse hänselten, hatten nicht viel mehr als eine Kachel oder ein kleines Schüsselchen mit ihrem Namen und einem eingeritzten Herz hinbekommen. Rasmus hingegen formte aus dem tristen braunen Tonstückchen die Büste einer Frau. Es hatte den Anschein gehabt, als habe die Skulptur schon ewig darin gesteckt und nur darauf gewartet, dass der Junge den überflüssigen Rest abschälte.

Seither hatte Rasmus in seiner künstlerischen Entwicklung vier Stufen genommen, wo andere gerade einmal eine schafften, wenn überhaupt. Er war ein wirkliches Phänomen! Es dauerte nicht lange, da hatten die Abrahams ihm ein Arbeitszimmer auf dem kleinen, aber gemütlichen Dachboden eingerichtet – sehr zum Unwillen seiner Stiefschwester Eni, die ihn nie leiden konnte und ihn um das zweite Zimmer beneidete, das sie so gern bezogen hätte.

Mit zwölf Jahren hatte Herr Abraham ihm einen mannshohen Sandsteinblock gekauft. Keine zehn Monate später war der Stein von einem unspektakulären Quader zu einer Frauenskulptur geworden. Nichts besonders Schönes, aber sicherlich mehr, als die meisten Kunstabsolventen auf Anhieb hinbekämen.

Auch heute, zwei Tage vor Weihnachten, widmete sich der inzwischen Siebzehnjährige seiner Begabung und stand mit einem abgenutzten Fetzen Schleifpapier zwischen den Lippen vor einer Skulptur aus gelbrotem Sandstein.

Nur unbewusst lauschte er dem beruhigenden Rhythmus des Metronoms, das in der hinteren Ecke seines Arbeitszimmers einschläfernd klackte. In der rechten Hand hielt er ein kleines, kerbenreiches Messer und in der Linken eine Sprühflasche, wie sie für gewöhnlich zum Benässen von Pflanzen verwendet wird. Vor ihm erhob sich eine filigrane Frauenfigur, die er in den letzten sechs Monaten geduldig aus dem hellen Sandsteinblock befreit hatte. In den vergangenen Jahren hatte er regelmäßig Skulpturen aus Sandstein angefertigt und sich dabei ständig verbessert. Er las viel in einschlägigen Kunstmagazinen, besuchte Ausstellungen und war ständig im Internet unterwegs, auf der Suche nach Insidertipps, während seine Klassenkameraden Online-Rollenspiele und Egoshooter spielten. Rasmus war anders.

Nun hielt er besorgt inne, kratzte sich mit der Messerspitze an den Schläfen und legte den Kopf schräg, wie Hunde es tun, wenn sie ein ungewohntes Geräusch hören. Eine Kleinigkeit passte noch nicht. Vorsichtig strich er mit den mittleren Gliedern seiner Finger über die Nase, fuhr ihren geschwungenen Rücken hinab. Er hielt dabei die Augen geschlossen, ließ sich einzig von seinen Empfindungen leiten. Mehrmals strich er die Nase ab, wobei seine Bewegungen immer kürzer wurden, als ob er die Stelle eingrenzen würde. Als sein Mittelfinger endgültig stillstand, beugte er sich dicht über das Gesicht und führte das Messer mit der Präzision eines Hochseilakrobaten, für den jeder unüberlegte Handgriff den jähen Tod bedeutet, heran und ritzte zweimal kaum merklich in den Stein. Leise flüsternd rieselte Staub zu Boden.

Dicke Schweißtropfen perlten ihm von der Stirn. Wie drohende, dunkelblaue Wolken, die Vorboten eines scheußlichen Gewitters, hing die Angst über ihm, durch einen Fehlschnitt das Werk zu ruinieren. Mit dem Handrücken strich er sich über die Stirn und wischte den Schweiß am staubigen Hemd ab.

Er legte das Messer auf die Arbeitsplatte neben Spachtel, Hammer und Feile und nahm den Fetzen Schleifpapier in die Hand. Er blinzelte, betrachtete das hübsche Mondgesicht mal mit dem linken Auge, dann wieder mit dem rechten. Rasch und doch sanft huschte seine Handfläche mit dem Schleifpapier über die Wangen, beinahe als streichle er sie.

Für wenige Augenblicke stand Rasmus einfach nur vor der Skulptur und schien dabei selbst aus Stein zu sein. Sein Blick war starr und steif, einzig die Augen zuckten systematisch von ihrem Kopf bis zu den Füßen hinab.

Als diese letzte Begutachtung vorüber war, zauberte sich ein erschöpftes Lächeln auf seine Lippen, das all die Arbeit und Anstrengungen der letzten sechs Monate widerspiegelte. Er hatte die Skulptur nach dem Ebenbild seiner richtigen Mutter schaffen wollen, so wie er sie in seinen Träumen und Erinnerungen sah. Und er schien damit Erfolg zu haben.

Wie schön du geworden bist, dachte er müde. *Schöner noch, als ich dich in Erinnerung hatte.*

Er trat zum Fenster und öffnete es. Es war eindeutig zu warm hier oben. Wohltuende, weihnachtliche Kälte drang aus der Dezembernacht herein. Die Luft war erfüllt vom Geruch frischer Schneekristalle, der wie Aufputschmittel auf die Kinder wirkte. Heute Nacht, spätestens morgen würde es sicherlich schneien. Mit ausgebreiteten Armen blickte er in den Garten hinab. Aus dem Wohnzimmer drang der rötliche Schein der Weihnachtsleuchten, mit denen sein *Vater* Jahr für Jahr die Fenster und die Terrasse schmückte. Vier dunkle, verschwommene Gestalten hoben sich bizarr von dem gräulichen Schneeboden ab: seine früheren Skulpturen. Bald würde eine fünfte hinzukommen.

Er atmete ein letztes Mal tief durch, schaltete das Metronom aus und verließ das Dachgeschoss. Als er die Tür öffnete und auf den kurzen Flur trat, umfing ihn ein Schwall süßlich-würzigen Geruchs von Spekulatius und frisch gebrühtem Kaffe. Das Haus war vom Geist der Weihnacht mehr als erfüllt. Rasmus lächelte und sog genussvoll die Atmosphäre in sich auf. Er liebte die gemütliche Weihnachtszeit.

Unmittelbar hinter der Tür führte eine steile Wendeltreppe hinab. Eine von jenen, die man niemals betrunken hinauf- und noch viel weniger hinuntergehen sollte. Rasmus aber war selten betrunken gewesen bislang – und an diesem Abend schon gar nicht. Aufgeregt nahm er zwei Stufen auf einmal und überwand das letzte Stück mit einem gewagten Sprung. Laut klatschten seine nackten Füße auf die Fliesen. Mit ausgestreckten Armen, wie ein Leichtathlet nach einem fulminanten Abgang am Reck, balancierte er seinen Sprung aus.

»Verdammt.« Eni, die am dunkelhölzernen Esstisch saß und Geschenke mit einer roten Schleife verzierte, zuckte zusammen. »Musst du mich so erschrecken?«, schimpfte sie, lächelte ihn dann aber sofort verliebt an – etwas, was Rasmus sich vor zweieinhalb Jahren nicht einmal in seinen kühnsten Träumen hätte vorstellen können. Damals hatte Eni sich in die große Gruppe der Mitschüler, die jeden Augenblick nutzten, um Rasmus fertigzumachen und von einer Peinlichkeit in die andere zu treiben, nicht nur eingereiht, nein, sie führte diese Vorhaben regelrecht an. Und ihr Spott war das Schlimmste, was er zu ertragen hatte. Was auch immer die anderen Schüler über ihn sagten oder mit ihm taten, wog nicht so schwer, wie ihre Ablehnung zu spüren. Die hübsche Eni mit ihren dunkelbraunen kurzen Haaren und den mandelförmigen Augen hatte einen Platz in seinem Herzen, seit er bei den Abrahams eingezogen war.

Als sie älter wurden, hatte er verzweifelt versucht sie für sich zu gewinnen, doch stets erntete er bloß Hohn. Verrückterweise ließ das seine Zuneigung nur umso mehr wachsen. Erst als er sie bereits abgeschrieben hatte und ignorierte, wo er nur konnte, verhalf ihm die Scheidung seiner Pflegeeltern zu einer unerwarteten Chance.

Wenige Tage nach seinem fünfzehnten Geburtstag verließ seine *Mutter* Hals über Kopf das Haus, ihren Mann und ihre *beiden* Kinder. Sie hatte keinen richtigen Grund dafür genannt, jedenfalls nicht für Rasmus, sondern ständig davon gefaselt, endlich einmal *rauszukommen*. Dieses ganze familiäre Getue hänge ihr zum Halse raus und Ähnliches. Schließlich kam es, dass sie mit zwei ausgebeulten Koffern zu einem Typen ins Auto stieg, der die drei Sitzengelassenen vom Lenkrad seines teuren Sportwagens aus angrinste und mit quietschenden Reifen davonfuhr.

Eni ertrug diesen Einschnitt nicht so gefasst wie ihr Vater oder Rasmus. Der Junge empfand keinen Schmerz, keine Trauer, sondern nur Hass. Hass auf diese Frau, die innerhalb ihrer dreimonatigen *Midlife-Crisis* Jahre der Geborgenheit und des Zusammenhalts in den Mülleimer schmiss. Aber am allermeisten hasste er sie dafür, was sie Eni angetan hatte, die versuchte, ihren stechenden Seelenschmerz mit Tabletten und *Gras* zu betäuben. Und es waren diese verzweifelten Versuche, die ihr schließlich ein Bett in der hiesigen geschlossenen Kinder- und Jugendpsychiatrie für volle sechs Monate einbrachten.

Rasmus besuchte sie jeden Tag. Meist kam er direkt nach der Schule und ging, wenn die Besuchszeit vorüber war. Anfangs hatte sie ihn noch barsch weggeschickt, aber nachdem ihr Verstand allmählich entgiftet wurde, bemerkte sie, welche Mühen er für sie auf sich nahm. Und sie liebte ihn dafür, dass er für sie da war, als sie ihm am dringendsten brauchte – und das, obwohl er in der Schule unter ihr so gelitten hatte. Noch ehe Eni wieder entlassen wurde, waren die beiden ein Paar.

»Was hast du?«, fragte sie und zog das rote Geschenkband über die Schneide der Schere.

Er erwiderte nichts, blickte sie lediglich eindringlich an und bedeutete ihr, ihm zu folgen.

»Was ist denn nur?« Keine Antwort, nur ein geheimnisvoll winkender Zeigefinger. Sie lächelte und schüttelte den Kopf. Dann stieß sie den Stuhl zurück und kam zu ihm herüber. Rasmus schritt bereits wieder rückwärts die Treppe hinauf, ließ Eni aber nicht aus dem Blick. »Ah, sie ist fertig, nicht wahr?« Er lächelte wie ein Kind, das bei einer Notlüge ertappt worden war. »Sieht sie gut aus? Sag schon.«

»Schließ die Augen.«

Sie stemmte scherzhaft die Hände in die Hüften und schmunzelte ihn schmollend an. Er trat eine Stufe zu ihr hinab, nahm ihre zarten Hände in seine. »Bitte. Mir zuliebe.«

Sie tat ihm den Gefallen. Vorsichtig führte Rasmus sie die Stufen hinauf. Erst als er die Tür geschlossen und sich hinter sie gestellt hatte, ihre Taille mit seinen schmutzigen Armen umschlingend, gestattete er ihr, die Augen wieder zu öffnen.

Eni fand sich einer zierlichen Frauenskulptur gegenüber, deren Oberkörper aus rötlichem Sandstein bestand. Zu den Füßen hin, etwa ab der Mitte, verlief das Rot in einen dunkelgelben Farbton, als wären frische Ölfarben ineinander gelaufen. Ein nahtloser Übergang.

»Die ist dir ja wundervoll gelungen«, sagte sie vollkommen fasziniert von seinem Werk.

»Ich habe sie nach meiner Mutter erschaffen«, erwiderte er sanft. »Nach meiner richtigen Mutter, meine ich. Direkt von hier«, er tippte sich zweimal an die Schläfe und legte dann die Hand auf die Schulter der Skulptur, »da rein.« Für eine Sekunde betrachtete er die Skulptur wie in Trance. Er vergaß Eni, vergaß den winterlichen Schneegeruch, der das Zimmer nun gänzlich ausgefüllt hatte.

»Du hast mir Bilder von deiner Mutter gezeigt, aber die Figur hat nicht die geringste Ähnlichkeit mit ihr.«

»Dann sieht sie halt so aus, wie ich sie in mir sehe«, zischte er bissig zurück.

Eni zuckte zusammen. »Habe ich was Falsches gesagt?«

»Nein. Du sagst ja nie was Falsches.«

Eni wandte sich um und sah ihn stirnrunzelnd an.

»Entschuldige.« Er küsste ihre Nasenspitze. »Ich habe überreagiert. Es ist nur …«

»Schon okay«, unterbrach sie ihn und schenkte ihm ein ernstes Lächeln. »Ein schwieriges Thema.« Er nickte wortlos, dabei hatte er sie wirklich nicht anfahren wollen, aber gleich zwei Dinge, die ihm wichtig waren, hatte Eni in Zweifel gestellt: seine Mutter – nach nichts sehnte er sich mehr, als sie ein einziges Mal wiederzusehen – und seine Kunst. Da durfte sie ihm sein kurzes Aufbrausen nicht verdenken.

»Wie heißt sie?«

»Chrissa.«

»Das ist mein zweiter Vorname.«

»Stört es dich?«

Eni zögerte; vielleicht einen Augenblick zu lange, denn das Strahlen auf Rasmus' Gesicht verlor bereits an Glanz.

»Nein«, sagte sie schnell, ehe Rasmus seinem Unmut Luft machen konnte. »Ganz im Gegenteil.« Aber war das tatsächlich so? Sollte sie darüber erfreut sein, dass er einer Skulptur, die in seinen Vorstellungen seiner Mutter entsprach, ihren Namen schenkte? Würde er nun nicht jedes Mal, wenn er sie anblickte, seine Mutter vor sich sehen?

»Holst du den Sekt aus dem Kühlschrank?«, fragte er und nahm sie abermals in die Arme.

»Der war für den Heiligen Abend gedacht.«

»Ich weiß, aber ich finde, wir könnten ruhig ein Gläschen auf Chrissa trinken. Schau sie dir doch an. Sie sieht perfekt aus.«

Widerwillig entwand sie sich seiner Umarmung und verschwand aus dem Zimmer. Rasmus schloss das Fenster und trat an die Arbeitsplatte. Seine Werkzeuge lagen kreuz und quer darauf verstreut. An der Wand lehnte ein kleiner Bilderrahmen, in dem ein Bild von ihm und Eni steckte. Er nahm es in die

Hand. Eine dicke, gelbliche Staubschicht überzog das Glas. Seit Monaten hatte er hier oben nicht mehr geputzt. Aber das würde er morgen nachholen. Er pustete den Sandsteinstaub weg und wischte das Glas an seiner Hose sauber.

Eni kehrte mit der frisch geöffneten Sektflasche und zwei schmalen, hohen Gläsern zurück. Als sie den Sekt eingegossen hatte, erhob Rasmus sein Glas zu einem Toast. »Auf Chrissa!«

»Auf Chrissa«, flüsterte Eni. Glücklicherweise überhörte Rasmus in seiner Euphorie ihren Trotz. Rasmus nahm einen tiefen Schluck und stellte das Glas dann auf die Arbeitsplatte, bedrohlich dicht an den Rand.

»Komm her«, sagte er und schlang die Arme um Eni. Sie schmiegte sich seinem festen Druck entgegen. »Ich liebe dich.« Seine Augen waren halb geschlossen.

Ein Schatten huschte durch das Zimmer.

Plötzlich zerschellte das Glas laut klirrend auf dem Boden. Eni und Rasmus fuhren erschrocken herum. Leises Zischen erklang, als der Sekt sprudelnd über das staubige Laminat floss. Die Kristallsplitter brachen das Licht und glänzten wie winzige Regenbogensterne.

»Was zur Hölle …?«, fluchte Rasmus und beugte sich hinab, um die Scherben aufzulesen. Halb suchend, halb fragend blickte er sich im Dachgeschoss um.

Bist du dir wirklich sicher, einen Schatten gesehen zu haben?

»Was soll die Träne?«, fragte Eni, die neben Chrissa stand. Rasmus schaute zu ihr empor. »Sieht aber nicht schlecht aus. Ich warte unten auf dich.« Mit einem schelmischen Blinzeln verließ sie den Dachboden.

Träne?

Mit argwöhnischem Blick trat er näher an Chrissa heran. Tatsächlich, da war eine tränenförmige Erhebung im Stein, unmittelbar unterhalb ihres rechten Auges. Als würde sie weinen. Sachte strich er mit dem Zeigefinger darüber. Manchmal, wenn er den Sandstein zu sehr anfeuchtete, passierte es, dass das trockene Material aufschwemmte und kleine Missbildungen entstanden, die er mit viel Geschick und Fingerfertigkeit entfernen musste. Beinahe wie ein richtiger Schönheitschirurg.

»Um dich kümmere ich mich morgen«, flüsterte Rasmus leise und strich ihr ein letztes Mal zärtlich über die Wange. »Schlaf gut.«

Mit diesen Worten verließ er den Dachboden und löschte das Licht. Chrissa war alleine. Im nächsten Augenblick klirrte etwas ungesehen in der Dunkelheit.

Gleich zwei Dinge verwunderten Rasmus am nächsten Tag, als er auf dem Dachboden stand. Zum einen war die Träne verschwunden, zum anderen war das Bild von ihm und Eni zerbrochen. Der Rahmen verteilte sich in vielen kleinen Stücken über das Laminat.

Er entschied, sich zunächst der sonderbaren Träne zu widmen. Das war eindeutig interessanter. Gekonnt tastete er ihre Wange ab, wobei er sich dicht über das Antlitz der Skulptur beugte.

Nichts. Nicht mal eine winzige Erhebung.

Ein warmer Windhauch streifte ihn. Rasmus fuhr zurück. Verwundert und ohne Chrissa aus den Augen zu lassen, strich er sich mit den Fingerknöcheln über die Wange.

»Hast du mich gerade angehaucht?« Er trat dichter an sie heran, sodass ihre Zehenspitzen sich berührten. Mit Argusaugen musterte er jeden Zentimeter ihres rötlichen Gesichts. Dann schüttelte er lächelnd den Kopf.

»Leider habe ich jetzt keine Zeit mehr für dich, Chrissa. Wenn ich heute Abend wieder zurück bin, wirst du deine Schwestern kennenlernen. Dann geht's runter in den Garten. Also genieße den Komfort einer Heizung noch ein paar Stunden. Bleib anständig.«

Rasmus hatte Eni gebeten, die Scherben des Bilderrahmens aufzufegen, während er weg war, sonst wäre sie niemals alleine auf den Dachboden gegangen. Eni machte keinen Hehl daraus, dass die Skulpturen ihres Freundes ihr zuweilen Unbehagen einflößten. Aber sie wollte ihm die Bitte nicht abschlagen und so betrat sie, bewaffnet mit Kehrschaufel und Müllschippe, das Dachgeschoss. Eine Wand aus Hitze, Staub und süßlichem Sektaroma schlug ihr entgegen. Angewidert verzog sie das Gesicht und öffnete rasch die Kippfenster. Kühle Luft umwehte sie. Sie drehte sich um und schrie vor Schreck kurz auf. Chrissas rotes Gesicht befand sich unmittelbar vor ihrem und füllte ihren Blick ganz aus. Rasmus musste die Skulptur ein Stück nach vorne gerückt haben.

Vermutlich um die Träne zu entfernen!

Mit klopfendem Herzen machte Eni zwei Schritte zurück, brachte Abstand zwischen sich und Chrissa. Etwas knirschte unter ihren Füßen. Ihr Blick glitt nach unten. Unter der Sohle ihres Hausschuhs lugte eine Eckstrebe des Bilderrahmens hervor, der durch ihre Unachtsamkeit nun völlig hinüber war.

Seufzend ging Eni in die Hocke. Mit den Fingerspitzen zog sie vorsichtig das Bild unter den Bruchstücken hervor. Ein glückliches Lächeln legte sich auf ihre Lippen, als sie die feine Staubschicht von der Fotografie strich und sich in Erinnerungen verlor.

Die Tür bewegte sich knarrend im Windzug. Eni blinzelte geistesabwesend, erwachte aus ihrem Tagtraum und befand sich wieder in dem Dachbodenzimmer. Sorgsam legte sie das Bild neben sich und begann die größeren Bruchstücke in die Mülltüte zu schmeißen. Dann griff sie zum Kehrblech und schaufelte die kleinen Splitter zusammen.

Plötzlich, ohne ersichtlichen Grund, raste ihr Herz, als würde sie Schwerstarbeit verrichten. Sie hörte, wie das Blut durch ihre Adern rauschte. Ihre Hände zitterten. Sie fühlte sich beobachtet, als ruhten Blicke erfüllt von finsteren Absichten und tiefer Verachtung auf ihr. Schweiß rann ihr über den Nacken. Wankend fuhr sie sich über die Stirn. Es schwindelte sie.

Ein Schatten huschte über den Boden. Eni sah ihn ganz deutlich. Die Zimmertür schlug donnernd zu.

Sie schrie hysterisch auf, hechtete auf die Beine. Das Kehrblech glitt ihr aus den klammen Fingern. Klirrend verteilten sich die Splitter erneut über den Boden. Chrissa grinste sie hämisch an.

Ängstlich packte Eni Schaufel und Mülltüte und hastete zur Tür, vorüber an der reglosen Statue. Sie brauchte irgendetwas, was sie beruhigte. Hektisch kramte sie in ihrer Hosentasche und beförderte ein kleines Pillenröhrchen zutage. Ja, das würde helfen.

Rasmus brauchte von alldem nichts zu wissen und Vater käme ja erst am Heiligen Abend von seiner Dienstreise zurück.

Rasmus hatte genau einen halben Freund. Sein Name war Thomas von Maren, er war ein paar Monate jünger als Rasmus und saß in der Schule neben ihm. Zunächst hatte er darüber geflucht, als er am ersten Schultag nach den Sommerferien zu spät gekommen war und sich ausgerechnet neben den merkwürdigen, stillen Eisterlehner hatte setzen müssen. Im Laufe des Schuljahres jedoch zeigte sich, dass es durchaus von Nutzen sein konnte, wenn man zu einem Streber ein gutes Verhältnis hatte. Nach drei Jahren schien dieses Schuljahr das erste zu werden, in dem es für Thomas nicht um die Versetzung ging – und das nur, weil der stille Streber ihn abschreiben ließ, ohne zu murren. Die einzige Gegenleistung, die Thomas dafür erbringen musste, war gelegentlich seine Steinfiguren mit ihm herumzuschleppen. Und das nahm Thomas in Kauf. Mochten die anderen ihn doch als *Freund der Schwuchtel* bezeichnen; er wollte jedenfalls nicht sitzenbleiben.

Heute war so ein Tag. Als Rasmus mit seiner knatternden 80er die Auffahrt hochgefahren kam, saß Thomas hinter ihm. Eni steckte mit den Händen im Plätzchenteig und warf den beiden Jungen nur ein freundliches *Hallo* zu, die jedoch ohne ein Wort zu erwidern, stracks auf den Dachboden gingen.

»Wo soll sie hin?«, fragte Thomas, der stets versuchte, möglichst unbeeindruckt und desinteressiert zu wirken. Insgeheim gestand er Rasmus jedoch ein Talent zu, das sicherlich eine Gabe des Herrn war. Und diese Skulptur war mit Abstand die beste, die er je geschaffen hatte. »Wieder in den Garten?«

»Jepp! Willst du den Kopf oder die Beine?«

»Die Beine.«

»Na dann.«

Die Jungen hievten die Sandsteinskulptur empor. Sie war schwer und unhandlich. Die schmale Wendeltreppe bedurfte einiger Geschicklichkeit und Konzentration.

»Kann ich euch helfen?«, fragte Eni mit teigverschmierten Händen, als sie sah, wie die Freunde sich abmühten, nicht gegen das Treppengeländer zu schlagen. Und das war wirklich Millimeterarbeit.

»Es reicht vollkommen«, keuchte Rasmus, »wenn du die Terrassentür öffnest.« Wenige Augenblicke später empfing Kälte die beiden Jungen. Der Bewegungsmelder warf grelles Licht über den Garten und färbte den Schnee gelblich, der den Tag über knöcheltief gefallen war.

»Wohin?«, ächzte Thomas mit verzerrtem Gesicht.

»Zwischen die Tannen.«

Sie trugen die Figur über den Schnee. Plötzlich tauchte neben Thomas eine graue Gestalt aus dem Halbdunkel auf. Er schrak zusammen und hätte um ein Haar die Füße fallen gelassen. Dann erkannte er, dass es nur eine der vier älteren Skulpturen war, die er mit Rasmus ebenfalls hinuntergetragen hatte, und atmete tief durch. Sachte setzte er die Figur auf den gefrorenen Boden. »Hast du keine Angst vor Verwitterung?«

Rasmus schüttelte den Kopf: »Nein, überhaupt nicht. Sandstein besteht zu großen Teilen aus Quarz.«

»Und?«

»In Chemie nicht aufgepasst?«, feixte Rasmus und blinzelte seinem *Freund* aus den Augenwinkeln zu.

»Nein, dazu habe ich ja dich«, erwiderte Thomas gespielt scherzhaft. Rasmus wusste, dass Thomas sich nur deshalb mit ihm abgab, weil er ihn bei Klausuren abschreiben ließ, doch das war ihm egal. Ihm war es wichtig, überhaupt jemanden außerhalb seiner Familie zu haben.

»Verstehe. Dann lass dich belehren, damit du nicht blöd stirbst: Quarz ist nahezu verwitterungsresistent. Jedenfalls bei unseren Temperaturen.«

Thomas nickte gelangweilt. »Lass uns reingehen. Mir friert sonst der Arsch ab.«

Später surrte im Schutz der Nacht ein kopfgroßes Etwas durch den Garten. Der Bewegungsmelder tat seine Arbeit; grelles Halogenlicht flutete den Garten just in dem Moment, da dieses Ding durch die Wohnzimmerscheibe krachte und laut polternd auf den Fliesen zerschellte.

Rasmus sprang sogleich aus dem Bett. Schlaftrunken blickte er sich um. Eni blinzelte ihn müde an.

»Was war das?«, nuschelte sie ängstlich.

»Es kam aus dem Wohnzimmer.« Rasmus wankte zum Kleiderschrank und kramte die schwere Stabtaschenlampe hervor. Er knipste sie an und blickte Eni eindringlich an. »Du wartest hier.« Dann verschwand er im dunklen Flur.

Eni rutschte mit dem Rücken an das Bettgestell, zog die Knie an und schlang die Arme um die Beine. Ihr Herz schlug heftig. Aufmerksam lauschte sie den leiser werdenden, vorsichtigen Schritten ihres *Freundes*. Schließlich herrschte totale Stille. Die Zeit schien sich ins Unermessliche zu dehnen.

»Verflucht!«

Der Schrei schmetterte ohrenbetäubend durch das Haus. Eni schlug die Decke zurück und schwang sich aus dem Bett. Im Bruchteil eines Atemzugs warf sie sich den Morgenmantel über und schlüpfte in ihre Hausschuhe. Ihre Müdigkeit war wie verflogen. Irgendetwas Schreckliches war geschehen.

»Rasmus?«, rief sie panisch. Rasch durchquerte sie den schummrigen Flur. Aus dem Wohnzimmer drangen warmes Licht und eiskalter, schneidender Wind in den Flur. Ihre Schritte verlangsamten sich. Eigentlich wollte sie gar nicht um die Ecke blicken. In ihrem Kopf tauchte ein Bild auf: Rasmus, wie er auf dem Rücken lag, mit blutendem Schädel und über ihm eine maskierte Gestalt mit einem rot verschmierten Knüppel in den Händen …

Sie zwang sich weiterzugehen und betrat das Wohnzimmer. Ein ausgefranstes Loch, von der Größe eines Fußballs, prangte in der Mitte des Wohnzimmerfensters, von dem sich Risse wie Spinnweben zu den Rändern ausbreiteten. Scherben waren über den ganzen Fußboden verstreut. Eine steife Brise wehte durch das Zimmer. Eni zitterte, als ein kalter Hauch ihr den Nacken herabfuhr. Sie band den Morgenmantel fester.

Rasmus kniete vor dem hellen Christbaum. Die Taschenlampe lag achtlos neben ihm. Er hatte sich über irgendetwas gebeugt, was Eni nicht erkennen konnte. Ein weinerliches Schluchzen entrang sich seiner Kehle.

Auf die unzähligen Scherben achtend, trat sie zu ihm hinüber und legte ihm eine Hand auf die Schulter.

»Rasmus, was hast du?«

Rasmus drehte sich halb zu ihr um. Etwas Schweres rutschte ihm aus den Händen und zerbarst in zwei Teile. Eni keuchte erschrocken, als leblose Augen sie aus zwei Gesichtshälften anstarrten.

»Aber was …?« Eni hob die Bruchstücke auf und setzte sie zusammen. Das war einst der Kopf der Skulptur gewesen, die Rasmus Soni getauft hatte. Eine hässliche Narbe zog sich von ihrer Stirn hinab, spaltete die dünnen Lippen und endete am Halsansatz. »Was ist mit den anderen?«

Rasmus blieb stumm und strich sich mit der Hand durchs Haar. Sein Blick war apathisch. Tränen rannen ihm über die Wangen. Eni hob die Taschenlampe auf und betrat die Terrasse. Als der Bewegungsmelder erneut ansprang, traf sie der Anblick wie eine Ohrfeige.

Der Garten glich einem Schlachtfeld. Er war über und über mit zerbrochenen verschiedenfarbigen Gliedmaßen übersät. Arme, Beine, Füße, Schädelsplitter – alles kreuz und quer verstreut. Unmittelbar vor ihren Füßen steckte ein Gesicht trostlos im Schnee. Nur aufgrund der Farbe wusste Eni, dass es eine der Zwillingsschwestern war. Die Gesichtszüge waren heruntergeschlagen, die Augen ausgekratzt, als habe jemand die unschuldige Frauenfigur leiden lassen wollen. Unheimlich. Kühle Furcht streichelte Eni mit spitzen Fingernägeln. Angewidert schaute sie weg. Sie knipste die Taschenlampe an und ließ ihren Lichtstrahl durch den Garten wandern. Plötzlich streifte er eine Gestalt, die zwischen den beiden Tannen kauerte. Es war Chrissa. Eni trat auf sie zu und leuchtete ihr ins Gesicht. Zornerfüllte Augen loderten ihr entgegen. Bosheit und eiserne Verachtung sprachen aus ihrem Blick.

Enis Herz setzte einen Schlag aus. Die Lampe glitt ihr aus den Fingern und versank im weichen Schnee. Der Mantel der Dunkelheit umhüllte die beiden Frauen. Enis Arm schoss hastig herab und riss die Lampe einem Messer gleich in die Höhe. Aber der schreckliche Ausdruck in Chrissas Augen war verschwunden. Nun sah sie wieder so aus, wie Rasmus sie geschaffen hatte – liebevoll, gütig und schön.

»Rasmus!«, rief sie über die Schulter, ohne den Schein von Chrissa zu nehmen. »Chrissa ist unversehrt.«

Sie hörte, wie Rasmus aufsprang. Augenblicke später stand er neben ihr. Barfuß, nur mit seinen dünnen Shorts bekleidet.

»Tatsächlich«, flüsterte er erleichtert. Eni sah, wie Freude ihn durchströmte. »Gott sei Dank.« Er zitterte und strich mit den Handflächen über ihr Profil. »Keine Bruchstellen. Gut, hilf mir mit ihr, Eni.«

Sie sah ihn mit einer Mischung aus Angst und Unglauben an: »Bitte was?«

»Du sollst mir helfen«, wiederholte er.

»Wobei?«

»Sie reinzutragen oder bist du aus Zucker?«

»Du lässt sie nicht draußen?« Der Gedanke, diese Skulptur um sich zu haben, behagte ihr überhaupt nicht.

»Damit sie ebenfalls verstümmelt wird? Mit Sicherheit nicht.« Er kniete sich zu ihren Füßen. »Du nimmst den Kopf. Der lässt sich besser tragen. Leg ihn in die Armbeuge und greif mit der anderen Hand unter ihr Kinn.«

Eni kippte die Skulptur widerwillig an und platzierte sie so, wie Rasmus es ihr gesagt hatte. Daraufhin hob Rasmus sie vorsichtig an, darauf achtend, dass die von Schnee und Kälte feuchten Beine ihm nicht durch die Finger rutschten.

Sie waren gerade dabei, die Skulptur im Wohnzimmer abzusetzen, da flammte ein feuriger Schmerz durch Enis Daumen, der auf Chrissas Lippen ruhte. Etwas Scharfes bohrte sich durch das Fleisch. Sofort begann ihr Daumen zu pochen. Blut quoll hervor und lief Chrissa über die Lippen, an den Wangen herab zum Hinterkopf, wo es in kleinen Perlen zu Boden tropfte.

»Ah, verdammt«, fluchte Eni und ließ die Figur los. Rasmus hechtete gerade noch rechtzeitig herbei, um zu verhindern, dass Chrissas Hinterkopf auf den Boden schlug. »Scheiße!«

Ungläubig betrachtete sie die klaffende Wunde am oberen Daumenglied. Wortlos eilte sie ins Badezimmer und hielt den Daumen unter kaltes Wasser. Als die Blutung gestillt und die Wunde versorgt war, warf sie heimlich zwei kleine weiße Tabletten ein – *besser, viel besser* – und kehrte ins Wohnzimmer zurück. Rasmus telefonierte.

»Rauer Karpf sieben. Ich bitte darum … jemand hat meine Skulpturen zerstört … keine Ahnung … ja, natürlich bin ich wach, würde ich Sie sonst anrufen?« Er beendete genervt das Gespräch, warf das Telefon auf die schwarzlederne Couch und sah Eni erregt an. »Dein Freund und Helfer. Dass ich nicht lache.« Dann gefasster: »Was ist mit deiner Hand?«

»Blutet.«

»Wovon?«

Sie zuckte mit den Schultern: »Keine Ahnung. Muss mich wohl irgendwo geschnitten haben. Hier liegen ja überall Scherben.« Sie musterte Chrissa verstohlen aus den Augenwinkeln.

»Das wird's sein«, sagte Rasmus und setzte sich an den Esstisch. Eni gesellte sich zu ihm und blickte ihn mitfühlend an.

»Tut mir leid für dich«, versuchte sie ihn zu trösten und nahm seine Hand.

»Du kannst nichts dafür.« Als wäre ihm ihre Berührung zuwider, entwand er sich ihrem Griff. So schien es Eni jedenfalls. Rasmus drehte sich halb um und strich Chrissa liebevoll über den Arm. »Wenigstens hat die Schönste von allen überlebt.«

Eni verspürte einen Stich in der Magengegend, als bohre sich ein eisiger Dorn in ihren Leib. War das etwa Eifersucht? Nein, das war unmöglich. Sie war doch nicht auf eine Steinskulptur eifersüchtig. Nach allem, was sie und Rasmus durchgemacht hatten, war das einfach undenkbar. Lächerlich geradezu.

»Was hast du?«, fragte Rasmus besorgt.

»Nichts«, log sie. Sie wollte nicht länger mit ansehen, wie er sich von ihr abwendete und seine Skulptur anblickte, als wünschte er sich, dass sie lebendig wäre. Plötzlich stieg Zorn in ihr auf. »Willst du die ganze Nacht auf diese Steinfrau starren?«

»Irgendjemand hat heute Nacht sieben Jahre meines Lebens zertrümmert.« Rasmus sah sie eindringlich, fast schon beschwörend an. »Ich will hier sitzen und mich daran freuen, dass meine Mutter wenigstens dieses Mal überlebt hat. Ist das so schwer zu verstehen?«

»Du bist nicht bei Trost. Na, dann wünsche ich *euch* eine schöne gute Nacht.« Ihr letzter Blick galt Chrissa und es schien ihr, dass das steinerne Gesicht sie aus tiefen, dunklen Augenhöhlen verhöhnte.

Viel Hoffnung, dass sie den oder die Täter finden würden, hatten die Beamten ihm nicht gemacht. Mit etwas Glück aber würde der Frost die Fußabdrücke in dem frisch gefallenen Schnee konservieren, sodass die Spurensicherung später leichtes Spiel hätte.

Gegen Mittag erschienen schließlich vier Kollegen von der Spurensicherung, die Fotos vom Wohnzimmer machten und sich einen Überblick über den Garten verschafften. Ein Wirrwarr von Fußspuren führte die Beamten vom hinteren Gartenzaun zu dem kleinen Parkplatz, auf dem nun das Polizeiauto stand. Diesen Weg, mutmaßte einer von ihnen, habe der Täter wohl genommen. Außerdem fanden sie Reifenspuren auf dem Parkplatz. Es sah so aus, als hätte jemand überhastig auf das Gaspedal gedrückt, was zur Folge gehabt hatte, dass der Wagen seitlich auf dem eisigen Untergrund ausgebrochen war.

»Sie haben Glück, dass es keinen Neuschnee gegeben hat«, erklärte eine der Polizisten. »Die Abdrücke sind gut genug, um ein Profil daraus zu erstellen. Sie hören von uns.«

»Wann?«

Der Beamte lachte und kratzte sich nachdenklich den Kopf unter dem Mützenschirm. »Wenn ich das sagen könnte. Sicher nicht vor Februar.«

Rasmus zog ungläubig die Brauen hoch: »Februar? Morgen ist Weihnachten! Das kann doch nicht Ihr Ernst sein«

Der Beamte strich sich mit der Mütze übers Haar und setzte sie ordentlich auf. »Frohe Weihnachten, auch an Ihre Freundin.« Dann waren die Männer verschwunden.

Für den gleichen Nachmittag hatten sich die Glaser angekündigt, um das Fenster zu ersetzen. Rasmus hatte noch ein paar Stunden geschlafen und war dann zu einer Kunstausstellung an der Universität gefahren, in der Skulpturen aus den verschiedensten Materialien präsentiert wurden. Eni hatte ihn gebeten bei ihr zu bleiben. Leider erfolglos. Den wahren Grund für ihre Bitte hatte sie ihm natürlich verschwiegen. Was hätte er wohl von ihr gedacht, wenn sie ihm ihre absurden Ängste offenbart hätte?

Wow«, staunte einer der Handwerker und pfiff leise durch die Zähne. »Sind Sie Künstlerin oder so was?«

»Mein Freund«, erwiderte Eni wortkarg, setzte sich auf die Couch, zog die Beine an und nahm eine Zeitschrift zur Hand. Sie war nicht in der Stimmung für eine oberflächliche Unterhaltung, schon gar nicht, wenn es um die vermaledeite Chrissa ging. Neben ihrer Teetasse glänzten zwei weiße Tabletten. Mit zitternden Fingern führte Eni sie zum Mund.

»Haben Sie Kopfschmerzen?«, erkundigte sich der zweite Handwerker freundlich.

»Ja«, erwiderte Eni, »so was in der Art.« Sie schluckte die Pillen. Augenblicklich überkam sie Ruhe, wenngleich ihre Beklommenheit blieb. Sie fühlte sich in ihrem eigenen Haus nicht mehr wohl. Stets hatte sie das bedrückende Gefühl, als verfolgten starre rote Augen jeden ihrer Schritte. Immer wenn sie zu Chrissa hinüberblickte, glaubte sie gerade noch zu erkennen, wie das abscheuliche Grinsen sich verflüchtigte und die steinernen Züge ihren ursprünglichen Ausdruck annahmen. Eni verspürte nur einen Wunsch – dass Rasmus diese Steinfrau so schnell wie möglich aus dem Haus schaffte. Sie wehrte sich mit aller Macht gegen den irrwitzigen Gedanken, aber sie sah in dieser Steinskulptur plötzlich ihre ärgste Konkurrentin. Ihre größte Feindin, mit der sie um ihren Rasmus buhlen musste.

Du verhältst dich wie ein Kleinkind, schalt sie sich in Gedanken. Doch der Dorn der Eifersucht steckte fest und er drang immer tiefer.

Als die Glaser ihre Arbeit beendet und sich freundlich verabschiedet hatten, schloss Eni die Tür zum Wohnzimmer ab und betrat den Raum bis zu Rasmus' Rückkehr nicht mehr.

An diesem Abend jedoch hatte Rasmus nur Augen für Eni. Als sie sich liebten, war sie überglücklich. Es schien nur sie und Rasmus auf der ganzen weiten Welt zu geben, zumindest in *ihrer* ganzen weiten Welt. Ein Gefühl des Triumphes durchflutete sie, ließ ihren Körper erbeben.

Da schmetterte ein scheppernder Knall durch den Flur.

Rasmus schloss die Augen: »Bitte nicht«, flüsterte er, sprang aus dem Bett und warf sich rasch eine Hose über.

»Was soll das?«, keifte Eni fassungslos.

»Ich bin gleich wieder da«, antwortete er, ohne auf ihre Frage einzugehen. »Versprochen.«

Keine zwei Minuten später ertönte ein schrilles Kreischen, als würde man mit dem Fingernagel über eine Schultafel kratzen. Eni verzog das Gesicht. Der Klang schnitt ihr durch Mark und Bein. Dann erschien Rasmus' nackter Rücken in der Tür. Er hielt Chrissa umschlungen und schleifte sie keuchend über die Bodenfliesen, die vor Schmerz aufjohlten. Eni sprang erschrocken aus dem Bett.

»Was wird das?«, schrie sie aufgebracht, als Rasmus die Skulptur in die Ecke des Schlafzimmers hievte.

Er antwortete nicht. Seine ganze Aufmerksamkeit galt Chrissa. Er stellte sie in die Ecke, rückte sie zurecht und nahm dann ganz allmählich seine Hände von ihr, so wie man die Hände von einem eindrucksvollen Kartenhaus nimmt, auf dem man gerade das letzte Häuschen platziert hat.

»Schaff sie weg«, fauchte Eni. »Schaff sie weg oder es gibt hier einen gehörigen Knall.«

»Jetzt beruhige dich, verdammt noch mal«, bellte er zurück. »Der Ständer des Tannenbaums hat nachgegeben, der Baum ist umgestürzt und hat sie mitgerissen. Ich habe keine Lust mehr auf weitere Zufälle.«

»Für meinen Geschmack sind das zu viele Zufälle. Erst das Sektglas, dann unser Bild, das komischerweise von deiner Arbeitsplatte fällt.«

»Und?«

»Ist es nicht seltsam, dass alle deine Figuren kurz und klein geschlagen wurden, nur sie nicht?«

»Sie stand versteckt zwischen den Tannen.«

»O nein«, Eni schüttelte den Kopf und bleckte die Zähne wie eine Raubkatze. Ihre Oberlippe bebte. »Weil *sie* die anderen zertrümmert hat.«

»Verflucht, Eni«, er presste die Hände an die Schläfen. Die Sehnen an seinem Hals traten hervor und in der Mitte seiner Stirn pulsierten zwei V-förmige Zornesadern. »Du spinnst ja total.«

»Ach ja?«, sie funkelte ihn böse an. »Ach ja? Ich wollte es dir eigentlich nicht sagen, aber als ich mich gestern Nacht geschnitten habe, da war das gelogen. Es war keine Scherbe. Es war Chrissa. Sie hat mich gebissen.«

»Sie ist ein Stein. Wenn du sie beleidigst, wird sie nicht wütend; wenn du sie schlägst, spürt sie keinen Schmerz.« Um seinen Worten Nachdruck zu verleihen, verpasste er Chrissa eine klatschende Ohrfeige. Seine Handfläche sollte erst am nächsten Tag wehtun, dennoch empfand er augenblicklich tiefe Scham, dass er die Hand gegen seine Mutter erhoben hatte. Noch dazu vollkommen grundlos. »Sie kann dich nicht beißen. Sie ist aus Stein! Hast du es jetzt endlich kapiert?«

»Ob ich sie hasse? Ja, verdammt! Sie will mich dir wegnehmen.«

»Hörst du dich eigentlich reden? Weißt du, wie du dich anhörst?«

»Ist mir egal«, schnaubte sie heiser. »Entweder sie verschwindet aus diesem Zimmer oder ich tue es.«

»Wenn das deine Alternativen sind«, erwiderte er mit gesenktem Blick, verschränkte die Arme und stellte sich breitbeinig vor Chrissa auf, um Eni den Weg zum Flur freizugeben.

Seine Worte prasselten wie Fausthiebe auf Eni ein. Niemals hätte sie gedacht, dass er sich gegen sie entscheiden würde. Tränen stiegen in ihr auf, ihr Magen krampfte sich zusammen. Wortlos packte sie Kopfkissen und Decke. Bevor sie das Schlafzimmer verließ, drehte sie sich noch einmal zu ihm um.

»Wenn sie aus Stein ist, warum redest du dann von ihr, als wäre sie wirklich deine Mutter?«

Ein triumphierendes Kichern aus der Schlafzimmerecke begleitete ihren Abgang. Warum hörte Rasmus das nur nicht?

Ein Schlurfen ertönte. Irgendjemand schlich den Flur entlang. Eni lag regungslos auf der Couch. Ihr Herz donnerte laut wie ein Presslufthammer. Sie kniff die Augen zusammen, erblickte aber nur undeutliche Schattenbilder.

Das Schlurfen wurde lauter. Die Schritte auf den Fliesen waren nicht zu überhören, aber sie schienen nicht von nackten Füßen zu stammen, sondern klangen schwer und behäbig, als bescherten sie dem, der sie machte, große Mühe.

Allmählich hatten sich Enis Augen an die Dunkelheit gewöhnt. Sie sah den Türrahmen, die gräuliche Wohnzimmerwand, den Esstisch und die Stühle. Sonst nichts. Die Geräusche verstummten jäh.

Sie strich sich den Schweiß von der Stirn. Der Halbschlaf musste ihr wohl einen Streich gespielt und ihren müden Verstand hinters Licht geführt haben. Beruhigt schloss sie die Augen, versuchte den Schlaf einzufangen.

Ein asthmatisches Keuchen kroch in das Wohnzimmer. Augenblicklich schoss Eni in die Höhe. Ihr stockte der Atem. Wie versteinert beobachtete sie die schleichende rötlichgelbe Gestalt Chrissas. Nur ihre Augen folgten den flüssigen, kaum greifbaren Bewegungen der Skulptur. Eben noch befand sie sich auf der Türschwelle, im Zuge eines Blinzelns war sie schemenhaft lautlos zur Schrankwand gerauscht. Nun kam sie auf Eni zu. Die gelblichen Finger spreizten und ballten sich mit widerwärtigem Knirschen zu Fäusten. Der steinerne Mund stand weit offen. Ihr Antlitz war zu einer widerwärtigen Fratze des Wahnsinns verzerrt. Gähnende Leere und Kälte schlugen Eni entgegen.

»Das träume ich doch nur?«, nuschelte sie kaum verständlich. Plötzlich entflammten zwei grelle Lichtpunkte in den Augen Chrissas. Böser, grüner Schein fiel auf Eni, raubte ihr beinahe den Verstand. Noch immer blickte sie wie gelähmt zu der Skulptur empor, die keine vier Schritte mehr von ihr entfernt war. Johlend und quietschend riss Chrissa ihren schweren Arm in die Höhe.

Eni schrie!

Und hörte nicht mehr auf. Rasmus war beinahe aus dem Bett gefallen, als der hysterische Schrei ihn unsanft aus dem Schlaf riss. Angst machte sich in ihm breit, dass Eni irgendetwas Fürchterliches zugestoßen sei.

Instinktiv packte er die Stabtaschenlampe bei der Leuchte und schwang den Griff wie einen Knüppel über dem Kopf. Doch als er das Wohnzimmer betrat und das Licht anknipste, war niemand außer einer völlig panischen Eni zu sehen, die auf der Couch saß, die Decke bis zum Kinn gezogen, und wie von Sinnen schrie.

Rasmus stellte die Lampe auf den Esstisch und packte sie bei den Schultern.

»Eni!«, schrie er. Ihre Augen ängstigten ihn. Sie waren ins Nichts gerichtet, als blicke sie durch ihn hindurch. Er wurde grober. »*Eni! Wach auf!*« Keine Reaktion. Er schlug ihr ins Gesicht. Ihr Kopf schnellte zur Seite. Dieses resolute Mittel zeigte Wirkung. Die Schreie verstummten, wurden zu einem Wimmern. Ihre Unterlippe wippte auf und ab wie die eines Kleinkinds.

»Sie war hier«, flüsterte Eni; am ganzen Körper zitternd.

»Wer?«

»Chrissa. Sie wollte mich töten.«

Rasmus fuhr von ihr zurück, als hätte er sich an ihr verbrannt: »Geht das schon wieder los? Verdammte Scheiße.«

»Ich fantasiere nicht. Sie war hier. Sieh doch«, sie deutete auf den Fußboden, »ihre Spuren.«

»Diese Spuren stammen von mir. Ich habe sie vorhin ins Schlafzimmer gezerrt und dort steht sie noch immer. Sie ist aus Stein und kann nicht gehen, geschweige denn schleichen oder dich töten. Warum sollte sie auch?«

»Sie liebt dich! Begreifst du das nicht?«

»Du bist verrückt. Schluckst du etwa wieder diese Tabletten?«

»Weiche mir nicht aus. Sie ist vernarrt in dich und will dich nicht teilen. Bitte, schaff sie fort, ehe es zur Katastrophe kommt.«

»Das werde ich ganz bestimmt nicht tun. Das sind sechs Monate meines Lebens.« *Ganz zu schweigen davon, dass ich meine Mutter nicht noch einmal verlieren werde!* Diese Worte lagen ihm auf der Zunge, doch er schluckte sie hinunter.

»Wir kennen uns dreizehn Jahre.« Sie stand auf, schmiss die Decke auf den Boden und blickte ihn verbittert an: »Dreizehn Jahre und du glaubst mir nicht. Verdammt, ich verschwinde.« Schnurstracks rannte sie ins Bad, kehrte jedoch kaum zwei Minuten später angezogen zurück. »Vielleicht solltest du morgen alleine mit Vater feiern.«

»Eni«, versuchte er sie zu beschwichtigen, »wo willst du denn jetzt noch hin?«

»Keine Ahnung«, sie zuckte mit den Schultern. »Weg von ihr, weg von dir.« Sie machte auf den Absätzen ihrer Winterstiefel kehrt und stapfte hinaus. Rasmus blickte ihr nach, bis die knatternde 80er aus seinem Blickfeld verschwunden war.

»Fahr vorsichtig«, betete er leise.

Eni hatte beobachtet, wie Rasmus am frühen Heiligabend mit seinem Motorrad die Landstraße entlanggebraust war. Er würde ihren Vater am Flughafen treffen und dann in das Stammlokal der Abrahams fahren, um Weihnachten zu feiern, so wie sie es jedes Jahr taten. Es war also Zeit genug. Mit klopfendem Herzen betrat sie das verlassene Haus, in dem es so vertraut nach Räucherstäbchen und Gebäck duftete.

Eni griff zum Telefon und wählte die Nummer von Rasmus' Mobiltelefon. Er sollte wissen, was sie vorhatte.

»Eisterlehner?«, klang es nach einer kurzen Weile aus dem Hörer.

»Ich bin es.«

»Eni«, schrie Rasmus glücklich. »Wo bist du?«

»Ich werde die Sache jetzt beenden, Rasmus. Ich möchte nur, dass du weißt, ich werde dich nicht an sie verlieren.«

»Was hast du vor?«

Sie hing auf. Mit geschlossenen Augen atmete sie tief durch und fingerte zittrig zwei Tabletten aus dem Röhrchen. Nahezu schlagartig fühlte sie sich stärker, die Sorgen fielen von ihr ab wie schwere Ziegel. Sie hatte das Gefühl, dass es ihr jetzt ein Leichtes gewesen wäre, sogar den Gordischen Knoten zu lösen.

Wie ein Einbrecher, vorsichtig, auf jede Bewegung achtend, schlich sie durch den Flur. Eine unheimliche erdrückende Stille hing über ihr und schnürte ihr den Hals zu. Irgendwo im Bad tickte die Wanduhr. Sie war Eni nie zuvor so unglaublich laut erschienen. Leise wie ein Schatten huschte sie die Wendeltreppe hinauf. Als sie wieder herunterkam, hielt sie einen schweren Eisenhammer in den Händen, den Rasmus für die gröbste Arbeiten verwendete. Und was sie vorhatte, war wahrhaftig eine grobe Arbeit.

Das Werkzeug lag locker in ihrer Rechten. Mit dem Eisenkopf stieß sie sachte die Schlafzimmertür auf. Ihre Handflächen schwitzten vor Spannung. Ihr Griff wurde entschlossener. Jeden Moment erwartete sie, dass Chrissa ihr entgegenspränge, die Fäuste wild fuchtelnd erhoben.

Aber nichts von dem geschah. Die Skulptur stand teilnahmslos, beinahe bemitleidenswert einsam in der Ecke, so wie Rasmus sie abgestellt hatte. Eni musterte sie eindringlich. Reglos starrten Chrissas steinerne Augen ins Nichts.

O nein, dachte sie hasserfüllt. *Du wirst mich nicht hinters Licht führen.* Sie holte weit aus, schwang den Hammer über den Kopf und schlug zu. Wuchtig zischte ihr Arm durch die Luft.

Zwei kräftige Arme stießen sie unsanft zurück. Der Hieb verfehlte die Skulptur um Haaresbreite. Eni torkelte gegen den Nachttisch und fiel rücklings aufs Bett. Aber es war nicht Chrissa, die sie gestoßen hatte, sondern ein abgehetzter Rasmus, der sie nun mit hochrotem Kopf anblickte.

»Was wird das? Was wird das, frage ich dich? Gib mir Antwort.«

Eni versuchte aufzuspringen, doch Rasmus presste sie auf das Bett und hielt sie an den Armen fest. Ein schwarzes unbeschriftetes Röhrchen rutschte Eni aus der Hosentasche, rollte über die Matratze und fiel zu Boden. Zwei Dutzend kleine Tabletten ergossen sich auf die Fliesen.

Rasmus ließ sie los, sank in die Knie und hob eine der Pillen auf. Zwischen Zeigefinger und Daumen betrachtete er sie ungläubig. Tränen stiegen ihm in die Augen.

»Seit wann? *Seit wann?*«, schrie er wutentbrannt, sodass Eni erschrocken zurückwich. »Haben dir die Monate in der Klinik nicht gereicht?«

»Hör auf, mich wie ein Kind zu behandeln. Dazu hast du kein Recht, verdammt noch mal«, jetzt war sie auch den Tränen nahe. »Du bist blind, wenn du nicht siehst, dass sie dich gegen mich aufgehetzt hat. Sie hat deine anderen Figuren wegen ihrer Eifersucht umgebracht, damit sie in deiner Nähe sein kann. Und jetzt steh ich ihr im Weg. Siehst du das denn nicht?«

»Willst du wissen, wer meine Figuren zerstört hat? Die Polizei hat mich heute Vormittag angerufen. Alan und seine Clique haben sich gemeldet und gestanden. Es waren meine Klassenkameraden. So, jetzt du?«

»Das ist eine Lüge«, keifte Eni fanatisch. Der Hammer in ihrer Hand wippte auf und ab. Die Luft knisterte vor Anspannung. Ihr hübsches Gesicht war zu einer Fratze verzerrt.

»Du gehörst in Behandlung«, versuchte Rasmus sie zu beruhigen. Die Situation schien außer Kontrolle zu geraten. Er machte einen Schritt auf sie zu. »Gib mir den Hammer, Eni.« Sie schüttelte den Kopf. Sein Ton wurde bestimmter. »Du sollst mir dieses verfluchte Ding geben.«

»Nein«, erwiderte sie und wich ihm geschickt aus, als er ihr das Werkzeug entreißen wollte. »Erst wenn sie vernichtet ist.« Raubkatzenartig hechtete sie über das Bett. Ihr Arm schnellte empor, weit zum alles entscheidenden Schlag ausholend. Rasmus sprang dazwischen. Der Hammer schmetterte kraftvoll hinab. Ehe er jedoch Chrissa den Schädel spalten konnte, versetzte Rasmus seiner Freundin einen wuchtigen Stoß. Eni taumelte auf der weichen Bettdecke einige Schritte nach hinten. Ihr Fuß glitt in den Spalt zwischen den Matratzen. Sie verlor das Gleichgewicht.

Für Rasmus vergingen diese Augenblicke wie in Zeitlupe. Er sah sie stürzen, sah wie der Eisenhammer auf das Bett plumpste. Ein ekelhaftes, stumpfes Geräusch ertönte, als Eni mit dem Hinterkopf gegen das Fensterbrett schlug. Als ließe man einen Silvesterkracher in einer Glasflasche hochgehen.

Für eine Schrecksekunde verharrte ihr Körper in dieser unnatürlichen Haltung, den Kopf gegen die Wand gepresst, die Arme von sich streckend, das rechte Bein schrecklich verdreht. Ihre weit aufgerissenen Augen blickten Rasmus vorwurfsvoll und traurig an. Ein ersticktes Hauchen entwich ihren Lungen. Grauenvoll langsam rutschte ihr Kopf an der Wand hinunter, eine handbreite rote Spur hinterlassend.

»Nein«, schrie Rasmus und rannte zu ihr. Ihr Gesicht, ihr wunderschönes Gesicht lag in einer Blutlache, die von Sekunde zu Sekunde größer wurde. Sanft hob er ihren Kopf an. Schon lief das Blut aus ihrem Haaransatz über die Stirn, über die Nase bis hin zu ihrem Kinn, wo es den Hals hinabrann. Ihre halb geschlossenen Augen stierten über seine Schulter hinweg zu Chrissa, als wollten sie ihr die Schuld geben. Eni war nicht tot, nein, das nicht, doch niemals wieder in ihrem Leben würde sie auch nur ein Wort sagen. Rasmus presste ihren Kopf an seine Brust und folgte ihrem Blick … und ein Schauer lief ihm über den Rücken, der ihn nie wieder ganz verlassen sollte.

Nur für die Dauer eines Lidschlags war das Antlitz Chrissas zu einem siegesfrohen Grinsen verzerrt. Dann legte sich ein kaltes Lächeln auf ihre Lippen. Ein Lächeln, das er ihr so nicht geschenkt hatte. Und für den Rest seines unglücklichen, angsterfüllten Lebens fragte sich Rasmus, ob sein aufgewühlter Verstand ihm an jenem Abend nur einen Streich gespielt habe.

Aber diese Frage bleibt für alle Zeiten unbeantwortet.

SUSANNE GERDOM

Das Elfenauge

»KAROTTE! HE, KAROTTE, warte doch!«

Charlotte verdrehte die Augen. Das war Jens, das Sportass aus der Klasse über ihr. Er brüllte quer über die Straße und wedelte mit den Armen, als hätte ihm jemand die Jacke angezündet. Jens hatte ihr diesen albernen Spitznamen gegeben, als sie im Frühjahr auf diese Schule gekommen war, und seitdem ging er ihr damit auf die Nerven. Die Mädchen in ihrer Klasse fanden ihn »total süß« und himmelten ihn an, aber er schien sich seit ein paar Wochen nur noch für sie zu interessieren.

Er kam angelaufen und blieb vor ihr stehen. »Hi.«

»Hallo.«

Mit Interesse stellte sie fest, dass Jens rot geworden war. Er räusperte sich und hibbelte von einem Fuß auf den anderen. »Was machst du so in den Weihnachtsferien?«

»Warum fragst du?«

Er zuckte mit den Schultern und zupfte an seinen dunklen Stirnfransen. »Nur so … ich dachte – gehen wir mal zusammen ins Kino?«, platzte er heraus.

»Warum nicht?«, antwortete sie. Jens strahlte.

»Ich ruf dich an«, sagte er. »Schöne Weihnachten!« Er zog die Schultern hoch und stapfte davon.

Charlotte ging lächelnd weiter. Auf dem Rathausplatz mit den hübschen Fachwerkhäusern waren kleine Buden rund um einen riesigen geschmückten Tannenbaum aufgebaut. Es duftete nach gebrannten Mandeln und Glühwein. Die Buden hatten gerade aufgemacht, in einer sortierte eine dick eingemummelte Frau bunte Engelsfiguren und glitzernde Kugeln.

Vor einer Bude, aus der es durchdringend und süß nach Räucherstäbchen roch, blieb sie stehen. Meeresrauschen und Vogelgezwitscher, unterlegt mit

Flötenmusik dudelte aus einem Lautsprecher. Ihr Vater nannte solche Musik immer »akustische Umweltverschmutzung« – er war Opernsänger und ließ nur die allerwenigsten Klänge als Musik gelten.

Charlotte betrachtete die Waren, die auf dunkelrotem und blauem Samt ausgelegt waren. Dort gab es verschnörkelte Amulette, kleine Figürchen, die Elfen und Drachen und Zauberer darstellten, Duftkerzen, Glaskugeln, Körbe voller polierter und geschliffener Steine, Wahrsagekarten, Glasstäbe, die mit Flüssigkeit gefüllt waren, in der bunter Flitter schwamm, winzige Fläschchen mit farbigen Ölen und einen Haufen Sachen, von denen sie nicht wusste, wozu sie nützlich waren.

Die junge Frau, die hinten in der Bude hockte und mit ihrer roten Nase ziemlich verfroren aussah, lächelte sie an. »Hübscher Anhänger«, sagte sie. Sie hielt einen bunten Becher in den Händen, aus dem Dampf aufstieg.

Charlotte tastete nach dem dünnen Silberkettchen, das aus ihrem Kragen gerutscht war. Ein flaches, sechseckig geschliffenes Steinchen, klar wie Wasser, hing daran.

»Du weißt, was das ist?«, fragte die Frau.

»Bergkristall«, sagte Charlotte. »Er hat einmal meiner Mutter gehört.«

»Das ist ein ganz besonderer Kristall, ein Elfenstein. Deine Mutter muss ihn von einer Elfe bekommen haben. Wenn du ihn bei Vollmond abends aufs Fensterbrett legst, dann erfüllt er dir einen Wunsch. Heute ist übrigens Vollmond.« Die Frau nippte an ihrem Becher, auf dem ein durch die Nacht fliegender Schlitten abgebildet war. »Aber sei vorsichtig, man weiß nie, was man bekommt, wenn man sich vom Schönen Volk etwas wünscht.« Sie lachte, dass ihre Nase sich kräuselte. »Aber wem erzähle ich das? Du siehst aus, als hättest du selbst Elfenblut.«

Charlotte lächelte verlegen und starrte den Becher an. Der Schlitten schien von Katzen gezogen zu werden statt von Rentieren, und es war auch nicht der Weihnachtsmann, der ihn lenkte. Eine Frau hielt die Zügel in der Hand, und statt eines Bergs an bunten Geschenken transportierte der Schlitten zwei Kinder, einen Jungen und ein Mädchen.

»Ich kenne mich nicht aus mit Elfen«, sagte Charlotte, als sie merkte, dass die Frau auf eine Antwort zu warten schien. »Aber danke schön«, fügte sie höflich hinzu und ging weiter.

Ihre Mutter war fortgegangen, als sie noch ein Baby gewesen war. Charlotte konnte sich kaum an sie erinnern. Ihr Vater sprach nicht gerne über sie, obwohl Charlotte ihn immer wieder nach ihr fragte. Ihre Mutter hatte wohl keine Lust gehabt, mit ihm von Stadt zu Stadt zu ziehen, wenn er wieder an einem anderen Opernhaus ein Engagement bekam. Charlotte glaubte, dass ihre Mutter wahrscheinlich so aussah wie sie. Ihr Vater war groß und hatte helle Haare und blaue Augen, aber Charlotte war ziemlich klein und ziemlich dünn und hatte Haare, die weder blond noch richtig rot waren und ein bisschen strubbelig, egal wie oft sie sie auch kämmte. »Gefieder«, nannte ihr Vater sie, und sie fand, dass sie wirklich eher wie Vogelfedern aussahen und nicht wie die schönen Locken, die sie gerne gehabt hätte.

Ihre Ohren und das spitze Kinn konnte sie auch nicht leiden, aber ihr Vater nannte es »grazil« und sagte »mein Elfchen« zu ihr, was sie einfach nur blöd fand. Sie hatte ihm gesagt, dass er das bloß nie machen solle, wenn eine von ihren Freundinnen dabei war, und er hatte gelacht und ihr die Haare noch schlimmer zerzaust.

Neben dem kleinen Supermarkt, an dem sie auf ihrem Nachhauseweg immer vorüberkam, standen Penner und teilten sich eine Flasche Wein.

Sie kannte sie alle vom Sehen, deshalb fiel ihr gleich auf, dass ein Neuer dabei war. Er saß ein wenig abseits auf dem Mäuerchen und sah sie an. Ein Junge, bestimmt nicht viel älter als sie. Er sah aus wie ein richtiger Grufti. Dunkles Haar hing zottelig in ein blasses Gesicht, aus dem sie ein Paar schwarze Augen anblickte. Er musterte sie, ohne eine Miene zu verziehen, ausdruckslos wie ein Vogel, dann drehte er sich weg und streichelte mit seinen dünnen Fingern die Ratte, die auf seiner Schulter saß.

Charlotte schloss die Tür zu dem kleinen Haus auf, in dem sie mit ihrem Vater wohnte.

Die Zugehfrau stand schon im Mantel in der Diele und wartete auf sie. »Ich muss für deinen Vater noch ein paar Besorgungen machen.« Sie zog ihre Handschuhe an. »Dein Essen ist im Backofen, und im Kühlschrank steht noch ein Schälchen Apfelkompott als Nachtisch. Iss schön alles auf und stell das Geschirr bitte nachher in die Spülmaschine.« Dann war sie fort, und Charlotte hatte das Haus ganz für sich allein. Sie mochte es, wenn alle fort waren. Manchmal klimperte sie dann im Arbeitszimmer ihres Vaters ein bisschen auf dem Flügel herum, was ihr Vater auf den Tod nicht ausstehen konnte. »Spiel gefälligst anständig«, schimpfte er dann.

Sie aß im Stehen in der Küche, gab danach der Spülmaschine das schmutzige Geschirr zu fressen und wanderte durch das leere Haus. Sie überlegte, ob sie sich vor den Fernseher im Wohnzimmer setzen sollte, denn ihr Vater hatte heute Vorstellung und würde erst spät in der Nacht nach Hause kommen. Aber dann nahm sie nur einen Apfel aus der Obstschale und ging wieder hinaus.

Auf der Konsole unter dem Spiegel in der Diele lagen ein paar Briefe. Sie sah nach, ob etwas für sie dabei war, und hoffte wie immer ein wenig darauf, dass ihre Mutter ihr wenigstens dieses Mal zu Weihnachten geschrieben hätte. Aber auf allen Umschlägen stand nur der Name ihres Vaters. »Auberon du Bois«, murmelte Charlotte und betrachtet ihr Gesicht im Spiegel. Es war ein alter Spiegel, und er war ein bisschen matt. Ihr Gesicht erschien darin körnig und bräunlich getönt wie auf einer alten Fotografie. Sie musterte es ohne große Freude. Sie kämmte ein bisschen an ihren Haaren herum, strich sie streng zurück, ließ sie wieder ins Gesicht fallen und seufzte, als sie sich vom Spiegel abwenden wollte.

In den düsteren Tiefen des Spiegelbildes bewegte sich etwas.

Charlotte zog die Brauen zusammen und drehte sich um. Hinter ihr war nur die leere Diele, dunkel und still. Eine Tür gehörte zur Küche, die andere zum Wohnzimmer. Eine schmale Treppe neben der Haustür führte hinauf in den ersten Stock, wo sie ihr Zimmer hatte.

Sie drehte sich wieder zum Spiegel um. Die Diele sah darin viel größer aus und noch ein wenig düsterer im trüben Winterlicht. Die Schatten in den Ecken der Spiegeldiele schienen sich zu bewegen.

Stand dort nicht eine düstere Gestalt und sah sie an? Charlotte fühlte eine Gänsehaut über ihre Arme laufen. Sie schüttelte sich und schaltete hastig das Licht an.

Der freundliche, helle Schein vertrieb mit einem Schlag alle Schatten. In der Ecke, in der sie die Gestalt gesehen hatte, hing nur ein Mantel ihres Vaters am Haken. Charlotte lachte und löschte das Licht, bevor sie den Apfel aufhob, den sie auf die Briefe gelegt hatte, und die Treppe zu ihrem Zimmer hinauflief.

Gegen Abend fielen große Flocken aus tief hängenden Wolken, die an einem anthrazitfarbenen Himmel klebten. Bevor sie ins Bett ging, stand Charlotte noch eine Weile an ihrem Fenster und sah dem Schneetreiben zu. Sie fingerte an ihrem Kristallanhänger herum und dachte an die Worte der Frau vom Weihnachtsmarkt.

Sie zog die Kette über den Kopf und legte den Anhänger aufs Fensterbrett. Dort schob sie ihn zurecht, bis er genau in der Mitte lag, und ließ ihre Finger noch eine Weile darauf ruhen. »Mama, wo bist du?«, dachte sie. Ihre Fingerspitzen prickelten, als sei der Kristall aus Eis. Hastig zog sie ihre Hand weg.

Irgendwann tauchte sie aus dem Schlaf auf wie ein Schwimmer, der nach einem Sprung ins Wasser an die Oberfläche zurückkehrt. Sie lag in ihrem Bett und starrte an die Decke, hellwach, als sei es schon spät am Vormittag und nicht mitten in der Nacht. Es war dunkel im Zimmer und anscheinend hatte es aufgehört zu schneien, denn ein Streifen Mondlicht schimmerte hell auf dem Teppich.

Sie setzte sich auf. Etwas auf dem Fensterbrett schien das Mondlicht wie ein Brennspiegel zu verstärken und glänzte dabei wie ein vom Himmel gefallener Stern.

Charlotte schwang die Beine aus dem Bett und schlüpfte in ihre Pantoffeln. Dann schlang sie die Bettdecke um sich und tappte zum Fenster.

Es war der Elfenstein, der so hell strahlte. Sie kniete sich vor das Fenster und starrte ihn fasziniert an. Das Mondlicht sammelte sich in seinem Inneren und schien den kleinen, flachen Kristall bis zum Bersten zu füllen. Charlotte berührte den Stein mit der Fingerspitze. Aber er fühlte sich ganz normal an, kühl und glatt wie immer.

Sie nahm das Kettchen hoch, an dem der Anhänger baumelte. Auch im dunklen Zimmer und frei in der Luft hängend, leuchtete der Kristall weiter wie eine kleine Lampe. »Wow«, flüsterte Charlotte. Sie nahm den Anhänger in die Hand und schloss die Faust darum. Das weiche Licht schimmerte rötlich zwischen den Fingern hervor.

Der Dielenboden quietschte und die Schranktür gab das leise Knarren von sich, das sich immer hören ließ, wenn jemand am Schrank vorbeiging. Charlotte drehte sich um. »Papa?«

Es war niemand im Zimmer.

Etwas klopfte an die Fensterscheibe, und Charlotte stieß einen kleinen erschreckten Laut aus. Sie schob den Vorhang beiseite und presste die Nase an das kalte Glas. Ihr Atem ließ das Fenster beschlagen, sie wischte ungeduldig mit dem Ärmel über die Scheibe. Am Himmel strahlten Myriaden von Sternen wie Diamantstaub. Der frisch gefallene Schnee leuchtete in ihrem kalten Licht wie Gespensterbettwäsche. Was auch immer an ihr Fenster geklopft hatte, war nicht zu sehen.

Wieder knarzte das Dielenbrett und die Schranktür rappelte. Etwas im Zimmer machte ein huschendes Geräusch. Der Mond konnte nur ein Stück des Zimmers ausleuchten und mitten in diesem Streifen stand eine rabenschwarze Gestalt.

Diesmal schrie sie richtig laut. Ihr Herz schlug ihr bis in den Hals.

Der Eindringling kam näher und der Mond beleuchtete nun sein Gesicht, das blass und traurig war, mit nachtschwarzen Augen. »Nicht erschrecken«, sagte er. Seine Stimme klang gleichzeitig rau und melodisch wie eine heisere Flöte. Die Ratte saß auf seiner Schulter und schnupperte mit einer zarten rosa Nase und bebenden Schnurrhaaren nach ihr.

Charlotte schnappte vor Überraschung nach Luft. Das war der Junge, den sie heute bei den Pennern gesehen hatte.

»Was willst du hier? Wie bist du überhaupt reingekommen?«, fragte sie.

Der Junge hob die Schultern. »Durch die Tür.«

»Aber die ist nachts immer abgeschlossen.«

Der Junge legte den Kopf schief und sah sie an. Er sagte nichts. Sein Blick wanderte durch das Zimmer und landete wieder bei ihr, auf ihrer geballten Faust, aus der das Silberkettchen baumelte. Charlotte wich zurück und hängte sich das Kettchen um den Hals.

»Was willst du?«, fragte sie erneut. »Wenn du nicht gehst, rufe ich meinen Vater.« Jetzt, wo der erste Schreck vorüber war, wunderte sich Charlotte, dass ihr Vater von ihrem Schrei und ihren Stimmen nicht wach geworden war. Sein Schlafzimmer lag gleich nebenan und er hatte einen sehr leichten Schlaf.

Der Junge nahm wieder etwas Abstand und hob die Hände. »Ich tu dir nichts«, sagte er hastig. Dann lächelte er verschmitzt. »Dein Vater schläft. Alle Schatten schlafen.«

Charlotte verschränkte die Arme. »Also?«

»Ich habe dich *gesehen.*« Er suchte nach Worten. »Du bist kein Schatten wie die anderen. Du bist wie wir.«

Er deutete auf den Anhänger an ihrem Hals. Der Kristall glühte nur noch matt, aber da war immer noch das Leuchten des eingefangenen Mondes, das aus seinem Inneren kam. »Und du hast ein Elfenauge.« Er hob die Hand und bewegte die Finger wie blasse Vogelschwingen. »Der König hat mir mein Elfenauge genommen und mich in die Welt der Schatten geschickt. Jetzt kann ich nicht mehr zurück.«

Charlotte schüttelte den Kopf. »Ich verstehe kein Wort.« Sie setzte sich auf ihr Bett und deutete auf den Stuhl am Schreibtisch. »Wie heißt du überhaupt?«

Der Junge kauerte sich auf den Stuhl und zog ein Bein auf den Sitz. Er sah aus wie eine magere, zerzauste Krähe.

»Roki ist mein Lautname. Er bedeutet ›Rabe‹. Wie nennen dich deine Freunde?«

»Ich heiße Charlotte. Was ist ein Lautname?«

»Natürlich der Name, den deine Freunde für dich haben.« Er sah sie verwundert an.

»Also gut, Roki. Noch mal von vorne: Warum bist du hier in meinem Zimmer?«

Er beugte sich vor und verflocht die unruhigen Finger ineinander. »Du kannst mir helfen nach Hause zu kommen. Bitte, Charr-lotte.« Seine Zunge stolperte über ihren Namen, und er sah sie flehend an. »Jetzt ist die Zeit der zwölf Raunächte. Mit der letzten Nacht der Wilden Jagd müssen alle Wesen für ein weiteres Jahr dortbleiben, wo sie sind. Auf dieser Seite oder auf der anderen. Deshalb muss ich mich beeilen.« Er sah Charlotte erwartungsvoll an.

»Das habe ich nicht verstanden«, sagte sie. »Welche Seiten meinst du? Und was für eine Jagd ist das überhaupt?«

Er seufzte leise. Dann nahm er ihre Hand und zog sie hoch und zum Fenster. »Schau.« Es war klar und kalt. Der Mond stand wahrscheinlich hinter dem Haus, denn Charlotte konnte ihn nicht mehr sehen, aber die Sterne funkelten bläulich am Himmel, und hin und wieder verdunkelte ein Schatten ihr Licht, als ob Wolken darüber hinwegzogen.

»Keine Wolken«, hauchte er in ihr Ohr. »Schau gut hin.«

Sie strengte ihre Augen an. Er hatte recht, es war keine Wolke am Himmel. Die Schatten waren dem Boden viel näher, sie waren klein, mit scharfen, zackigen Umrissen. Sie verschlangen das Licht der Sterne und gaben es wieder frei, verdeckten es und zogen lautlos an ihm vorüber.

»Das sind Vögel«, sagte sie erstaunt. »Aber es ist stockfinster. Welche Vögel fliegen in der Nacht?«

Er öffnete das Fenster und beugte sich weit hinaus. Die Silhouetten der Bäume im Garten hoben sich dunkel gegen den Himmel ab.

Roki stieß einen leisen, aber durchdringenden Pfiff aus. »He, du weckst ja alle«, zischte Charlotte, aber er lachte.

»Heute Nacht kann ich niemanden wecken«, sagte er laut. »Die Schatten schlafen. Siehst du nicht? Sogar das große Nachtlicht ist erloschen. Es ist Raunacht. Wir sind im Zwischenreich.«

Seine Augen funkelten im kalten Licht der Sterne. »Schau«, sagte er wieder und hob die Hand. Einer der vorübersegelnden Schatten wurde langsamer und dann wurde er größer. Er fiel rasend schnell vom Himmel auf das Fenster zu. Charlotte zog erschreckt den Kopf ein. Flügelschlag rauschte, Spitzen großer Federn streiften ihr Gesicht – und dann saß ein großer schwarzer Vogel auf der Fensterbank und sah die beiden an.

»Roki«, sagte der Junge sanft. Er streckte die Hand aus und strich dem Raben über das Gefieder. Der Vogel ließ sich die Zärtlichkeit eine Weile gefallen, dann breitete er seine Schwingen aus und stieß sich ab. Charlotte sah ihm nach, wie er in einer weiten Spirale zu den Sternen aufstieg und als Schatten unter anderen Schatten nach Norden zog.

»Wohin fliegen sie?«, fragte sie.

Roki breitete die Arme aus. »Nach Hause«, sagte er sehnsüchtig. Es schnitt Charlotte ins Herz.

»Wie kann ich dir helfen?«

»Hilf mir nach Hause zu kommen«, sagte er und nahm ihre Hand, zog sie aufs Fensterbrett und sprang. Charlotte umklammerte seine Hand. Die Nacht schien den Atem anzuhalten.

Sie landeten weich wie Federn. Charlotte spürte keine Kälte, obwohl sie mit bloßen Füßen im Schnee stand. Sie glaubte zu schlafen und wild zu träumen.

»Warte. Wenn ich dir wirklich helfen soll, musst du mir schon ein bisschen mehr sagen. Wie kann ich dich nach Hause bringen? Ich kenne den Weg nicht.«

Roki zog ein Schneckenhaus aus seiner Tasche, hübsch gedreht wie ein kleines Hörnchen und von einem strahlenden Blau. Die Farbe war so intensiv, dass es aussah, als leuchte eine Lampe in seinem Inneren.

»Schön«, sagte Charlotte. Er nickte. Sein Atem wehte als weiße Wolke aus seinem Mund, als er sich jetzt über das Schneckenhaus beugte und es anhauchte. Es erzitterte und ein zartes Fühlerchen schob sich heraus.

»Das ist unser Führer«, sagte Roki. »Dein Elfenauge öffnet die Mauer zwischen den Welten, und ich weise uns damit den Weg.«

Sie liefen durch den verschneiten Garten, zwischen den Bäumen hindurch und immer weiter. Eigentlich hätten sie inzwischen die Straße erreichen müssen, aber stattdessen lag eine weite schneebedeckte Ebene vor ihnen. Zwischen kleinen, seltsam verkrümmt wachsenden Bäumen, deren Äste aussahen wie Arme, die sich nach allen Seiten reckten, hing dichter Dunst. Zweigfinger deuteten auf Fußspuren, die durch den Schnee führten. Roki beugte sich nieder und betrachtete sie.

Charlotte drehte sich im Kreis. Die niedrige Gartenmauer, über die sie gerade gestiegen waren, war noch da, aber der Garten dahinter und auch das Haus schienen verschwunden, als hätte es sie nie gegeben. Charlotte sah ihre Fußspuren nebeneinander zwischen den seltsamen Bäumen herlaufen, die auch hinter der Mauer wuchsen. Die Ebene erstreckte sich rundum, so weit sie blicken konnte.

»Wo sind wir?«, fragte sie. Sie verspürte keine Angst, eher so etwas wie Abenteuerlust.

»Ich hab es dir doch gesagt: im Zwischenreich.« Roki sah von den Spuren auf. »Die Jäger sammeln sich bald. Sie dulden es nicht, wenn andere sich zur Zeit der Jagd hier aufhalten. Wenn wir dieser Spur folgen, werden wir ihnen wahrscheinlich begegnen, wir sollten also vorsichtig sein. Komm, ich erzähle dir, während wir laufen.«

Sie gingen über die weite Ebene unter dem düsteren Himmel. Charlotte sah, dass Schneeflocken in der Luft hingen, als seien sie dort festgefroren. Nichts bewegte sich außer ihr und Roki und den Vögeln am Himmel, nichts war zu hören außer Rokis Stimme, als er zu erzählen begann, während sie schnellen Schrittes nebeneinander herliefen.

»Ich habe etwas genommen, was mir nicht gehört. Deshalb musste ich von zu Hause fort. Ich darf erst wieder zurückkommen, wenn ich einen Führer und einen Türöffner gefunden habe.« Er hob die Hand mit dem Schneckenhaus. »Das ist der Führer.« Er lachte Charlotte an. »Und du mit deinem Elfenauge bist der Türöffner.«

»Was hast du gestohlen?«

»Ich bin kein Dieb. Es ist etwas, was meinem Vater gehört. Ein bisschen gehört es damit auch mir.« Er schniefte leise. »Ich gebe es ja zurück. Wenn ich nur wieder nach Hause darf.« Er hatte den Kopf gesenkt.

»Was hast du genommen?«, fragte sie noch einmal. Roki griff in den Ausschnitt seines Hemds und zog ein Beutelchen hervor, das er an einer Schnur um den Hals trug. Er öffnete es und schüttelte etwas in seine Hand, neben das blaue Schneckenhaus. Er blieb stehen, um es Charlotte zu zeigen.

»Was ist das?«, hauchte sie. Eine schimmernde Perle lag da in einer Dunstwolke auf seiner Hand. Dann verschwammen ihre Umrisse und sie wurde zackig wie ein winzig kleiner Stern. Plötzlich sprühten kleine Funken von ihr fort. Es sah aus wie das glühende Herz einer Wunderkerze.

»Ein Elfentraum«, flüsterte Roki. Seine Augen spiegelten das goldene und silberne Licht der Funken wider und er lächelte darauf herab. Vorsichtig steckte er es in den Beutel zurück. »Mit einem Traum kannst du zwischen den Welten reisen.«

»Wow«, sagte Charlotte. Sie brannte inzwischen darauf, Rokis märchenhafte Heimat zu sehen. »Jetzt sag mir, was ich tun muss, um dich nach Hause zu bringen.«

»Du hast den Türöffner. Ohne dich kann ich nicht zurück. Und ich muss zurück sein, ehe …«

»… die letzte Nacht der Großen Jagd beginnt«, ergänzte Charlotte. Das hatte sie sich gemerkt, weil es so romantisch klang.

»Der *Wilden* Jagd, ja. Sie jagen das Alte Jahr hinaus, weißt du? Damit das Neue Jahr auf den Thron kann. Unsere Königin führt die Jagd an. Komm, wir müssen weiter.«

Roki lief los, und Charlotte rannte hinterher, tausend Fragen in ihrem Kopf, die sie ihm stellen wollte. Er lief sehr leichtfüßig, es sah aus, als könnte er das stundenlang tun, ohne müde zu werden. Charlottes Beine dagegen begannen nach einer Weile schwer zu werden, aber sie stapfte verbissen weiter.

»Wann sind wir endlich da? Und geht die Sonne eigentlich nie auf?«, fragte sie schließlich. Die reglose Nacht zerrte immer mehr an ihren Nerven.

Roki grinste. »Nie. Wir müssen erst über der Grenze sein, dann wird es auch wieder Tag. Aber zuerst musst du die Grenze öffnen, das ist deine Aufgabe.«

»Oje«, murmelte Charlotte und grinste trotz des mulmigen Gefühls in ihrer Magengrube zurück. So viel zum »Elfenblut«, von dem die Frau auf dem Weihnachtsmarkt geredet hatte. Charlotte stellte sich vor, dass eine Elfe einfach gar nichts erschüttern konnte – ganz im Gegenteil zu ihr.

Sie trabten weiter durch die in der Luft hängenden Schneeflocken, die sanft wie ein Vorhang aus Schleiern über Charlottes Gesicht und Haar strichen, ohne auf ihr liegen zu bleiben. Charlotte lief wie in Trance hinter Roki her, und als der Junge plötzlich stehen blieb, prallte sie unsanft gegen seinen Rücken. Sie wollte ihn fragen, warum er nicht weiterging, aber dann sah sie selbst den Grund: Die Fußspuren, denen sie gefolgt waren, waren verschwunden.

Roki hob die Hand mit dem Schneckenhaus. Es leuchtete beinahe wie ein Nachtlicht, das man für ängstliche Kinder in die Steckdose steckt, aber dieses Licht schimmerte blau, nicht grün über den Schnee. Charlotte sah die zarten Fühler sich bewegen, und dann kam das, was sie für eine Schnecke gehalten hatte, ganz aus dem gedrehten Haus heraus.

Auf Rokis Hand saß ein winzig kleines Mädchen, das ein dünnes Kleidchen in der Farbe des Schneckenhauses trug.

Roki sprach leise zu der Kleinen, die in seiner Handfläche aufstand und in eine Richtung deutete. Neugierig ging Charlotte näher heran. Das Elfchen drehte sich um und sah ihr direkt ins Gesicht. Das Wesen hatte lange, spitze Zähne und bösartig funkelnde Insektenaugen, und als es jetzt den Mund öffnete, um Charlotte anzufauchen, konnte sie eine lange, blaue Zunge sehen, die hervorschnellte. Das, was sie für ein Kleid gehalten hatte, waren große gezackte Flügel, die das Wesen um sich gewickelt trug und jetzt ausbreitete, als es sich drohend aufrichtete.

Charlotte machte einen Satz zurück, und Roki grinste. »Das ist ein Schreck.«

»Das kannst du laut sagen«, erwiderte Charlotte und schüttelte sich.

»Nein«, lachte Roki. »*Das* hier«, er deutete auf das Wesen in seiner Hand, »das ist ein Schreck.« Das Wesen zischte und faltete seine Flügel wieder zusammen. Roki murmelte etwas, und der Schreck zog sich in das Schneckenhaus zurück. Oder sollte man besser sagen: »Schreckenhaus«?

»Wir müssen dort entlang.« Roki zeigte in die Richtung, in die auch der Schreck gedeutet hatte. Dann erstarrte er und sah sich um. Charlotte hörte hinter sich wildes, wütendes Gebell und Geheule wie von einer Meute wilder Hunde und dazwischen schrille Schreie, die ihr eine Gänsehaut über den Rücken laufen ließen.

»Lauf«, sagte Roki. »Die Jäger kommen.«

Sie rannten über den knirschenden Schnee durch die ewig gleiche Nacht. Je näher die Jäger kamen, desto weniger erinnerten die Laute an Hunde. Es klang, als sei ihnen eine Meute von Ungeheuern und Dämonen auf den Fersen, und ein Blick über die Schulter hatte Charlotte Gestalten aus Nacht, Schnäbeln, Federn, Klauen und Zähnen gezeigt, die sie noch schneller laufen ließen. Ihre Beine waren aus Blei und Feuer zugleich, ihre Lungen brannten und sie fühlte heftiges Stechen in den Seiten, als würden sie Messer durchbohren.

»Die Grenze!«, schrie Roki und deutete voraus.

Vor ihnen zog sich eine Wand aus zartem Dunst quer über die Ebene und verschleierte gespenstisch die verkrüppelten Bäume. Mit jedem Schritt aber, den sie näher kamen, wurde sie dichter und dunkler. Was gerade noch zarter Nebelschleier gewesen war, wurde undurchdringlich dichte Wolke und schließlich schwarz glänzender Kristall.

Roki legte die Hände gegen die Wand. »Schnell«, keuchte er. »Das Elfenauge!«

Hinter ihnen tobten und bellten die Verfolger. Charlotte fasste mit fliegenden Fingern nach ihrem Anhänger und presste ihn gegen die Kristallmauer. Es gab einen singenden Ton, der immer lauter wurde – und dann riss der Himmel auf und gleißendes Licht blendete sie. Charlotte schrie, weil die Mauer plötzlich fort war. Im gleichen Moment war die Meute mit ohrenbetäubendem

Lärm über ihnen, Gestalten aus Dunkelheit und Schnee mit brennenden Augen und Reißzähnen aus Eis. Charlotte warf die Arme um den Kopf und …

Stille. Plötzliche Stille, Helligkeit und Wärme. Charlotte wagte es, den Kopf zu heben, und blickte auf Gras und blühende Büsche. Verdutzt richtete sie sich auf.

Sie waren immer noch auf der Ebene, aber der Schnee war verschwunden. Überall wuchsen Blumen und es duftete nach Frühling. Der Himmel war zartrosa und mit weißen Wölkchen getupft. Charlotte konnte keine Sonne sehen – so wie es im Zwischenreich keinen Mond gegeben hatte.

Roki sprang auf die Füße und reckte die Arme zum Himmel. Er stieß einen jubelnden Schrei aus. Ein melodiöser Ruf antwortete ihm. Zwischen den Bäumen tauchten dunkel gekleidete Reiter auf und näherten sich. Die weißen Pferde trugen jeweils ein langes gedrehtes Horn auf der Stirn, das schimmerte wie Perlmutt.

Die Reiter ähnelten Roki, sie waren schlank und blass, mit langen schwarzen Haaren und ernsten Augen. Der vorderste Reiter trug über seinen schlichten schwarzen Kleidern einen leuchtend weißen Umhang, der lang über den Rücken seines Einhorns fiel. Er ritt ohne Sattel und Zaumzeug, und in seiner Hand hielt er einen silbernen Bogen. Glänzend grüne Augen musterten Charlotte ohne Lächeln.

Die Reiter umringten sie schweigend. Roki rief etwas. Der Anführer sah ihn verächtlich an und winkte seinen Leuten. Sie sprangen von ihren Einhörnern, die unruhig mit den Hufen scharrten.

Roki ließ sich von einem der Reiter auf den Rücken eines Einhorns helfen. Dann sah er zu Charlotte hinab. »Es tut mir leid.«

Zwei Männer packten ihre Arme, fesselten ihre Hände hinter dem Rücken und zogen ihr eine dunkle Haube über den Kopf.

Sie hielten sie zwischen sich fest und liefen los. Charlotte hörte, wie sich das dumpfe Getrappel der Hufe entfernte, und neben sich die beinahe lautlosen Schritte der beiden Männer. Sie wehrte sich, aber es nützte nichts, sie wurde einfach weitergezerrt.

Weiches Gras federte unter ihren Füßen. Sie hörte das Geräusch von fließendem Wasser, das über Kiesel sprudelte. Dann hallten ihre Schritte über harten Boden. Gedämpft durch die Kapuze erreichte sie das Echo ihrer Schritte, das glatte Wände zurückwarfen, als durchquerten sie einen Gang. Dann waren sie wieder im Freien, Zweige berührten ihre Schulter und es roch nach Jasmin.

Schließlich hielten sie an. Charlotte hörte Stimmen und Geräusche von einer größeren Menge Menschen. Dann erklang trillernder Gesang, und gleich darauf sagte jemand: »Nehmt ihr die Fesseln ab.«

Man zog ihr die Kapuze vom Kopf. Sie blinzelte. Helles Sonnenlicht fiel durch farbenprächtige Fenster in einen hohen Saal mit schlanken, silbergrauen Säulen.

Charlotte blinzelte wieder, um klarer zu sehen. Die Säulen waren Baumstämme, und Schmetterlinge und winzige Vögel in tausend Farben saßen auf dünnen Netzen zwischen den Ästen. Sie bewegten sacht die Flügel, dass das Licht der Sonne sich darin brach wie in geschliffenem Glas.

Charlotte riss sich von dem Anblick los und sah sich um. Farbenfroh auch die Kleider der Fremden, die in Gruppen beieinanderstanden und redeten. Manche saßen auf moosbewachsenen Steinen, und alle, die sie anblickten, lächelten und nickten ihr zu. Eine Frau in einem Kleid aus Federn winkte freundlich und ein Mann, der in eine Jacke aus Fell gekleidet war und Hosen trug, die aussahen wie aus Rinde und Moos gemacht, warf ihr sogar eine Kusshand zu.

Sie lächelte unsicher und sah weg. Alle in diesem Baumsaal ähnelten mit ihrer blassen Haut Roki, auch wenn nicht alle dunkelhaarig waren wie er. Sie sah Rothaarige und Weizenblonde, Braune und Gescheckte, grüne und braune Augen, violette und blaue spitze Ohren mit Silberschmuck daran, Federkleider in allen Farben des Regenbogens, Pelze, Stoffe aus Blättern und Blumen, es duftete wie in einem Garten und die Stimmen der Männer und Frauen klangen wie der Gesang von Vögeln.

»Bringt sie her«, übertönte eine Stimme das Lachen und den Singsang rundum, der nun nach und nach verstummte.

Eine Gasse öffnete sich und ihre Wächter schoben Charlotte hindurch.

»Verneige dich vor Oberon, unserem König«, flüsterte der Wächter, der an ihrer rechten Seite stand.

Der Elfenkönig saß in einen weißen Federumhang gekleidet auf einer Art hölzernem Thron. Er war so blass wie alle, aber er war größer als die meisten anderen Männer und breitschultriger. Sein langes Haar, schwarz und bläulich schimmernd wie Rabenfedern, wurde von einem Silberreif aus der Stirn gehalten.

Er starrte Charlotte ebenso an wie sie ihn, seine Augen kalt und gelb wie die einer Möwe.

»Sei willkommen, Schattenkind«, sagte er und bedeutete Charlotte näher zu kommen. Sie gehorchte, und er griff nach ihrem Kinn, hob es an, schob ihren Kopf hin und her, als wäre sie eine Puppe. Sie riss den Kopf zurück, sagte »He!« und starrte ihn wütend an.

Seine Möwenaugen fixierten sie erstaunt, dann lachte er. »Du bist wie deine Mutter. Klein und bissig.«

Das verschlug ihr den Atem. Sie wollte ihn fragen, was er damit meinte, aber er ließ sie nicht zu Wort kommen, sondern wandte sich ab, und Charlotte sah, dass Roki dort an seiner Seite im Schatten des Throns stand und ihren Blick mied.

»Gut gemacht, Junge. Du bist wieder willkommen in meinem Reich. Aber zuerst gib zurück, was du mir gestohlen hast.« Der König hielt die Hand auf, und Roki nestelte das Beutelchen mit dem Elfentraum hervor. Er legte es mit Bedauern im Blick in Oberons Hand.

Seine Augen richteten sich wieder auf Charlotte. »Du bleibst jetzt bei mir.«

»Ich möchte zurück zu meinem Vater.«

Der König legte den Kopf in den Nacken und lachte. »Zurück zu ihrem Vater, sagt sie.« Die Männer und Frauen rundum stimmten in das Gelächter ein, und es klang überhaupt nicht mehr freundlich.

Oberon stand auf. Er ragte vor ihr auf wie ein Turm. Als er sich zu ihr herabbeugte, war sein Gesicht düster und ernst. Er roch kühl nach Blättern und Moos.

»Du wirst nicht zu deinem Schattenvater zurückkehren.« Seine Stimme raschelte wie totes Laub. »Du gehörst jetzt für ein Jahr mir. Es ist die Zeit der Raunächte. Weißt du, was das bedeutet?«

Charlotte fror unter seinen Worten. »Mit der letzten Nacht der Wilden Jagd müssen alle Wesen für ein weiteres Jahr dortbleiben, wo sie sind«, hatte Roki gesagt. Sie hatte nicht darüber nachgedacht, dass das auch für sie gelten könnte.

Der König richtete sich wieder auf und hob die Hände.

»Hört, meine Kinder«, sagte er laut. »Dies ist jetzt meine Tochter. Sorgt dafür, dass es ihr an nichts mangelt – aber lasst sie nicht fort!«

Die Männer und Frauen brachen in lautes Geschrei aus. Charlotte drehte sich erschreckt um. Alle Gesichter waren ihr zugewandt, und die Augen, die sie anstarrten, waren nicht menschlich. Die Frau, die sie eben noch so freundlich angelächelt hatte, trug die Augen eines Rehs im Gesicht, groß, feucht und samtig. Der Mann neben ihr glotzte mit Augen wie die einer Schlange, starr und mit einem senkrechten Schlitz statt einer runden Pupille.

Charlotte drehte den Kopf. Hundeaugen. Katzenaugen. Schwarze Perlaugen wie von Vögeln, die sie, ohne zu blinzeln, fixierten. Dort starrten sie die Facettenaugen eines Insekts an und dort die goldenen Augenkugeln einer Kröte. Sie blickte wieder zu Oberon, dessen Möwenaugen sie befriedigt und kalt musterten, und dann wieder zu den Wesen, die sie umdrängten. Die Stimmen waren ebenso wenig menschlich wie ihre Augen, sie kreischten und zwitscherten und bellten und heulten.

Die Gesichter begannen sich mit Fell, Federn und Schuppen zu bedecken. Schnauzen formten sich und gelbe Zähne. Gegabelte Zungen züngelten nach ihr und lange Fühler tasteten zitternd umher. Charlotte schrie und wich zurück. Dort ragte ein Hundekopf aus einer Samtjacke und dort riss ein Bär über einem Spitzenkragen sein Maul auf. Hinter ihr kicherte ein krummschnabeliger Vogelkopf, der auf dem Körper einer zierlichen Frau saß. Sie alle drängten sich um Charlotte, Hände griffen nach ihr und all die Schmetterlinge flatterten auf und verdeckten das Licht. Sie flogen um Charlotte herum, und mit einmal Mal waren sie nicht mehr hell und bunt, sondern groß und schwarz. Sie landeten auf ihr, bedeckten ihr Gesicht, krochen über ihre Arme und Beine und trugen sie mit sich fort in die Dunkelheit.

Als Charlotte wach wurde, glaubte sie zuerst in ihrem Zimmer zu sein. Die Sonne schien durchs Fenster und draußen sangen Vögel. Sie reckte sich und ihre Hände berührten weiche Federn und Gras. Sie lag in einer winzigen Laubhütte auf einem Bett aus Moos und ihre Decke war mit unzähligen winzigen Federchen bestickt, die sich sacht im Lufthauch regten.

Charlotte setzte sich auf und sah sich ungläubig um. Ihr Blick fiel auf ein paar ordentlich gefaltete Kleidungsstücke am Fußende ihres Lagers. Daneben stand ein Tablett auf winzigen hölzernen Löwenfüßen mit einem Obstteller und einem hübsch verzierten Becher.

Charlotte nippte an dem Becher, der klares Wasser enthielt, steckte sich eine Handvoll Beeren in den Mund und lehnte sich in die Tür der Hütte. Draußen war es friedlich. Vögel sangen und Schmetterlinge gaukelten durch die warme Luft. Charlotte schaute sich die Bäume, Büsche, Blumen, Vögel und Schmetterlinge an und schauderte.

Sie hob die Kleider auf, die sich als völlig normale, wenn auch nicht allzu modische Jeans und ein grünes T-Shirt entpuppten, die ihr beide wie angegossen passten. Sie schlüpfte in die Stoffschuhe, die daneben gelegen hatten, und ging hinaus.

Sie wanderte eine Weile umher, ohne jemandem zu begegnen. An einem kleinen Teich, der auf einer Lichtung wie ein grünes Auge in den Himmel blickte, beugte sie sich nieder, um zu trinken. Dabei fiel der Kristallanhänger aus ihrem T-Shirt. Licht fing sich in ihm und reflektierte von der Wasseroberfläche, die glatt war wie ein Spiegel.

Charlotte sah fasziniert hinein, betrachtete ihr Gesicht in der grünlichschwarzen Tiefe. Über ihrem Kopf zogen Wölkchen über den Himmel. Der Kristallanhänger funkelte wie ein kleiner Stern. Dann erzitterte das Wasser, ihr Gesicht verzerrte sich und spiegelte sich doppelt wider. Sie konnte sich mit einem Mal nicht mehr von der Stelle bewegen. Das Gesicht, das neben ihrem im Wasser zu schweben schien, veränderte sich, wurde älter und blasser. Die Haare standen wie eine rot leuchtende Wolke um den Kopf und die spitzen Ohren; die weit auseinanderstehenden, schräg gestellten Augen sahen sie forschend an. Rote Lippen teilten sich, ließen weiße Zähne sehen.

»Charlotte«, flüsterte die Erscheinung.

»Mama?«, fragte Charlotte. Sie hätte zu gerne die Hand nach ihrer Mutter ausgestreckt, aber sie war an die Stelle gebannt.

»Du solltest nicht hier sein«, sagte die Elfe. Sie zog ärgerlich die geschwungenen Brauen zusammen, aber Charlotte fühlte, dass der Ärger nicht ihr galt.

»Der König hat gesagt, er lässt mich nicht wieder nach Hause.«

Die Elfe seufzte. »Oberon ist so eifersüchtig wie nachtragend. Ich habe es gewagt, von seinem Schattenzwilling ein Kind zu bekommen. Das hat ihn geärgert, und jetzt will er mich damit ärgern, dass er dich hierbehält. Nicht dass er nicht selbst eine Meute Kinder von anderen Frauen hätte, auch von Schattenfrauen.« Sie lachte, aber auch ihr Lachen klang ärgerlich.

»Schattenzwilling?«, fragte Charlotte, der der Kopf schwirrte.

»Manche von uns haben einen Zwilling bei euch im Schattenland, weißt du? Auberon, dein Vater, ist der Schattenzwilling Oberons. Ich hatte ihn wirklich gerne, er ist nicht so anstrengend wie mein edler Gatte.« Sie klopfte mit dem Zeigefingernagel, der lang und spitz war, gegen ihre Oberlippe und sah Charlotte nachdenklich an.

»Kannst du mir nicht helfen?«, fragte das Mädchen. »Ich habe dich vermisst, warum hast du mich nie besucht? Und warum hast du mir nie gesagt, dass ich eine Elfe bin?«, fügte sie leise hinzu.

Die Elfe ging darüber hinweg. »Oberon hat einen guten Zeitpunkt für deine Entführung gewählt. In der Zeit der Wilden Jagd bin ich nicht im Elfenland, sondern muss den Alten jagen.« Ihre Augen verengten sich. »Warum bleibst du nicht einfach hier? Es wird dir gefallen. Tanz und Musik und hübsche Spiele den ganzen Tag. Ist das nicht nett? Wenn die Jagd vorüber ist, komme ich dich besuchen.« Ihr Bild im Wasser begann zu verblassen.

»Nein!«, schrie Charlotte. Die Starre, in der ein Zauber sie gehalten hatte, verging. Sie griff nach ihrer Mutter, aber ihre Finger berührten nur kühles Wasser und schleimige Pflanzen.

Angewidert sprang sie auf und rannte davon, wollte die Grenze zum Zwischenreich wiederfinden, wollte sogar die ewige Nacht durchqueren, wollte einfach nur nach Hause. Die Zweige der Bäume und Büsche griffen nach ihr, hielten sie fest. Langes Gras wand sich um ihre Knöchel, hemmte ihre Schritte, aber sie riss sich los, lief weiter, immer geradeaus.

Irgendwann sank sie keuchend und erschöpft auf ein dickes Moospolster, das sie weich wie ein Kissen empfing. Sie schloss die Augen und sank tiefer. Nur ein wenig ausruhen, dann würde sie weiterlaufen.

Etwas rauschte durch die Luft. Flügelschlag eines großen Vogels. Ein harter Schnabel pickte schmerzhaft in ihre Hand. Charlotte zog sie träge zurück, murmelte »Autsch« und hob die bleischweren Lider.

Roki hockte neben ihr, die Arme um die hochgezogenen Beine geschlungen. Die Ratte balancierte auf seinem Knie und putzte sich.

»He«, sagte er verlegen. »Du solltest hier besser nicht einschlafen.«

Sie setzte sich auf, mit einem Schlag wieder hellwach. »Du«, sagte sie wütend. »Du – Mistkerl!«

»Ich wusste nicht, was mein Vater vorhat«, verteidigte er sich. »Glaub mir, ich hätte dich nicht hergebracht, wenn ich geahnt hätte, dass er dich wirklich festhalten will. Sein Bote hat mir gesagt, es sei eine Neckerei und die Gelegenheit, alles wiedergutzumachen.«

»Und was gedenkst du jetzt zu tun?«

»Willst du wirklich zurück zu den Schatten? Es ist doch viel schöner hier. Wir könnten so viel Spaß haben.« Sein flehender Blick machte Charlotte nur noch wütender.

»Natürlich will ich zurück«, fauchte sie. »Und du musst mir helfen, das bist du mir schuldig. Bring mich zur Grenze!«

Er biss sich auf die Lippe, sah sich um wie ein Tier, das in der Falle saß. Dann seufzte er und seine Schultern sanken herab. »Es tut mir wirklich leid. Ich war nicht gerne bei euch im Schattenland, aber ich verstehe, dass du zurück möchtest. Ich habe mich auch die ganze Zeit nach meinen Freunden hier gesehnt.« Er griff nach der Ratte und steckte sie in sein Hemd. »Ich versuche es.«

Charlotte kam auf die Knie. »Du bringst mich zur Grenze?«

»Das geht nicht.« Er hob beschwichtigend die Hand, als sie losschimpfen wollte. »Der Weg ist uns versperrt. Um zwischen unseren Welten hin- und herzuwechseln, braucht man einen Elfentraum – und den hab ich Oberon zurückgegeben.«

»Verdammt«, flüsterte Charlotte und sank entmutigt ins Moos zurück, das befriedigt zu seufzen schien und sich wie ein Kissen um sie schmiegte. Sie schüttelte sich vor Widerwillen und sprang auf.

Roki nahm ihre Hand. »Komm. Es ist zwar gefährlich, aber ich weiß einen anderen Weg.«

Es wurde langsam dunkel. Der Himmel, unter dem sie schließlich durch die dämmrige Landschaft liefen, war nicht schwarz, sondern von einem tiefen Purpurton. Charlotte glaubte hin und wieder einen Schatten darübergleiten zu sehen. Hin und wieder rief klagend ein Nachtvogel.

»Wird der König nicht schrecklich böse sein, wenn er herausfindet, dass du mir geholfen hast?«, brach Charlotte das Schweigen. Roki blickte sie kurz von der Seite an, sie sah das Weiße in seinen Augen leuchten.

»Er würde mich töten, wenn er mich erwischt«, sagte er kurz.

Sie liefen scheinbar endlos durch die stille Landschaft, bis Roki anhielt, um den Himmel abzusuchen. Ganz fern blinkten ein paar Sterne, und diesmal sah Charlotte deutlich die schwarz geflügelten Schatten, die im steten Strom dahinflogen. Roki seufzte leise. Er blickte sich um, Abschied nehmend, wie es schien. Dann hielt er ihr die Hand hin. »Komm«, sagte er wieder. Charlotte ergriff seine Hand, ohne zu wissen, was er wollte.

Einen Moment lang verschwamm ihre Sicht, dann gab es einen heftigen Ruck und sie saß rittlings auf etwas Weichem, Warmem, das sich unter ihr bewegte. Sie beugte sich zur Seite und sah, dass der Boden sich schnell entfernte – sie flog.

Charlotte klammerte sich fest und das Schwindelgefühl verging. Unter ihren Fingern spürte sie Federn und sich bewegende Muskeln. Anscheinend saß sie auf einem riesigen Vogel, der sich immer höher in die Luft schraubte. Sie zog den Kopf ein und hielt sich fest.

Sie flogen dicht an einem hochhausgroßen Baum vorbei und Charlotte sah monströse Äpfel in seinen Zweigen hängen. Dann schaltete etwas in ihrem Kopf um und sie begriff: Der Baum und die Äpfel waren von normaler Größe, ebenso der Vogel, auf dem sie saß. Aber sie selbst war anscheinend plötzlich nur noch daumengroß.

»Roki!«, rief sie voller Schreck.

»Ruhig«, sagte der riesige Rabe mit der Stimme des Elfenjungen. »Halt dich fest. Ich muss die anderen einholen.«

Das musste er nicht zweimal sagen. Charlotte klammerte sich eisern fest, während der Nachtwind an ihr zerrte, ihr die Haare ins Gesicht peitschte und um ihre Ohren rauschte.

Bald konnte sie die eilig dahinziehenden Vögel aus der Nähe sehen, und dann hatten sie sie eingeholt und flogen mit ihnen.

»Wohin?«, fragte Charlotte atemlos. Der Flug begann ihr Spaß zu machen.

»Zur Wilden Jagd«, rief der Rabe.

Zu ihrer Mutter! Charlotte riss die Augen auf vor Überraschung und trieb Roki an, schneller zu fliegen.

Sie glitten durch die Nacht. Über, unter, hinter und neben ihnen flogen die anderen Raben, ebenso still und zielstrebig wie sie. Die Sterne funkelten kalt über ihrem Kopf, die Luft war eisig und der Himmel schwarz wie ein Tintenfleck. Schwarz, nicht purpurn. Sie mussten das Elfenland verlassen haben.

Charlotte atmete tief durch und wagte einen kleinen Jauchzer. Was kam jetzt?

Was kam, war plötzlicher, unglaublicher Lärm, der sie aufschreien ließ. Gebell und Geheule, laute Rufe, wilde Hörner und Peitschenknallen. Beinahe hätte sie ihren Griff gelockert, um sich die Ohren zuzuhalten.

Da war sie, die Wilde Jagd – überall um sie herum. Die Raben gaben ihr Schweigen auf und stürzten sich heiser krächzend hinein ins Gewühl.

Charlotte sah schattenhafte Reiter und riesige Hunde, aber auch wilde Schweine, Hirsche, Wölfe und andere Tiere, die durch den Himmel galoppierten. Nicht sie waren die Gejagten, ging ihr auf. Sie waren die Meute und sie jagten den Alten, das Alte Jahr!

Roki schrie triumphierend, legte die Flügel an und schoss hinein in das wilde Gewimmel. Charlotte krallte die Finger fest in sein Gefieder und schrie mit ihm um die Wette. Rundum heulte und bellte die Meute und ihre Schreie verschmolzen mit dem Lärm der Jagd zu einer wilden Sinfonie.

»Siehst du dort vorne?«, rief Roki. Charlotte spähte in die Nacht. Tief unter ihnen lag ein weiß verschneiter Wald und am Horizont konnte sie Lichter erkennen. Sie kniff die Augen gegen die eisige Luft zusammen. Dann sah sie, was er meinte. Ein Schlitten raste durch die Luft, gezogen von sechs großen weißen Katzen. »Titania«, rief Roki. »Unsere Königin. Sie führt die Jagd an.«

Roki flog schneller. Anscheinend hatte er vor, den Schlitten einzuholen. Charlotte schlug auf seinen Rücken. »Nicht dorthin«, schrie sie. Sie genoss es, mit der Wilden Jagd durch die Lüfte zu stürmen, und befürchtete, dass Titania – ihre Mutter – sie wieder zu Oberon zurückschicken würde.

»Wir müssen sie einholen«, gab er keuchend zurück. »Ohne die Hilfe deiner Mutter wirst du niemals vor dem Ende der Raunächte nach Hause kommen.«

Sie waren über dem Schlitten. Die Katzen rannten durch die Luft, als hätten sie festen Boden unter den Füßen. Roki ließ sich fallen wie ein Stein, es gab einen heftigen Ruck, und dann saß Charlotte neben ihm im Schlitten, er war wieder ein Junge und auch sie hatte ihre normale Größe zurück.

Ihre Mutter wandte den Kopf. Wild blitzende gelb-grüne Katzenaugen starrten sie an. Charlotte fuhr zurück. Es war das Gesicht ihrer Mutter und es war es auch wieder nicht – es erschien wilder und auf seltsame Weise nicht menschlich. Die Königin entblößte ihre messerscharfen Fänge und zischte.

»Titania!« Roki schrie und es klang wie der Ruf eines Raben.

Die Katzenfrau fauchte laut eine Antwort.

»Titania, unsere Königin«, stieß Roki hervor. »Ich bitte dich um Hilfe für dieses Kind der Schatten, meine Schwester.«

Über dem Sausen der Luft, dem Klirren des Zaumzeugs und der wilden Musik der Jagd ertönte nun zwischen den beiden eine Mischung aus Gesang, Zischen, Fauchen und anderen Geräuschen, die ihr beinahe das Trommelfell zerrissen. Sie drückte sich in die Ecke des Schlittens, der wild hin und her schlingerte, und hielt sich verbissen fest, um nicht hinausgeschleudert zu werden.

Endlich drehte die Katzenkönigin sich wieder um und trieb ihr Gespann noch mehr an, während Roki neben Charlotte auf die Bank sank und stumm nickte. Sein Gesicht war noch bleicher als sonst. Sie griff nach seiner Hand und fühlte den Druck seiner kalten Finger.

Die Jagd ging fort. Ein blasser Streifen kündigte den Morgen an, aber die Jagdgesellschaft blieb ihm immer einige Längen voraus. Irgendwann schlief Charlotte trotz des Sturmwindes und des Lärms vor lauter Erschöpfung ein, bis eine kalte Hand sie sanft weckte. Rabenaugen starrten sie an »Du musst gleich springen«, drängte Roki.

»Wa-was?«, murmelte sie. Das Rütteln und Schütteln des Schlittens ließ ihre Zähne klappern.

»Springen«, wiederholte Roki. Er drückte ihr etwas in die Hand. »Ein Geschenk von Titania, bewahre es gut. Wir werden uns wiedersehen«, fügte er hinzu. Er schüttelte den Kopf, noch bevor sie die Frage stellen konnte, lächelte und sagte: »Ich kann jetzt erst einmal nicht zurück ins Elfenland. Aber Titania will mich mit sich nehmen.« Er lachte und stieß eine Faust in die Luft. »Heißa, die Jagd«, schrie er, und sie hörte die Freude darin.

Dann gab er Charlotte einen festen Stoß, sie fiel von der Bank und segelte mit einem Schrei durch die Luft.

Die kalte Luft pfiff um ihren Kopf und trieb ihr das Wasser in die Augen. Sie wirbelte kopfüber, kopfunter durch die Nacht, die Sterne drehten sich vor ihrem Blick, schossen an ihr vorüber, zerplatzten rund um sie zu goldenen und silbernen Blitzen, während es in ihren Ohren knatterte und knallte wie von Explosionen. Funken in allen Farben schossen um ihren Kopf und blendeten sie.

Unter ihr der Schnee, über ihr die Sterne und der bunte Farbenregen – ihr

Fall verlangsamte sich, sie segelte sanft durch die Luft und landete auf allen vieren im Schnee. Sie spuckte den Schnee aus, der ihr in den Mund geraten war, und blickte halb geblendet auf. Über ihr blitzte und krachte es immer noch, sie hörte heulende und pfeifende Geräusche, lautes Knattern und Knallen und überall waren farbige Lichter. Funken regneten auf sie herab.

Charlotte stand taumelnd auf und sah, dass sie im Garten vor ihrem Haus stand. In ihrer Hand baumelte ein kleines Beutelchen an einem Lederband.

Über ihr brannte der Himmel. Aber Charlotte blickte nicht empor, sie hatte das Beutelchen geöffnet und hielt in der Hand, was darin gewesen war. Es blitzte silbern und golden in ihrer Handfläche und sprühte Funken, schöner als sämtliche Silvesterraketen.

Ein Elfentraum. Ihre Eintrittskarte zum Elfenland. Lachend stand sie da und hob ihn zum Himmel, ließ ihn mit den Raketen um die Wette funkeln. Dann schob sie ihn in den Beutel zurück und lief zur Haustür.

Sie würde ihren Bruder Roki und ihre Mutter Titania wiedersehen, und vielleicht würde sie beim nächsten Mal sogar bei ihnen bleiben und eine Weile im Elfenland leben – aber jetzt hatte sie erst einmal mit Jens eine Verabredung zum Kino.

WOLFGANG HOHLBEIN

Eine Weihnachtsgeschichte

»WEIHNACHTEN IS DOCH SCHEISSE. Nichts als eine einzige große Lüge. Wenn man's genau nimmt, dann is sogar der Weihnachtsmann bloß die Erfindung von 'nem bekifften Schamanen, der ein bisschen zu viel Fliegenpilze genascht hat«, behauptete Jo.

Jedenfalls nahm Ben an, dass es das war, was er gesagt hatte; ganz sicher konnte er nicht sein, denn Jo war sturzbetrunken, und darüber hinaus hatte er schon seit Jahren nur noch drei oder vier Zähne im Mund, was es selbst bei den seltenen Gelegenheiten, zu denen er ihn halbwegs nüchtern erlebt hatte, ziemlich schwer machte, ihn zu verstehen. Und dass die Temperaturen in den letzten zwei Stunden um mindestens ebenso viele Grad gefallen waren, machte die Sache auch nicht unbedingt leichter. Bens Gesicht jedenfalls fühlte sich mittlerweile so taub an, dass er seine Lippen schon gar nicht mehr spürte, trotz des schmutzstarrenden, übel riechenden Wollschals, den er sich um die untere Gesichtshälfte geschlungen hatte. Er führte die Flasche zum Mund und tat so, als würde er einen Schluck trinken, hütete sich in Wahrheit aber davor, das verdreckte Glas auch nur mit den Lippen zu berühren. Fragend sah er Jo an.

»Im Ernst«, fuhr Jo fort. Er lallte mittlerweile hörbar. »Kam vonnen Samen, damals.«

»Halt doch die Fresse«, drang Didis Stimme unter dem Stapel schneeverkrusteter Pappkartons hervor, unter denen er sich verkrochen hatte. »Heute ist Weihnachten. Da will ich so 'n Schweinkram nicht hören.«

»Arschloch«, grunzte Jo, setzte die fast leere Rotweinflasche an und verzog das Gesicht, als er sich schmerzhaft einen seiner wenigen verbliebenen Zähne anstieß. »Das hat nichts mit Schweinkram zu tun, du geistiger Tiefflieger. *Samen* is der eigentliche Name vonne Lappländer.«

»Pappländer«, kicherte Didi. »Sag ich doch. Schweinkram.«

Ben verdrehte die Augen und verscheuchte die Erinnerung an ein prasselndes Kaminfeuer, an den Duft von frisch aufgebrühtem Kaffee und warmem Zuckergebäck aus seinem Kopf. Wenigstens versuchte er es.

»Jedenfalls«, fuhr Jo fort, lallend, aber unerschütterlich, »leben die Samen seit Jahrhunderten mit ihren Rentierherden zusammen, und Rentiere naschen nun mal gerne an Fliegenpilzen. Müssen die halbe Zeit high sein, die blöden Viecher. Wahrscheinlich knabbern die Schamanen auch mal mit.«

»Sind Fliegenpilze nicht giftig?«, fragte Ben vorsichtig. Er tat so, als nähme er einen weiteren Schluck aus seiner Weinflasche. Aber es blieb auch diesmal bei dem *So-Tun*. Allein der Geruch, der ihm aus der Flasche entgegenschlug, drehte ihm schier den Magen um. Er dachte an Weihnachtsgebäck. An das milde Licht von Christbaumkerzen und Karas mindestens genauso warmes Lächeln.

»Stimmt schon«, bestätigte Jo und gönnte sich eine noch größere Portion aus seiner Flasche. Sie war jetzt beinahe leer. »Kommt immer drauf an, wie viel man sich reinzieht. Ne Menge Pilze sind berauschend in geringen Dosen. Das sind Hallusini… Hallazuna…« Er nahm noch einen Schluck, womit die Flasche endgültig leer war. »Na ja, so 'n Zeugs eben, das high macht.«

Ben tat abermals so, als würde er trinken, diesmal allerdings nur, damit die anderen das Lächeln nicht sahen, das sich auf seine Lippen stehlen wollte. Er war ziemlich sicher, dass Jo das Wort *Halluzinogene* ganz genau kannte und vermutlich trotz geschätzter dreieinhalb Promille auch noch ohne Probleme hätte aussprechen können. Möglicherweise war er nicht der Einzige hier, der es vorzog, sich ein wenig … *einfacher* zu geben, als er war. Er machte sich in Gedanken eine Notiz, Jos Hintergrund ein bisschen genauer zu recherchieren. Und er war ziemlich sicher, dass er dabei eine Überraschung erleben würde.

»Und was hat das Ganze nun mit dem Christkind zu tun?«, erkundigte sich Maria. Sie saß direkt neben Jo und kämpfte darum, nicht einzuschlafen; ein Kampf, den sie zu verlieren drohte. Allein in den letzten zehn Minuten war sie zweimal eingenickt und gegen seine Schulter gesunken. Ben hielt sie besonders aufmerksam im Auge. Wenn sie in die andere Richtung kippte, bestand die Gefahr, dass sie in das Feuer fiel, das sie angezündet hatten, um die grausame Kälte zumindest symbolisch zu vertreiben. Es war schon halb heruntergebrannt und spendete kaum noch Wärme – das Christkind musste irgendwie vergessen haben, ihnen frisches Brennholz zu bringen –, aber die Glut war nichtsdestotrotz noch immer *Glut*.

»Das is was anners, Dummerchen«, lallte Jo. »Wir sprechen über den Weihnachtsmann, nich das Christkind. Wusstest du, dass der Weihnachtsmann früher ganz anners ausgesehen hat? Der rote Mantel und die Kapuze sind eine Erfindung von Coca-Cola.«

»Blödsinn«, gröhlte Didi unter seinen Pappkartons hervor.

»Kein Blödsinn«, beharrte Jo. »War so inne dreißiger Jahre … glaub ich. Coca-Cola hat damals ein paar Schauspieler in rote Mäntel gesteckt, um zu Weihnachten Werbung für ihr Gesöff zu machen, und schon war der Weihnachtsmann geboren, wie wir ihn heute kenn: Santa Claus.«

»Das will ich nicht hören«, sagte Maria und kippte nun doch in die andere Richtung. Ben schrak zusammen, aber Jo streckte rasch und beinahe ohne hinzusehen den Arm aus und hielt sie fest.

»Das will ich nicht hören«, wiederholte sie, nachdem sie in die andere Richtung zurückgekippt war und ihren Kopf sicher gegen Jos Schulter gelehnt hatte. »Das macht mir den Spaß an Weihnachten kaputt.«

Spaß an Weihnachten, dachte Ben. Er konnte sich kaum erinnern, jemals einen traurigeren Moment als diesen erlebt zu haben.

»Is aber so. Um auf den Weihnachtsmann zurückzukommen: Früher hat er ganz anners ausgesehen, mit 'nem braunen Mantel und ohne Kapuze. So, und jetzt stellt euch mal vor, wie so 'n Same in seinem braunen Rentierfellmantel und einem sechsspännigen Schlitten aussieht.« Jo sah sich Beifall heischend um. »Na?«

Niemand reagierte. Ben verkroch sich noch ein Stück tiefer hinter seiner Flasche, deren Kälte ihm schon längst das letzte bisschen Wärme aus den Fingern gesogen hatte. Maria war eingeschlafen und schnarchte leise, und Didi rumorte mit irgendetwas unter seiner Pappkartonfestung herum. Das Feuer loderte für eine Sekunde auf. Irgendetwas explodierte knackend und Funken sprühend wie um Jos Worte zu bestätigen, dann wurde die Flamme wieder kleiner.

»Rudolf, das rotnasige Rentier«, kicherte Didi. Im nächsten Augenblick übergab er sich würgend und lautstark und der säuerliche Geruch von Erbrochenem drang unter den vereisten Kartons hervor. Fröhliche Weihnachten, dachte Ben und nahm jetzt doch einen winzigen Schluck aus seiner Flasche.

Etwas vibrierte in seiner Tasche. Ben konnte ein erschrockenes Zusammenzucken nicht ganz unterdrücken, das aber niemandem auffiel – um genau zu sein, das Jo nicht auffiel. Er war der Einzige, der noch wach genug dafür gewesen wäre.

Das Vibrieren wiederholte sich, ungeduldiger diesmal, wie eine kleine Hand, die in seiner Hosentasche ungeduldig mit den Fingern trommelte.

Er stand auf und machte eine Kopfbewegung in die Dunkelheit hinter sich, um einer Frage zuvorzukommen, die Jo gar nicht hatte stellen wollen. »Ich geh mal kurz für kleine Weihnachtsmänner.«

»Frier dir nix ab.« Jo griente, und Ben drehte sich rasch herum und entfernte sich – vorsichtig – aus dem flackernden, roten Lichtkreis, den das erlöschende Feuer in die Dunkelheit stanzte. Das Klopfen in seiner Hosentasche wiederholte sich erneut und fühlte sich noch ungeduldiger an, aber er widerstand der Versuchung, die Hand in die Tasche zu stecken. Er bewegte sich wirklich *sehr* vorsichtig. Nachdem er fast eine Stunde in die unbarmherzige Glut des Feuers gesehen hatte, nahmen seine Augen nur noch Schemen und blassgelbe Nachtbilder war und bedrohliche fremde Umrisse in der Dunkelheit der ehemaligen Fabrikhalle, in der sie Zuflucht gesucht hatten. Aber es war noch halbwegs hell gewesen, als sie gekommen waren, und er erinnerte sich nur zu gut an das Labyrinth aus Trümmern, heruntergestürzten Balken, verbogenen Metallspitzen und -graten und gefährlichen Klingen aus Glas und rostigen Nägeln und auch an den einen oder anderen jäh aufklaffenden Abgrund, der nur auf einen leichtsinnigen Dummkopf wartete, den er verschlingen konnte. Beinahe zentimeterweise und die Füße vorsichtig über den Boden schleifend, entfernte er sich so weit von dem erbärmlichen Feuerplatz, bis er ganz sicher war, nicht nur außer Sicht, sondern auch außer Hörweite der anderen zu sein.

Das Handy randalierte zum siebten oder achten Mal, als er es endlich aus der Tasche zog und – ungelenk und mit so steifen Fingern, dass er Mühe hatte, es nicht fallen zu lassen – aufklappte.

»Ja?«, flüsterte er.

»Hier ist das Christkind«, sagte eine sanfte Stimme. Sie klang warm, sanftmütig und verführerisch, aber er glaubte auch eine ganz sachte Spur von Unwillen darin zu hören. »Spreche ich mit Joseph?«

»Hi, Liebes«, antwortete Ben. »Ich weiß, es ist spät, aber –«

»Also, ich bin hier bei dir zu Hause«, fuhr die Stimme des Christkinds fort. »Der Weihnachtsbaum brennt. Deine Frau wartet, und die Kinder sind schon ganz kribbelig vor Ungeduld. Aber ich kann keine Bescherung machen, solange du nicht da bist.«

»Ich weiß«, antwortete Ben hastig. »Ich sollte längst zu Hause sein, aber –«

»Ja, das kann man so sagen«, unterbrach ihn die Stimme des Christkinds, die plötzlich gar nicht mehr sanft und verführerisch und verzeihend war, sondern nur noch vorwurfsvoll. »Du wolltest vor einer Stunde hier sein. Nicht dass es mir etwas ausmachen würde, seit Wochen allein den Haushalt zu schmeißen, mich um die Kinder zu kümmern, das Weihnachtsfest vorzubereiten, sämtliche Geschenke zu besorgen und nur manchmal zu riechen, wenn mein Mann mal eine Stippvisite bei uns gemacht hat, also darüber will ich mich wirklich nicht beschweren, ganz bestimmt nicht, Gott bewahre –«

»Kara, ich weiß, dass –«, begann Ben, und sie fuhr ungerührt, aber mit einer Stimme, die plötzlich so scharf und schneidend wie Glas klang, fort: »Aber heute ist Heiligabend. Der vierundzwanzigste Dezember, falls dir das etwas sagt. Jede normale Familie in dieser Stadt feiert jetzt Weihnachten. Nicht dass *ich* darauf bestehe, aber du hast zwei Kinder, und die würden Weihnachten vielleicht doch gerne mit ihrem Vater verbringen – *falls du dich von deinen neuen Freunden loseisen kannst, heißt das.*«

Bei den letzten Worten hatte sie beinahe geschrien. Wut stieg in Ben auf. Aber sein Zorn verrauchte beinahe sofort und machte einem heftigen schlechten Gewissen Platz. Sie hatte ja recht.

»Es tut mir leid, Liebes«, sagte er. »Ehrlich. Ich bin in einer halben Stunde zu Hause. In zwanzig Minuten.«

Er schaltete ab, bevor Kara antworten konnte, ließ das Handy wieder in die Hosentasche gleiten und ging zu den anderen zurück. Didi war inzwischen unter seinen Pappkartons herausgekrochen und dabei, seine vereiste Behausung mit klammen Fingern in Streifen zu reißen, mit denen er versuchte, das fast niedergebrannte Feuer zu neuem Leben zu erwecken. Mit bescheidenem Erfolg. Nasse Pappe brannte nun einmal nicht besonders gut. Maria war endgültig eingeschlafen und gab Geräusche wie eine Kettensäge von sich, während ihr Kopf in Jos Schoß lag, und Jo selbst kramte – vergeblich – in dem Gewirr aus leeren Flaschen neben sich, um irgendwo noch einen Rest Alkohol zu finden.

»War wohl eine längere Sitzung, wie?«, stichelte er.

Ben zögerte. Er brauchte keinen Grund – schon gar keine *Entschuldigung!* –, um zu gehen. Er konnte einfach verschwinden, wer sollte ihn daran hindern und was war er diesen drei Trunkenbolden denn eigentlich schuldig? – Aber gleichzeitig konnte er genau das eben nicht.

Für einen Moment fühlte er sich hilflos.

»Was?«, machte Jo und warf ihm einen schrägen Blick zu. Anscheinend sah man ihm an, dass etwas mit ihm nicht stimmte.

Ben hob auch jetzt nur die Schultern. Irgendwie … fehlten ihm plötzlich die Worte, und das war *wirklich* ungewöhnlich, wenn er bedachte, wer er war – fast schon ein bisschen erschreckend –, aber er teilte sein Leben nun seit annähernd einem Monat mit diesen Leuten, und obwohl es wirklich nicht viel gab, was er an ihnen mochte, brachte er es nicht über sich, sich einfach herumzudrehen und zu gehen.

Vielleicht weil heute Weihnachten war.

»Was?«, fragte Jo noch einmal, als er beharrlich schwieg; und plötzlich in fast aggressivem Ton. Didi hörte auf, seine Wohnung in Streifen zu reißen, und starrte ihn ebenfalls ganz komisch an.

»Also, es … es gibt da etwas, was ich euch sagen muss«, begann er unsicher und sprach nicht weiter, als ihm schon wieder die Worte fehlten.

»Ach, und was?«, fragte Didi.

Ja, wenn er das nur wüsste. Wie wäre es mit:

Also, Leute, ich bin in Wahrheit gar kein Obdachloser wie ihr. Eigentlich bin ich ein ziemlich erfolgreicher Journalist, der eine Reportage über Penner schreibt, wie sie allein durch den Winter kommen und so. Na ja, und da habe ich mich unter euch gemischt und so getan als ob, und jetzt reicht es. Heute ist Weihnachten, meine Familie wartet, mir ist kalt und ihr seid nun wirklich eklig und jetzt habe ich die Schnauze voll, gehe nach Hause in meine protzige Villa, nehme ein heißes Bad und feiere dann mit meiner Frau und meinen beiden Kindern Weihnachten.

Ja, das hätte er sagen können, und jedes Wort wäre wahr gewesen. Aber er brachte es einfach nicht über die Lippen.

»Heute ist Weihnachten«, sagte er stattdessen.

»Was du nicht sagst«, meinte Jo. »Und?«

Er musste schon wieder nach Worten suchen, sehr viel länger diesmal, und als sie schließlich kamen, überraschten sie ihn selbst am allermeisten. Aber diese drei Leute, begriff er mit vollkommenem Erstaunen, *bedeuteten* ihm etwas. Das Feuer würde in spätestens einer halben Stunde endgültig heruntergebrannt sein, falls Didi es mit seinen Pappstreifen nicht vorher erstickt hatte, und dann würde es hier in dieser verlassenen Fabrikhalle, in der sie Zuflucht vor dem kältesten Winter seit mindestens zehn Jahren gesucht hatten, nicht kalt, sondern *mörderisch* kalt werden, und das vielleicht im wortwörtlichen Sinne, und die drei waren allein. Und außerdem war heute Weihnachten. Zeit für eine gute Tat.

»Ich glaube, ich habe eine Überraschung für euch«, sagte er.

»Hast du irgendwo noch eine Flasche gebunkert?«, vermutete Didi.

Ben schüttelte den Kopf. »Nein. Aber was haltet ihr von einem Platz, an dem es ein bisschen wärmer ist?«

Natürlich hatte er erwartet, dass Kara sauer sein würde. Aber das war sie nicht.

Sie bekam einen Tobsuchtsanfall, und die Weihnachtsstimmung (oder was davon noch übrig war) war schon im Eimer, bevor die Bescherung überhaupt angefangen hatte. Genauer gesagt fiel sie aus, wenigstens vorerst, denn nachdem Kara beleidigt abgerauscht war und die Küchentür hinter sich zugeknallt hatte, hatten sich auch die Zwillinge in ihre Zimmer zurückgezogen und sogar die Geschenke ignoriert, die hübsch verpackt und zu kunstvollen Türmchen gestapelt unter dem Weihnachtsbaum auf sie warteten. Für einige Momente wurde es sehr still in dem großen, festlich beleuchteten Haus. Aber es war irgendwie keine weihnachtliche Stille. Schon eher die Ruhe vor dem Sturm, von dem er nur zu gut wusste, dass er kommen würde.

Immerhin überraschten ihn Jo und Maria angenehm (Didi hatte das Haus nicht betreten), indem sie so gut wie nichts sagten, sondern sich nur aus fassungslos aufgerissenen Augen umsahen; ihr Wohlverhalten war allerdings mit Sicherheit auf genau diese Fassungslosigkeit zurückzuführen und auf nichts anderes. Dankbar war er trotzdem dafür.

Da das Haus über mehrere Badezimmer verfügte, bugsierte er Maria in das eine und ging mit Jo ins Gästezimmer. Den Salon mit dem festlich geschmückten Weihnachtsbaum streifte er nur mit einem flüchtigen Blick und verwarf den Gedanken sofort wieder. Schließlich konnte man alles übertreiben. Und

Jo roch auch noch immer nach seinem flüssigen Frühstück von heute Morgen. Außerdem würde ihm Kara dann garantiert den Kopf abreißen.

Na ja, was sie wahrscheinlich ohnehin tun würde, früher oder später.

Das Gästezimmer, das in einem abgelegenen Flügel der weitläufigen Villa lag und so gut wie nie benutzt wurde, war dunkel, still und deutlich kälter, als er erwartet hätte; außerdem roch es ein wenig muffig, und zuerst glaubte er darin den Grund für die misstrauisch-ablehnenden Blicke zu erkennen, mit denen Jo seine Umgebung musterte. Eine Sekunde später wurde ihm klar, dass er sich eigentlich wie im Paradies vorkommen musste. Noch vor einer halben Stunde hatten sie an einem erlöschenden Feuer quasi unter freiem Himmel gehockt, und das einzig Essbare in weitem Umkreis waren die Ratten gewesen, die sie aus der Dunkelheit heraus angestarrt hatten. Trotzdem wirkte der Obdachlose nicht begeistert.

»Stimmt irgendetwas nicht?«, fragte er.

Jos Blicke wurden noch missmutiger. Er war unmittelbar hinter der Tür stehen geblieben und sah aus, als traue er sich nicht, weiter hereinzukommen und die einfache, aber moderne und saubere Einrichtung mit seiner Gegenwart zu besudeln. »Mit mir oder mit dir?«, fragte er schließlich.

»He! Also ich kann verstehen, wenn du überrascht bist und vielleicht ein bisschen verstimmt, aber –«

»Einer von uns, wie?«, fiel ihm Jo ins Wort. Er klang verärgert und – wie sich Ben bestürzt eingestand – ehrlich verletzt.

»Also gut. Ich habe nicht die ganze Wahrheit gesagt, zugegeben. Aber jetzt seid ihr hier, und es ist warm, und nachher gibt es was zu essen und zu trinken.«

Jo sah ihn nur noch feindseliger an (vielleicht auch erschrocken), und er fuhr in scharfem Ton fort: »Ich meine: Ich will dich natürlich zu nichts zwingen. Ihr könnt ja gerne zurück in die Fabrik gehen, wenn du es da gemütlicher findest.«

Die Worte taten ihm schon leid, bevor er sie ganz ausgesprochen hatte, und jetzt sah Jo *wirklich* verletzt aus.

Aber er schluckte die Entschuldigung, die ihm auf der Zunge lag, trotzdem hinunter.

»Schon gut«, sagte Jo plötzlich. Er lächelte verkrampft. »Has ja recht. Das war jetzt nich besonders dankbar von mir. Was zu trinken hasse gesagt?«

»Später«, antwortete Ben. »Jetzt ist erst mal Duschen angesagt, und danach finde ich bestimmt auch noch was zum Anziehen für dich.«

Prima. Schließlich hatte er Jo ja noch nicht genug beleidigt.

Der Obdachlose zog eine Grimasse, sah an sich herab und griente noch breiter, hatte zugleich aber auch sichtbar Mühe, nicht zu deutlich hin und her zu schwanken. Gut, dachte Ben, er hatte ihm und Maria etwas zu trinken versprochen, und das würden sie auch bekommen, aber hatte er mit einer einzigen Silbe etwas von *Alkohol* gesagt?

»Is schon in Ornung«, sagte Jo. »Jetz geh ers mal un beruhige deine Frau. Das wa doch deine Frau gerade anner Tür, oder?«

Ben hütete sich, irgendetwas darauf zu erwidern, nickte nur zur Antwort und drehte sich fast überhastet zur Tür.

»Un keine Sorg nich«, rief Jo ihm hinterher. »Ich mach nix dreckig, un ich lass auch bestimmt nix mitgehn.«

Diese Bemerkung, fand Ben, war höchst überflüssig … aber irgendwie beruhigte sie ihn doch.

Kara war nicht mehr in der Küche, wo er zuerst nach ihr suchte, sondern hatte sich im Schlafzimmer eingeschlossen und machte erst auf, als er so heftig gegen die Tür zu hämmern begann, dass im nächsten Moment irgendetwas nachgegeben hätte – die Türfüllung oder seine Fingerknöchel.

»Was willst du?«, fauchte sie, indem sie zwar die Tür aufriss, zugleich aber auch heftig den Kopf schüttelte und ihm einem Wage-es-bloß-nicht-reinzukommen-Blick zuwarf. »Soll ich rauskommen und für deine neuen Freunde kochen?«

Unter nahezu allen anderen Umständen hätte er auf diese Frage mit einem ernsthaften Nicken und einer Bemerkung wie: »Das ist eine gute Idee« oder so ähnlich reagiert, aber in Karas Augen stand etwas geschrieben, das nicht nur verdächtig nahe an Mordlust grenzte, sondern seinem schlechten Gewissen auch noch neue Nahrung gab, und so hielt er lieber die Klappe.

»Außerdem stinkst du«, fügte sie hinzu und rümpfte demonstrativ die Nase.

»Ich weiß.« Ben machte eine Kopfbewegung auf die Badezimmertür am anderen Ende des Schlafzimmers. »Deshalb wollte ich ja hierher.«

»Kommt überhaupt nicht infrage!«, schnappte Kara. »Geh doch zu deinen neuen Freunden und teil dir die Dusche mit ihnen!«

Sie machte Anstalten, die Tür zuzuknallen, aber Ben hob rasch die Hand und erschrak selbst fast ein bisschen, als seine Finger einen schmierigen Fleck auf dem weißen Schleiflack zurückließen. »He, komm schon. Ich weiß, dass du sauer bist, und du hast wahrscheinlich auch allen Grund dazu, aber –«

»Wahrscheinlich?«

»Also gut, du *hast* allen Grund dazu. Aber ich bin da, oder? Und die beiden sind harmlos. Ein bisschen gewöhnungsbedürftig vielleicht, aber eigentlich ganz in Ordnung. Ich konnte sie unmöglich dort draußen in der Kälte lassen. Sie wären glatt erfroren. Und außerdem –«

»Was?«, fragte sie scharf. Sie legte lauernd den Kopf auf die Seite. »Ist heute Weihnachten? Untersteh dich, das zu sagen!«

»Aber heute *ist* Weihnachten«, sagte er schüchtern.

Er rechnete damit, dass sie ihm jetzt wirklich die Tür vor der Nase zuknallte, und sie sah auch ganz so aus, als würde sie gleich genau das tun – aber dann trat sie zurück und deutete mit einer trotzigen Kopfbewegung zum Bad. »Also gut. Einen Fleck auf dem Teppichboden und du bist tot, ist das klar?«

Ben hütete sich, auch ein einziges Wort dazu zu sagen, sondern eilte in Richtung Bad. Kurz bevor er die Tür erreichte, fragte sie: »Wo hast du deine Freunde geparkt? In der Garage?«

»Maria ist im Bad und Jo im Gästezimmer«, antwortete er und konnte regelrecht *hören*, wie Kara blass wurde.

»Soll das heißen, du lässt sie *allein im Haus herumlaufen?!*«, ächzte sie.

»Aber sie sind doch vollkommen –«, begann er und sprach dann nicht weiter. Wozu auch? Kara war schon längst aus dem Zimmer gestürmt.

Er überlegte kurz, ihr nachzulaufen, entschied sich dann jedoch dagegen. Schon weil er Kara gut genug kannte, um zu wissen, dass jetzt einfach alles falsch sein würde, was er sagte oder tat.

Stattdessen ging er ins Bad, schälte sich aus den übel riechenden Fetzen, die er trug, und drehte die Dusche so heiß auf, wie er es gerade noch aushielt. Er blieb gute zehn Minuten unter dem dampfend heißen Wasser stehen und verbrauchte in dieser Zeit beinahe eine ganze Flasche Duschgel, ohne sich hinterher auch nur im Geringsten sauberer zu fühlen. Es wurde ein wenig (nicht viel) besser, nachdem er frische Kleider angezogen hatte, und am liebsten wäre er sofort ins Bad zurückgegangen, um sich in einer Wanne mit kochend heißem

Wasser auszustrecken und mindestens eine Stunde lang darin liegen zu bleiben – doch er war im Grunde schon viel zu lange hier. Schließlich wollte er nicht nach unten gehen und ein Blutbad vorfinden.

Als ob Kara zehn Minuten nicht ausreichten, um es anzurichten …

Er verzichtete darauf, sich die Haare zu föhnen, und kämmte sie nur glatt und nass nach hinten (sie reichten ihm mittlerweile schon bis auf den Kragen; sobald die Feiertage vorbei waren, würde er als Allererstes zum Friseur gehen), legte seine Uhr und das dünne goldene Halskettchen mit dem antiken Kreuz an, das ihm Kara zu ihrem ersten Hochzeitstag geschenkt hatte, und fühlte sich endlich wieder wie ein Mensch, als er das Schlafzimmer verließ, wenigstens äußerlich.

Immerhin hörte er keine Schreie aus dem Erdgeschoss; nicht einmal laute Stimmen. Im Wohnzimmer dudelte *Gloria In Excel Deo* von den Gregorians, die auf leicht rockig angehauchte, gregorianische Gesänge spezialisiert waren und mit denen Kara ihm schon seit dem ersten Advent auf den Nerv ging, und das ganze Haus duftete nach frischen Zimtplätzchen und Kaffee. Keine Schreie. Keine Kampfgeräusche.

Er hatte trotzdem kein gutes Gefühl. Auf den fünfzehn Stufen nach unten fielen ihm mindestens ebenso viele gute Gründe ein, aus denen es eben *keine* gute Idee gewesen war, Jo und Maria mitzubringen, Weihnachten hin oder her, aber leider kein einziger, um sie auch nur halbwegs elegant wieder hinauszukomplementieren.

Unten angekommen hörte er immer noch nichts anderes als die CD, die offensichtlich auf Endloswiederholung gestellt war, doch er war trotzdem nicht beruhigt.

Er erlebte eine Überraschung, als er mit klopfendem Herzen in Richtung Küche ging und vorsichtig die Tür öffnete. Jo lag keineswegs in seinem Blut da, wie er beinahe sicher angenommen hatte, sondern saß am Küchentisch und pustete in einen Pott mit dampfendem Kaffee, um den er beide Hände geschmiegt hatte, um sie an dem heißen Porzellan zu wärmen. Kara hatte weder eine Sense noch irgendein anderes Mordinstrument geholt, sondern lehnte mit vor der Brust verschränkten Armen an der Spüle und funkelte ihn wütend an. Aber – vielleicht – schon nicht mehr ganz so zornig wie vorhin.

»Wow!« Jo riss die Augen übertrieben weit auf. »Da sag ich aber mal Hallo!«

Ben blickte fragend, und Jo fuhr fort: »Da bin ich platt! Siehst ja aus wie 'n richtiger Mensch … oder muss ich jetz wieder Sie sagen?«

»Soweit ich weiß, hast du noch nie *Sie* zu mir gesagt«, antwortete Ben, der endlich seine Überraschung überwand und weiterging, um sich zu ihm zu setzen. Er warf Kara einen unsicheren Blick zu, den sie geflissentlich ignorierte. Trotzdem brachte sie ihm einen Kaffee. Allerdings setzte sie sich nicht zu ihnen, sondern nahm ihre Schmollposition an der Spüle wieder ein. Nun ja, es war zwar Heiligabend, aber vielleicht sollte er keine *zu* großen Wunder erwarten.

»Mann, das is ja vielleicht 'ne Überraschung«, fuhr Jo fort. »Da hast du uns aber ganz schön verarscht, wie? Musst dich ja innerlich die ganze Zeit über abgerollt haben vor Lachen über uns arme Idioten.«

»Ganz bestimmt nicht«, antwortete Ben hastig. »Bitte glaub mir, dass ich mich nicht über euch lustig machen wollte.«

»So etwas würde mein Mann nie tun«, sagte Kara spöttisch. »Er ist nämlich ein ganz seriöser und ernsthafter Journalist, der –«

»Geschenkt, Schätzchen«, unterbrach sie Jo. »Hat er uns alles schon erzählt, auf 'm Weg hierher. Er arbeitet an einer Reportage über die neue Armut oder so was und hat sich deshalb unner uns gemischt, um gleich vor Ort zu recherchieren. Inkognito, gewissermaßen.«

»Schätzchen?« Kara zog die linke Augenbraue hoch.

»Aber keine Bange«, fuhr Jo grienend fort. »Ich bin nich böse. Dem armen Didi hat's ja glatt die Sprache verschlagen, und ich glaube, er war ein bisschen eingeschnappt.« Er drehte sich ächzend auf seinem Stuhl zu Kara um. »Hat glatt 'nen Anfall gekriegt und ist beleidigt abgerauscht, als er eure Hütte gesehen hat, der bekloppte Idiot.«

Karas rechte Augenbraue gesellte sich zu ihrer linken, aber Ben beeilte sich, erklärend hinzuzufügen: »Eigentlich waren wir zu viert. Aber Didi … ähm … wollte nicht mitkommen, als er die Wahrheit erfahren hat.« Die *eigentliche* Wahrheit war, dass er wild herumgeschrien und getobt und irgendetwas von *Menschenwürde* und *Laborratten* gefaselt hatte. Einen Augenblick war er beinahe sicher gewesen, dass Didi jetzt auf ihn losgehen würde; keine besonders amüsante Vorstellung bei einem Bullen von mehr als zwei Metern und mindestens hundertzwanzig Kilo. Aber schließlich hatte er sich nur herumgedreht und war schimpfend im Schneesturm verschwunden.

»Na, da können wir ja noch von Glück sagen, dass du nur zwei deiner Freunde mitgebracht hast und nicht gleich ein ganzes Dutzend«, sagte Kara spitz. Ben wollte antworten, doch sie rauschte bereits aus dem Zimmer. »Ich gehe mal ins Bad und sehe nach, ob ich Ihrer Freundin helfen kann«, sagte sie im Hinausgehen.

Jo blickte ihr kopfschüttelnd nach. »Da is aber jemand sauer.«

»Ja«, antwortete Ben einfach. Wozu lügen?

»Du kriegst doch kein Ärger, oder?«, erkundigte sich Jo. »Ich mein: Wenne willst, dann können wir auch wieder gehen.«

»Kommt überhaupt nicht infrage«, unterbrach ihn Ben. »Ihr bleibt hier, wenigstens bis morgen früh. Kara beruhigt sich schon wieder, keine Angst.« Er versuchte zu lächeln. »So ist sie nun einmal. Ziemlich schnell auf hundertachtzig, aber sie kommt auch genauso schnell wieder runter. Meistens.«

Jo nippte an dem Kaffee und verzog das Gesicht. »Heiß.«

»Schmeckt er nicht?«

»Doch, sicher. Aber hasse vielleicht was Stärkeres?«

»Jetzt nicht«, antwortete Ben. »Später vielleicht.«

Jo zuckte mit den Achseln, trank einen weiteren Schluck und verzog das Gesicht noch mehr. »Heiß«, sagte er noch einmal. »So, du schreibst also einen Zeitungsbericht über uns.«

»Eine Artikelserie«, verbesserte ihn Ben. »Und nicht nur über euch, ich meine nicht nur über Maria und dich, sondern über Leute wie euch.«

»Berber«, vermutete Jo. »Trebegänger.«

»Über die neue Armut in diesem Land«, korrigierte ihn Ben. »Weißt du eigentlich, dass die Zahl der Obdachlosen in den letzten fünf Jahren fast auf das Doppelte angestiegen ist? Die Politiker hören das nicht gern, und die meisten Medien berichten kaum darüber, weil die Leute nämlich gar nichts davon wissen wollen, aber die Wahrheit ist, dass unser viel gerühmtes soziales Netz inzwischen verdammt große Maschen hat, durch die immer mehr Leute fallen. Man muss nicht auf die schiefe Bahn geraten oder saufen oder Drogen nehmen, um sich urplötzlich auf der Straße wiederzufinden.« Er brach ab, als er sich des sonderbaren Blickes bewusst wurde, mit dem ihn Jo maß, und kam sich mit einem Mal ziemlich blöd vor. »Du weißt das«, vermutete er.

»Ich war auch mal auf der anderen Seite«, sagte Jo. »Is noch gar nich so lange her. Acht Jahre, um genau zu sein.«

»Und was hast du vorher gemacht?«, erkundigte sich Ben.

»Ich war Designer. Na ja, eigentlich Möbelschreiner. Aber ich hatte ein eigenes Geschäft und hab Designermöbel entworfen.« Er schwenkte die Kaffeetasse in die Runde. »Schickes Zeug wie das hier. Teuer und nur vom Feinsten.«

»Und was ist passiert?«

»Zu viele Steuern, zu wenig Rücklagen, zu viele Gesetze und Verordnungen und zu wenig gesunder Menschenverstand, auf beiden Seiten.« Jo hob die Schultern. »Das Übliche eben. Am Schluss musste ich fast eine halbe Million aufbringen.«

»Und die hattest du nicht.«

Jo lachte bitter. »Mit den Banken und den anderen Gläubigern bin ich klargekommen, aber das Finanzamt hat nich mitgespielt. Ham mir den Laden wegen ein paar lächerlicher Tausender dichtgemacht.«

»Und danach ist alles zusammengebrochen«, vermutete Ben. »Warum hast du davon nie etwas erzählt?«

»Hätt's was genutzt?« Jo nahm einen schlürfenden Schluck Kaffee, zog eine noch angewidertere Grimasse und schaute sich beinahe sehnsüchtig um.

Ben ignorierte es. »Nein. Wahrscheinlich nicht. Aber wenn es dich tröstet – du bist nicht der Erste. So etwas passiert immer mehr Menschen.«

»Steuerschulden?«

»Das System«, antwortete Ben kopfschüttelnd. »Sie zerbrechen am System. Es wird immer komplizierter und immer unmenschlicher. Es hat nichts mit Dummheit zu tun, wenn man daran scheitert, nur weil man es nicht versteht. Nicht mehr lange und niemand versteht es mehr. Irgendwann gibt es nur noch eine Handvoll Superreiche und ganz viele Arme. Wie in den guten alten Zeiten.«

»Und darüber schreibst du?«, fragte Jo.

»Unter anderem.«

»Muss sich lohnen«, sagte Jo, während er vielsagend in die Runde blickte. »Dir scheint es ja nicht schlecht zu gehen.«

»Es hält sich in Grenzen. Das Haus gehört meiner Frau. Geerbt. Aber du hast recht, ich kann nicht klagen, das stimmt.«

Darauf antwortete Jo nicht mehr, aber er sah sich noch einmal sehr lange und auf eine Weise um, die Ben auf einmal gar nicht mehr gefiel. Vielleicht, dachte er unbehaglich, hatte Kara ja recht gehabt.

Er hörte Schritte und drehte sich zur Tür, weil er Kara erwartete, doch es waren die Zwillinge. Sehr zu seinem Verdruss. Er konnte selbst nicht genau sagen warum, aber es gefiel ihm nicht, dass sie Jo sahen. Nun gut, das hätte er sich früher überlegen sollen.

»He, wen haben wir denn da?« Jo prostete den beiden Siebenjährigen mit seiner Kaffeetasse zu. Weder Lukas noch Johannes antworteten. Sie sahen den sonderbaren Fremden, der da so plötzlich am Weihnachtsabend an ihrem Küchentisch aufgetaucht war, nur aus großen Augen an, aber wenigstens zeigten sie keine Angst – obwohl Jo mit seinen schmutzstarrenden Kleidern, seinem verfilzten schulterlangen Haar und dem nicht minder strähnigen und bereits grau melierten Bart eigentlich alles andere als vertrauenerweckend aussah. Wenigstens, dachte er, machte er den Kindern keine Angst.

»Wer ist der fremde Mann, Papa?«, fragte Johannes, und Lukas fügte hinzu: »Ist das der Weihnachtsmann?«

Ben starrte ihn nur verdattert an, aber Jo grinste und entblößte dabei die fleckigsten gelben Zähne, die Ben bis vor vier Wochen überhaupt gesehen hatte – wenigstens ein paar davon –, und prostete den Zwillingen abermals mit seiner Kaffeetasse zu. »Nein, das bin ich nicht. Aber ich kann euch eine ganze Menge spannender Geschichten über den Weihnachtsmann erzählen, wenn ihr wollt.«

»Vielleicht später«, sagte Ben hastig. »Jo ist ein guter Freund, der uns zu Weihnachten besucht.« Er stand auf und trat auf die beiden Kinder zu. »He, findet ihr nicht, dass ihr jetzt lange genug gewartet habt, wenn wir schon über den Weihnachtsmann sprechen? Ich mache euch einen Vorschlag. Ihr geht jetzt noch einmal in eure Zimmer, und ich verspreche euch, dass ich euch spätestens in zehn Minuten zur Bescherung abhole, einverstanden? Und weil ihr diesmal so ganz besonders geduldig gewesen seid, könnte es sein, dass das Christkind heute etwas ganz Besonderes bringt.«

»Was?«, fragte Lukas.

Ben schüttelte lächelnd den Kopf. »Wenn ich es euch verrate, dann ist es ja keine Überraschung mehr.«

»Außerdem weiß er es gar nicht«, mischte sich Jo ein. »Was in euren Päckchen ist, das weiß schließlich nur das Christkind.«

Ben blickte ihn fast böse an, und Johannes fragte: »Die fremde Frau in unserem Badezimmer, ist die das Christkind?«

»Nein«, sagte Jo lächelnd. »Das ist nur meine Freundin.«

»Konnte ich mir auch nicht vorstellen«, sagte Lukas. »Mama ist ganz böse mit ihr. Sie hat mit ihr geschimpft, und sie würde doch ganz bestimmt nicht mit dem Christkind schimpfen.«

»Bestimmt nicht«, bestätigte Jo. »Eure Mutter ist nämlich eine sehr nette Frau. Aber wisst ihr was? Sie wartet bestimmt genauso ungeduldig auf die Bescherung wie ihr – und solange wir hier miteinander reden, kann das Christkind nicht kommen, fürchte ich. Also solltet ihr tun, was euer Vater gesagt hat, und ganz schnell in eure Zimmer gehen, okay?«

Die Zwillinge verschwanden wie weggezaubert, und Ben wandte sich mit staunendem Blick zu Jo um. »Das war nicht übel«, sagte er anerkennend. »Du kannst gut mit Kindern, wie?«

»Es geht so. Man muss nur ehrlich zu ihnen sein …« Er grinste. »Meistens.«

»Hast du Kinder?«, fragte Ben.

Jo schüttelte den Kopf, aber er zögerte gerade eine Winzigkeit zu lange, um Ben nicht begreifen zu lassen, dass er mit dieser Frage ganz offensichtlich an ein Thema gerührt hatte, über das er nicht reden wollte. Er respektierte das.

»Also gut«, sagte er. »Ich fürchte zwar, dass ich für Maria und dich keine Weihnachtsgeschenke habe, aber wenn ihr wollt, könnt ihr natürlich gerne mit dabei sein.«

Aus den zehn Minuten, von denen er gesprochen hatte, wurde dann doch beinahe eine halbe Stunde, die die Zwillinge allerdings mit schon fast bewunderungswürdiger (und ganz und gar ungewohnter) Geduld ertrugen, bevor er schließlich die Käfigtür öffnete und die Zwei-Mann-Bande johlend und brüllend hereinstürmte und begann, erbarmungslos unter den Geschenken zu wüten. Es war inzwischen fast acht. In den allermeisten Familien musste die Bescherung schon längst vorüber sein, und sie saßen beim Abendessen oder hatten auch das schon hinter sich, aber das tat der Freude (und Lärmentwicklung) der Zwillinge nicht den geringsten Abbruch. Sie tobten, jubilierten und packten fieberhaft ihre Geschenke aus. Ben und Kara hatten sich an den Kamin zurückgezogen und sahen schweigend und Hand in Hand zu, wenn auch mit unterschiedlichen Gefühlen. Ben liebte die Zwillinge wie nichts anderes auf der Welt und hätte ohne zu zögern sein Leben für sie geopfert, natürlich, aber manchmal – vor allem wenn sie so aufgekratzt und außer Rand und Band wie jetzt waren – gingen sie ihm doch ein wenig auf die Nerven, während Karas Gesicht vor Freude glühte und ihre Augen mit jedem Begeisterungsschrei und jedem Geräusch von reißendem Papier weiter aufzuleuchten schienen.

Ben hütete sich, etwas dazu zu sagen. Zu seiner Erleichterung benahmen sich auch Jo und Maria. Sie hatten sich diskret ans andere Ende des großen Raumes zurückgezogen und beobachteten die Szene schweigend; jedenfalls, was Jo anging. Maria saß beinahe genau wie vorhin in der Fabrikhalle neben ihm, hatte den Kopf gegen seine Schulter gelehnt und nickte immer wieder ein, und Ben entging keineswegs, dass Jo den Arm nicht nur aus purer Freundschaft um ihre Hüfte geschlungen hatte, sondern wohl eher, um sie festzuhalten und zu verhindern, dass sie umfiel. Seltsam – er war praktisch den ganzen Tag lang mit den beiden zusammen gewesen, aber er konnte sich gar nicht erinnern, dass sie *so viel* getrunken hatte …

Er konnte sich auch nicht erinnern, Maria jemals so gesehen zu haben; als Frau. Ihr Gesicht war so sauber wie nie zuvor und sie hatte sich auch das Haar gewaschen. Es war immer noch strähnig und glanzlos und sah vermutlich nicht nur so aus, als hätte sie es mit einer Gartenschere geschnitten – aber trug sie zum allerersten Mal keinen schmutzigen Bundeswehrparka und gefütterte NATO-Hosen, sondern eines von Karas alten Kleidern, das sie ihr in einem vollkommen unerwarteten Akt von Großzügigkeit überlassen hatte, und sie …

Kara sprach es aus, noch während er genauer hinsah und überrascht die Augenbrauen zusammenzog.

»Hast du gewusst, dass sie schwanger ist?«

Ben schüttelte nur verblüfft den Kopf. »Nein«, murmelte er. *Schwanger* war ziemlich untertrieben. Maria war ein gutes Stück kleiner als Kara und von viel schlankerem Wuchs (normalerweise); eine Frau mit der Statur eines Kindes, aber jetzt wölbte sich das viel zu große Schlabberkleid, das Kara ihr gegeben hatte, über einen Bauch, der aussah, als stünde sie kurz vor der Niederkunft.

»Na ja«, sagte Kara säuerlich. »Dann wollen wir nur hoffen, dass deine

Freunde das mit dem *Ihr-Kinderlein-kommet* heute Nacht nicht zu wörtlich nehmen. Das würde uns gerade noch fehlen.«

Ben verzichtete vorsichtshalber darauf, zu antworten, aber er löste seine Finger aus Karas Hand und trat einen halben Schritt zur Seite. Sie schenkte ihm einen vorwurfsvollen Blick – keine Spur von Schuldbewusstsein –, und der Rest der Bescherung verlief in ungutem Schweigen … zumindest was ihre *erwachsenen* Teilnehmer anging.

Irgendwann aber war es zu Ende. Das letzte Paket war geschlachtet, die letzten Freudenschreie verklungen, und irgendwann drehte Kara sich kommentarlos um und ging zum Tisch, und Ben folgte ihr.

Er erlebte eine Überraschung, vielleicht die größte bisher: Wie üblich hatte Kara an dem großen Esstisch am anderen Ende des Raumes gedeckt, weitab von dem Schlachtfeld, aus dessen Epizentrum der inzwischen schon leicht ramponierte Christbaum aufragte, und sie hatte für *sechs* gedeckt, nicht für vier. Er konnte einen völlig fassungslosen Blick in ihr Gesicht nicht ganz unterdrücken, erntete aber nur ein kühles Lächeln und ein angedeutetes Schulterzucken und hatte es plötzlich sehr eilig, seinen Platz am Kopfende der großen antiken Tafel einzunehmen.

Und er erlebte eine weitere Überraschung. Nachdem sich auch die Zwillinge randalierenderweise und nach einem strengen Blick ihrer Mutter in Richtung Tisch bequemten, wandte sich Kara nicht nur höchstpersönlich zu Jo und Maria um, um sie mit einer einladenden Geste heranzuwinken, sondern beugte sich auch unter den Tisch und hob zwei in goldfarbene Metallfolie eingepackte Flaschen auf, die sie neben den beiden zusätzlichen Tellern abstellte. Zumindest Jo schaute erstaunt. Bei Maria war Ben nicht ganz sicher, ob sie überhaupt irgendetwas sah.

»Tut mir leid«, sagte Kara. »Ich weiß, es ist nicht besonders originell, aber ich musste ein bisschen improvisieren.«

»Aber das is … toll«, sagte Jo. Er wirkte ein bisschen verdutzt. Maria sagte gar nichts, sondern hielt sich mit beiden Händen und tumbem Gesichtsausdruck an der Tischkante fest, um nicht vom Stuhl zu fallen. »Wirklich, damit … hätt ich nie nich gerechnet, Gnädigste.«

»Kara reicht«, sagte sie lächelnd. Aber ihr Blick lächelte nicht, sondern fügte – lautlos und in Bens Richtung – hinzu: Hauptsache, nicht mehr *Schätzchen*.

Sie selbst nahm als Letzte Platz und klatschte in die Hände, und die Zwillinge kamen johlend heran, mit aufgerissenen Spielzeugverpackungen und Papierfetzen bewaffnet. Vielleicht auch schon jenem Teil ihrer Geschenke, die es bereits hinter sich hatten, da war er nicht ganz sicher.

»Mami, schau, was das Christkind mitgebracht hat!«, krähte Johannes, während er mit irgendetwas Buntem, ziemlich kompliziert Aussehendem herumfuchtelte.

»Uns beiden …«, fügte Lukas mit leuchtenden Augen hinzu.

Karas Augen leuchteten nicht. Sie runzelte die Stirn und wirkte alles andere als erfreut. Ben versuchte, ihr einen fragenden Blick zuzuwerfen, aber sie sah demonstrativ an ihm vorbei und wedelte den Zwillingen zu, sich endlich zu setzen. Sie gehorchten, wenn auch in der Manier von Siebenjährigen am Weihnachtsabend – widerstrebend und mit viel Zappelei. Ben erkannte erst jetzt, was Lukas wirklich in der Hand hielt, zog überrascht die Brauen zusammen und versuchte erneut, Karas Blick einzufangen, doch sie wich ihm immer noch aus und wartete nun mit nur noch mühsam beherrschter Ungeduld, dass die beiden blonden Energiebündel Ruhe gaben.

Was sogar eintrat.

Jo wollte die Hand nach dem Suppentopf ausstrecken, aber Ben warf ihm einen raschen, fast erschrocken-warnenden Blick zu und signalisierte ihm ein lautloses Kopfschütteln und Kara faltete die Hände über der Tischkante und senkte den Kopf. »Lasst uns beten.«

Tatsächlich verstummten die Zwillinge wie auf Knopfdruck, und auch Jo blinzelte überrascht in die Runde und verschränkte dann – zögernd – die Finger ineinander. Maria schnarchte leise und hörte dann mit einem erschrockenen Grunzen damit auf, als Jo sie verstohlen mit dem Ellbogen anstupste, und auch Ben faltete die Hände und wartete mit gesenktem Blick und stumm, während Kara das Tischgebet sprach – ein Kompromiss, den sie von Anfang an geschlossen hatten und an den niemand zu rühren wagte. Ben war auf seine Art so gläubig wie sie, aber er hatte nie etwas vom Beten gehalten und glaubte nicht, dass Gott gesteigerten Wert darauf legte, dass seine Schäfchen ehrfürchtig vor ihm auf die Knie sanken und irgendwelche auswendig gelernten Sprüche herunterrasselten. Kara hatte in dieser Hinsicht eine weitaus konservativere Erziehung genossen, doch solange sie es nicht übertrieb und von den Kindern etwa erwartete, dass sie im Büßergewand herumliefen oder einmal im Jahr auf den Knien nach Lourdes rutschten, sollte es ihm recht sein.

Er nutzte die Zeit, um sich das Geschenk, auf das Lukas so überaus stolz war, verstohlen noch einmal genauer anzusehen – und hatte plötzlich alle Mühe, sein Erstaunen zu verbergen. Was Lukas da so krampfhaft in seiner kleinen Faust umklammert hielt, war eine bizarr geformte Kunststofffigur mit viel zu vielen Beinen und Armen und einem ganzen Sammelsurium der absurdesten Hieb- und Stichwaffen, gekrönt von einem flachen Schildkrötenschädel mit glotzenden Augen und einem Maul voller winziger, spitzer Zähne. Die neueste Kreation aus irgendeiner grotesken Monster-Actionfiguren-Serie, deren Namen er vergessen hatte. Dabei hätte er ihn eigentlich wissen müssen, denn immerhin wären Kara und er ihretwegen beinahe ernsthaft aneinandergeraten. Die Zwillinge hatten sich nichts mehr gewünscht als genau diese Ungeheuer, aber in diesem Punkt war Kara unerbittlich. Sie hielt nichts von solchen *gewaltverherrlichenden, verdummenden, primitiven Machwerken* (Originalton); ganz egal, wie sehr die Kinder sie sich auch wünschten. Wäre es nach ihr gegangen, hätten die Zwillinge ihre Kindheit wahrscheinlich nur mit Holzspielzeug aus gemeinnützigen Werkstätten zugebracht. Dem hatte er schon früh einen Riegel vorgeschoben – aber was Actionfiguren der Marke *Schlag-mich-tot-bevor-ich-es-tue* anging, blieb sie hart.

Umso erstaunter war er jetzt, genau solche Miniatur-Monster in den Händen der Zwillinge zu entdecken. Er zerbrach sich vergeblich den Kopf nach dem Grund, der Kara dazu bewogen haben mochte, derart über ihren Schatten zu springen.

»Und segne die Mahlzeit, die du uns auch heute wieder so überreich beschert hast, Herr«, beendete Kara ihr Tischgebet. »Und beschütze auch unsere armen Brüder und Schwestern, denen es nicht so gut geht wie uns.«

»Amen«, fügte der *arme* Bruder hinzu, der an ihrem Tisch saß. Maria rülpste leise.

Kara sah sie stumm, aber strafend an, und die Zwillinge begannen verhalten zu kichern, bis ihre Mutter auch sie mit einem strafenden Blick bedachte.

Aber war er wirklich strafend? Der Blick, mit dem sie *ihn* bedachte, war jedenfalls … anders. Beinahe … wütend?, dachte Ben irritiert.

»Also dann, allseits einen guten Appetit«, sagte Kara, während sie bereits aufstand und den Deckel von der Suppenterrine nahm. Jo nickte nur stumm und fuhr sich in genießerischer Vorfreude mit der Zungenspitze über die Lippen, und die Zwillinge begannen wieder zu kichern. Kara funkelte sie an und begann köstlich duftende Rindfleischsuppe auszuschenken.

»Das Christkind war dieses Jahr ganz toll!«, brüllte Lukas schließlich und schwenkte sein Plastikmonster.

»Wir haben uns die *Scavenger* sooo doll gewünscht«, fügte Johannes hinzu und wedelte mit seiner eigenen eineiigen Kopie desselben Ungeheuers herum. Ein fingergroßes Kunststoffschwert löste sich aus einer warzigen Plastikhand und klatschte in den Suppenteller vor ihm. Johannes quietschte, und Lukas schlug die Hand vor den Mund und lief puterrot an, um nicht vor Lachen laut herauszuplatzen.

»Jetzt ist es aber gut«, sagte seine Mutter streng. »Wir möchten jetzt in aller Ruhe essen. Ihr könnt später noch mit euren Geschenken spielen, verstanden?«

»Na, da hat das Christkind aber dieses Jahr genau ins Schwarze getroffen, wie?«, fragte Jo, während er behutsam den ersten Löffel heiße Suppe zum Mund führte und dann hörbar schmatzte. Kara sah ihn konsterniert an und schwieg, bedachte Ben dafür jedoch mit einem umso vernichtenderen Blick.

»Ganz toll!«, bestätigte Johannes strahlend. »Sonst kriegen wir immer so doofe Sachen, aber diesmal war es genau das, was wir uns gewünscht haben!«, fügte Lukas hinzu und attackierte mit seinem eigenen *Scavenger*-Monster das seines Bruders. Diesmal flog das Kunststoffschwert in Lukas' Teller und ließ heiße Suppe aufspritzen.

»Na ja, dafür ist Weihnachten ja schließlich da«, meinte Jo. »Damit man die Sachen kriegt, die man sich am allermeisten wünscht.« Er blinzelte den Zwillingen beinahe verschwörerisch zu und nahm einen weiteren, von einem noch lauteren Schlürfen begleiteten Löffel seiner Suppe. Johannes kicherte.

»Wisst ihr eigentlich, woher die Geschichte vom Christkind kommt?«, fragte Jo. »Die meisten Menschen glauben ja, es hätte was mit dem Jesuskind zu tun, aber –«

»Genauso ist es auch«, fiel ihm Kara ins Wort, nicht einmal wirklich laut, aber so scharf, dass Jo überrascht innehielt und sie verstört ansah. »Es ist eine Erinnerung an das Jesuskind, das Gott der Herr uns geschickt hat. Und seither bringt uns das Christkind Geschenke, um uns an das allergrößte Geschenk zu erinnern, das uns je gemacht worden ist.«

»Nun ja …«, sagte Jo gedehnt. »Das ist eine interessante Version, aber die Wahrheit ist, dass –«

»Es ist die, an die wir glauben«, unterbrach ihn Kara, eine Spur lauter.

Jo sah sie an und war endlich klug genug, die Klappe zu halten, und Maria rülpste hörbar und wäre beinahe von ihrem Stuhl gefallen, hätte er nicht blitzschnell zugegriffen und sie festgehalten. Lukas kicherte.

»Aber das –«, begann Kara entrüstet.

»Jo versteht eine Menge von Weihnachten«, sagte Ben hastig. »Ich meine: Er weiß eine Menge über die historischen Hintergründe und all die Geschichten, die sich im Laufe der Jahrtausende um das Weihnachtsfest herum entwickelt haben … wo sie herkommen, was sie wirklich bedeuten und so weiter … ich glaube, das ist so etwas wie sein Hobby, habe ich recht?«

»Hat mich schon immer interessiert«, bestätigte Jo, leicht verwirrt und sich offensichtlich keiner Schuld bewusst. »Obwohl es im Grunde nich mal ein christliches Fest is, sondern auf heidnische Bräuche zurückgeht, wenigstens zum Teil.«

»Bitte!«, unterbrach ihn Kara scharf.

»Was sind heidnische Bräuche, Mama?«, wollte Johannes wissen.

»Nichts, Liebling«, sagte Kara, ohne Jo auch nur einen Sekundenbruchteil aus ihrem glühenden Blick zu entlassen. »Etwas sehr Dummes, über das wir in diesem Haus nicht sprechen und das es auch seit langer Zeit nicht mehr gibt.«

Maria nickte zustimmend, wankte auf ihrem Stuhl hin und her und fiel mit dem Gesicht voran in ihre Suppe.

Wahrscheinlich, dachte Ben, hatte Maria während des gesamten zurückliegenden Jahres nicht so viel geduscht wie heute. Nachdem das – geschlagene fünf Sekunden dauernde! – entsetzte Schweigen geendet hatte, das Marias unerwarteter Aktion gefolgt war, waren die Zwillinge nicht nur in brüllendes Gelächter ausgebrochen, das alle Ermahnungen ihrer Mutter nicht zum Verstummen bringen konnte, war Jo hastig aufgesprungen und hatte Maria auf die Arme genommen, um sie ins Badezimmer zu tragen. Kara hatte die Suppenteller weggebracht und dann damit begonnen, mit hektischen, abgehackten

Bewegungen, die ihren Zorn deutlicher zum Ausdruck brachten als alles, was sie hätte sagen können, die verschüttete Suppe mit einer Serviette aufzutupfen. Natürlich machte sie es damit nur noch schlimmer. Sie sagte kein Wort, aber die Blicke, mit denen sie ihn durchbohrte, sprachen Bände.

Ben schwieg wohlweislich, brach jedoch mit einer seiner wenigen eisernen Regeln und schickte ein lautloses Dankesgebet zum Himmel, dass wenigstens der Teller nicht zu Bruch gegangen war. Das Geschirr war nicht nur außerordentlich kostbar, sondern auch ein Erbstück, das Kara hütete wie ihren Augapfel und das sie nur zu ganz besonderen Anlässen auf den Tisch stellte.

Ein zweiter Teller begann bedrohlich auf der Tischkante zu kippeln, als die Zwillinge seinen Rand als improvisierte Arena für den ersten ernst gemeinten Zweikampf ihrer Plastikmonster missbrauchten. Kara ging mit einer erschrockenen Geste dazwischen und scheuchte die Jungs aus der gleichen Bewegung heraus davon. »Schluss jetzt!«, sagte sie streng. »Geht noch einen Moment spielen. Ich rufe euch, wenn wir weiteressen.«

Sie fuhr fort, Fettflecke mit der Serviette tiefer in die Damasttischdecke zu reiben, und durchbohrte Ben weiter mit wütenden Blicken.

»Es … es tut mir wirklich leid«, begann er, als die Zwillinge außer Hörweite waren. »Ich habe wohl gedacht, dass –«

»Wie konntest du nur?«, zischte Kara. »Ich dachte, wir waren uns einig!«

»Ich habe wirklich gedacht, dass sie sich benehmen!«, verteidigte sich Ben.

»Das meine ich nicht!«, unterbrach ihn Kara, leise, aber in scharfem Ton und mit zitternder Stimme. »Ich meine diese verdammten Figuren. Du weißt, was ich von diesem … *Dreck* halte!«

Ben starrte sie nur verständnislos an. »Wie?«, murmelte er.

»Wir waren uns einig, dass die Kinder *nicht* mit diesem Müll vergiftet werden!«, fauchte sie. »Jedenfalls dachte ich das!«

»Aber ich …«, Ben machte eine hilflose Geste mit den Händen. »Ich habe sie nicht gekauft!«, beteuerte er. »Ich dachte … ich dachte, dass du –?«

»Das reicht!«, zischte Kara. »Ich finde es schlimm genug, dass du mir so in den Rücken fällst, aber jetzt spiel nicht auch noch den Dummen!« Sie fuhr mit einer wütenden Bewegung herum und begann die Suppenteller zusammenzustellen, wobei noch mehr hässliche Flecken auf der Damastdecke entstanden. Sie schien es nicht einmal zu bemerken.

Ben konnte sie weiter nur verständnislos anstarren. Er *hatte* die beiden Figuren nicht gekauft. Er hatte nicht einmal mit dem Gedanken gespielt, es zu tun. Weder Kara noch er hätten den Willen des jeweils anderen so eklatant ignoriert. Aber ihr Zorn klang echt, nicht gespielt.

Verwirrt stand er auf, ging zum Weihnachtsbaum und ließ sich neben den Zwillingen in die Hocke sinken, um das Tohuwabohu aus aufgerissenen Kartons und mit Weihnachtsmotiven bedruckten Papierschnipseln genauer in Augenschein zu nehmen. Es war alles da: das Paket mit der warmen Steppjacke, die Überreste der Verpackung, in der das Memory-Spiel gewesen war, die Büchergutscheine und die Megapackung mit bunten Filzstiften samt dem dazugehörigen Zeichenblock in XXL – alles in doppelter Ausführung, versteht sich. Aber das, wonach er suchte, fand er nicht.

»Wo ist die Verpackung?«, fragte er.

Lukas und Johannes warfen gleichzeitig und aus unterschiedlichen Richtungen Papierschnipsel nach ihm, und er schüttelte lächelnd den Kopf. »Die, in denen eure Monster waren. Die *Scavenger*.«

»War keine«, sagte Lukas.

»Haben einfach so dagestanden«, fügte Johannes hinzu. »Wahrscheinlich hat das Christkind keine Zeit mehr gehabt, sie einzupacken.«

»Ja, wahrscheinlich«, murmelte Ben. Seine Gedanken arbeiteten angestrengt in eine ganz bestimmte (und ziemlich abstruse) Richtung … aber das war unmöglich. Er hatte in den letzten vier Wochen eine Menge geredet, das meiste davon dummes Zeug und das allermeiste frei erfunden, von seiner Familie jedoch hatte er ganz bestimmt nichts erzählt und schon gar nicht von den *Scavenger*-Figuren. Und selbst wenn – die beiden hatten unmöglich wissen können, dass er sie mitnehmen würde. Vor einer Stunde hatte er das ja selbst noch nicht gewusst.

Also war es doch Kara gewesen, so unglaublich es ihm auch vorkommen mochte. Aber warum stritt sie es dann ab und machte ihm noch dazu Vorwürfe? Das war ganz und gar nicht ihre Art!

Ben fand auf keine dieser Fragen eine Antwort, doch er nahm sich fest vor, es nicht dabei bewenden zu lassen. Er musste mit Kara darüber reden. Nicht heute, aber bald.

»Papa, was ist das?«

Ben schrak aus seiner Verwirrung auf und registrierte erst jetzt, dass die Zwillinge nicht mehr da waren. Sie standen nebeneinander am Fenster und hatten zwar ihre *Scavenger* mitgenommen, konzentrierten sich aber ganz auf irgendetwas auf der anderen Seite der Scheibe, das sich anscheinend hoch oben am Himmel befand. Irgendwie, dachte er, hatte Lukas fast … erschrocken geklungen.

Er stand auf und ging hin, und hinter ihm hörte Kara auf, mit Geschirr zu klappern, und kam ebenfalls zum Fenster.

Als Ben in den Himmel hinaufsah, konnte er den ängstlichen Ton in Lukas' Stimme verstehen. Es schneite immer noch, jetzt sogar noch viel heftiger als vorhin, aber der Himmel war trotzdem wolkenlos, sodass Tausende von Sternen wie ein gewaltiges schimmerndes Diadem daran sichtbar waren. Einer davon war besonders hell und strahlend, genau genommen sogar viel *zu* hell: eine goldfarben funkelnde Scheibe, nahezu ein Viertel so groß wie der Mond und auch nicht ganz kreisförmig. Außerdem bewegte er sich.

»Was … ist das?«, murmelte Kara staunend.

»Das sieht schön aus«, sagte Johannes.

»Wie der Stern von Bethlehem«, meinte Lukas.

Ben ertappte sich dabei, ganz automatisch zu nicken – Lukas hatte recht. Die Erscheinung *sah aus* wie der Stern von Bethlehem, wie man ihn von unzähligen alten Stichen und Bildern kannte. Ein flirrender Umriss, von dem dünne spitze Strahlen und ein deutlich längerer schimmernder Schweif ausgingen – aber dann sah er auf die Uhr und nickte noch einmal. »Zwanzig Uhr dreißig«, sagte er.

Kara sah ihn fragend an. »Und?«

»Das ist nicht der Stern von Bethlehem«, sagte er bedauernd, »sondern die ISS.«

Karas Blick wurde noch fragender, und Lukas zog die Nase kraus. »Die was?«

»Die Internationale Raumstation«, erklärte er. »Sie schwebt seit vielen Jahren da oben herum, weißt du?«

»Aber sie ist golden«, beharrte Lukas, und: »Wie der Stern von Bethlehem«, fügte Johannes hinzu.

»Und normalerweise ist sie unsichtbar«, bestätigte Ben. »Aber sie haben neue Sonnensegel eingebaut. Was da so golden glänzt, sind riesige Sonnenkollektoren, die man mit Gold beschichtet hat, damit sie das Sonnenlicht besser einfangen können. Ich habe davon in der Zeitung gelesen. Sie haben sie in den letzten drei oder vier Monaten angebaut, und heute Abend wollten sie sie zum ersten Mal entfalten … wahrscheinlich«, fügte er mit einem leisen Lachen hinzu, »weil heute Weihnachten ist und sie natürlich ganz genau gewusst haben, wie sie von unten aus betrachtet aussieht.«

»Soll das heißen, dass das Ding jetzt immer da oben zu sehen sein wird?«, fragte Kara. Sie klang nicht begeistert, sondern schon eher erschrocken.

»Ja«, antwortete Ben. »Aber man gewöhnt sich dran, vermute ich.« Er lachte erneut. »In hundert Jahren ist der Himmel wahrscheinlich voll von neuen Sternen.«

»Und Coca-Cola-Reklame«, grollte Kara.

Lukas zog eine Schnute, aber er kam nicht dazu, etwas zu sagen. Johannes nutzte den Moment der Unaufmerksamkeit zu einem heimtückischen Angriff auf den *Scavenger* seines Bruders, und die beiden entfernten sich johlend. Kara sah ihnen kopfschüttelnd nach und blickte dann noch einmal zu dem funkelnden falschen Stern am Himmel hinauf. »Das ist grässlich.«

»Ich hätte gedacht, dass es ihr gefällt«, sagte Ben überrascht. »Immerhin sieht er wirklich ein bisschen aus wie der Stern von Bethlehem.«

»Ja, und früher einmal war es ein richtiger Stern, den uns Gott geschickt hat. Jetzt bauen wir uns unsere Sterne selbst.« Sie seufzte. »Wohin soll das noch führen? Wie lange wird es wohl noch dauern, bis wir auch Gott durch eine Maschine ersetzen?«

Ben hütete sich, darauf zu antworten. Kara war weder fanatisch noch so etwas wie eine christliche Fundamentalistin – davon war sie Lichtjahre entfernt –, aber sie war nun einmal eine strenggläubige Katholikin. Er würde mit ihr über dieses Thema reden müssen, vor allem was die Kinder anging. Aber nicht heute. Er hatte nun wahrlich keine Lust auf *noch ein* Thema, über das sie streiten konnten.

»Das mit Jo und Maria tut mir wirklich leid«, sagte er leise. »Ich dachte, es wäre eine gute Idee! Weil doch heute Heiligabend ist. Und außerdem wären die beiden draußen vielleicht wirklich erfroren. Ich konnte sie einfach nicht allein lassen.«

»Noch dazu, wo sie schwanger ist.«

»Davon wusste ich nichts«, sagte er rasch – und so heftig, als hätte er irgendetwas damit zu tun.

Kara musterte ihn eine Sekunde lang mit schräg gehaltenem Kopf und verzog dann die Lippen. »Ich weiß«, sagte sie spöttisch. »Du bist gerade einmal vier Wochen mit diesen Leuten zusammen. So schnell bist nicht einmal du, Liebling.«

»Ja, danke auch«, nörgelte er.

Kara lachte und wurde praktisch übergangslos wieder ernst. »Wieso waren die beiden eigentlich am Heiligen Abend allein dort draußen? Gibt es denn keine …«, sie suchte nach Worten, »… Obdachlosenheime oder so was, wo sie Unterkunft finden?«

»Immer weniger«, sagte er ernst. »Das Geld wird knapp, weißt du, und da spart man zuerst an denen, die sich sowieso nicht wehren können … das ist auch eines der Themen, über die ich schreiben werde. Die Welt wird härter. Aber du hast natürlich recht.« Er kam ihrem Einwand zuvor. »Gerade zu Weihnachten würden sie irgendwo unterkommen, schlimmstenfalls bei der Caritas oder in einer Kirche. Aber das wollten sie nicht.«

»Warum?«

»Keine Ahnung«, antwortete er wahrheitsgemäß. »Sie waren schon immer Einzelgänger.«

»Na, da kann ich ja froh sein, dass du nicht die ganze Meute mitgebracht hast«, sagte Kara kopfschüttelnd, hob aber auch sofort besänftigend die Hand. »Es war richtig, sie mitzubringen. Schon wegen des Kindes. Einfach unverantwortlich von dieser Frau. Sie ist doch mindestens im achten Monat.«

Ben konnte nur die Schultern heben. Bis vor einer Stunde hatte er nicht einmal gewusst, dass sie schwanger war.

»Also gut, ich verzeihe dir diese eine Sache. Über die andere reden wir morgen.«

Ben wollte widersprechen, aber Kara drehte sich rasch herum und ging mit schnellen Schritten zum Tisch zurück. Diesmal musste sie nicht einmal mehr in die Hände klatschen, damit sich die Zwillinge zu ihnen gesellten. Krieg führen machte allem Anschein nach hungrig.

Jo kam Minuten später zurück. Allein. Sie hatten mit dem Essen nicht auf ihn gewartet, sondern sich bereits über den Braten hergemacht, woran er aber keinen Anstoß zu nehmen schien. Er setzte sich wortlos und griff unaufgefordert zu.

»Wie geht es Ihrer Frau?«, fragte Kara. »Oder Freundin?«

Jo wirkte eine halbe Sekunde lang irritiert, aber wahrscheinlich eher über den bloßen Umstand, dass sie überhaupt noch mit ihm sprach, statt mit der Fleischgabel nach ihm zu werfen. Dann schüttelte er den Kopf. »Wir sind nich verheiratet. Muss man heute auch nich mehr sein, oder?«

»Nein, das muss man nicht«, antwortete Kara. »Aber nicht alles Alte ist prinzipiell schlecht, nur weil es alt ist.«

Jo zuckte mit den Schultern. »Weiß nich. Ich hab sie ins Bett gebracht. Sie schläft. Seit einer Weile is sie immer so schnell müde.«

»Das liegt an der Schwangerschaft«, sagte Kara, unerwartet sanft. »Wissen Sie schon, was es wird, ein Junge oder ein Mädchen?«

Jo verneinte erneut, und Ben hatte auch nichts anderes erwartet. »Is nich mein Kind«, sagte er. »Sie war schon schwanger, als wir uns kennengelernt ham. Hab nich gefragt, was oder wer der Vater is. Kann ich noch ein von diesen köstlichen Klößen ham?«

Kara lud ihm stirnrunzelnd einen dampfenden Kloß auf, wobei ihr überraschter Ausdruck allerdings eher Jos erstaunlichem Appetit galt. Ihre Kartoffelklöße waren nicht nur berühmt, sondern auch gewaltig. Ben kämpfte noch immer mit seinem ersten, während Jo in kaum zwei Minuten schon die gleiche Anzahl Klöße verputzt hatte. Auch die Zwillinge rissen nur staunend Mund und Augen auf.

»Es freut mich, dass es Ihnen schmeckt«, sagte Kara, immer noch leicht verwirrt.

»Aber ich bitte Sie, Gnädigste«, antwortete Jo mit vollem Mund. Bratensauce lief aus einem Mundwinkel und an seinem Kinn herab, aber er machte sich nicht die Mühe, sie wegzuwischen. »Wenn man schon mal so was Köstliches bekommt, dann muss man zuschlagen. Es schmeckt einfach großartig!« Dass er das mit offenem Mund sagte, sodass man den zerkauten Brei zwischen seinen wenigen verbliebenen Zähnen sah, tat dem Kompliment zwar keinen Abbruch, ließ aber einen leicht angewiderten Ausdruck auf Karas Gesicht erscheinen.

»Hast du schon den Stern von Bethlehem gesehen?«, fragte Lukas. »Da draußen, gleich hinter unserem Fenster?«

»Papa sagt, dass es eine Solarstation ist«, sagte Johannes. »Glaub ich aber nicht.«

»Na, dann sehen wir doch einfach mal nach«, sagte Jo. Er stand auf und ging zum Fenster – wobei er allerdings die vor Sauce triefende Bratenscheibe mitnahm, um unterwegs daran zu knabbern. Kara wurde ein bisschen blass, als sie die braune Tropfenspur sah, die er dabei auf dem Teppich hinterließ. Aber sie schwieg.

»Soll ich euch was sagen?«, fragte er, nachdem er einen Moment lang durch das Fenster in den Himmel hinaufgeblickt hatte. »Euer Vater hat recht aber ihr auch. Es ist eine Weltraumstation, die von Menschen gebaut worden ist, aber wenn ihr es wollt, dann ist es für euch auch der Stern von Bethlehem.« Er lachte ganz leise und biss in seinen Braten, um mit vollem Mund und etwas weniger verständlich weiterzusprechen. »Ich meine: Wo ist eigentlich der Unterschied? Ihr könnt keines von beidem jemals erreichen, und keines von beidem hat irgendeinen Einfluss auf euer Leben – jedenfalls keinen, an dem ihr etwas ändern könntet. Also kann es für euch auch genauso gut der Stern von Bethlehem sein, wenn ihr wollt. Das macht keinen Unterschied.«

»Ich finde schon«, sagte Kara kühl. »Bitte hören Sie damit auf. Ich möchte nicht, dass in unserem Haus solche Dinge geredet werden.«

»Mama hat gesagt, dass die Menschen bald auch Gott nachbauen und in den Weltraum schießen werden«, sagte Johannes gewichtig.

»Und was wäre so schlimm daran?«, fragte Jo.

Karas Gesichtsausdruck wurde noch einmal um mehrere Nuancen kühler. »Und genau das ist der Grund dafür.«

Jo sah ein bisschen betroffen aus, aber er sagte nichts mehr, sondern biss noch einmal in seine Bratenscheibe und kam zurück. Er sprach erst weiter, als er sich wieder gesetzt hatte. »Das tut mir wirklich leid. Ich wollte nicht –«

»Dann sollten Sie es auch nicht tun«, unterbrach ihn Kara, jetzt wieder freundlich, aber auch bestimmt.

Darauf kehrte für eine ganze Weile betretenes Schweigen ein.

Sie aßen wortlos fertig, und Kara passte mit schon fast unheimlicher Genauigkeit den Augenblick ab, in dem die Zwillinge wieder quengelig werden wollten, bevor sie ihnen gestattete, aufzustehen und sich ihren Spielsachen zuzuwenden. Unnötig zu erwähnen, welchen. Kara sah ihnen missmutig zu und schoss ab und zu einen ärgerlichen Blick in Bens Richtung ab. Aber es blieb – zumindest am Tisch – still.

Schließlich war es Jo, der das Schweigen brach, indem er sich auf seinem Stuhl zu den Zwillingen herumdrehte. »Manchmal weiß ich, was ich vermiss. Ich meine, ich hatt nie 'ne Familie oder Kinder, aber wenn ich eine gehabt hätte, hätt sie genauso aussehn müssn. Manchmal glaub ich, Weihnachten is nur für die Kinder erfunn worn. Wenn es stimmt, isses aber gut so.«

Kara warf ihm einen verstohlen-fragenden Blick zu, auf den Ben aber nur mit einem Schulterzucken antworten konnte. Er wusste nicht, worauf Jo hinauswollte. Oder ob überhaupt auf irgendetwas.

»Gibt es was Schöneres, als Kinder beim Spieln zuzusehen, noch dazu unnerm Christbaum?«

»Das kommt manchmal auf das Spiel an«, antwortete Kara. Sie sah Ben eindeutig anklagend an. Ganz egal, welche versteckten schauspielerischen Talente sie plötzlich offenbaren mochte, dachte Ben – allmählich übertrieb sie es.

»Das find ich nich«, antwortete Jo. »Schon gar nich an Weihnachten. Is das nicht der Tag, an dem man alles bekommen sollte, das man sich wünschn tut?«

Er wischte einen Rest Bratensauce mit den Fingern vom Teller und leckte ihn ab. »Aber mir fällt auf, dass ihr eure Geschenke noch gar nich ausgepackt habt.«

»Wir schenken uns nichts«, sagte Ben rasch. »Schon seit ein paar Jahren nicht mehr.« Er lachte leise. »Wozu auch? Schließlich haben wir alles, was wir uns wünschen.«

»Niemand hat alles, was er sich wünscht«, widersprach Jo, schüttelte aber auch sofort den Kopf. »Klar, es is ne vernünftige Idee. Die vernünftigste blöde Idee, von der ich je gehört habe. Ham wir auch mal gemacht, meine Frau und ich, als wir noch zusammn warn. War ja auch so vernünftig. Und es war das schrecklichste Weihnachten, an das ich mich erinnere.«

»Ich dachte, Sie sind nicht verheiratet?«, sagte Kara misstrauisch.

»Ich habe gesagt, ich hab keine Familie«, antwortete Jo. »Nur 'ne Frau.«

»Und das ist keine Familie?«, fragte Kara.

»Nich für mich. Verheiratet sein reicht nich. Es ist toll, mit der Richtigen, aber es ist nich genuch für 'ne Familie.« Er machte eine Kopfbewegung zu den Zwillingen hin. »Das da is 'ne Familie. Wollte ich immer haben. Zwei oder drei Kinder. Drei sind am besten. Zwei Jungen und ein Mädchen, das war immer mein Traum, wisst ihr? Ich könnte richtig neidisch auf euch werden.« Er lachte meckernd und wandte sich dann wieder direkt an Ben. »Die beiden Jungs haste ja schon ganz gut hingekriegt, und das mit dem Mädchen klappt bestimmt auch noch. Ihr seid ja noch jung und habt jede Menge Zeit zum Üben.«

Kara starrte ihn zwei oder drei Sekunden lang mit vollkommen versteinertem Gesicht an, dann stand sie mit einem Ruck auf und begann mit sonderbar abgehackten Bewegungen die Teller zusammenzuräumen. Als sie damit unterwegs in die Küche war, wandte sich Jo mit bestürzter Miene an Ben.

»Hab ich was Falsches gesagt?«

»Ja«, antwortete Ben geradeheraus. »Aber das ist nicht deine Schuld. Du konntest es nicht wissen.«

»Was?«

Ben sah rasch zu den Zwillingen hin und senkte die Stimme, damit sie seine Antwort nicht verstanden. »Kara war nach den Zwillingen noch einmal schwanger. Ein Mädchen. Es … gab Komplikationen. Das Kind kam tot zur Welt und Kara kann seitdem keine Kinder mehr bekommen. Sie hätte sich nichts mehr gewünscht als eine Tochter.«

»Ich Idiot«, murmelte Jo betroffen.

»Du konntest es nicht wissen.«

»Trotzdem Idiot. Tut mir echt leid. Hast du … was zu trinken?«

»Kara macht bestimmt gleich Kaffee.«

»Ich mein eigentlich was Stärkeres«, sagte Jo.

»Lieber nicht.« Ben schüttelte den Kopf. Nach einem Moment fügte er hinzu: »Vielleicht später.«

Kara kam zurück. Sie wirkte auf eine angespannte Art beherrscht, und sie brachte ein Tablett mit der zu ihrem Geschirr passenden Kaffeekanne und drei Tassen mit. Jo blickte zwar unübersehbar enttäuscht, nickte aber trotzdem artig, als sie ihm einschenkte. Allerdings rührte er die Tasse nicht an.

»Vielen Dank. Und … tut mir leid, die dumme Bemerkung von wegen der Kinder gerade. Ich wusste ja nicht –«

»Schon gut«, unterbrach ihn Kara. »Jetzt wissen Sie es ja offensichtlich. Aber es ist nicht Ihre Schuld. Wir wollen uns nicht streiten. Nicht heute.«

»Weil Weihnachten ist?« Irgendwie schien Jo die Vorstellung zu amüsieren.

Kara nicht. »Was ist daran so komisch?«, fragte sie kühl.

»Oh, nichts«, antwortete Jo hastig. »Es ist nur, weil –«

Er kam nicht dazu, weiterzusprechen, denn in diesem Augenblick ging die Tür auf und Maria kam herein. Sie trug jetzt einen von Karas Morgenmänteln, der über ihrem Bauch spannte, und obwohl sie zum zweiten Mal an diesem Abend geduscht hatte, sah sie immer noch irgendwie schmuddelig aus. Sie wankte auch immer noch leicht, aber als sie sprach, war ihre Stimme zwar leise, aber fest.

»Ich will nicht stören. Ich habe noch Stimmen gehört und … und wollte mich entschuldigen.«

»Es ist wirklich nicht nötig«, sagte Kara spröde, stand aber trotzdem rasch auf und eilte ihr entgegen, um sie stützend am Arm zu ergreifen. »Es ist ja nichts passiert. Aber wäre es nicht besser, wenn Sie liegen blieben und sich schonen?«

»Mir fehlt nichts«, wehrte Maria ab. Trotzdem lehnte sie sich auf Karas Arm und schlurfte mit kleinen, mühsamen Schritten zum Tisch. Ächzend sank sie auf den freien Stuhl neben Jo und griff nach seiner Kaffeetasse, um einen gewaltigen Schluck daraus zu nehmen.

»Grässlich. Kein Zucker.«

Kara schob ihr kommentarlos das Silbertablett mit dem kostbaren Zuckerdöschen hin, aber Maria rührte es nicht an.

»Ehrlich, ich wollte Ihnen bestimmt nicht den Weihnachtsabend versauen«, fuhr sie fort, plötzlich wieder leicht lallend, während sie zum zweiten Mal nach der Kaffeetasse griff – allerdings nicht um zu trinken, sondern um mit dem Tässchen bei jedem Wort leicht auf die Untertasse zu schlagen. Karas Gesicht verloren noch ein bisschen mehr Farbe.

»Das ist schon in Ordnung«, sagte Ben hastig, während er ihr die Tasse wegnahm und sie behutsam abstellte, und vielleicht nur um ihnen allen über die peinliche Situation hinwegzuhelfen, wandte er sich wieder an Jo und fuhr fort: »Was wolltest du gerade über Weihnachten erzählen?

»Dass es ziemlich verlogen ist«, antwortete Jo. Ben starrte ihn an, und auch

Kara blinzelte konsterniert ob dieses plötzlichen Stimmungsumschwungs. »War schon immer so, und heute ist es noch viel schlimmer geworden. Ich meine: Schaut euch doch die Leute an. Das ganze Jahr bescheißen sie sich gegenseitig und hauen sich in die Pfanne, wo sie nur können, und tun sich alles Mögliche an, und zu Weihnachten lieben sie sich auf einmal und liegen sich in den Armen, als wäre die ganze Welt eine große sich liebende Familie. Das ist doch alles nur Geschäft.«

»Bei uns nicht«, sagte Kara spröde.

Jo warf einen bezeichnenden Blick in Richtung der Zwillinge, die ihre Monster gerade gröhlend in die finale Schlacht schickten. »Ja, bei euch vielleicht nicht. Trotzdem: Jeder bekommt das, was er sich am meisten wünscht, nicht? Ganz egal um welchen Preis.«

Kara warf ihm einen Blick zu, der Ben klarmachte, dass diese Worte für sie eine ganz besondere Bedeutung hatten, schwieg aber.

»Bitte, Jo«, sagte Ben.

»Entschuldige.« Jo streckte die Hand nach der Kaffeetasse aus, führte die Bewegung aber nicht zu Ende, sondern langte stattdessen nach der Flasche, die Kara ihm auf den Platz gestellt hatte, und begann das Papier herunterzufetzen. »Wo wir gerade von Geschenken sprechen.«

»Ich hole Ihnen ein Glas«, sagte Kara und stand auf.

»Mir auch«, sagte Maria.

»Sind Sie sicher, dass das gut ist, in Ihrem Zustand?«, fragte Kara. »Wie lange haben Sie noch?«

»Keine Ahnung«, sagte Maria. »Ein paar Tage, eine Woche, Monat … irgendwas in der Art. Aber machen Sie sich keine Sorgen um meine Kleine. Ihr macht ein kleiner Schluck dann und wann nichts aus. Im Gegenteil. Das braucht sie.«

»Das wiederum glaube ich Ihnen sofort«, antwortete Kara spitz, dann runzelte sie die Stirn und wandte sich an Jo. »Haben Sie nicht gerade gesagt, Sie wüssten nicht, was es wird?«

»Wusst ich ja auch nich«, verteidigte sich Jo. »Jedenfalls war sie nich beim Arzt, hat sie gesagt.«

»War ich auch nicht«, behauptete Maria. »Eine Mutter spürt so was. Dafür brauche ich keinen Arzt nicht.«

Kara musterte sie nun beinahe feindselig, sagte aber nichts, sondern ging und kam nach einem Augenblick mit zwei Gläsern aus der Küche zurück, und Jo versuchte ungeschickt, den Korken mit dem Daumen in die Flasche zu drücken. Ben nahm sie ihm weg und griff nach dem Korkenzieher, den Kara ebenfalls mitgebracht hatte. Ihm fiel auf, dass sie keineswegs den billigen Wein aus der Küche eingepackt hatte, mit dem man maximal die Bratensauce verfeinern konnte, sondern einen ziemlich teuren Tropfen; wahrscheinlich aus keinem anderen Grund als dem, ihn zu ärgern.

»Ah ja, Weihnachten«, knüpfte Jo an das unterbrochene Gespräch an. »Nehmen Sie nur das Datum.« Sein Blick hing wie hypnotisiert an der Flasche in Bens Hand.

»Wieso?«, fragte Kara, auf eine fast widerwillige Art interessiert.

Jo folgte aufmerksam jeder einzelnen langsamen Drehung des Korkenziehers. Dann meinte er plötzlich: »Ihr hört diese Musik gerne?«

»Die Gregorians?« Kara machte eine Kopfbewegung, die irgendwo zwischen einem Nicken und einem Achselzucken angesiedelt war, und Ben hörte überhaupt erst jetzt, dass die CD immer noch lief. Sie *war* auf Endloswiederholung eingestellt. Im Moment schmetterte der in die Jahre gekommene Knabenchor *Oh Christmas Tree* zum wahrscheinlich siebenten oder achten Mal, vermutete er.

»Was soll damit sein?«

»Eigentlich nichts. Nur dass sie nicht echt ist.«

»Nicht echt?«, wiederholte Kara stirnrunzelnd. Sie tauschte einen fragenden Blick mit Ben. »Wieso?«

»Gregorianische Gesänge?« Jo lachte abfällig. »Früher einmal hatte das ’nen Sinn, meine Liebe. Die Leute ham sich was dabei gedacht, die Lieder genau so vorzutragen un nich anners. Heute is es einfach nur noch Lala. *Stille Nacht* mit E-Gitarre und Basedrum.« Er kicherte. »Aber sie singen auch *Smoke on the Water* und *The Wild Rose*. Is einfach Unterhaltungsmusik. Ein bisschen auf exotisch gebürstet, hübsch, klar, schöne Lala. Hat aber nichts mit seiner ursprünglichen Bedeutung zu tun.«

»Ich kann die Musik ausmachen, wenn sie Sie stört«, sagte Kara eisig.

»Nein, nich nötig.« Jo hob abwehrend die Hände und fuhr sich mit der Zungenspitze über die verschorften Lippen, als der Korken mit einem hörbaren

Plopp aus der Flasche glitt. »Sie gefällt mir. Hab ja gar nix anners gesagt. Aber ich …« Er runzelte die Stirn. »Wo bin ich noch mal … ah ja. Gregorianisch. Das Datum.«

Er hielt Ben das Glas hin, und dieser füllte es bedächtig bis zur Hälfte und zog die Flasche dann mit einem angedeuteten Kopfschütteln wieder zurück. Jo wirkte ein bisschen enttäuscht, aber zu Bens Überraschung stürzte er den Wein nicht sofort hinunter, sondern wandte sich mit bedeutungsschwangerer Miene direkt an Kara.

»Wissen Sie eigentlich, dass wahrscheinlich nicht einmal das Datum stimmt?«

»Blödsinn!«, widersprach Kara hastig.

»Kin Blödsinn!«, beharrte Jo. »Ich dachte, Sie wüssten, dass der gute Papst Gregor nicht nur diese schöne Musik erfunden hat, sondern auch noch etwas viel Wichtigeres, nämlich unseren modernen Kalender. Vorher hat jeder nach Lust und Laune mit den Jahreszahlen herumgepfuscht. Höchst unwahrscheinlich, dass da alles immer so genau gestimmt hat. Manche glauben, dass uns im Mittelalter glatt ein Jahrhundert abhandengekommen ist … oder dazu erfunden worden – kommt immer darauf an, welchen Wissenschaftler Sie gerade fragen.«

»Blödsinn«, sagte Kara noch einmal.

»Glaub ich auch«, stimmte Jo ihr zu. Er nippte zum ersten Mal – vorsichtig – an seinem Wein und stellte das Glas dann fast behutsam wieder auf den Tisch zurück. Maria – der Ben ebenfalls ein halbes Glas eingeschenkt hatte – stürzte ihres in einem Zug hinunter und schielte dann gierig nach der Flasche. »Ich meine das mit den hundert Jahren. So blöd waren die Leute damals auch wieder nicht. Aber fünf Jahre mehr oder weniger … oder acht oder zehn? Wäre doch möglich, oder?«

»Dass es schon länger als zweitausend Jahre her ist, meinst du?«, vermutete Ben. »Oder auch noch nicht ganz zweitausend Jahre.«

»Oder ganz genau zweitausend, und unser Kalender geht nach«, sagte Jo. »Wäre doch immerhin möglich.«

»Ja, theoretisch«, mischte sich Kara ein. »Aber ich möchte nicht über solche Dinge reden, und ich glaube, das habe ich auch bereits gesagt.« Ihre Stimme klang nicht einmal zornig, aber sehr bestimmt. Sie schnitt Jo mit einer heftigen Geste das Wort ab, als er widersprechen wollte. »Hören Sie, Jo. Mein Mann hat Sie und Ihre … Freundin mitgebracht. Ich war nicht besonders begeistert davon, und ich bin es immer noch nicht, aber das ist trotzdem in Ordnung. Sie können hierbleiben, bis wir eine andere … Lösung gefunden haben, aber ich erwarte, dass Sie sich an unsere Regeln halten. Und die besagen, dass wir nicht über so etwas reden. Schon gar nicht vor den Kindern. Haben wir uns verstanden?«

Jo blinzelte verdutzt, aber er widersprach nicht, sondern griff nur nach der Weinflasche und goss seines und Marias Glas diesmal randvoll.

»Ich wollte Ihnen wirklich nicht zu nahe treten«, sagte er, nachdem er den Inhalt seines Glases in einem einzigen Zug geleert hatte. Er war beinahe so schnell gewesen wie Maria. »Tut mir leid.«

»Das muss es nicht«, antwortete Kara, schon wieder halbwegs versöhnt. »Solange Sie sich an unsere Vereinbarung halten. Haben wir eine Vereinbarung?«

»Klar«, sagte Jo fast hastig.

»Dann wäre es schön, wenn wir jetzt über ein anderes Thema reden könnten.«

Jo schwieg vorsichtshalber dazu, und Maria griff unsicher nach der Weinflasche und goss genauso viel neben ihr Glas wie hinein. Kara setzte sichtbar dazu an, einen geharnischten Kommentar dazu abzugeben, zog dann aber nur die Augenbrauen zusammen und stand auf, um zu den Zwillingen zu gehen. »Schluss jetzt«, sagte sie, sanft, aber sehr entschieden. »Es ist jetzt spät genug. Zeit für euch, ins Bett zu gehen.«

»Aber es ist doch noch gar nicht so spät!«, protestierte Lukas.

»Und die Bescherung war heute auch viel später!«, quengelte Johannes.

Kara sog hörbar die Luft ein, aber die Zurechtweisung, mit der Ben fest gerechnet hatte, blieb aus. Sie schien tatsächlich in Weihnachtsstimmung zu sein. »Also gut. Geht in eure Zimmer. Ihr dürft noch eine Stunde spielen. Aber wenn ich auch nur einen einzigen Mucks von euch höre, dann ist Schluss.«

Die Zwillinge verschwanden johlend, um die *Scavenger*-Schlacht eine Etage höher fortzusetzen. Kara sah ihnen kopfschüttelnd nach, doch als sie sich wieder herumdrehte, streifte ihr Blick Jo und Maria, und nun begriff Ben den Grund für ihre plötzliche Großzügigkeit.

»Tut mir leid«, sagte Jo, nachdem sie sich wieder zu ihnen gesetzt hatte. »Wir wollten Ihnen wirklich nicht auf die Nerven gehen. Wir können auch wieder verschwinden. Ich meine … vielleicht haben Sie irgendwo ein trockenes Plätzchen. Muss nichts Tolles sein. Ein Schuppen oder –«

»Einen Stall mit einer Krippe?« Kara verzog amüsiert das Gesicht. »Damit können wir nicht dienen. Aber wenn Ihnen unser Gästezimmer reicht, dann sind Sie herzlich eingeladen.«

»Das ist … wirklich nett von Ihnen«, sagte Jo. Er klang ehrlich.

»Jetzt«, sagte Kara kühl.

»Oh.« Er blinzelte, griff nervös nach seinem Glas und stellte es wieder ab, als er feststellte, dass es leer war. Maria war deutlich praktischer veranlagt: Sie griff kurzerhand nach der Flasche und nahm einen gewaltigen Schluck daraus.

»Bitte trinken Sie nicht so viel«, sagte Kara tadelnd. »Denken Sie doch wenigstens an Ihr Kind.«

Maria prostete ihr spöttisch zu und nahm einen zweiten Schluck. Als sie die Flasche wieder absetzte, war sie halb leer. »Sie wissen nichts«, antwortete sie mit schwerer Zunge. »Keine Sorge. Meine Kleine verträgt eine ganze Menge.«

»Genau wie ihre Mutter, nehme ich an«, zischte Kara böse. »Ich verstehe Sie nicht. Verdammt, wenn Sie Ihr eigenes Leben wegwerfen wollen, dann ist das Ihr Problem. Aber denken Sie doch an Ihr Kind! Wollen Sie wirklich, dass es genauso lebt wie Sie? Erzählen Sie mir nicht, der Gedanke würde Sie kaltlassen. So kaputt sind nicht einmal Sie!«

Maria nahm einen weiteren und noch größeren Schluck, rülpste – Ben zweifelte keine Sekunde daran: absichtlich – und strich sich mit der flachen Hand fast liebevoll über ihren gewaltigen Bauch, der den eigentlich mehrere Nummern zu großen Morgenmantel zu sprengen drohte. »Was weißt du denn«, lallte sie. »Du sitzt hier im Warmen in deiner Angebervilla und musst dir um nichts Sorgen machen. Kriegst alles, was du willst, nicht wahr? Unsereins ist schon froh, wenn er nicht friert und jeden zweiten Tag was Warmes zu essen bekommt.«

»Maria!«, sagte Jo streng, aber sie streckte ihm nur die Zunge raus, setzte die Weinflasche an und leerte sie in einem langen, gluckernden Zug.

»Was wisst ihr denn?«, lallte sie wieder. »Ihr wisst nichts. Gar nichts. Sitzt hier feist und faul herum und gebt mir gute Ratschläge, ha!«

Sie knallte die leere Flasche auf den Tisch und wollte nach der anderen greifen. Kara nahm sie ihr mit einem kühlen Lächeln weg. Ihr Blick streifte tadelnd den straff gespannten Stoff über Marias Bauch, und etwas erschien in ihren Augen, was Ben einen eisigen Schauer über den Rücken laufen ließ.

»Is doch wahr«, nörgelte Maria. »Ihr wisst nichts. Gar nichts. Der Kerl hat mir 'n Kind angehängt und sich dann aus 'm Staub gemacht. Hab seither nichts mehr von ihm gehört. Hat mich einfach sitzen gelassen, der Arsch!«

»Das tut mir aufrichtig leid«, sagte Kara ernst. »Wirklich. Sie haben recht – ich glaube nicht, dass ich wirklich nachempfinden kann, wie Sie sich fühlen. Aber Sie sind trotzdem eine Mutter. In Ihnen wächst ein neues Leben heran, das größte Geschenk, das Gott uns machen kann.«

»Geschenk?« Maria lachte meckernd. »Ja, und was für eins. Darauf kann ich verzichten!«

»Trotzdem bleibt es das Wunderbarste, was einer Frau passieren kann«, beharrte Kara sanft.

»Darauf kann ich verzichten«, sagte Maria noch einmal. Sie wankte immer stärker auf ihrem Stuhl hin und her. »Geschenk? Willste 's haben, das Balg?« Sie versuchte Maria die zweite Flasche zu entreißen, aber ihre Bewegungen waren so lächerlich langsam, dass sie sie nicht einmal zu fassen bekam.

»Das geht zu weit, meinen Sie nicht?«, fragte Kara schockiert.

»Wieso? Du wünschst dir ein Balg und kriegst keins, und ich bekomme ein Balg und will keins. Wo ist das Problem?«

Kara schwieg. Sie starrte sie an.

Nein, dachte Ben alarmiert. Sie starrte *ihren Bauch* an.

»Halten Sie sofort den Mund«, sagte Kara mühsam. »Das höre ich mir nicht länger an!«

»Wieso?«, kicherte Maria. »Wir werden uns bestimmt einig. Ich hab gehört, was du vorhin erzählt hast. Du willst ein Kind, und ich hab eins.« Ein gieriges Funkeln erschien in ihren Augen. »Die Frage ist nur, was es dir wert ist.«

»Wie?«, murmelte Kara.

»Jetzt stell dich nicht blöd. Heute ist Weihnachten. Jeder kriegt, was er am meisten will. Das wird dir doch ein paar läppische Euro wert sein, oder? Nicht viel. Ihr habt doch genug, und ich verlange nicht die Welt.«

»Das reicht«, erwiderte Kara eisig. Sie stand auf und wollte sich mit einer zornigen Bewegung abwenden, doch diesmal war Maria schneller und packte sie blitzschnell am Handgelenk. »Warten Sie«, lallte sie. »Ich mein es ernst. Ich will 's wirklich nicht –«

Kara riss sich mit einem Ruck los und hätte durch die abrupte Bewegung beinahe das Gleichgewicht verloren, fing sich aber mit einem hastigen halben Schritt zur Seite wieder. Maria hatte weniger Glück. Sie kippte mitsamt ihrem Stuhl nach hinten, griff instinktiv mit beiden Händen zu und bekam mit der Linken die leere Weinflasche und mit der Rechten die Tischdecke zu fassen.

Keines von beidem war irgendwie geeignet, ihr Halt zu bieten.

Kara stieß einen überraschten Schrei aus und machte noch eine halbe Bewegung, wie um sie festzuhalten, aber sie war viel zu langsam und viel zu weit entfernt. Maria kippte weiter und schrie nun ebenfalls schrill und misstönend auf, und die Weinflasche flog in hohem Bogen davon und zerschellte an der gemauerten Kaminkante. Das Geräusch von zerbrechendem Glas ging allerdings nahezu vollkommen in dem gewaltigen Klirren und Scheppern und Bersten unter, mit dem zuerst der Stuhl und Marias Hinterkopf und dann die Tischdecke mitsamt dem kostbaren Meissener Porzellan auf dem Boden aufschlugen.

Kara erstarrte zur Salzsäule, während Jo ebenfalls aufsprang und ein fast komisch klingendes Quietschen ausstieß und Ben einfach nur aus fassungslos aufgerissenen Augen zusah, wie als Allerletztes auch die Zuckerdose vom Tisch rollte und unmittelbar neben Maria zu Boden fiel. Sie zerbrach nicht, sondern kullerte lautstark und schnell davon, und Maria rappelte sich keuchend hoch und hetzte in einer fast komisch anmutenden Mischung aus Taumeln und Kriechen auf Händen und Knien hinter der Zuckerdose her.

»Nein!«, keuchte Ben. »Um Gottes willen, Maria – *nicht!*«

Das letzte Wort hatte er geschrien, aber es war viel zu spät.

Tatsächlich holte sie die hakenschlagende Porzellandose beinahe ein – aber eben nur beinahe. Als sie sie fast erreicht hatte, versuchte sie sich nach vorne zu werfen und der Zuckerdose mit einem grotesk-albernen Hechtsprung habhaft zu werden, aber natürlich verfehlte sie sie – die Zuckerdose machte einen plötzlichen, beinahe spöttisch wirkenden Schlenker nach links, und Maria bekam statt ihrer den Weihnachtsbaum zu fassen und riss ihn mit einer betrunkenen Umarmung zu Boden. Das schabende Rascheln, mit dem die zweieinhalb Meter hohe Edeltanne gegen den Kaminsims prallte, war auf eine sonderbare

Art fast lauter als Karas gellender Entsetzensschrei … wenn auch nicht so laut wie das helle Knirschen und Splittern und Klirren, mit dem der kostbare antike Christbaumschmuck zu Bruch ging.

Und nicht einmal *annähernd* so durchdringend wie das dumpfe *Wusch!*, mit dem die zundertrockene Nordmanntanne Feuer fing.

Wenn man bedachte, welche Mühe sich das Schicksal nicht nur mit der Choreografie, sondern auch und vielleicht sogar vor allem mit der *Vorbereitung* dieser grotesken Szene gemacht hatte, dann waren sie letzten Endes sogar noch glimpflich davongekommen. Sie hatten weder die Feuerwehr rufen müssen noch hatten die Rauchmelder angeschlagen oder gar die Sprinkleranlage ausgelöst, die sie vor zwei Jahren nach einem Beinaheküchenbrand in der gesamten Villa hatten installieren lassen – was einzig und allein Jos unglaublich kaltblütiger Reaktion zu verdanken war.

Kara war einfach erstarrt und hatte den lichterloh brennenden Weihnachtsbaum aus hervorquellenden Augen angestarrt, und Ben war ziemlich sicher gewesen, dass sie in diesen Sekunden nicht atmete und ihr Herz aufhörte zu schlagen, und auch er selbst hatte zwar reagieren wollen, aber irgendwie gingen die Befehle seines Gehirns auf halbem Weg zu den entsprechenden Muskeln verloren; also hatte er nur dagestanden und hätte es wahrscheinlich auch dann noch, wenn das gesamte Haus rings um ihn herum in Flammen aufgegangen wäre.

Nicht so Jo. Noch bevor sich die Flammen ganz über den Weihnachtsbaum ausbreiten konnten (was mit ziemlicher Wahrscheinlichkeit zur Einäscherung der gesamten Villa geführt hätte), stürmte er los, riss im Vorbeilaufen die Tischdecke hoch und schwang sie wie ein Torero sein rotes Tuch, um sie auf die hellauf lodernde Tanne sinken zu lassen, und irgendwie – obwohl Ben selbst während er es sah bei der Überzeugung blieb, dass es eigentlich unmöglich war – gelang es ihm, die zischend aufschießenden Flammen damit zu ersticken. Natürlich war die Damastdecke damit endgültig zum Teufel, und zwei oder drei kleinere Brandherde blieben auch übrig, die er aber blitzschnell austrat, genau wie die glimmenden Fetzen von Geschenkpapier, die nahezu überall im Zimmer niederregneten. Ohne ihn wäre vermutlich das ganze Haus in Flammen aufgegangen. Eine Leistung, die in dieser Situation allerdings niemand so recht zu würdigen wusste …

Was danach geschah, war ein beinahe noch größeres Wunder. Kara fiel weder in Ohnmacht noch bekam sie einen hysterischen Anfall (zwei von zwei Möglichkeiten, die Ben in diesem Augenblick als die einzig überhaupt denkbaren erschienen), sondern bewies ganz im Gegenteil plötzlich ihrerseits eine erstaunliche Kaltblütigkeit, indem sie – genau wie Ben, nachdem er einige weitere Sekunden einfach dagestanden und vergeblich darauf gewartet hatte, dass sich das Ganze als ganz besonders perfide Halluzination entpuppte – dabei half, das Zimmer nach Funken und übersehenen Brandherden und glimmenden Papierfetzen (von denen sie reichlich fanden) abzusuchen. Danach – und noch immer, ohne ein einziges Wort gesagt oder ihn auch nur eines Blickes gewürdigt zu haben – ging sie.

Ben war noch eine Weile geblieben. Er hatte es schon allein deshalb gemusst, weil Jo sich die immer noch betrunken vor sich hin lallende Maria geschnappt und kurzerhand ins Gästezimmer verfrachtet hatte, und er es nicht wagte, den qualmenden Rest dessen, was einmal eine stolze Nordmanntanne mit über hundert Jahre alten, mundgeblasenen Christbaumkugeln gewesen war, allein zu lassen.

Er nutzte die Zeit, bis Jo zurückkam (und er war bis zur letzten Sekunde nicht einmal sicher, ob sein Gast sich überhaupt noch mal blicken lassen oder er, Ben, etwa genötigt sein würde, die ganze Nacht hier unten im Wohnzimmer zu verbringen), um das verkohlte Skelett des Weihnachtsbaumes ein gutes Stück weit vom Kamin wegzuziehen – er hätte das Ding auf die Terrasse geschafft, aber dazu war es einfach zu schwer und zu sperrig – und das Zimmer noch einmal nach Brandherden und Funkennestern abzusuchen. Er fand derer gleich ein gutes halbes Dutzend, was ihn in seiner Überzeugung bestärkte, dass es wahrscheinlich klüger wäre, die Nacht hier im Wohnzimmer zu verbringen … einmal ganz davon abgesehen, dass er seine Zweifel hatte, die Schlafzimmertür nicht abgeschlossen vorzufinden.

Pedantisch räumte er einen großzügigen Bereich rings um den Kamin frei und begann dann, jeden einzelnen Papierfetzen und verkohlten Tannenzweig aufzusammeln und ins Kaminfeuer zu werfen. Die Luft im Zimmer – in dem es ohnehin so erbärmlich nach Rauch stank, dass er sich eigentlich wunderte, warum die Zwillinge nicht längst heruntergekommen waren, um nach dem Rechten zu sehen – wurde dadurch noch schlechter, aber er wagte es nicht, die

Terrassentür zu öffnen und zu lüften. Vor etlichen Jahren hatte er einmal einen Artikel über Wohnungsbrände geschrieben und im Zuge der Recherchen hautnah demonstriert bekommen, wie mühelos ein einziger Luftzug einen übersehenen Funken in ein Flammeninferno verwandeln konnte. Also setzte er seine Aufräumungsarbeiten fort und trug jeden einzelnen Papierschnipsel und jeden abgebrochenen Zweig (und vor allem die kostbare Tischdecke, die verkohlt und angesengt und beim allerbesten Willen nicht mehr zu retten war) zum Kamin und fütterte die Flammen damit.

Er fragte sich, ob er gerade vielleicht noch mehr verbrannte als nur Papier und Stoff und wohlriechendes Tannengrün.

»Solltest hier drinnen mal lüften«, sagte eine Stimme hinter ihm. »Man erstickt ja fast.«

Ben drehte sich herum und zog eine Grimasse, als er Jo erkannte; nicht nur, weil er im Moment nicht unbedingt erfreut war, ihn zu sehen, sondern auch, weil er gerade dabei war, sich eine schlampig selbstgedrehte Zigarette anzuzünden.

»Bitte tu das nicht«, sagte er hastig.

Jo nahm vollkommen ungerührt einen tiefen Lungenzug und schnippte das noch brennende Streichholz über eine Distanz von gut dreieinhalb Metern zielsicher in den Kamin. »Warum nicht?«, griente er. »Deine Frau mag es nicht, wenn hier drinnen geraucht wird, hab ich recht?«

»Sie hasst es«, bestätigte Ben. »Also mach das Ding bitte aus.«

Jo nahm einen weiteren, noch tieferen Zug und machte ein übertrieben genießerisches Gesicht. »Da mach dir mal keine Sorgen. Davon riecht sie bestimmt nichts.«

Ben setzte zu einer wütenden Antwort an und hob dann nur die Schultern. Nicht nur, weil Jo leider Gottes recht hatte, sondern weil er einfach zu müde war, um sich zu streiten. Er war auch einfach zu müde, um noch irgendetwas anderes zu tun; diesen verdammten Penner und seine trinkfreudige Freundin rauszuschmeißen, zum Beispiel. Nicht um Weihnachten zu retten – das war sowieso im Eimer –, sondern vielleicht noch seine Ehe.

»Tut mir leid, was passiert ist«, fuhr Jo fort. »Ich meine: Dass Maria ein bisschen von der Rolle ist, das haben wir ja beide gewusst, aber so schräg drauf wie heute hab ich sie ehrlich gesagt auch noch nicht erlebt.«

Er sog wieder an seiner Zigarette und schnippte die Asche auf den Fußboden. Bens Blick verharrte vorwurfsvoll auf dem winzigen schwarzen Brandfleck, der zurückblieb, dann wurde ihm selbst klar, wie lächerlich das war.

»Soll ich dir helfen, das Ding rauszuschaffen?«, fragte Jo. »Sieht ziemlich schwer aus.«

Ben nickte nur wortlos und machte einen Schritt in Richtung des verkohlten Tannenbaumes, aber Jo gestikulierte mit einer zugleich abwehrenden wie auffordernden Bewegung in Richtung der Terrassentür. »Mach mal auf.«

Er war auch zu müde, um zu widersprechen, und so ging er hin, öffnete einen der beiden großen Glasflügel und stellte ohne Überraschung fest, dass die hereinströmende Kälte noch viel grimmiger war, als er ohnehin befürchtet hatte. Als er sich jedoch zu Jo herumdrehen wollte, um ihm zu helfen, erlebte er eine Überraschung. Der eher schmächtig wirkende Bursche, der noch dazu beinahe einen Kopf kleiner war als er, schnappte sich die zweieinhalb Meter hohe Tanne, anscheinend ohne von ihrem Gewicht auch nur Kenntnis zu nehmen, und trug sie auf die Terrasse hinaus. Ben sagte nichts dazu, aber er war plötzlich heilfroh, sich vorhin nicht gewissen Gewaltfantasien hingegeben zu haben, die ihm ganz kurz durch den Kopf geschossen waren.

Er schloss die Tür wieder hinter ihm, blieb jedoch noch kurz stehen und sah zum Himmel hinauf, ohne recht zu wissen, warum. Das Schneetreiben schien noch zugenommen zu haben, und trotzdem war nicht eine einzige Wolke zu sehen; der Himmel war schon beinahe unheimlich klar, was nicht nur den Mond und die unzähligen Sterne mit seltener Schärfe hervortreten ließ, sondern auch und vielleicht sogar vor allem die filigrane goldene Erscheinung dort oben.

»Schön, nicht?«, fragte Jo. Ben drehte sich nicht zu ihm herum, aber er konnte den scheußlichen Qualm seiner Zigarette unmittelbar hinter sich riechen. Jo täuschte sich. Kara würde morgen früh sehr wohl feststellen, dass hier drinnen jemand geraucht hatte, wenn sie es nicht sogar jetzt bereits oben im Schlafzimmer roch. Aber das spielte vermutlich auch schon keine Rolle mehr. Er hob nur die Schultern.

»Deiner Frau scheint es ja nicht gefallen zu haben«, fuhr Jo fort, als er sich beharrlich weigerte, irgendwie zu reagieren.

»Doch«, widersprach Ben. »Sie ist eben nur ein bisschen …« Er brach ab und betrachtete sein verzerrtes, blasses Spiegelbild in der Scheibe vor sich.

Noch sehr viel schwächer konnte er Jo erkennen, bleich und durchscheinend, als wäre er tatsächlich nur ein Gespenst, das urplötzlich in sein Leben eingebrochen war, um es in einen Trümmerhaufen zu verwandeln. Der Gedanke jagte ihm einen eisigen Schauer über den Rücken, nicht nur, weil er letzten Endes unfair war.

Um ihn zu vertreiben und das ungute Schweigen zwischen ihnen nicht übermächtig werden zu lassen, zuckte er noch einmal mit den Schultern und fuhr fort: »Ja, wahrscheinlich hast du Recht. Es gefällt ihr nicht. Sie ist in dieser Hinsicht … manchmal etwas schwierig.«

»In welcher Hinsicht?«

Ben wollte darauf nicht antworten. Er wollte überhaupt nicht über dieses Thema reden, schon gar nicht heute und erst recht nicht mit Jo. Fast gegen seinen Willen sprach er trotzdem weiter. »Ich habe dir doch von unserer Tochter erzählt. Seit damals ist sie bei solchen …« Er brach abermals ab und jetzt endgültig.

Aber es war auch nicht nötig, weiterzusprechen. Jo nahm einen tiefen Zug aus seiner Zigarette, und das durchsichtige Gespenstergesicht hinter seinem eigenen glühte für den Bruchteil einer Sekunde in einem unheimlichen, düsteren Rot. Trotzdem sah er, dass er nickte. »Sie hat sich in den Glauben verkrochen«, vermutete Jo.

Nein, dachte Ben, eigentlich war es keine Vermutung.

»Sie geht jeden Sonntag in die Kirche – mindestens –, betet ununterbrochen und redet nur noch von Gott und der ewigen Seligkeit, wenn all das hier vorbei ist.«

Das war hoffnungslos übertrieben. So war es ganz und gar nicht … aber möglicherweise, gestand sich Ben ein, wäre es so geworden, hätte er diese Gefahr nicht von Anfang an erkannt und sich mit aller Macht dagegengestemmt. Und daran hatte sich bis heute nichts geändert. Seine Augen wanderten wieder zu dem Licht am Himmel.

»Warum habt ihr kein Kind adoptiert?«, wollte Jo wissen.

»Weil das gar nicht so einfach ist«, antwortete Ben. »Wir haben es versucht. Aber wir haben keines bekommen.«

»Wieso nicht?« Jo sah sich mit gespieltem Erstaunen um. »Ich meine, so, wie es hier aussieht, geht es euch doch gut.«

»Ja«, sagte Ben bitter. »Das dachte ich auch.« Er schüttelte noch einmal den Kopf. »Ich will nicht darüber reden.«

Mit einiger Mühe gelang es ihm, seinen Blick von der gespenstischen Erscheinung hoch oben am Nachthimmel loszureißen und sich nun doch wieder zu seinem unwillkommenen Gast herumzudrehen. »Ich möchte nicht darüber reden.«

Jo nickte. »Und mit mir schon gar nicht. Verstehe ich. Und es geht mich ja auch nichts an … aber weißt du, vielleicht wäre es ja sogar eine Lösung.«

»Was?«, fragte Ben schockiert. Er wusste ganz genau, wovon Jo sprach.

»Maria will das Kind wirklich nich. Un selbst wenn – deine Frau hat vollkommen recht. Was für 'n Leben würde die Kleine schon erwarten. Ganz davon abgesehen, dass man se ihr wahrscheinlich sowieso wegnehmen würde.«

»Hör auf damit!«, sagte Ben scharf.

Jo hob abwehrend die Hände. »Schon gut«, sagte er hastig. »Ich wollt dir nich zu nahe treten. War ja nur 'ne Idee.«

»Und keine besonders gute«, fügte Ben hinzu.

Für ein paar Sekunden wurde es sehr still, und sie standen einfach nur da und starrten sich an. Schließlich war es auch jetzt wieder Jo, der das lähmende Schweigen brach, indem er die Schultern hob, mit seinen wenigen verbliebenen Zähnen grinste und die heruntergebrannte Zigarette ebenso zielsicher (und über die gut dreifache Distanz) in den Kamin schnippte wie vorhin das Streichholz.

»Nichts für ungut. Vergiss einfach den Blödsinn. Und jetzt geh nach oben und versuch irgendwie mit deiner Frau ins Reine zu kommen.« Er machte eine beinahe befehlende Geste, als Ben widersprechen wollte. »Keine Widerrede! Ich bleib noch hier un räum die Schweinerei weg, so gut ich kann. Morgen früh sind wir verschwunden, darauf haste mein Wort. Un ich lass mir auch was einfalln, um die Sache irgendwie wiedergutzumachen.«

Kara schlief, als er nach oben kam – während er sich durch das dunkle Schlafzimmer zum Bett tastete und so leise wie möglich unter die Decke glitt; auch wenn sie sich vielleicht ein wenig *zu* zufällig im Schlaf herumdrehte, um ihm demonstrativ den Rücken zuzuwenden. Ben lag lange schweigend neben ihr in der Dunkelheit, starrte die Decke an und suchte verzweifelt nach irgendetwas, was er sagen konnte, aber all die Worte, die er sich auf dem Weg hier herauf so sorgsam zurechtgelegt hatte, waren mit einem Mal weg. Sein Kopf war wie leergefegt, und alles, was ihm jetzt noch eingefallen wäre, hätte es nur noch schlimmer gemacht.

Und irgendwann schlug er die Augen auf und registrierte zu seiner maßlosen Überraschung, dass er tatsächlich eingeschlafen sein musste … wenn auch sicherlich nicht für lange. Er war allein. Die Decke neben ihm war zurückgeschlagen, und seine tastenden Fingerspitzen verrieten ihm, dass das Bett noch warm war. Vielleicht war Kara ja nur ins Bad gegangen. Aber die Tür stand offen, und dahinter war es dunkel und still.

Trotzdem hatte ihn irgendetwas geweckt.

Ben stemmte sich, aus einem völlig absurden Grund heraus sorgsam darauf bedacht, so leise wie möglich zu sein, auf die Ellbogen hoch und versuchte die Dunkelheit ringsum mit Blicken zu durchdringen, sah aber nur verschwommene Schemen und Umrisse, die mit einem Mal seltsam bedrohlich wirkten, und er hörte auch weiterhin nichts. Aber der Schwefelgestank von Jos Streichhölzern war tatsächlich nun auch hier oben wahrzunehmen.

Die Tür flog auf, und Kara stürmte herein, wortwörtlich. Obwohl sie kein Licht einschaltete und ein tiefenloser schwarzer Schatten blieb, glaubte er die Aura aus brodelndem Zorn, die sie umgab, fast mit Händen greifen zu können.

»Was ist denn –«, begann er erschrocken.

»Dieses … dieses *asoziale Pack!*«, fauchte Kara. Ihre Stimme zitterte. »Das … das ist empörend! Ich habe schon eine Menge erlebt, aber das … das geht zu weit!«

»Aber was ist denn passiert?«, wiederholte Ben. *Was zum Teufel hatte dieser Idiot jetzt schon wieder angestellt?*

Statt zu antworten knallte sie die Tür hinter sich ins Schloss und verschmolz dadurch endgültig mit der Dunkelheit. »Ich habe Geräusche gehört. Ich wollte nachsehen, was sie treiben, ob sie vielleicht auch noch den Rest des Hauses in Schutt und Asche legen oder die Wohnung nach irgendetwas durchwühlen, was sie stehlen können!«

Ben hütete sich, zu widersprechen. Jo war vielleicht für eine Menge unangenehmer Überraschungen gut, aber irgendetwas sagte ihm, dass er nicht stehlen würde. »Und?«, fragte er nur.

»Sie waren in der Küche!«, ereiferte sich Kara. Sie schrie beinahe. »Am Kühlschrank, stell dir das vor! Beide! Als hätte es vorher nichts gegeben!«

Ben verstand ihre Aufregung nicht »Vielleicht hat Maria noch mal Hunger bekommen. Denk an ihren Zustand. Und Jo wollte ihr wahrscheinlich nur helfen«, sagte er ungeschickt.

Kara gab einen sonderbaren Laut von sich, der in der Dunkelheit fast wie ein Erstickungsanfall klang. »Hunger?! Die Küche sieht aus wie ein Schweinestall, als hätte unser Wohnzimmer noch nicht gereicht. Sie hat sämtliche Vorräte für die Feiertage über dem Küchenboden verstreut. Die Sachen sind unwiederbringlich verloren. Wir werden an Weihnachten nichts zu essen haben. Weißt du, wie viel Mühe es gemacht hat, all diese Dinge einzukaufen und vorzubereiten?« Ihre Stimme wurde hysterisch.

»Sie lebt auf der Straße, Kara«, erinnerte Ben vorsichtig. »Sie ist diesen Luxus nicht gewöhnt und hat sicher manchmal Hunger und Entbehrung gelitten in ihrem Leben und …«

»Die Frau bekommt ein Kind!«, unterbrach ihn Kara empört. »Nicht irgendwann, sondern *jetzt!* In ein paar Tagen! Und hockt in einem fremden Haus mitten in einem Berg von Essen, mit einer Flasche unseres besten Champagners in der Hand. Wenn diese Frau schon keine Spur von Anstand hat, dann sollte sie doch wenigstens an ihr ungeborenes Kind denken.«

Ben verkniff es sich, etwas dazu zu sagen. Er schlug die Bettdecke zurück, schlüpfte in seine Hausschuhe und tastete im Dunkeln nach seinem Morgenmantel. »Ich rede mit ihnen. Jo hat mir versprochen, morgen früh nicht mehr da zu sein.«

»Ja, vermutlich zusammen mit dem halben Hausstand und allem Bargeld, das er finden kann!«, fauchte Kara. »Wirf sie raus! Sofort! Oder ich rufe die Polizei!«

»Aber es ist –«

»Heiligabend und kalt«, fiel ihm Kara unversöhnlich ins Wort. Er konnte ihr heftiges Kopfschütteln hören. »Das ist mir egal! Ich will, dass sie gehen!«

»Ich gehe nachsehen«, versuchte Ben sie zu beruhigen. »Wenn du willst, dann bleibe ich unten, bis sie weg sind. Es ist ja nicht mehr –« Er stockte für einen halben Atemzug, als ihm die Leuchtziffern seiner Armbanduhr verrieten, dass es beinahe fünf war, setzte seinen Weg aber dann fast hastig fort und schloss rasch die Tür hinter sich, bevor Kara noch irgendetwas sagen konnte. Er konnte sie ja verstehen. Wenn sie Jo und Maria tatsächlich in der Küche erwischt hatte, wie sie sich über die liebevoll vorbereiteten Weihnachtsleckereien hermachten, dann war das von ihren Gästen undankbar, unverschämt und absolut unzulässig; und völlig verantwortungs- und gefühllos Marias Kind gegenüber und damit für Kara ein Schlag ins Gesicht.

Und eigentlich passte es nicht wirklich zu Jo, dachte er verwirrt.

Andererseits – was wusste er schon über ihn? Er kannte ihn seit gerade einmal vier Wochen, und die meiste Zeit davon war er betrunken gewesen. Vielleicht war der wirkliche Dummkopf in dieser Geschichte *er*, seinen gesunden Menschenverstand und seine Menschenkenntnis nicht ein wenig früher eingeschaltet zu haben …

Es war vollkommen still im Haus, als er die Treppe hinunterging. Selbst der Brandgeruch war verschwunden – oder zumindest doch überlagert vom durchdringenden Gestank der Streichhölzer, die Jo benutzte. Zumindest dem Geruch nach zu schließen, musste der Kerl Kette geraucht haben, seit er nach oben gegangen war.

»Jo?«

Er bekam keine Antwort. Die Stille war plötzlich … beinahe unheimlich, wie etwas Stoffliches, in dem der Klang seiner Stimme wie ein Fremdkörper wirkte, der nichts darin zu suchen hatte.

Dann hörte er doch etwas, aber es war ein Geräusch, wie er es nie zuvor vernommen hatte und das er unmöglich einordnen oder orten konnte: vielleicht etwas wie Sphärenklänge, möglicherweise aber auch das Prasseln von Flammen. Vielleicht ein Engelschor, ebenso gut aber auch das Jammern und Wehklagen verdammter Seelen.

Er schüttelte den Gedanken ab, zwang ein nervöses Lächeln auf seine Lippen und schloss die Augen. Als er sie wieder öffnete, kam ihm die Dunkelheit schon nicht mehr ganz so absolut vor, und die sonderbaren Geräusche waren fort. Wahrscheinlich hatte es sie nie gegeben. Der Schwefelgestank der Streichhölzer war geblieben. Jo musste in den wenigen Stunden eine ganze LKW-Ladung davon abgebrannt haben.

Wenn es Streichhölzer gewesen waren …

Von einem plötzlich sehr unguten Gefühl erfüllt, ging er weiter und betrat das Wohnzimmer. Das Licht war ausgeschaltet, und die einzige Helligkeit kam vom Kamin, in dem immer noch ein Rest Glut flackerte, was dem gesamten Zimmer etwas Unheimliches verlieh. Bens Finger zitterten, als er nach dem Lichtschalter tastete, und er hatte fast Angst vor dem, was er sehen würde.

Er erlebte tatsächlich eine Überraschung, als das Licht anging; allerdings eine vollkommen andere, als er erwartet hätte.

Das Zimmer war nicht picobello aufgeräumt – das wäre vollkommen unmöglich gewesen –, und vom Boden hätte man allenfalls dann essen können, wenn man auf Asche und verbrannten Teppichboden stand. Aber Jo hatte getan, was er konnte. Der Teppich war erledigt und musste komplett herausgerissen werden, und obwohl das Feuer nur ein paar Sekunden lang gebrannt hatte, war auch die Stuckdecke dem aufsteigenden Qualm zum Opfer gefallen; zumindest ein neuer Anstrich war fällig, wenn nicht mehr. Darüber hinaus aber hatte Jo jedes noch so kleine Papierfitzelchen aufgehoben, die Splitter des zerbrochenen Christbaumschmucks entfernt und selbst die Tannennadeln aufgelesen, soweit sie nicht untrennbar mit dem verschmorten Teppichboden verschmolzen waren.

Selbst an Karas heißgeliebtem Porzellan hatte er sich versucht … auch wenn *versündigt* vielleicht der bessere Ausdruck gewesen wäre. Was davon noch übrig war, hatte er zu zwei ungleichen Stapeln auf dem Tisch aufgetürmt: Der deutlich größere bestand aus nichts anderem als Splittern und traurigen Scherben, der kleinere aus einigen wenigen Tellern und Tassen, die wie durch ein Wunder unversehrt geblieben waren – auch wenn man bei genauerem Hinsehen den einen oder anderen Riss und abgesplitterten Rand entdecken konnte.

Zwischen diesen beiden Stapeln befand sich etwas, das einmal der Deckel einer kostbaren, blau-weißen Suppenterrine gewesen war. Jo hatte irgendwo eine Tube Klebstoff gefunden und versucht, die Teile wieder zusammenzukleben. Nicht alle passten zusammen, ein paar fehlten und der Henkel stammte eindeutig von einer anderen Schüssel; aber der Versuch zählte, auch wenn das Ergebnis allenfalls rührend wirkte.

»Besser hab ich's nich hingekriegt. Tut mir leid.«

Eigentlich hätte der Zigarettengestank ihm schon verraten müssen, dass Jo hinter ihm hereingekommen war, ohne auch nur den mindesten Laut zu verursachen. Ben drehte sich langsam zu ihm um und streifte die qualmende Kippe in seinem Mundwinkel mit einem vorwurfsvollen Blick, aber er sagte nichts dazu. Jo sah müde aus. In seinem Gesicht waren noch tiefere, noch dunklere Linien erschienen, als er sie ohnehin zur Schau trug, und das Feuer im Kamin spiegelte sich irgendwie in seinen Pupillen, was seine Augen fast rot erscheinen ließ.

»Schon in Ordnung«, sagte Ben mit einem matten Lächeln. »Ich konnte das Zeug sowieso nie leiden.«

»Das is gelogen«, sagte Jo. »Aber der Versuch zählt. Danke.«

Ben setzte zu einer ebenso spöttischen wie belanglosen Antwort an und beließ es dann bei einem überraschten Stirnrunzeln, während er sich herumdrehte und ein zweites Mal auf die unordentlich ausgequetschte Klebstofftube hinuntersah. Sie war gelb und mit neongrünen chinesischen Schriftzeichen bedruckt.

»Woher hast du das?«, fragte er. Leicht erschrocken.

»Weiß nich. Hat Maria irgendwo aufgetrieben. Keine Ahnung, wo.«

Aber Ben wusste es. Er hatte diesen speziellen Kleber nach langem Suchen irgendwo im Internet aufgetrieben und sich gleich ein ganzes Dutzend Tuben schicken lassen. Das Zeug war leicht entzündlich und verursachte gesundheitsschädliche Dämpfe, wenn man es benutzte. Deshalb gab es auch nur einen einzigen Platz im ganzen Haus, an dem er es sorgsam verwahrte.

Ohne ein weiteres Wort fuhr er herum, eilte aus dem Zimmer und riss die Kellertür auf.

Auf der Treppe brannte Licht, und aus seinem unguten Gefühl wurde nahezu Gewissheit, während er – immer langsamer – weiterging. Vor der Tür zu seinem Hobbyraum blieb er stehen und brauchte plötzlich all seine Kraft, um die Hand auszustrecken und die Klinke herunterzudrücken. Und wünschte sich, es nicht getan zu haben.

Auch hier drinnen brannte Licht, und obwohl Maria nur eine der drei großen Neonlampen eingeschaltet hatte, die über der nahezu zehn Quadratmeter großen Modelleisenbahn-Anlage angebracht waren, so reichte es doch mehr als aus, ihm das ganze Ausmaß der Zerstörung zu zeigen.

Eine der fünf großen, auf wuchtigen Blöcken ruhenden Sperrholzplatten, die zusammen ein nahezu perfektes Abbild des Bahnhofsviertels seiner Heimatstadt und seiner direkten Umgebung bildeten, stand schief und war offensichtlich mit roher Gewalt aus dem Gefüge herausgerissen worden, in das er sie in monatelanger Kleinarbeit kunstvoll eingepasst hatte. Maria schien die Balance verloren und mit ihrem ganzen Körpergewicht daraufgefallen zu sein, denn zwei der gut zehn Zentimeter dicken Stützbeine waren glattweg abgebrochen, und ein drittes hielt sich nur noch wie durch ein wahres Wunder in einer eigentlich unmöglichen Schräglage – ansonsten wäre die ganze Platte zu Boden gekracht.

Nicht dass es noch einen großen Unterschied gemacht hätte, dachte er wie betäubt. Die Platte stand nicht einfach nur ein wenig schief, und die Miniaturstadt war nicht nur an den Anschlussstücken beschädigt. Genau genommen sah sie ein bisschen aus wie nach einem Bombenangriff: Schienen waren roh auseinandergerissen und verbogen, ein ganzer Straßenzug regelrecht platt gedrückt, winzige Bäume geknickt und Automobile und Fußgänger im Zwergenformat durcheinandergeworfen und zermalmt. Die akribisch nachgebaute Miniaturlandschaft sah aus, als wäre ein zorniger Riese darüber hinweggetrampelt; was in gewissem Sinne ja auch stimmte.

»Oha«, sagte eine von einem intensiven Schwall übel riechenden Zigarettenrauchs begleitete Stimme hinter ihm. Ben drehte sich weder herum noch reagierte er sonst irgendwie. Er fühlte sich wie gelähmt.

»Das sieht ja übel aus.« Jo trat neben ihn, blies eine stinkende Qualmwolke in seine Richtung und wedelte mit beiden Händen in Richtung der zerstörten Eisenbahnanlage. »Was ist denn hier passiert? Hattest du einen Wutanfall oder ist das deine Art, das Ding umzugestalten?«

Ben sagte immer noch nichts. Er konnte es nicht. Er hatte in den letzten fünf Jahren – seit Karas Fehlgeburt und dem Tod ihres ungeborenen Kindes, um genau zu sein – nahezu jede freie Minute hier unten verbracht und nicht nur seine gesamte Freizeit, sondern auch eine stattliche Summe Geld und vor allem so gut wie seine ganze Energie in diese Anlage gesteckt. Es war nicht einfach nur ein *Hobby*.

»Was ist los?« Jo nahm die Zigarette aus dem Mundwinkel und schnippte die Asche auf den Fußboden. »Du siehst aus, als hättest du ein Gespenst gesehen.«

»Das … das war vorhin noch nicht«, brachte er mühsam hervor. Irgendetwas in ihm … spannte sich an. Plötzlich begannen seine Hände zu zittern.

»Was soll das heißen?«, fragte Jo. Das Grinsen war aus seinem Gesicht verschwunden. »Du meinst doch nicht –«

Ben deutete mit einer zitternden Hand auf die Werkbank auf der anderen Seite des Raumes. Die Hälfte der Schubladen stand offen, und ihr Inhalt war nicht nur auf der Arbeitsplatte, sondern auch auf dem Fußboden verteilt. Das halb fertige Modell eines dreigeschossigen Wohnhauses mit einer kunstvoll angelegten Dachterrasse, an dem er die letzten drei Wochen gearbeitet hatte, war ebenfalls zu Boden gefallen und sah nicht nur so aus, als wäre es von einem riesigen Fuß zermalmt worden.

Jo wurde noch ein bisschen blasser, sog hektisch an seiner Zigarette und ging dann mit schnellen Schritten hin. Irgendetwas zerbrach knirschend unter seinen Schuhen, als er sich in die Hocke sinken ließ und eine gelbe Klebstofftube mit neongrünem Aufdruck aufhob.

»Oh, Scheiße«, murmelte er. Der betroffene Ausdruck auf seinem Gesicht, als er sich hochstemmte und wieder in Bens Richtung drehte, war echt. »Das ... das tut mir echt leid. Ehrlich.«

»Ich ... ich arbeite seit ... seit fünf Jahren an der Anlage«, murmelte Ben. Er fühlte sich noch immer wie betäubt; aber unter dieser Betäubung erwachte etwas anderes, sehr viel Schlimmeres.

»Das ... das hat sie bestimmt nich absichtlich getan«, murmelte Jo. Sein Blick tastete immer nervöser über die riesige Anlage und vor allem den zerstörten Teil. »Das ... das is großartig. Ich wusste ja gar nich, dass ... dass du so was ... kannst.«

»Ich arbeite seit fünf Jahren daran«, murmelte Ben noch einmal. Seine Hände begannen immer stärker zu zittern.

»Ich bring das in Ordnung«, versicherte Jo. »Bestimmt! Ich versteh was davon. Ich hatte doch erzählt, dass ich früher mal ...«

»Sei still«, flüsterte Ben. Er spürte, wie ihm die Tränen in die Augen schießen wollten, und schaffte es irgendwie, sie zurückzuhalten. »Halt den Mund!«

»Ich mach das wieder ganz«, versprach Jo, bückte sich nach einem heruntergefallenen Plastikteil und verursachte dabei schon wieder dieses schreckliche, knirschende Geräusch, mit dem irgendetwas unwiderruflich unter seinen Füßen zermalmt wurde. »Ehrlich! Lass mich ein paar Stunden hier allein, und du siehst nich mehr, dass überhaupt was kaputt war. Ich krieg das hin.«

Er verstummte, als Ben ihn anstarrte. Seine Lippen bebten, und es war nicht nur das kalte Neonlicht, das ihn mit einem Mal deutlich bleicher aussehen ließ. »Aber –«, setzte er neu an. »Aber ich wollte wirklich nicht … ich meine, ich konnte ja nicht ahnen, woher –«

Ben drehte sich einfach um und ließ ihn stehen. Er konnte nichts sagen … was vielleicht auch gut war. Mit steifen, ungelenken Schritten, die eher die eines Roboters zu sein schienen als die eines Menschen, ging er die Kellertreppe hinauf und blieb in der Mitte der Diele stehen.

Jo folgte ihm nervös, wedelte mit seiner Zigarette herum und wollte etwas sagen, brachte aber dann kein Wort heraus, als er in Bens Blickfeld trat und in sein Gesicht sah.

»Also dann … geh ich jetzt besser und hole Maria«, murmelte er schließlich.

Er machte einen Schritt, blieb dann noch einmal stehen und wartete ganz offensichtlich darauf, dass Ben ihn zurückrief oder überhaupt etwas sagte, aber Ben tat keines von beidem, sondern blickte ihn nur ausdruckslos an, und schließlich ging er weiter und polterte die Treppe hinauf und in Richtung Gästezimmer.

Bens Vernunft riet ihm, ihm nachzugehen und sich davon zu überzeugen, dass er auch tatsächlich nur ging, um Maria zu holen, aber er rührte sich nicht, stand einfach nur da und starrte ins Leere, bis die beiden schließlich zurückkamen – was im Übrigen nach kaum fünf Minuten der Fall war.

Beide trugen jetzt wieder die abgerissenen und verdreckten Kleider, in denen sie hergekommen waren. Jo wich seinem Blick aus und wirkte darüber hinaus wie das personifizierte schlechte Gewissen, und für einen Moment glomm tatsächlich ein Funke von Mitleid in Ben auf, der vielleicht sogar zu einer Flamme geworden wäre, die zumindest seinem schlechten Gewissen Nahrung genug gegeben hätte, um sich die ganze Sache doch noch anders zu überlegen. Aber dann fiel sein Blick in Marias Gesicht, und jedes Mitleid erlosch schlagartig. Sie war immer noch (oder vielleicht auch schon wieder; Ben wäre nicht im Geringsten erstaunt gewesen, hätte sie außer seinem Hobbyraum auch den Weinkeller entdeckt und die eine oder andere Flasche gleich an Ort und Stelle entsorgt) so betrunken, dass sie sich nicht aus eigener Kraft aufrecht halten konnte, sondern sich im Gehen an Jos Schulter lehnen musste, und ihr Wohlgeruch überlagerte sogar den Gestank nach kaltem Zigarettenrauch, der Jo auf Schritt und Tritt begleitete.

»Also wir … wir sind so weit«, sagte Jo unbehaglich. Ben nickte.

»Ist … ziemlich kalt draußen«, fuhr Jo fort. »Selbst für eine Dezembernacht.«

»Ich möchte, dass ihr geht«, sagte Ben. »Tut mir leid, aber …«

»Schon gut«, murmelte Jo. »Ich versteh dich ja.«

Das Schlimme war, dachte Ben, dass er die Wahrheit gesagt hatte. Es *tat* ihm leid. Aber er schwieg. Es war eine ebenso romantische wie närrische Idee gewesen, die beiden mit sich nach Hause zu nehmen. Ein Experiment, mehr nicht. Und es war schiefgegangen. So einfach war das.

Jo ging zur Tür, streckte die Hand nach der Klinke aus und drehte sich dann langsam noch einmal zu ihm herum. »Also dann noch einmal vielen Dank für alles.«

Maria nickte.

Er schwieg.

Nach sicher einer Minute, die er bloß dagestanden und ihn angestarrt hatte, schien Jo endlich zu begreifen, dass das auch so bleiben würde. »Also wir gehen dann mal«, sagte er zum wiederholten Mal. »Ist kalt draußen. Ich meine: Hättest du vielleicht … noch was zum Aufwärmen?« Er fuhr sich genießerisch mit der Zunge über die Lippen. »Für unterwegs, meine ich!«

Ben wollte nichts mehr, als dass die beiden endlich gingen. Trotzdem zuckte er nur mit den Schultern, eilte in die Küche und kam mit zwei Flaschen Wein zurück, die er Jo wortlos in die Hand drückte.

Als er sie in der Jackentasche verschwinden ließ, kam Kara die Treppe herunter. Sie trug nur ein dünnes Seidennegligé, dafür aber einen von ihren ausrangierten Wintermänteln über dem linken Arm und über dem anderen etwas, das Ben erst auf den zweiten Blick als eine gefütterte Skijacke erkannte, die er vor fünf Jahren das letzte Mal getragen hatte. Seit damals waren sie nie wieder in Urlaub gefahren.

Fragend und mehr als nur ein bisschen überrascht sah er Kara an, aber sie wich seinem Blick aus und hielt Jo die Kleidungsstücke hin.

»Es ist ziemlich kalt draußen. Wir brauchen die Sachen nicht mehr, und Sie und Ihre … Frau können sie bestimmt gebrauchen.«

Jo starrte die beiden Kleidungsstücke an, als hätte Kara ihm einen unsittlichen Antrag gemacht. »Aber das … können wir nicht annehmen. Nach allem, was wir angestellt haben, meine ich.«

»Was passiert ist, ist passiert«, erwiderte sie mit einer wegwerfenden Geste.

»Aber das Geschirr und –«

»Wenn ich ganz ehrlich sein soll«, unterbrach ihn Kara, »konnte ich das Zeug sowieso nie leiden.«

»Und … deine Eisenbahn?«, fragte Jo unsicher.

»Ist doch nicht mehr als ein Spielzeug«, antwortete Kara an Bens Stelle. Sie lachte leise. »Er würde es nie zugeben, aber wahrscheinlich haben Sie ihm einen Gefallen getan. Jetzt hat er wenigstens einen Vorwand, um alles abzureißen und noch perfekter wiederaufzubauen.«

Ben starrte sie an und sagte immer noch nichts. Er konnte es nicht.

Jo lehnte Maria behutsam neben der Haustür gegen die Wand und überzeugte sich davon, dass sie aus eigener Kraft stehen konnte, bevor er umständlich und schnaubend wie ein Walross auf dem Trockenen in die Skijacke schlüpfte. Erst danach half er Maria, den Mantel anzuziehen. Er war viel zu groß für sie, spannte aber trotzdem über dem Bauch, sodass sie ihn nicht schließen konnte. Es war ein erbarmungswürdiger Anblick. Ben schwieg trotzig.

Ohne ein weiteres Wort – und auch ohne sich noch einmal bedankt zu haben – öffnete Jo die Haustür und taumelte einen halben Schritt zurück, als eine eiskalte Windböe sein Gesicht traf. Ben blinzelte und begann augenblicklich mit den Zähnen zu klappern, und Kara drehte hastig das Gesicht aus dem Wind und machte zwei Schritte rückwärts. Der Sturm wirbelte den Schnee zu ihnen herein – und eine so grausame Kälte, dass Ben nicht weiter überrascht gewesen wäre, hätten sich die Wände augenblicklich mit Raureif überzogen. Kalt genug dafür wäre es jedenfalls gewesen; draußen mussten zwanzig Grad minus herrschen, wenn nicht mehr.

»Jo?«, sagte er.

Er war nicht einmal sicher, dass der Sturm seine Worte nicht verschluckte, aber Jo blieb noch einmal stehen und sah zu ihm zurück. »Ja?«

»Es … es tut mir leid«, murmelte er. »Aber ich –«

»Schon gut«, unterbrach ihn Jo. »Has ja recht. Wir sehn uns.« Und damit ergriff er Marias Hand fester und trat vollends in die Nacht hinaus.

Der Sturm war so heftig, dass sich die beiden sichtbar gegen die heulenden Windböen stemmen mussten, um nicht von den Füßen gefegt zu werden, und für einen Moment schien sein Heulen und Toben noch zuzunehmen. Die beiden sahen unendlich verloren und klein aus.

Schließlich waren sie verschwunden.

Ben wollte die Hand nach der Türklinke ausstrecken, aber Kara hielt ihn mit einer raschen Bewegung zurück und schüttelte den Kopf, ohne ihm dabei direkt in die Augen zu sehen. »Es ist wirklich sehr kalt.«

»Das kälteste Weihnachten seit zwanzig Jahren, haben sie im Wetterbericht gesagt«, bestätigte Ben.

»Und eigentlich waren die beiden ja gar nicht so schlimm«, sagte Kara leise. »Ich meine: Es … es hätte schlimmer kommen können.«

»Durchaus«, bestätigte Ben. Er versuchte das tobende Schneegestöber mit Blicken zu durchdringen, aber alles, was er sah, waren Schatten. »Das ganze Haus hätte abbrennen können.«

»Oder sie hätten uns ausrauben können«, fügte Kara hinzu.

»Oder im Schlaf umbringen«, sagte Ben.

Für etliche Sekunden blieb es vollkommen still zwischen ihnen. Nur der Sturm heulte herein, blies Wolken von pulverfeinem Schnee in ihre Gesichter und zerrte an ihren Haaren und Kleidern.

»Haben sie aber nicht«, sagte Kara schließlich.

»Nein, haben sie nicht«, bestätigte Ben. Wieder schwiegen sie für eine kleine Ewigkeit, dann fuhr er leise und in den mittlerweile fast waagerecht vom Wind dahingepeitschten Schnee blickend fort: »Weißt du, dass du gerade den Nagel auf den Kopf getroffen hast?«

»Womit?«

»Mit dem, was du über meine Eisenbahn gesagt hast. Ich suche wirklich seit einem Jahr nach einem Vorwand, um das Ding abzureißen und ganz neu aufzubauen.«

Kara schwieg dazu. Doch nach einer Weile bemerkte sie: »Was ich über das Porzellan gesagt habe, stimmt übrigens auch.«

»Wie?«, machte Ben überrascht.

»Ich konnte es noch nie leiden«, bestätigte Kara. »Meine Mutter hat ihren verdammten alten Plunder mehr geliebt als mich. Er war ihr Ein und Alles. Ich dachte, ich sei es ihr irgendwie schuldig, es in Ehren zu halten, aber wenn ich ehrlich sein soll, habe ich das Zeug immer gehasst.«

Wieder wurde es still. Inzwischen war es auch hier drinnen so kalt, dass ihr Atem als grauer Dampf von ihren Gesichtern erschien und sie beide vor Kälte am ganzen Leib zitterten, und schließlich sagte Kara: »Es ist wirklich grausam kalt dort draußen.«

»Und heute ist Weihnachten«, fügte Ben hinzu.

»Und sie ist schwanger«, sagte Kara.

Sie sahen sich an. Eine Sekunde, zwei, drei.

Dann warf Ben die Haustür ins Schloss und sie eilten nebeneinander die Treppe hinauf, um sich anzuziehen.

Selbst die grobstolligen Winterreifen des schweren Geländewagens drehten alle paar Sekunden durch, und wären sie nicht die Einzigen gewesen, die sich zu dieser Zeit und inmitten des tobenden Unwetters hinauswagten, hätte es vermutlich schon ein halbes Dutzend Mal gekracht. Allein auf den wenigen Kilometern, die sie bisher gefahren waren, hatte sich der Jeep vier- oder fünfmal gedreht, und wie oft sie gegen den Bordstein (auf *beiden* Straßenseiten) geschlittert waren, das wusste er längst nicht mehr. Die Scheibenwischer arbeiteten wie verrückt, aber der Schnee fiel eindeutig schneller auf die Windschutzscheibe herab, als sie sie beiseiteschieben konnten, und alles, was er im Licht der voll aufgeblendeten Scheinwerfer sah, war Schnee, der sich inzwischen zu einem ausgewachsenen Schneesturm entwickelt hatte. Sie fuhren praktisch blind.

Von Maria und Jo keine Spur.

»Irgendwo müssen sie doch sein«, murmelte Kara. »Es ist doch noch nicht einmal eine halbe Stunde her!«

Ben antwortete nicht, sondern verwandte seine Konzentration lieber darauf, den Wagen irgendwie auf der Straße zu halten. Nicht dass Kara nicht vollkommen recht gehabt hätte: Sie hatten weniger als fünf Minuten gebraucht, um sich anzuziehen und den Wagen aus der Garage zu holen, und sehr weit *konnten* die beiden in dieser Zeit gar nicht gekommen sein. Aber sie hatten alle Straßen im Umkreis von zwei oder drei Kilometern abgefahren, ohne auch nur eine Menschenseele zu Gesicht zu bekommen.

Allerdings hätten sie die beiden bei diesen Sichtverhältnissen wahrscheinlich ohnehin erst bemerkt, wenn sie sie überrollten.

»Wenn sie sich irgendwo verkrochen haben, finden wir sie nie«, murmelte er mit einiger Verspätung.

»Und wo?«, fragte Kara. »Was glaubst du wohl, wer sie aufnimmt – um diese Uhrzeit?« Sie machte ein besorgtes Gesicht. »Wir hätten sie nicht gehen lassen dürfen.«

Nein, das hätten sie nicht, dachte Ben. Aber sie hatten es.

»Vielleicht weiß ich, wo sie sind«, murmelte er.

»Und wo?«, fragte Kara.

Ben hob nur die Schultern, beugte sich mit zusammengekniffenen Augen vor und versuchte angestrengt, herauszufinden, wo *sie* eigentlich waren. Das Licht der Scheinwerfer reichte mittlerweile nur noch bis zum Bordstein, nicht mehr bis zu den Häusern dahinter. Es war, als hätte der Sturm die ganze Welt verschlungen.

Dann erkannte er doch einen vertraut erscheinenden Umriss, trat viel zu hastig auf die Bremse und kurbelte erschrocken am Lenkrad, als der Wagen auf der spiegelglatten Fahrbahn prompt ins Schleudern geriet und ausbrach, um einige Sekunden später heftig gegen den Bordstein auf der gegenüberliegenden Straßenseite zu prallen.

»Glaubst du, sie sind im nächsten Krankenhaus?«, fragte Kara spöttisch.

»Nein. Aber vielleicht dort vorne.« Ben deutete auf einen schwarzen Umriss, der manchmal in dem Schneegestöber auftauchte und wieder verschwand.

»Eure alte Fabrik?«

Ben nickte stumm, legte mit klammen Fingern den ersten Gang ein und fuhr vorsichtig los. Trotzdem rumpelte der Wagen mehrmals über den Bordstein oder andere verborgene Hindernisse, bis sie endlich auf den mit Trümmern und Schrott übersäten Fabrikhof fuhren.

Ben war bis zum letzten Moment nicht sicher, ob es wirklich das richtige Gebäude war, dann aber tauchte die zerbröckelnde Betontreppe inmitten des Schneegestöbers auf, und er trat erleichtert auf die Bremse und drehte den Zündschlüssel herum.

»Warte hier«, sagte er. »Ich sehe nach.«

»Fällt mir nicht ein«, erwiderte Kara grimmig. »Ich komme mit.« Sie öffnete die Tür und stieg noch vor ihm aus, um praktisch sofort vom Schneegestöber verschlungen zu werden. Ben musste sich beeilen, um ihr zu folgen.

Drinnen im Gebäude war es ein wenig besser. Die Kälte verlor nichts von ihrem grausamen Biss, aber wenigstens waren sie aus dem Wind heraus, und auch das Schneegestöber folgte ihnen nur für zwei oder drei Schritte. Und sie konnten wieder etwas sehen.

»Hier leben sie?«, murmelte Kara, während sie sich schaudernd in der riesigen, in Trümmern liegenden Halle umsah.

»Oben.« Ben machte eine Kopfbewegung zur Decke und schaltete die Taschenlampe ein, die er vorsorglich mitgebracht hatte.

»Das ist … schrecklich. Menschen sollten so nicht leben müssen.«

Ben deutete mit dem Lichtstrahl der Taschenlampe auf die geländerlose Betontreppe, die neben ihr in die Höhe führte. Täuschte er sich oder flackerte an ihrem oberen Ende ein blassgelbes Licht?

»Bleib besser hier«, meinte er. »Das ist jetzt nicht ganz ungefährlich. Du hättest besser im Wagen gewartet.«

Natürlich dachte sie gar nicht daran, seinem Rat zu folgen, sondern eilte ganz im Gegenteil als Erste die Treppe hinauf, sodass Ben schon wieder alle Mühe hatte, ihr zu folgen; zumal er versuchte, ihr mit seiner Taschenlampe den Weg zu beleuchten. Beton hin oder her, das Ding war uralt und bestand aus mehr Löchern als allem anderen.

Er hatte sich nicht getäuscht. In der oberen Etage, durch deren glaslose Fenster der Wind heulte und Schnee hereinwirbelte, flackerte ein Feuer in einem rostigen Ölfass. Ben erkannte zwei oder drei gedrungene Schatten, hörte gemurmelte Stimmen, die allerdings sofort abbrachen, als er seinen Lichtstrahl in ihre Richtung lenkte. Kara eilte weiter voraus, wurde aber dann langsamer und blieb schließlich hinter ihm zurück, als er sich der Gruppe näherte. Immerhin waren es drei. Trotz des Jahrhundertsturmes schienen Jo und Maria den Rückweg gefunden zu haben.

Vielleicht aber auch nicht. Bens vorsichtige Erleichterung hielt gerade so lange an, bis er das Ölfass erreichte und die Gesichter der drei Gestalten erkannte, die sich um das erbärmliche Feuer drängten. Einer davon war Didi, die beiden anderen kannte er nur vom Sehen, ohne dass er sich jemals die Mühe gemacht hatte, sich nach ihren Namen zu erkundigen.

»He, was soll der Scheiß?« Didi kniff die Augen zusammen und hob zusätzlich die Hand vor das Gesicht, als Ben ihn direkt mit der Taschenlampe anleuchtete. »Wer is da?«

Ben richtete den Lichtstrahl für einen Moment auf sein eigenes Gesicht, bevor er die Lampe endgültig senkte, und aus Didis misstrauisch-erschrockenem Gesichtsausdruck wurde eine Mischung aus Verachtung und mühsam zurückgehaltem Zorn. »Ach du«, maulte er. »Was ist los? Hast was vergessen? Brauchste noch 'ne Aufnahme von betrunkenen Pennern am Weihnachtsabend?«

Ben schluckte die ärgerliche Antwort hinunter, die ihm auf der Zunge lag – nicht nur, weil Didi im Grunde ja recht hatte. Da war auch ein drohender Unterton in seiner Stimme, und immerhin waren sie zu dritt. »Wir suchen die beiden anderen«, sagte er hastig. »Jo und Maria.«

»Wen?« Didi stemmte sich umständlich auf die Beine und kam näher oder versuchte es wenigstens. Er war so betrunken, dass er gegen das Ölfass taumelte und es um ein Haar umgerissen hätte; vielleicht aber auch nur so steif gefroren.

»Kenn ich nicht«, lallte er. »Wer soll das sein? Und wen haste da mitgebracht?«

»Meine Frau«, antwortete Ben und verfluchte sich im gleichen Augenblick für diese Antwort.

»Deine Frau?«, kicherte Didi. »Au, ich verstehe. Willst ihr was zeigen, wie? Kleiner Ausflug in die untersten Schichten der menschlichen Gesellschaft? Bisschen im Dreck wühlen am Weihnachtsabend. Kann ich verstehen, ehrlich, Mann. Da fühlt man sich doch dann umso besser. Da kapiert man dann wieder, wie gut es einem geht, wenn man in seine gemütlich geheizte Angebervilla zurückkehrt, wie?«

»Also gut«, erwiderte Ben ruhig. »Ihr seid sauer auf mich, weil ich euch belogen habe, und das kann ich verstehen. Ihr habt jedes Recht dazu … aber darüber reden wir später, einverstanden? Ich mache es wieder gut.«

»Ach ja?«, fragte Didi lauernd. Die beiden Schatten hinter ihm bewegten sich raschelnd.

»Ganz bestimmt«, beteuerte Ben. »Aber jetzt müssen wir Maria und Jo finden. Es ist wichtig.«

»Maria und Jo«, wiederholte Didi. »Nie gehört. Wer soll das sein?«

»Die beiden, die Ben gestern Abend mitgebracht hat«, sagte Kara, bevor Ben antworten konnte. »Sie ist schwanger.«

Didi starrte sie zwei oder drei Sekunden lang aus blutunterlaufenen Augen an und wankte immer stärker hin und her. Dann grinste er plötzlich. »Schon verstanden. Jo und Maria, die obdachlos sind, und sie kriegt ein Kind, an Weihnachten. Das ist echt lustig. Wirklich komisch, ha, ha, ha.«

»Schon gut«, sagte Ben. »Ich meine –«

»Du meinst«, unterbrach ihn Didi, plötzlich gar nicht mehr amüsiert und ohne die geringste Spur eines Lächelns, »dass wir blöd sind, wie? Kommst mit deinem Luxusweibchen her, um uns ein bisschen vorzuzeigen, und machst dich dann noch lustig über uns, wie?«

»Das mache ich nicht im Geringsten«, sagte Ben. Die beiden anderen standen auf und kamen näher. Keiner von ihnen war größer als Ben, aber sie waren zu dritt, und er konnte zumindest Didis Zorn beinahe körperlich spüren. »Wir ... wir machen uns Sorgen um sie, das ist alles. Wir haben sie mitten in der Nacht weggeschickt, und –«

»Ich kenn kein Jo nicht und auch keine Maria!«, unterbrach ihn Didi wütend. »Wenn du uns verarschen willst, dann sag es gleich. Haste deinen Fotoapparat mit? Sag uns doch einfach, was wir tun sollen! Was brauchst 'n noch für deine Reportage? Soll'n wir uns ein bisschen für dich prügeln oder uns in unserer Kotze wälzen?«

»Vielleicht gehen wir besser«, schlug Kara vor. Sie klang nervös.

»Gute Idee«, höhnte Didi. »Verschwindet jetzt. Hier gibt es kein Jo und keine Maria und auch keine Krippe mit 'nem Jesuskind!«

Kara wollte etwas sagen, aber Ben machte rasch einen Schritt zurück und ergriff sie am Arm. »Wahrscheinlich hat Didi recht«, sagte er hastig. »Vielleicht ... waren die beiden in einer anderen Gruppe. Komm, suchen wir sie!«

Kara sah ihn völlig verstört an, aber Ben zog sie nur noch schneller mit sich, sodass sie gar keine Gelegenheit mehr hatte, noch etwas zu sagen. Erst als sie wieder am unteren Ende der Treppe angekommen waren, riss sie ihre Hand los und funkelte ihn an.

»Also, was ist los?«, fauchte sie. »Wieso kennt hier niemand die beiden?«

»Ich habe nicht die geringste Ahnung!«, versicherte Ben. Er war völlig verwirrt. »Didi war auch dabei. Gestern Abend, als ich sie mitgebracht habe. Er ist weggelaufen, bevor wir ins Haus gekommen sind – aber er kennt die zwei!« Er schüttelte noch einmal den Kopf und bemühte sich, so überzeugend und ehrlich wie möglich auszusehen, aber der Ausdruck von Misstrauen auf Karas Gesicht nahm eher noch zu.

»Wenn das ein schlechter Witz ist, dann kann ich nicht darüber lachen«, zischte sie. »Wenn die beiden wirklich –«

»Verdammt, ich bin doch nicht verrückt!«, unterbrach sie Ben. »Vielleicht ist es ja Didi. Vielleicht ist er einfach sauer, weil ich sie belogen habe, und will mir eins auswischen.«

»Das glaubst du doch selbst nicht«, sagte Kara eisig.

Ben sah sie nur noch hilfloser an, aber dann fiel ihm etwas ein. »Komm mit. Ich kann es beweisen.«

Sie kämpften sich durch den Schneesturm die wenigen Schritte bis zum Wagen zurück. Mittlerweile war der Wind so heftig geworden, dass er Kara helfen musste, die Tür aufzubekommen, und beinahe gestürzt wäre, als er um den Wagen herumeilte, um auf der anderen Seite einzusteigen. Er startete den Motor, damit die Heizung ansprang, und verriegelte die Türen von innen. Kara sah ihn weiter misstrauisch und schon fast feindselig an, aber er sagte nichts dazu, sondern öffnete das Handschuhfach, um die winzige Digitalkamera herauszunehmen, die in den letzten vier Wochen sein treuer Begleiter gewesen war. Er hatte es nicht immer geschafft, aber doch oft genug, sie heimlich an einem Punkt zu verstecken, wo sie von keinem anderen gesehen werden konnte, und die Automatik alle paar Minuten ein Bild machen zu lassen. Jo und Maria mussten auf mindestens hundert davon zu sehen sein, vermutlich auf mehr. Wortlos schaltete er die Kamera ein und ließ im Zwei-Sekunden-Takt eine Diashow auf dem winzigen Display ablaufen. Didi war darauf zu sehen, die heruntergekommene Fabrikhalle, er selbst natürlich, einige der anderen und immer wieder Didi … aber keine Spur von Maria oder Jo.

»Was soll das?«, erkundigte sich Kara.

»Einen Moment Geduld«, sagte Ben unbehaglich. »Es kommt gleich. Bestimmt.«

Er verkürzte den Rhythmus, in dem die Kamera die Bilder wiedergab, auf eine Sekunde. Dutzende von Fotos glitten über den kleinen Monitor … und auf keinem einzigen davon waren Jo und Maria zu sehen.

Und das war vollkommen unmöglich. Er erinnerte sich natürlich nicht an jedes einzelne Bild, das er gemacht hatte, aber doch an genug, um zu wissen, dass sie auf mindestens einem Dutzend davon einfach zu sehen sein *mussten*. Schließlich zeigte die Kamera oft genug ihn selbst, und mehr als einmal hatte er Schulter an Schulter mit Jo und Maria am Feuer gesessen. Und doch tauchten die beiden kein einziges Mal auf.

»Was soll das?«, wiederholte Kara ihre Frage, als die Bilderschau zu Ende war und das Display schwarz wurde.

Das hätte Ben selbst gern gewusst. Er konnte nur hilflos mit den Schultern zucken. »Das verstehe ich nicht«, murmelte er.

»Ich auch nicht. Was soll der Unsinn? Wenn du die beiden woanders aufgelesen hast, sag es doch einfach.«

»Aber das …« Ben sprach nicht weiter, sondern sah sie nur ratlos an, dann schaltete er die Scheinwerfer ein und rollte vorsichtig rückwärts wieder auf die Straße zurück. Obwohl sie nur Schritttempo fuhren, kam der Jeep abermals ins Rutschen und stellte sich quer, bevor er die Gewalt über das Lenkrad zurückerlangte.

»Und jetzt?«, erkundigte sich Kara.

Abermals hob er nur die Schultern. Er verstand … nichts mehr. Er hatte nicht damit gerechnet, Porträtaufnahmen auf der winzigen Kamera zu finden, die für eine Fotoausstellung reichten – aber die beiden *mussten* einfach auf einem der Fotos zu erkennen sein. Sie …

Die Erkenntnis überkam ihn so plötzlich, dass er instinktiv auf die Bremse trat und den Wagen mit einem harten Ruck, der ihn abermals leicht ausbrechen ließ, zum Stehen brachte.

»Was ist?!«, fragte Kara alarmiert.

Ben antwortete nicht. Er … konnte sich nicht mehr an ihre Gesichter erinnern. Es war unheimlich. Völlig unmöglich und verrückt, aber vor allem unheimlich.

»Ben!«, sagte Kara heftig scharf.

»Ihre … ihre Gesichter«, murmelte Ben.

»Was soll damit sein?«, fragte Kara. Jetzt sah sie fast ein bisschen besorgt aus.

Ben schüttelte den Kopf und sah sie mit großen Augen an. »Ich … ich kann mich nicht daran erinnern«, flüsterte er. »Ich weiß nicht mehr, wie sie ausgesehen haben.«

Kara blinzelte. »Das ist lächerlich. Du willst mir erzählen, dass du nicht mehr weißt, wie …« Ihr Lächeln gefror und erlosch dann ganz. Plötzlich sah auch sie sehr erschrocken aus. »Aber das ist verrückt.«

»Dir geht es genauso«, vermutete er.

Kara nickte. »Aber das ist unmöglich«, hauchte sie.

Das war es. Selbst wenn er aus irgendeinem Grund vergessen haben sollte, wie die beiden ausgesehen hatten, wegen Krankheit, Übermüdung, Stress oder Weiß-der-Teufel-was, es war absolut unmöglich, dass es ihr im selben Augenblick genauso ging. Sie musste sich an … an …

Bens Hände schlossen sich so fest um das Lenkrad, dass die Knöchel weiß hervortraten.

Jetzt hatte er auch ihre Namen vergessen.

»Ich weiß nicht mehr, wie sie heißen«, flüsterte Kara neben ihm. Für ein paar Sekunden schien es im Wagen spürbar kälter zu werden, und etwas wie eine unsichtbare Dunkelheit begann sich zwischen ihnen auszubreiten.

»Fahr nach Hause«, stammelte sie. »Das … das macht mir Angst.«

Ben konnte nicht antworten. Seine Kehle war wie zugeschnürt. Er musste sich doch an die beiden erinnern, an … aber waren es zwei gewesen? Zwei Männer oder zwei Frauen oder nur ein Mann? Seine Erinnerungen schmolzen dahin wie Schnee unter der Wüstensonne. Er hatte jemanden mitgebracht, und irgendetwas war geschehen, Kara und er hatten etwas getan, was sie nicht hätten tun dürfen, aber er konnte nicht mehr sagen, was.

»Fahr nach Hause«, bat Maria. Ihre Stimme zitterte.

Ben fuhr los. Viel zu hastig, sodass die Reifen abermals durchdrehten, diesmal aber gewann er die Gewalt über den Wagen beinahe sofort zurück, trat ganz behutsam auf die Bremse und lenkte entschieden vorsichtiger um die Straßenbiegung.

Und doch nicht vorsichtig genug. Die beiden Gestalten tauchten wie aus dem Nichts im grellen Licht des Scheinwerferpaares auf, abgerissen und verdreckt und geduckt gegen die Kälte aneinandergekuschelt, und obwohl alles nur den Bruchteil einer Sekunde dauerte, sah er doch deutlich das Erschrecken auf Jos Gesicht, während er herumfuhr und Maria dabei schützend an sich presste, einen Ausdruck, der ihn an ein Reh erinnerte, das einen Wagen auf sich zurasen sah, genau wusste, was geschehen würde, und doch nicht in der Lage war, irgendwie zu reagieren.

Ebenso wenig wie er. Der Wagen schlitterte weiter, rollte mit seinen mehr als zwei Tonnen Gewicht unbarmherzig auf die beiden zu. Kara schrie neben ihm auf, und Ben trat verzweifelt auf Bremse und Kupplungspedal zugleich und kurbelte wie wild am Lenkrad … und das Wunder geschah. Im buchstäblich allerletzten Augenblick schwenkte die stumpfe Schnauze des Jeep herum und verfehlte die beiden Gestalten um Haaresbreite. Aber der Wagen schlitterte weiter. Ben begriff noch, dass er in seiner Panik nicht auf die Bremse, sondern das Gaspedal getreten hatte, aber jetzt kam jede Reaktion zu spät. Der Jeep machte einen regelrechten Satz den Bordstein hinauf und walzte einen niedrigen Metallzaun platt, und dann sah er eine Mauer auf sich zurasen …

… und dann nichts mehr.

Er erwachte mit grausamen Kopfschmerzen und einem schlechten Geschmack im Mund. Licht drang durch seine geschlossenen Lider, und irgendwo in unbestimmter Entfernung hörte er murmelnde Stimmen, ohne die Worte verstehen zu können. Ein seltsam durchdringender, nicht wirklich angenehmer Geruch hing in der Luft, ein Geruch, den er eigentlich kennen sollte, aber gerade nicht einordnen konnte, und zu dem dumpfen Dröhnen in seinem Kopf gesellte sich nun ein Brennen an seiner rechten Hand. Einen Moment hatte er Schwierigkeiten, sich zu erinnern, wer er war, tatsächlich aber nur eine einzelne Sekunde lang. Was er nicht wusste, war, *wo* er war.

Ben hob mit einem Ruck die Augenlider und blinzelte zwei oder drei Sekunden lang geblendet in das grelle Licht einer Neonlampe, die direkt über ihm an einer weißen Decke brannte. Stimmen und Geräusche wurden lauter, und nun identifizierte er auch den Geruch. Er war im …

… schlagartig kam seine Erinnerung zurück.

Er stemmte sich in die Höhe und biss die Zähne zusammen, als das leichte Brennen in seiner rechten Hand zu einem reißenden Schmerz wurde. Automatisch sah er hin und erblickte eine dünne Kanüle, die in seinem Handrücken steckte und in einem Plastikschlauch endete, der irgendwo über seinem Kopf verschwand. Er lag in einem sauberen weißen Bett, und dem Geruch und den charakteristischen Geräuschen nach zu schließen war er im Krankenhaus. »Was ist mit –«, murmelte er.

»Machen Sie sich keine Sorgen«, sagte eine Stimme auf der anderen Seite des Bettes.

Ben fuhr mit einem Ruck herum (diesmal war er klug genug, die Hand dabei nicht zu bewegen) und blickte ins Gesicht eines älteren, grauhaarigen Mannes mit einem gepflegten Vollbart, der einen weißen Kittel trug. Er sah müde aus und ein bisschen abgekämpft, aber in seinen Augen stand ein aufrichtiges, warmes Lächeln.

»Wer sind Sie?«, fragte er. »Und was –?«

Der Grauhaarige unterbrach ihn mit einer ebenso sanften wie befehlenden Geste. »Machen Sie sich keine Sorgen«, sagte er noch einmal. »Sie sind im Krankenhaus. Sie hatten einen Unfall. Aber Ihnen ist nichts passiert. Ein paar Prellungen und eine leichte Gehirnerschütterung, das ist alles.«

»Im Krankenhaus?«, wiederholte Ben verwirrt. »Was ist mit –« Diesmal versagte seine Stimme. Er erinnerte sich an ein Gesicht mit schreckgeweiteten Augen, ein bleiches Licht, das darauf fiel und es noch blasser erscheinen ließ, und an das Tonnengewicht des Wagens, das auf sie zuschlitterte und Jo und Maria samt ihrem ungeborenen Kind zermalmen musste.

»Es ist alles in Ordnung«, sagte der Grauhaarige zum dritten Mal. »Ich bin Professor Niklas. Wie gesagt, Ihnen ist nichts passiert, und auch Ihrer Frau geht es gut.«

»Kara!« Ben erschrak, noch einmal und noch tiefer. Sein erster Gedanke hatte tatsächlich Maria und Jo gegolten, nicht Kara, und dafür schämte er sich fast.

»Wie gesagt: Sie ist beinahe unverletzt. Nur ein paar Kratzer und ein gebrochenes Handgelenk. Auch wenn ich eigentlich böse mit Ihnen sein müsste … man hat mir gesagt, sie sei nicht angeschnallt gewesen. Und das bei diesem Wetter. Das war sehr leichtsinnig.«

»Kara ist unverletzt?«, vergewisserte sich Ben. Er sah immer noch Jos Gesicht vor sich.

»Ja«, versicherte Niklas. Sein Lächeln wurde noch wärmer. »Und auch dem Kind ist nichts geschehen.«

Ben starrte ihn an.

Das Lächeln in den gütigen Augen des Professors bekam etwas Verschmitztes. »Es ist alles in bester Ordnung. Herzlichen Glückwunsch.«

»Dem Kind?«, murmelte Ben. Welchem Kind? Sie waren unterwegs gewesen, um … nein, er konnte sich nicht erinnern, warum sie ausgerechnet in der Weihnachtsnacht und bei diesem Wetter unterwegs gewesen waren, aber was er genau wusste, war, dass kein Kind im Auto gesessen hatte. Er hatte die Kontrolle über den Wagen verloren, das war alles.

»Sie wissen es nicht«, vermutete Niklas. Die Vorstellung schien ihn zu amüsieren.

»Was?«

»Nun«, antwortete Niklas, der die Situation sichtlich in vollen Zügen genoss, »nachdem wir uns davon überzeugt hatten, dass weder Sie noch Ihre Frau ernsthafte Verletzungen davongetragen haben – wenigstens äußerlich –, untersuchten wir sie natürlich gründlich. Glauben Sie mir, Ihre Frau war genauso überrascht wie Sie, als ich ihr die frohe Botschaft gebracht habe.«

»Welche frohe Botschaft?«, murmelte Ben. Er verstand immer noch nicht. Er wollte nicht verstehen, wovon dieser Bursche da sprach.

»Ihre Frau ist im dritten Monat schwanger«, sagte Niklas.

Jetzt starrte Ben ihn noch eine geraume Weile länger an. Dann schüttelte er den Kopf. »Das ist vollkommen unmöglich. Bitte, Professor, machen Sie keine Scherze mit mir.«

»Genau das hat Ihre Frau auch gesagt«, antwortete Niklas belustigt. »Wortwörtlich. Aber es ist so. Sie hat mir erzählt, sie könnte keine Kinder mehr bekommen, aber entweder war das eine Fehldiagnose oder wir buchen es unter *medizinische Wunder* ab. Sie wären erstaunt, wie viele es davon gibt.«

»Schwanger?«, murmelte Ben. Aber wieso …?

»Im dritten Monat. Wie gesagt: Sie hatte selbst keine Ahnung davon. Natürlich wollte ich, dass sie es Ihnen selbst sagt, aber sie ist gerade im OP, wo ihre gebrochene Hand operiert wird. Keine Sorge, das ist Routine. Wahrscheinlich können Sie sie morgen früh schon wieder mitnehmen.«

»Schwanger?«, vergewisserte sich Ben noch einmal.

»Ja«, bestätigte Niklas. Er schaute auf die Uhr und machte eine auffordernde Handbewegung. »Die Operation müsste jetzt eigentlich beendet sein. Was halten Sie davon, wenn Sie im Aufwachraum auf sie warten?« Er blinzelte Ben beinahe verschwörerisch zu. »Möchten Sie wissen, was es wird? Ein Junge oder ein Mädchen?«

Ben starrte ihn immer noch an. Er sagte immer noch nichts. Aber das schien Niklas nicht besonders zu überraschen.

»Ihre Frau wollte es auch nicht wissen«, sagte er. »Aber sie hat trotzdem schon einen Namen für ihr Kind ausgesucht. Es wird Chris heißen.«

DIE AUTORINNEN UND AUTOREN

NINA BLAZON, geboren 1969 in Koper, studierte in Würzburg Slawistik und Germanistik. Schon als Jugendliche las sie mit Begeisterung, vor allem Fantasy-Literatur. Selbst zu schreiben begann sie während des Studiums. Ihr Romandebüt »Im Bann des Fluchträgers«, der erste Band der farbenprächtigen Woran-Saga, wurde 2003 mit dem Wolfgang-Hohlbein-Preis und 2004 mit dem Deutschen Phantastik-Preis ausgezeichnet. Heute lebt sie in Stuttgart, wo sie als Journalistin und Werbetexterin arbeitet.
www.ninablazon.de

KATJA BRANDIS wurde 1970 geboren, wuchs im Rhein-Main-Gebiet auf und studierte dort Anglistik und Germanistik. Sie begann schon als Kind Geschichten zu schreiben, die oft in fernen Welten spielten. 2002 erschien ihr Fantasy-Debüt »Der Verrat der Feuergilde«. Damit war Daresh geboren, eine faszinierende Welt, die von vier Gilden beherrscht wird: Feuer, Wasser, Erde und Luft. Diese Welt sollte in den nächsten Jahren Schauplatz weiterer erfolgreicher Fantasy-Romane werden.
www.katja-brandis.de

ZORAN DRVENKAR wurde 1967 in Krizevci, Kroatien, geboren und zog als Dreijähriger mit seinen Eltern nach Berlin. Seit 1989 arbeitet er als freier Schriftsteller. Für seine Romane, Gedichte, Theaterstücke und Kurzgeschichten wurde er mit zahlreichen Literaturstipendien und Preisen ausgezeichnet, unter anderem mit dem Oldenburger Kinder- und Jugendbuchpreis und dem Deutschen Jugendliteraturpreis. Sein Roman »Sag mir, was du siehst« erhielt 2003 den Phantastik-Preis der Stadt Wetzlar. Er lebt und arbeitet in der Nähe von Berlin.
www.drvenkar.de

MONIKA FELTEN, geboren 1965, lebt mit ihrer Familie auf dem Land in der Nähe von Kiel. Sie ist verheiratet, Mutter von zwei Söhnen und gelernte technische Zeichnerin. Nachdem sie den Beruf mehr als zehn Jahre lang ausübte, arbeitet sie seit der Jahrtausendwende ausschließlich als freie Autorin und Schriftstellerin.
Für ihre Werke »Elfenfeuer« und »Die Macht des Elfenfeuers«, Band eins und zwei der Saga von Thale, erhielt sie 2002 und 2003 jeweils den Deutschen Phantastik-Preis.
www.monikafelten.de

SUSANNE GERDOM, 1958 geboren, ist am Niederrhein in Rheinhausen aufgewachsen, wo sie auch zur Schule ging. Nachdem sie ihre Lehre als Buchhändlerin abgeschlossen hatte, beschäftigte sie sich mit dem Theater und verbrachte einige Jahre als Schauspielerin und Regisseurin. Später begann sie, Fantasy und Science-Fiction zu schreiben. Ihr Roman »Anidas Prophezeiung«, Auftakt zu ihrer märchenhaften Anida-Trilogie, wurde als Fantasy-Entdeckung des Jahres 2003 gefeiert.
Sie lebt und arbeitet in Düsseldorf.
www.susannegerdom.de

WOLFGANG HOHLBEIN ist der meistgelesene Fantasyautor im deutschsprachigen Raum. Seit dem Überraschungserfolg »Märchenmond«, der 1983 mit dem Phantastik-Preis der Stadt Wetzlar ausgezeichnet und mittlerweile in über zwanzig Sprachen übersetzt wurde, konnte sich die wachsende Fangemeinde über zahlreiche weitere spannende Bestseller freuen. Ein besonderes Anliegen ist dem King of Fantasy die Nachwuchsförderung, wie zum Beispiel die Verleihung des Hohlbein-Preises in Zusammenarbeit mit dem Verlag Carl Ueberreuter.
www.hohlbein.net

CHRISTOPH MARZI, Jahrgang 1970, wuchs in Obermendig nahe der Eifel auf und studierte in Mainz. Sein äußerst erfolgreiches Debüt »Lycidas«, das von den fantastischen Abenteuern des Waisenmädchens Emily in einem viktorianisch anmutenden London erzählt, wurde 2005 mit dem Deutschen Phantastik-Preis ausgezeichnet. In »Lilith« und »Lumen« setzte der Autor Emilys Geschichte fort.
Christoph Marzi lebt heute mit seiner Frau Tamara und seinen drei Töchtern im Saarland.
www.christophmarzi.de

BRIGITTE MELZER, 1971 geboren, kam über Fantasy-Rollenspiele zum Schreiben. Ihr Roman »Whisper – Königin der Diebe« gehörte zu den drei besten Manuskripten, die für den Wolfgang-Hohlbein-Preis 2003 eingereicht wurden. Es folgte das düster-romantische Fantasy-Abenteuer »Im Schatten des Dämons«. Zuletzt begeisterte sie mit »Vampyr«, einem fesselnden Vampirroman, der in den schottischen Highlands des 18. Jahrhunderts spielt.
Die Autorin lebt und arbeitet in München.
www.brigitte-melzer.de

SUSANNE RAUCHHAUS wurde 1967 in Gladbeck geboren. Nach der Ausbildung zur Europasekretärin und einer Fortbildung zur Werbetexterin arbeitete sie in einer Hamburger Werbeagentur und später in der Redaktion einer Fachzeitschrift. Heute lebt sie mit ihrem Mann und ihrem Sohn in der Nähe von Stuttgart.
Sie schreibt Kurzgeschichten und Glossen für verschiedene Zeitschriften. 2001 gehörte sie zu den Gewinnern eines Literatur-Wettbewerbs des Phantastikforums »Storyolympiade«. Die dort platzierte Vampirgeschichte wies ihr den Weg in ihr neues Lieblingsgenre: die Fantasy.

SABINE STREUFERT, geboren 1965, lebt und arbeitet in einem Dorf im Herzen der Holsteinischen Schweiz in der Nähe von Kiel. Die gelernte Schauwerbegestalterin und Bürokauffrau schreibt seit 2001 Kinder- und Jugendbücher. Ihre Themen sind vielfältig: von liebevollen Gute-Nacht-Geschichten für die Kleinsten über fantastische Abenteuer für Jugendliche bis hin zu spannenden Hörspielen für Kinder.
Mit ihren Geschichten gelingt es Sabine Streufert immer wieder, ihre jungen Leser kurzweilig zu unterhalten, ihre Liebe zum Lesen zu fördern und sie zum Träumen zu bringen.

FLORIAN WENDLAND, 1979 in Georgsmarienhütte geboren, studiert Informatik an der Technischen Fachhochschule in Berlin.
Im Jahr 2000 erschien sein Debütroman »Walgret – Die Waffen der Götter«. Sein zweiter Roman »Dunkeltann« wurde 2005 für den Deutschen Phantastik-Preis nominiert.
www.florianwendland.de

REINHOLD ZIEGLER schreibt seit über zwanzig Jahren Bücher für Kinder, Jugendliche und junge Erwachsene. Viele seiner Romane und Erzählungen wurden mit Preisen ausgezeichnet. Mit seiner Familie lebt er im Raum Aschaffenburg.
Sein Zukunftsroman »Perfekt Geklont« wurde in die Kollektion Österreichischer Kinder- und Jugendbuchpreis 2006 aufgenommen.
www.reinhold-ziegler.de